Eine Art zu lesen
Eine Art zu fliegen

GOYA

Das Buch

Die Zukunft von Simon Bills dem Alkohol zugeneigten Antihelden sieht nicht gerade rosig aus. Der abstrakte Maler treibt sich auf Vernissagen herum, um an kostenlose Drinks zu kommen. Seine Freundin, eine Kuratorin, hat ihn sitzen gelassen, und der einzige Händler, der ihm Aufmerksamkeit schenkt, ist sein Drogendealer. Doch durch einen glücklichen Zufall erhält er ein Arbeitsstipendium an einem neurologischen Institut, das alles verändert.

Begeistert von der neuen Umgebung und fasziniert von den Menschen, die er dort kennenlernt, vor allem von der hübschen Amnesie-Patientin Emily, wittert er die Chance, seiner Karriere (und seinem Liebesleben) neuen Schwung zu verleihen. Die rettende Idee: eine von Neurowissenschaften inspirierte Ausstellung. Doch nicht alles ist so, wie es zu sein scheint, an dem renommierten Institut …

Der Autor

Simon Bill, 1958 in Kingston upon Thames geboren, lebt und arbeitet als bildender Künstler in London. Er studierte am Royal College of Art und an der Saint Martin's School of Art und fühlt sich der YBA-Gruppe junger bildender Künstlerinnen und Künstler verbunden. Er hatte Einzelausstellungen in Los Angeles, Köln, London, Manchester und eine große Retrospektive im BALTIC Centre for Contemporary Art. *Und Sie sind also der Künstler?* ist sein erster Roman.

Die Übersetzerin

Friederike Moldenhauer studierte Soziologie und arbeitet seit 1999 als freie Übersetzerin, Lektorin und Literaturveranstalterin (Machtclub, Poets on the Beach, 8 min Slam). Sie übersetzt aus dem Englischen, u. a. die Biografien von David Bowie und Robert De Niro. Für die Übersetzung von *Und Sie sind also der Künstler?* erhielt sie ein Stipendium der VG Wort im Rahmen von NEUSTART KULTUR.

Simon Bill

UND SIE SIND ALSO DER KÜNSTLER?

Roman

Übersetzt von
Friederike Moldenhauer

GOYA

Die Originalausgabe erschien 2016 unter dem Titel
Artist in Residence bei Sort of Books, London.
Eine frühere Version erschien unter dem Titel *Brains* bei CABINET II.

Dieses Buch ist auch als E-Book erhältlich.

Besuchen Sie uns im Internet: www.goyaverlag.de

Gefördert mit einem NEUSTART-KULTUR-Stipendium der VG Wort.

Aus Verantwortung für die Umwelt hat sich der GOYA Verlag dafür entschieden, keine Plastikfolie zum Einschweißen der Bücher zu verwenden.

FSC www.fsc.org MIX Papier | Fördert gute Waldnutzung FSC® C014496

1. Auflage 2023
Deutsche Erstausgabe

Umschlaggestaltung: Katrin Wahl
Umschlagabbildung: Beatriz / stock.adobe.com, Sarah / stock.adobe.com, Amr Morsi / Stocksy / stock.adobe.com
Satz: Pinkuin Satz und Datentechnik, Berlin
Gesetzt aus der Adobe Garamond Pro
Druck und Bindung: GGP Media GmbH, Pößneck
Printed in Germany
ISBN 978-3-8337-4562-1

1. Ihr Tagebuch

26. Juli
Ich bin zum allerersten Mal hier. Ich lebe zum ersten Mal. Alles ist neu für mich. Ich sitze hier in diesem Zimmer – ich weiß, das ist mein Zimmer – mit Stift und Papier, um diesen neuen Tag zu planen. Ich weiß, das hier ist das Zimmer, in dem ich wohne. Ich habe ein Bett und einen Tisch und zwei Stühle. Ein Stuhl ist dazu da, um sich an den Tisch zu setzen, und das andere ist ein Sessel. Ich schreibe jetzt auf, was ich tun werde, wenn ich dieses Zimmer verlasse.

Und es gibt einen weiteren Ausschnitt, ebenfalls zufällig ausgewählt:

14. Okt.
Ich bin zum allerersten Mal hier. Ich lebe zum ersten Mal. Alles ist neu für mich. Ich sitze hier in diesem Zimmer … (und so weiter.)

Es macht keinen Unterschied, denn sie schreibt jeden Tag mehr oder weniger dasselbe, seitdem sie wieder bei Bewusstsein ist, seit fast drei Jahren. In Belize, dem winzigen Land in Südamerika, erkrankte sie an dieser seltenen Virusinfektion. Ohne Vorwarnung brach sie zusammen, ohne irgendwelche anderen Symptome zu zeigen. Dann fiel sie in ein Koma, das fast sieben Wochen lang anhielt. Eines Tages wachte sie auf und sagte, sie habe Hunger, und es sah so aus, als würde sie sich wieder vollständig erholen. Es fiel ihr schwer, sich zu erinnern, aber das ist ziemlich normal, wenn man längere Zeit bewusstlos gewesen ist. Das muss nicht unbedingt etwas Ernstes sein. Es dauerte ein paar Tage, bis sich herausstellte, dass diese Probleme auf eine Hirnverletzung zurückzuführen waren und dass dieser Zustand wahrscheinlich für immer anhalten würde. Die Scans, die man im Gray's Hospital gemacht hatte, ergaben, dass eine deutliche Schädigung des Hippocampus auf beiden Seiten des Gehirns vorlag. (Das abgestorbene Gewebe, das bei dieser Erkrankung zurückbleibt, wird von speziellen Gehirnzellen namens »Mikroglia« – man könnte sie als die Reinigungskräfte des Gehirns bezeichnen – »phagozytiert«, also quasi aufgegessen. Alles, was übrig blieb, waren in diesem Fall identische Löcher in jeder Gehirnhälfte.)

Das bedeutet, dass sie sich niemals neue Informationen länger als fünfzehn Minuten merken können wird. Sie kann sich an Dinge erinnern, die in ihrem Leben bis zu zwei Jahre vor ihrer Erkrankung passiert sind. Sie kann neue Sachen lernen, solange das innerhalb eines Zeitfensters von fünfzehn Minuten passiert. Aber sie wird nicht in der Lage sein, sich daran zu erinnern, dass sie sie je gelernt hat. Wenn sie also, sagen wir mal, lernen würde, eine Orange auf dem gebeugten Ellenbogen ihres rechten Arms zu balancieren, dann den Arm zügig auszustrecken, um die Orange mit der rechten Hand aufzufangen, bevor sie durch das Zimmer fliegt, dann wäre sie in der Lage, diese Tätigkeit zu wiederholen. Aber würde man ihr den Trick ein wenig später vorführen und sie fragen, ob sie das auch könne, würde sie Nein sagen. Drängte man sie dann, es einfach selbst auszuprobieren, würde sie überrascht feststellen, dass sie es kann. Sie weiß, was sie tun muss, ohne zu wissen, dass sie es weiß.

2. Auf der Vernissage

Emily ist eine der Personen, die ich zu Beginn meines Arbeitsstipendiums als Künstler am Norman Neurological Institute des Gray's Hospital kennengelernt habe. Zum ersten Mal hatte ich davon von einem Freund gehört, mit dem ich mich auf einer Vernissage in der Black Hole Gallery unterhielt. Wir schauten uns gerade eine Reihe von Cibachrome-Abzügen an, auf denen die Daumen von Stars abgelichtet waren. Dort erzählte er mir von der Ausschreibung für dieses Residenz-Arbeitsstipendium. Angesichts meiner finanziellen Situation hielt ich es für eine gute Idee, mich zu bewerben. Meine Gemälde verkauften sich nicht, und die Leute von meiner Galerie, der Galerie, die mich »vertritt«, verloren das Interesse an mir. Immer, wenn ich vorbeischaute, schienen sie unangenehm berührt und rieten mir, andere Arbeiten zu produzieren, Arbeiten, die für die Sammler zugänglicher waren – ob meine Gemälde möglicherweise etwas zu groß seien? (Sie *sind* zu groß. Ich habe mir ein irrwitziges Problem mit der Lagerung eingehandelt, weil ich in der Woche mindestens zwei abstrakte Gemälde produziere, die 3 mal 3 Meter 50 groß sind.)

Ich unterhielt mich mit diesem Typen – eigentlich waren wir überhaupt nicht wirklich befreundet – aus dem einfachen Grund, weil ich mich nicht traute, zu versuchen, an die erfolgreicheren Leute, die sich in dem Ausstellungsraum aufhielten, heranzukommen. Außerdem musste ich mich mit jemandem unterhalten, sonst hätten alle gesehen, dass ich da allein herumstand. Er gehört zu der Sorte Künstler, die öffentlich geförderte Kunst machen und sich durch Förderung, Subventionen, Aufenthalts- und sonstige Stipendien finanzieren. Zuvor hatte ich nicht wirklich viel mit solchen Dingen zu tun gehabt. Ich glaubte, ich könnte auf dem glanzvolleren kommerziellen Markt erfolgreich sein, wo man mit internationalen Sammlern und europäischen Kunstmuseen und so weiter zusammenarbeitet. (Es gibt zwei verschiedene Herangehensweisen an Kunst. Zwar lassen sich die beiden Lager nicht klar voneinander abgrenzen, da sie sich in der Realität auch häufig überschneiden, aber der öffentliche Sektor steht im Großen und Ganzen der Malerei, insbesondere der abstrakten Malerei, skeptisch gegenüber, weil sie keine Aussagen über kulturelle oder sozialpolitische Themen trifft. Manchmal mache ich mir selbst deswegen Sorgen. Wie konnte ich früher zum Beispiel nur all diese gequälten Selbstporträts malen, wenn in den Nachrichten wahrscheinlich die ganze Zeit sterbende Kinder in irgendeinem Todesstreifen in der Dritten Welt gezeigt werden? Ich war zwar erst um die achtzehn, als ich diese Bilder gemalt habe, aber trotzdem … Wenn ich schon glaubte, zu leiden, was machten dann diese Kinder durch? Es sind weniger die ethischen Fragen, die mich beschäftigen, als die Logik des Ganzen.)

Ich hatte mir keine echten Chancen ausgerechnet, dieses Arbeitsstipendium in dem Krankenhaus zu bekommen. Dafür hätte ich so tun müssen, als würde ich mich dafür interessieren. Aber ehrlich gesagt: Ich war verzweifelt. Sowohl die Bank als auch die Kreditkartenfirma waren hinter mir her, und ich musste Leuten aus dem Weg gehen, von denen ich mir Geld geliehen hatte – hier mal einen Zehner und da mal einen.

Mein »Freund« notierte mir ein paar Details zu diesem Stipendium, während ich mir überlegte, ob ich versuchen sollte, ihn anzupumpen, mich dann aber dagegen entschied. Er schrieb alles auf die Rückseite der Einladung zu der Vernissage. Und am nächsten Morgen, als ich gründlich nach genügend Kleingeld für Zigaretten suchte, fand ich die Karte zerknittert in meiner Hosentasche. Ich beschloss, mir die Mühe zu sparen, doch dann, so gegen Mittag, nachdem ich viel über meine Situation nachgedacht hatte, rief ich die Nummer an, um ein Bewerbungsformular anzufordern.

Überraschenderweise (jedenfalls für mich) schaffte ich es auf die Shortlist mit fünf Künstlerinnen und Künstlern. Die Bewerbung auszufüllen war viel weniger Arbeit gewesen, als ich befürchtet hatte. Ich habe schon Dutzende Bewerbungsunterlagen für Aufenthaltsstipendien und Zuschüsse durchgelesen, nur um sie schließlich in den Papierkorb zu werfen. (Susan hatte sie immer absichtlich herumliegen lassen, damit ich sie fand. Sie hatte Angst, dass sich mein Geldmangel und meine soziale Isolation negativ auf unsere Beziehung auswirken würden. Sie dachte, es sei besser, wenn ich einen Job hätte. Das war, bevor sie sich eine andere, elegante und simple Lösung für unsere Probleme überlegte, die darin bestand, sich von mir zu trennen.) Ich hatte ein Dokument im Umfang einer Hochglanzzeitschrift erwartet, voller rätselhafter jargongespickter Fragen und mit vielen Leerzeilen, um dort Qualifikationen und Exposés für Projekte einzufügen, und der Möglichkeit, auf weiteren Seiten ins Detail zu gehen. Hier aber waren die Zeilen für meine Erläuterungen, wie meine Arbeit möglicherweise von dem Umfeld des Instituts profitieren könne, kaum länger als die Frage selbst. Trotzdem kam ich über meine Antworten ins Schwitzen – das ist nicht so wirklich mein Gebiet – und war auch nicht ganz überzeugt, als ich die Bewerbung mit Kuli ausfüllte und samt Eselsohren abschickte, aber sie musste okay gewesen sein, denn ich gehörte zu den Auserwählten, die es in die engere Wahl schafften. Ich und vier andere.

Und dann, nachdem ich die Einladung zu diesem Gespräch

bekommen hatte, überlegte ich ernsthaft, nicht hinzugehen, denn ich war mir sicher, dass die anderen bestimmt mehr Erfahrung und Routine mit Interviews hatten. Abgesehen von meiner Arroganz bin ich eigentlich ziemlich schüchtern. Ich mag es nicht, ausgefragt zu werden.

3. Auf dem Weg zum Interview

Als ich beim Gray's Hospital ankam, war ich für meinen Zwölf-Uhr-Termin eine Stunde zu früh. Ich trug das Outfit, das ich immer zu Vernissagen anzog (soll heißen, die einzigen Klamotten, die nicht über und über mit Farbe bekleckert waren), und hatte zwei Bücher dabei, die ich brauchte, um das alles durchzustehen: meinen London-Stadtplan und den Farbkatalog einer de-Kooning-Ausstellung. Einen Stadtplan habe ich immer dabei, weil ich absolut keinen Orientierungssinn habe. Man könnte meinen, »Orientierungssinn« sei nur so eine Floskel, aber ich bin mir sicher, dass einige Menschen dieses Vermögen haben. Mir zumindest fehlt die Fähigkeit, mich zu orientieren. Ich verlaufe mich die ganze Zeit, auch wenn ich nur einkaufen gehe. Wenn ich aus einer mir unbekannten Richtung in eine Straße einbiege, die ich im Prinzip kenne, bin ich erst einmal irritiert. Wenn ich es endlich geschafft habe, zu begreifen, ja, ich kenne diesen Ort hier, bin ich dennoch nicht in der Lage, mich zu orientieren, wo ich als Nächstes hinmuss, weil ich in die Straße von der falschen Seite her hineingegangen bin. Ich laufe wie ein Tourist mit meinem Stadtplan durch London, gucke immer wieder darauf und umher und schlage Straßennamen im Verzeichnis nach. Es ist ein Wunder, dass ich noch nicht überfallen worden bin.

Den de-Kooning-Katalog hatte ich dabei, weil ich einen Vortrag über Kreativität und Alzheimer vorbereitet hatte.

Ich war extra früh gekommen, um mich umzuschauen und

um mir einen schnellen Schluck zu genehmigen – falls nötig. Das Krankenhaus ist in mehreren Gebäuden untergebracht. Sein Gelände sieht eher aus wie ein postmoderner Slum. Ein unglaublicher Mischmasch verschiedener Gebäude, die auf engstem Raum zusammengepfercht sind wie Flaschen in einer Getränkekiste. Zum Beispiel sind zwei eher nachvollziehbare Bauten – die So-und-so-Klinik und das So-wie-noch-Zentrum – durch einen Verbindungs-Riegel aus Ytong-Steinen versaut. Oder sie haben eine schöne neoklassizistische Villa zwischen zwei nackte Sichtbetonbauten geklemmt, die wie riesige Aktenschränke aussehen. Ältere Abschnitte sind von Parkhäusern oder von einer Wagenburg aus Baucontainern umringt. Das Krankenhaus lässt sich nicht erweitern, weil sich das Gelände mitten in London befindet. Daher werden immer mehr Gebäude dazugebaut, wann immer ein neues medizinisches Spezialgebiet hinzukommt. Dann werden neue Geschosse auf alte Gebäude gesetzt, oder Häuser werden erweitert, oder Räume werden in bestehende hineingebaut. Einige der höchsten Gebäude sind durch Fußgängerbrücken miteinander verbunden. Aus der Entfernung sehen sie Hunderten von Laubengängen mit kürzlich hinzugekommenen Belüftungsanlagen zum Verwechseln ähnlich. Es gibt auch einige von Landschaftsgärtnern gestaltete Areale, wo robuste Büsche wachsen und die Grünflächen mit matschigen Pfaden übersät sind – dort, wo Menschen einfach langgehen, um von A nach B zu kommen, anstatt die gepflasterten Wege zu benutzen. Für die grundlegenden Bedürfnisse ist gesorgt: Auf dem Gelände befinden sich einige Fast-Food-Restaurants, ein Friseur, ein Blumenladen, ein Zeitungskiosk, eine Kapelle, sogar ein Pub.

Das Ganze wird von einem hohen, massiven Gebäude dominiert, dem Gray-Tower, in dessen oberstem Stockwerk das Norman Institute untergebracht ist. Angrenzend ragt ein Anbau wie ein Brett hervor. Auf dem Dach befinden sich alle möglichen technischen Gerätschaften: Antennenanlagen und Satellitenschüsseln und was man sonst noch so angebracht hat, um mit der Kommunikationstechnologie mithalten zu können, die sich ständig ändert. Aus einem Schornstein stieg gelber Rauch auf. Er muss aus einer Verbrennungsanlage im Keller stammen, wo sie ihren ganzen Krankenhauskram verbrennen.

Das Foyer im Erdgeschoss erinnerte an eine Fähre; auf dem Teppichboden mit Schnörkelmuster waren Sitzbänke festgeschraubt. Aus einem der Imbisse drang der starke Geruch von Croque Monsieur herüber. Ich suchte die Aufzüge, aber ich muss ein Hinweisschild falsch gelesen oder falsch verstanden haben, denn plötzlich stand ich in der Notaufnahme. Nach einem Schubs öffneten sich die Schwingtüren, die sich gleich wieder hinter mir schlossen. Ich schaute mir die anderen Schilder an – irgendeinen Hinweis auf die Aufzüge musste es doch geben? Immerhin fand ich dieses Mal die Toiletten. Um mich zu beruhigen, saß ich eine halbe Ewigkeit in einer der Kabinen, dann ging ich draußen eine Zigarette rauchen.

Da draußen standen eine ganze Menge Raucher. Einer von ihnen drehte sich ruckartig zu mir um.

»Alles klar?«

Ich wandte meinen Kopf ebenfalls ruckartig in seine Richtung. »Alles klar.« Zuerst dachte ich, er würde sich auf ein Standmikrofon lehnen, dann aber sah ich, dass es sich um einen Infusionsständer handelte. Ich machte mir selbst ein wenig Mut. Ich rauchte schnell und ließ meinen Blick ins Nichts abdriften. Danach ging ich zügig wieder ins Foyer zurück. Ich ignorierte alle Schilder, machte einen inspirierten Spurt durch eine Flotille Krankenbetten hindurch, überholte sportlich einen Rollstuhlfahrer und kam direkt vor den Lifts zum Stehen.

Es hatte vierzig Minuten gedauert, um von der Eingangshalle zu den Aufzügen zu kommen, und ich war spät dran.

Ich fühlte mich besser (denn vielleicht war ich *zu* spät, und dann würden sie mich möglicherweise wieder nach Hause schicken). Ich drückte einen Knopf, wartete ruhig, stieg allein in den Aufzug, drückte den nächsten Knopf und fuhr ganz hoch hinauf.

4. Das Institut

Die Luft im obersten Geschoss war viel besser. Als sich die Türen öffneten, wurde die ungute Krankenhausatmosphäre durch den wunderbaren Duft von frischer Farbe und neuen Möbeln verdrängt. Ich ging hinüber zum Empfangstresen und nahm mir Zeit, der schicken Empfangsdame, die intensiv mit ihrem Haar und ihren Nägeln beschäftigt war, den Grund meines Kommens zu nennen. Dass ich spät dran war, war kein Problem, denn sie hatte keine Ahnung, wovon ich sprach. Sie schien nicht den Eindruck zu haben, dass sie am Empfang in irgendeiner Weise dafür verantwortlich war, sich mit mir zu beschäftigen, namentlich mich in Empfang zu nehmen. Ich fragte sie, ob es ihr etwas ausmachen würde, zu schauen, ob jemand da sei, der etwas von der Ausschreibung wisse. Hinter mir gingen die Aufzugtüren auf, und es kam noch jemand herüber zum Tresen. Der Mann versuchte, mit ihr zu sprechen, während sie zum Telefon griff, um zu sehen, ob jemand wusste, weswegen ich hier war. Sie ignorierte ihn. Die Dame schien eine Weile zu brauchen. Der andere Typ – der andere Künstler – und ich sahen uns an und verdrehten die Augen. Er war jünger als ich (ich bin siebenunddreißig), und er war besser angezogen als ich; trotzdem hatte ich nichts gegen ihn. Dann legte sie den Hörer auf und teilte uns mit, dass gleich jemand kommen würde. (Mir war ihre unverhohlene Geringschätzung gleichgültig, weil sie sich nicht gegen mich allein richtete – und weil ich unter anderem die Zeit auf der Toilette genutzt hatte, um Wodka zu trinken.)

Aus dem Lift stiegen zwei andere Bewerberinnen, junge Frauen mit Laptops. Wir erzählten ihnen, dass es offensichtlich nichts ausmachte, wenn man zu spät dran war. Auch wir warteten darauf, dass sich jemand zeigte. Der Letzte kam. Wir erklärten ihm die Situation, er nickte, und wir warteten weiter.

Es dauerte ein bisschen, bis ich kapierte, was an der Situation komisch war. Aber dann dämmerte es mir. Wenn wir alle gemeinsam hier waren, und jedes Interview mindestens eine halbe Stunde lang dauerte, dann bedeutete das, dass einige von uns ziemlich lange, *sehr* lange hier warten mussten. Sobald mir das klar wurde, hätte ich fast etwas gesagt, aber dann bemerkte ich, dass sich die anderen das auch schon ausgerechnet hatten. Alle guckten genervt.

Während ich wartete, sah ich mir den Raum genauer an, in dem wir uns befanden. Das Institut war sehr gut ausgestattet, dachte ich mir. Man musste einen guten Architekten damit beauftragt haben. Da für die Oberflächen Hartholz verwendet worden war, hatte der Raum etwas Skandinavisches, und die Beleuchtung war ausgeklügelt, weil man nicht sehen konnte, woher das Licht kam. Es leuchtete einfach nur frisch, nordisch. Ich bemerkte, dass die Holzlasur dazu beitrug, dass alles noch so neu roch. Und sogar die Geräusche klangen so, als seien sie extra designt und durch irgendein Dämmsystem gefiltert worden. Der Empfangsbereich schien das zentrale Element der Etage zu sein, von dort gingen zahlreiche breite Korridore ab wie Speichen an einer Radnabe oder in einem Panopticon-Gefängnis.

Irgendwo in einem dieser Flure ging eine Tür auf. Wir drehten uns alle zu der kleinen Frau um, die heraus- und auf uns zukam. Sie ging mit schnellen Schritten, wie ein Minitorpedo schoss sie auf uns zu. Sie hatte kurzes grau meliertes Haar und trug ein akkurates graues Kostüm. Dennoch dauerte es eine Weile, bis sie auf unserer Höhe war, und dann ging sie schnurstracks an uns vorbei, öffnete eine Tür hinter dem Empfangstresen und verschwand. Ich bezweifle, dass sie uns überhaupt wahrgenommen hatte. Die Tür fiel ohne das geringste Geräusch ins Schloss. Ich betrachtete die Klinke und erkannte das Design – sehr schlicht und ziemlich ästhetisch. Ich hatte etwas Ähnliches auf Fotos vom Wittgensteinhaus in Wien gesehen.

Eine der Bewerberinnen fing an, mit den Fingern auf den Tresen zu trommeln. Aus einem anderen Flur trat nach einer Weile, die mir wie eine Ewigkeit vorkam, eine weitere Frau auf uns zu. Sie war viel runder und hatte es nicht so eilig. »Michelle« entschuldigte sich dafür, dass sie uns hatte warten lassen, und gab uns eine Führung durch das Institut. Uns hatte niemand etwas von einer Führung gesagt. Mich störte dieser Mangel an Organisation und Kommunikation nicht, aber die anderen. Eine der jungen Frauen, die, die mit den Fingernägeln getrommelt hatte, wollte wissen, was los sei. Sie sei für das Auswahlgespräch gekommen. Und zwar um zwölf. Michelle, der das überhaupt nichts ausmachte, erläuterte, dass wir erst die Führung machen und danach die Interviews in Halbstundenabständen stattfinden würden. Es wurde Protest laut, alle außer mir beschwerten sich. Die junge Frau versuchte immer weiter zu diskutieren, dann ging sie. Michelle sah ihr nach. (Das war ungefähr der Zeitpunkt, zu dem mir klar wurde, dass der Typ, der mir von dem Stipendium erzählt hatte, gar nicht dabei war. Konnte sein, dass er nicht auf die Shortlist gekommen war, aber ebenso gut war es auch möglich, dass er sich gar nicht beworben hatte.)

Da jetzt eine Bewerberin fehlte, was die Chancen für uns andere erhöhte, stimmten wir zu, uns das Institut anzuschauen, aber die anderen schienen darüber nicht glücklich. Offensichtlich hatten sie an diesem Tag auch noch andere Dinge vor. Als die Führung losging, telefonierten sie alle mit ihren Handys und verschoben Verabredungen. Alle außer mir. Ich habe noch nicht mal ein Handy.

Während sie uns einen der Flure entlangführte, fing Michelle an, uns »ein wenig über das Institut an sich« zu erzählen. Es war erst vor knapp einem Jahr eröffnet worden, dank einer beträchtlichen Schenkung der Norman Foundation. Diese Stiftung hatte der »Milliardär und Philanthrop« (so nannte sie ihn tatsächlich) Mr Conrad Norman kurz vor seinem Tod gegründet. Der Zweck der Stiftung ist es, die neurologische und geriatrische Forschung zu unterstützen. Das Institut ist ihr Hauptbegünstigter. Die fest angestellten Mitarbeiter umfassen zurzeit eine Direktorin, Dr. Nancy Prabhakar, einen Neurologen, Therapeuten, technische Assistenten und natürlich das Verwaltungspersonal (an dieser Stelle lächelte Michelle ein wenig, denn mit »Verwaltungspersonal« war sie gemeint). Das Institut ist sowohl Krankenhaus als auch Forschungszentrum für Neurowissenschaften und verwandte Felder und stellt seine umfassenden Einrichtungen Wissenschaftlern weltweit zur Verfügung. Zurzeit sei allerdings nur ein externer Wissenschaftler hier, ein angesehener Neurochemiker aus Atlanta namens Owen Madden.

(Eigentlich verfolge ich die Nachrichten nicht richtig, aber der Name Conrad Norman kam mir auf alle Fälle bekannt vor. Eine riesige Nummer in der Pharmabranche. Oder in der Rüstung. Es liegt eine Weile zurück, dass über ihn viel in der Presse stand. Da war irgendwas darüber, dass er sein ganzes Geld einer verrückten Sekte vermacht hatte und sein Sohn oder seine Tochter darüber nicht glücklich war.)

Michelle zeigte uns nun einige Räume. Wir waren schließlich vom Korridor in ein großzügiges und luxuriös eingerichtetes Warte- oder Wohnzimmer abgebogen. Im Prinzip, so sagte sie, sei dies der Aufenthaltsraum. Die Sitzgelegenheiten, Sessel und Couchtische waren penibel auf den Rest der Einrichtung abgestimmt. Es gab einen Breitbildfernseher, dessen Sound man über Kopfhörer hören konnte, die hinter kleinen

Furnieren an den Sesseln verborgen waren. Man konnte Radio und CDs hören, es gab sowohl Wasserspender als auch Kaffeemaschinen. Auf allen Tischen waren Hochglanzmagazine arrangiert.

Eine Wand dieses riesigen Raumes bestand nur aus Glas, dahinter ging es auf einen breiten Balkon oder eine Terrasse hinaus, danach gab es nur noch Himmel. Michelle führte uns hinüber zu diesem gigantischen Fenster und hielt eine Plastikscheibe gegen einen kleinen Kasten, der an der Wand angebracht war. Schon schob sich eine drei mal drei Meter große Scheibe in unsere Richtung, um dann zur Seite zu gleiten, während sie ein leises hydraulisches Zischen von sich gab. Nachdem sie uns hinaus auf den Balkon geleitet hatte, hielt Michelle die Plastikscheibe gegen einen anderen Kasten auf der Außenwand, um die Tür wieder zu schließen. Der Balkon war nicht so gepflegt wie die Räume drinnen – hier wuchs Unkraut, und es lag eine zerfetzte blaue Plastiktüte herum. Vielleicht gehörte der Balkon zu einer anderen Station.

Als ich über das Geländer schaute, hatte ich das Gefühl, wir befänden uns in einem Heißluftballon. Da wurde mir klar, dass wir uns auf der Kante der herausragenden Etage befanden, die sich wie ein Regal vom Rest des Turmes abhob. Unter uns war Leere. Michelle sagte gar nichts. Sie zeigte uns einfach die Aussicht.

Während wir zurück durch den leeren Aufenthaltsraum gingen, wurden wir über die stationären Patienten der Klinik aufgeklärt. Obwohl es viele Patienten gab, die wegen weitverbreiteter neurologischer Erkrankungen wie Parkinson, der Huntington-Krankheit, Alzheimer, Schlaganfällen, amyotropher Lateralsklerose, Epilepsie oder MS hier lagen, war das Institut auf seltene, manchmal sogar einmalige Gehirnerkrankungen spezialisiert. Die vierundzwanzig Räume standen für Patienten zur Verfügung, deren Erkrankungen sowohl selten als auch schwer genug waren, dass sie in der normalen Welt nicht mehr zurechtkamen. Die ursprünglichen Bestimmungen sorgten dafür, dass diese Zahl gering blieb (zurzeit war es nur eine Patientin), aber man hoffte, dass aus anderen Krankenhäusern des Landes weitere Patienten hinzukamen.

Wir sahen uns einen der zahlreichen Behandlungsräume für funktionelle Magnetresonanztomografie (fMRT) an. Auf mich wirkte das wie eine Utopie, die ideale Version der Zukunft: Über einem der strahlend weißen Geräte, das wie ein riesiges Vivil-Pfefferminzbonbon dalag, pulsierte ein lilafarbenes Licht. Als wir einen anderen Flur hinuntergeführt wurden, in dem sich in regelmäßigen Abständen Türen befanden, beschriftet mit den Zahlen 1 bis 24 wie in einem Hotel, schauten wir uns ein typisches »Gästezimmer«, also ein Patientenzimmer, an. Sehr nett. Großes Bett, Fernseher, das Badezimmer direkt nebenan. Das Einzige, was an den Zimmern nicht toll war, war, dass sie keine Fenster hatten.

Als wir weitergingen, kamen wir an einigen Arbeitsräumen vorbei, deren Türen offen standen: schöne Büros; dann wurden uns der IT-Raum und der Werkraum gezeigt. Und das, so wurden wir informiert, »ist die am besten ausgerüstete Einrichtung im gesamten Königreich, die es unseren Patientinnen und Patienten erlaubt, sich mit interaktiven Angeboten zu beschäftigen«. Doch gab es nicht allzu viel in diesem Freizeitraum zu sehen, jedenfalls keine große Aktivität. Vielleicht zehn oder zwölf Patienten saßen über den Raum verstreut an den makellosen Werkbänken und taten gar nichts. Zumindest nahm ich an, dass es Patienten waren, obwohl bis auf eine ungewöhnliche Körperhaltung, ein Zittern oder ein ausdrucksloses Gesicht die Symptome nicht offensichtlich waren (jedenfalls nicht für mich als Laie).

Michelles Hinweis darauf, dass diese Werkstatt mit der Einrichtung für handwerkliche Tätigkeiten einmalig sei, glaubte ich gern. Tatsächlich war alles hier übertrieben gut ausgestattet, weil viele Gerätschaften noch unausgepackt in Kisten herumstanden. Beispielsweise befanden sich an einer Wand ein riesiger Webstuhl, daneben eine elektrische Töpferscheibe, das Neueste vom Neuen, und ein programmierbarer Brennofen (eine alte Version kannte ich aus meiner Uni, Central Saint Martins). Daneben wiederum befand sich eine Druckerpresse, die aus Gutenbergs Zeiten zu stammen schien, nur dass sie aus hellem, feinporigem Holz neu gefertigt worden war.

Ein Patient, ein sehr alter Mann, saß teilnahmslos neben einer Stichsäge. Es war eine Säge, wie man sie dazu benutzt, komplexe Formen aus Platten zu sägen. Hierbei handelte es sich um eine moderne Reproduktion der klassischen Vorrichtung, die aussieht wie ein umgedrehtes Hochrad und von einer Tretkurbel angetrieben wird.

Anscheinend ging Michelle davon aus, dass wir als Künstlerinnen und Künstler an solchen Dingen besonders interessiert waren, deswegen drückten wir uns noch ein wenig dort herum, was noch weiter zu der trägen Atmosphäre beitrug. Die anderen Bewerber sammelten sich vor der Tür und schauten sehr gelangweilt drein (bildende Künstler beschäftigen sich normalerweise nicht sonderlich mit Handwerk). Mir wäre es ebenso gegangen, wenn mir nicht unter diesen Patienten mit ihren Zitteranfällen und Ticks eine junge Frau aufgefallen wäre, eine präraffaelitische Muse, die dort sehr ruhig saß und mit unschuldigem Blick an die Decke starrte. Ihre blassen zierlichen Hände hielt sie locker im Schoß gefaltet, um ihre schmalen Schultern floss ihr rotbraunes Haar wie ein Umhang, der sich von einem Mittelscheitel herab ergoss. Sie sah aus wie ein Blumenkind aus den 1960ern, oder hätte zumindest so ausgesehen, wenn man die Kabel ihrer Kopfhörer nicht gesehen hätte.

Während ich dastand und sie anstarrte, durchquerte eine körperlich raumgreifende und wichtig wirkende Angestellte die Werkstatt und fragte Michelle mit einem sanften jamaikanischen Akzent: »Sind die das?«, ohne uns aus den Augen zu lassen.

»Ja, die Interviews sind in einer halben Stunde, Jade.«

Jade seufzte. »Okay, ich bin dann da.«

»Toll«, gab Michelle zurück. Und dann erschrak ich, weil sie mich plötzlich fragte: »Sind wir so weit?« Weil ich der einzige Bewerber war, der weder mit seinem Smartphone noch mit seinem Laptop beschäftigt war, musste sie mich zu einer Art Gruppensprecher erkoren haben. Zumindest was den Bereich Handwerk anging. »Ja«, sagte ich. Und während wir uns durch die Tür hinaus in den Flur drängten, ließ ich mich zurückfallen, um noch einen letzten Blick auf die präraffaelitische Schönheit zu werfen, die in ihrer überirdischen Gelassenheit so regungslos wie eine Wachsfigur wirkte.

5. Warten

Im Aufenthaltsraum verteilten wir uns auf die Bänke, um zu warten, bis wir mit unserem Interview an der Reihe waren. Ich fragte mich, ob wir uns miteinander unterhalten würden, vielleicht über den gigantischen Webrahmen, aber zwei klappten wieder ihre Laptops auf und der Dritte saß mir gegenüber und checkte seine Nachrichten auf dem Handy. Ich konnte mir nicht vorstellen, womit sie sich beschäftigten; wovon jeder so eingespannt war.

Vor mir lagen einige Hochglanzmagazine auf einem Tisch ausgebreitet. Ich nahm mir das mit dem Cover, das mir am besten gefiel (jetzt war ich wieder nervös), und fing an, es durchzublättern, um allen zu zeigen, dass es mir nichts ausmachte zu warten. (Warum verhalte ich mich immer noch so, als würde ich beobachtet? Und das in meinem Alter!) Nach einigen Minuten dieser kleinen Pantomime wurde mir allmählich klar, dass ich überhaupt nicht verstand, was ich da anschaute. Weder die Worte noch die Bilder ergaben für mich einen Sinn. Während die Form mir vertraut erschien – hochwertige Fotografie, begleitet von Text in unterschiedlichen Schriftarten – blieb mir allerdings der Inhalt vollkommen unverständlich. Ich hatte davon gehört, dass das Leuten manchmal passierte, bevor sie ohnmächtig wurden. Ich schlug die Zeitschrift zu und betrachtete das Cover in der Hoffnung, irgendeinen Hinweis auf den Inhalt zu bekommen – ein kleines bisschen vertraute Realität, an der ich mich festhalten konnte. Fast musste ich lachen, als ich den Titel des Magazins las. Ich schaute zu dem Mann auf, der mir gegenübersaß und auf seinem Handy herumtippte. Okay. Es liegt nicht an mir. Es liegt an der Zeitschrift. Sie hieß *Neuron*, eine Fachpublikation für Neurowissenschaften. Ich war ihr mächtig auf den Leim gegangen, mit ihren schicken Grafiken und der aufwendigen Fotografie. Natürlich war ich davon ausgegangen, dass es sich um ein Mode- oder Lifestyleblatt handelte. Wer hätte gedacht, dass eine so hochspezialisierte Zeitschrift so sexy aussehen konnte?

Die Abbildung auf der Titelseite war abstrakt. Es war eine Nahaufnahme eines teuren changierenden Stoffs; oder vielleicht war ein Feuerwerk abgebildet, bei dem man mangels Skyline im Hintergrund weder Größenverhältnis noch Perspektive erkennen konnte? Ich suchte auf der Seite mit dem Inhaltsverzeichnis nach der Bildunterschrift, um herauszufinden, um was es sich hier handelte, und meine Erleichterung schwand wieder. Das Bild auf der Vorderseite zeigte einen »frontal-dorsalen Schnitt des umgebenden Gewebes des lateralen Ventrikels des erwachsenen Vorderhirnes eines Nagers«. Ich blickte wieder auf und hatte einen Moment lang den Eindruck, dass der Mann gegenüber mich anschaute. Ich wette, dachte ich, er weiß, um was es hier geht. Vielleicht ist er kein Experte, aber er hat ein wenig recherchiert und sich vorbereitet. Genau in dem Moment gab die Sprechanlage ein leises Klicken von sich, und der Name der ersten Bewerberin wurde aufgerufen. Sie klappte ihr Laptop zu, suchte ihre Sachen zusammen, stand auf und ging los. Ich merkte mir, in welche Richtung sie ging.

Nachdem ich *Neuron* zurück an seinen Platz zwischen den anderen, sorgfältig zu einem Fächer arrangierten Magazinen gelegt hatte, nahm ich mir das nächstbeste zur Hand. Es handelte sich um *Molekulare und zelluläre Neurowissenschaft (MZN)*. Das wirkte auf mich irgendwie zugänglicher. Zuerst sah ich mir die Fotos an, von denen mich viele erstaunten. Sie waren leuchtend, wenn nicht sogar grell pigmentiert und lösten viele Assoziationen aus. Etwas schaute meiner Meinung nach wie marmoriertes Papier aus, das man früher beim Bücherbinden verwendet hat, außer dass es von einem ungesunden Leuchten überlagert und mit kleinen schwarzen Pfeilen versehen war. Viele fast identische Porträts eines glänzenden Spiegeleis waren in Spalten und Leisten angeordnet, sie waren ähnlich markiert und beschriftet. Strähnen von farbgesättigter Wolle, die ein verrücktes Kätzchen über einen schwarzen Samtvorhang gezogen hat. Kirchenfenster, die von einem Mönch auf Droge designt wurden. Etwas, das aussah wie sprießender lilafarbener Brokkoli, abgesehen davon, dass es mikroskopisch klein und anscheinend lebendig war. Diese Bilder waren hinreißend, und ich verstand nicht, was die Abbildungen darstellten (was ihren Reiz noch verstärkte, weil sie umso mehr zu versprechen schienen).

Weil ich noch Zeit totzuschlagen hatte und mich mit irgendetwas beschäftigten musste, las ich. Auf der Suche nach einem Artikel, der mir den Einstieg ermöglichen würde, blätterte ich noch einmal zum Inhaltsverzeichnis zurück. »Bereiche neuronaler Differenzierung im Vorderhirn von Zebrafisch-Embryonen«. Das hörte sich gut an. Mich reizte der »Zebrafisch«. War er eine gestreifte Monstrosität oder einfach eine Fischart? Ich überflog die Einleitung und fing irgendwo mitten im Text zu lesen an. »... das nMLF befindet sich entlang der ventralen Grenze von *pax6* ...« Ich gab auf und schaute mir einfach die Bilder an. Sehr hübsch.

Ich blätterte noch eine Weile durch das Magazin auf der Suche nach hilfreichen Hinweisen oder um noch einen Blick auf die Materie zu erhaschen. Es gab zahlreiche Referenzen auf Tiere, abgesehen von Ratten und Zebrafischen (was hatte es mit denen auf sich?). Es ging um Katzen, Hunde, Affen, Mäuse, mutierte Mäuse, Drosophila – eine Fliegenart –, Tintenfische, Meerneunaugen, junge Katzen und Flusskrebse. Der Großteil davon berührte mich nicht im Geringsten. Zu den meisten Themen habe ich keine eindeutige Haltung, und Tierschutz gehört dazu (obwohl ich mich schon fragte, was sie wohl mit diesen kleinen Kätzchen anstellten). Unter den Anzeigen, die hauptsächlich für Labortechnik warben, befanden sich auch einige, die ich sehr lustig fand. Jemand warb in großen Lettern, die mit großen gezackten Blitzen umrandet waren, für ELEKTRISCHES FISCHORGAN-GEWEBE. »Kräftige Antikörper – Sie werden STAUNEN, WIE robust unsere Antikörper sein können!!!«

Es gab eine Annonce für einen Tierverhaltensforschungs-Aktivitäts-Monitor mit Fotobeam, eine Art Terrarium, dessen Innenraum mit Laserstrahlen erfasst wurde und in dem man Laborratten halten konnte. Die Anzeige versprach, der Käfig sei kugelsicher.

6. Das Bewerbungsgespräch

Ich schreckte auf, als die Lautsprecheranlage ertönte. Es klang, als wäre jemand von hinten an mich herangeschlichen und hätte meinen Namen gerufen. Ich nahm meine Sachen, stand auf und ging in die richtige Richtung (die ich mir zuvor gemerkt hatte). Ich kam zu einer Tür mit einem runden Fenster, wie ein Bullauge. Ich sah hindurch: Vier Leute saßen an der Stirnseite eines ovalen Tisches zusammen. Vor ihnen standen Wasserflaschen, lagen Stifte und Unterlagen. Ich klopfte und ging hinein. Einer schaute auf, sagte: »Hallo«, und bat mich, mich zu setzen. Fast hätte ich mich ganz ans andere Ende gesetzt, aber als ich dann sah, dass neben ihnen eine fünfte Wasserflasche stand, überlegte ich es mir schnell anders und nahm dort Platz.

Von da an schien alles ganz gut zu laufen, wenn man davon ausging, dass ich keine Chance auf das Stipendium hatte. Zunächst stellten sie sich vor. Ben – ein junger Stationsarzt, athletisch, fesch, sehr enthusiastisch. Jade: die imposante Frau von den West Indies, die wir gerade in der Werkstatt gesehen hatten (entgegen meinen Befürchtungen zeigte sie keinerlei Anzeichen von Ungeduld darüber, dass sie hier sein musste, während Wichtigeres zu erledigen war). Hilary: käsebleich und neurotisch, vom London Arts Board, dem städtischen Kulturamt. Conrad: dunkelhaarig, mürrisch, seltsam alterslos, eigentlich wie ein Riesenbaby. Er kam mir bekannt vor.

Hilary brachte den Ball ins Rollen, indem sie etwas über das

Leitbild des Aufenthaltsstipendiums erzählte, seinen Schwerpunkt, performative Reichweite zu ermöglichen. Sie fragte mich, wie ich als Künstler von der Arbeit in diesem Institut profitieren könne und was meine wichtigsten Maßnahmen und Zielsetzungen seien. In meiner Antwort verwendete ich die meisten Begriffe, die sie genannt hatte, allerdings in einer anderen Reihenfolge. Blöde Kuh.

Jade wollte wissen, wie ich damit zurechtkommen würde, mit Menschen mit neuronalen Defiziten zu arbeiten, und ob ich in dieser Hinsicht schon Erfahrungen gesammelt hätte. Ich erzählte ihr, dass obgleich ich keine professionelle Erfahrung auf diesem Gebiet hatte, ich einen jüngeren Bruder hätte, der unter schwerem Autismus litt. Er gehörte nicht zu den Autisten, die unter der milden Form der Krankheit litten, die alle möglichen anspruchsvollen Verhaltensweisen an den Tag legten oder ein Talent für Arithmetik. Er sei schwer autistisch. Er sei überhaupt nicht in der Lage, sich sprachlich verständlich zu machen und könne manchmal sehr gewalttätig werden. Mehr sagte ich nicht, weil ich das ganze Zeug aus einer Fernsehreportage hatte, die ich mir aber gar nicht bis zum Ende angesehen hatte. Jade stellte mir keine weiteren Fragen. Ich nehme an, dass jeder nur eine stellen durfte.

Ben fragte mich, wie meine Arbeit als Künstler mit den Neurowissenschaften zusammenhing. Nun, das war die Frage, auf dich mich vorbereitet hatte, und ich holte meinen de-Kooning-Katalog hervor.

Die Idee, den Katalog mitzubringen, basierte auf einem Erlebnis aus meiner Zeit an der Kunsthochschule. Ich saß in meinem Atelier und sah mir Reproduktionen in einem Katalog an. (In der Hochschule hat jeder Student sein »Atelier«, einen armseligen Arbeitsplatz, der von denen der Nachbarn mit 2 Meter 50 mal 1 Meter 20 großen Sperrholzplatten abgetrennt ist.) Einer der Dozenten, ein Maler, der seine kurze Erfolgsphase Mitte der 1980er-Jahre gehabt hatte, kam herein, um mir eine Weile über die Schulter zu schauen.

»Du weißt, dass er unter Alzheimer litt, als er das gemalt hat?« Er schlenderte weiter.

Von Alzheimer hatte ich keine Ahnung. Aber ich war (und bin es eigentlich immer noch) ein großer Fan von Willem de Kooning. Er war einer der wichtigsten abstrakten Expressionisten, seine Arbeiten waren das Nonplusultra, was echte Malerei im ursprünglichen Sinne anging. Tatsächlich wird er häufig als der »letzte große Maler« bezeichnet. Jackson Pollock war der größere Erneuerer, aber im Prinzip hatte er nur ein paar Jahre lang gut gemalt. Bis 1950 rackerte er sich mehr oder weniger nur wie ein ungeschicktes Arbeitstier ab; ihm fehlte offensichtlich ein außergewöhnliches Talent. Sobald er sein Metier, das Tropfen und Spritzen, entdeckt und dann ein Dutzend Meisterwerke oder so produziert hatte, wurde er sich dessen bewusst und kam nicht weiter. Mit seinen breiten, vollen, öligen Pinselstrichen gelang de Kooning auf der anderen Seite der Spagat zwischen der traditionellen Malerei an der Staffelei und dem Action Painting aus dem Stegreif. Dabei blieb er jahrzehntelang, ohne von seinem Weg abzuweichen.

Als ich den Text im Katalog las, womit ich mich normalerweise nicht lange aufhielt, fand ich einige Bemerkungen über die Krankheit, darüber, dass er Probleme mit seinem Gedächtnis hatte, ohne dass der Name der Erkrankung fiel. Sie wurde nur thematisiert, um hervorzuheben, wie der Künstler gegen sein Unglück anging, während er weiterhin seine unerschütterliche Zuversicht behielt und so weiter. Ich tat mich ein wenig um. In der Institutsbibliothek gab es nichts darüber. Schließlich fand ich ein Buch in einem Rot-Kreuz-Laden, *Leben mit Alzheimer*, das viel Wert auf Listen legte. Ich schlug die Symptome nach. Zuerst zeigen sich folgende Warnsignale:

- extremes Misstrauen und Angst vor anderen Menschen
- Unfähigkeit, Vorhaben zu Ende zu führen, sei es den Garten zu pflegen, etwas zu nähen oder ein Fest zu organisieren
- Probleme, Gedanken bis zu Ende zu denken
- Beginn einer Depression
- plötzlich einsetzender Alkoholmissbrauch bei Personen, die zuvor wenig getrunken haben
- aggressives Verhalten, ohne dass ein offensichtlicher Grund dafür besteht
- unglaubliche Berichte über böse Dinge, die andere gemacht haben sollen

Das sind die Warnsignale. (Und wir alle kennen solche Tage, nicht wahr?) Diese Anzeichen unterscheiden sich nicht sehr von den deutlichen Symptomen von Alzheimer, die da wären:

- Vernachlässigung der Körperhygiene
- längerer Aufenthalt im Bett ohne offensichtlichen Grund
- Ängstlichkeit oder Nervosität ohne offensichtlichen Grund
- Unfälle im Haushalt, wie z. B. einen Topf auf dem brennenden Herd stehen zu lassen oder Haushaltsgeräte nicht auszuschalten
- Unstimmigkeiten von Erinnerungen oder Verhaltensweisen
- eine bestimmte Sorte Lebensmittel horten, z. B. achtzehn Dosen Bohnen oder acht Netze Orangen
- Stimmungswechsel, die nichts mit äußeren Einflüssen zu tun haben

(Noch mal: Wir alle haben solche Tage, oder?) In der nächsten Phase von Alzheimer kommt die Demenz. Man wird dement. Weder weiß man, was die Ursache für Alzheimer ist, noch ist man sicher, ob es nicht auch verschiedene Ursachen gibt. Das, was passiert, ist jedenfalls, dass das Hirn abstirbt. Das Schlimmste daran ist, dass die geistige Klarheit aus- und wieder einsetzt, zumindest in den Stadien vor der Demenz. Das heißt, dass man sich in klaren Momenten selbst dabei zusieht, wie man stirbt – wenn das Hirn tot ist, ist man selbst tot. In diesem Buch wurde eine weitere Erkrankung dargestellt, deren Symptome denen von Alzheimer ähneln, die aber eine eindeutige Ursache hat: das Korsakow-Syndrom. Es wird durch Alkoholmissbrauch verursacht. Willem de Kooning trank. Angeblich trank er eine Flasche Whisky am Tag.

Außerdem habe ich auch noch einige andere Dinge herausgefunden: In einem Interview entschuldigte er sich für seine gelegentliche Vergesslichkeit, und es gab eine Dokumentation über seine letzten Lebensjahre von einem der Assistenten in seinem Studio, es war seine Tochter, glaube ich. Darin wurde allerdings auch nicht viel mehr verraten.

Als ich mir seine späten Werke noch mal anschaute, versuchte ich, unfreiwillige Hinweise auf den Verfall und die Demenz zu erkennen, doch finden konnte ich keine. Ich versuchte, roboterhafte grobe Gesten oder Plumpheit auszumachen, aber das Spätwerk, auch wenn es nicht zu seinen besten Arbeiten gehört, ist immer noch voller Einfälle – ungewöhnliche kompositorische Kniffe und Balanceakte, ein ausgeprägter Sinn für das unvorhersehbare Hin und Her einer improvisierten Abstraktion. Dies hier war keine hirnlose Wiederholung einer auswendig gelernten Formel. Es wirkt immer noch frisch. Es stammte von einem Mann, der sich nicht mehr an seinen eigenen Namen erinnerte, der gewaschen, angezogen und gefüttert werden musste.

Natürlich waren viele Symptome kaum wahrnehmbar, bis die Krankheit voll ausbrach. Alzheimer ist bekannt dafür, dass es auch unter idealen Bedingungen schwierig ist, eine Diagnose zu erstellen. De Kooning war zum Regenten über die Kunstwelt aufgestiegen, ein verwöhnter Millionär, der selbst

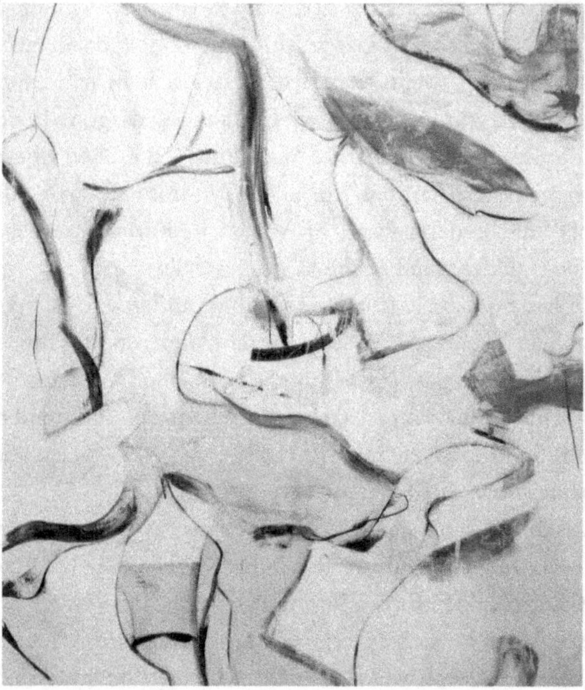

keinen Finger mehr rühren musste, weil er dafür seine Leute hatte. Es gab also nie eine richtige Gelegenheit, bei der seine Krankheit aufgefallen wäre: Er musste nichts einkaufen oder sich um alltäglichen Papierkram kümmern. Ungewöhnliche Schlafenszeiten, Saufgelage, Depressionen, seltsame Kleidung, irrationale Anfälle – all das wird bei einem älteren, millionenschweren Genie akzeptiert. Die Krankheit war möglicherweise schon weit fortgeschritten, bevor sie überhaupt bemerkt wurde. Und außerdem gab es keinen Anlass, misstrauisch zu werden, ob Willem allmählich nicht mehr alle Tassen im Schrank hatte, solange er noch ein oder zwei Meisterwerke in der Woche produzierte, die eine halbe Million das Stück brachten. Bis Alzheimer (oder Korsakow) sich unwiederbringlich manifestiert hatte, waren Jahre vergangen, in denen er nichts selbst machen musste, außer zu malen: Pinsel reinigen, Leinwand auf Rahmen spannen, einen Käufer treffen, auffegen. Um ein 1 a de-Kooning-Gemälde zu bekommen, brauchte man nichts weiter zu tun, als den alten Knaben vor eine leere Leinwand zu stellen, ihm einen der berühmten langstieligen Pinsel in die Hand zu drücken und zuzugucken, wie er loslegte.

All das fand ich recht beunruhigend. Ich saß in meinem Atelier, schaute mir meine eigenen, sehr gequälten mannshohen Improvisationen an und fand, dass sie plötzlich keine Aussagekraft mehr hatten. Was hat das zu bedeuten, wenn Arbeiten wie diese von einem Automaten produziert werden konnten, der weder Verständnis von der Vergangenheit noch von der Zukunft hatte? Ein malender Affe. Eine Gelddruckmaschine.

Mein Dozent kam wieder vorbei und sah, dass ich in exakt derselben Haltung dasaß, mir dieselbe Seite aus demselben Katalog anschaute. »Du siehst aus, als hättest du dich seit einer Woche nicht mehr bewegt.« Wir lachten ein wenig über den Scherz und sprachen danach darüber, was es zu bedeuten hatte, dass de Kooning einen de Kooning malen konnte, ohne zu wissen, dass er de Kooning war. Ich kann mich nicht an den exakten Wortlaut oder die Argumente meines Dozenten erinnern, aber er bezog eindeutig Stellung in dieser Sache und beeindruckte mich damit mächtig. Er war der Meinung, dass das Werk von de Kooning keinesfalls von der Tatsache eingeschränkt oder untergraben wurde, dass es von einem Menschen geschaffen wurde, dessen Hirn nicht mehr vollständig intakt war, weil de Kooning ein Genie war. Für ihn war ein Genie eine Art Priester, die Verbindung zu einer höheren Macht. Kunst entsteht nicht durch den Künstler, sondern fließt nur durch ihn hindurch. Kunst kommt von irgendwo anders her. Ästhetische Qualität beinhaltet eine metaphysische Garantie. Die Tatsache, dass de Kooning große Werke erschaffen konnte, während er kurz davor war, völlig dement zu werden, ermöglichte es ihm, aus seiner kleinen leeren Zelle – keine Vergangenheit, keine Zukunft, kein Begriff von der Welt da draußen – heraus diese große Quelle anzuzapfen. Das beweist einmal mehr, dass es funktioniert.

Ich fand diese Sichtweise problematisch: Konnte ein Mensch sein Leben lang dement und trotzdem ein Genie sein, oder musste er zuvor mental klar und zurechnungsfähig gewesen sein? Wie konnte es außerdem sein, dass die Fähigkeiten dieses Kerls Stück für Stück ausgelöscht wurden, und ausgerechnet seine Fähigkeit, großartige Kunst zu erschaffen, blieb bis zuletzt erhalten? Man würde doch annehmen, das sei das Erste, was verschwindet. (Und nachdem ich mich seitdem mit dem Thema beschäftigt habe, weiß ich, dass das niemand erklären kann.)

Ich machte mir über Für und Wider Gedanken, aber in der abschließenden Betrachtung unter Berücksichtigung aller Faktoren kam ich zu dem Schluss, dass ich meinem Dozenten glauben musste, denn seine Meinung stimmte mit einer Erfahrung überein, die für mich sehr wichtig war. Es geht um ein Gefühl, das ich manchmal hatte, wenn ich an meinen großen improvisierten Abstraktionen arbeitete: Das Gefühl, dass ein Strich, eine bestimmte Farbe genau so richtig und notwendig war, als wäre sie von außen vorherbestimmt. (Ich maß diesem Gefühl Bedeutung bei, obwohl ich, wenn ich jetzt darüber nachdenke, wusste, dass es hinsichtlich der Qualität kein guter Ratgeber war. So häufig war ich mir bei einigen Gemälden ganz sicher gewesen. Ich hatte genau dieses Gefühl, ich war mir so sicher, dass es als Kunstwerk einen Wert darstellte. Dann schaute ich es mir Wochen später an und sah, dass es totaler Mist war. Andere Künstler haben mir ähnliche Gefühle bezüglich ihrer Arbeiten und Projekte beschrieben. Ich kenne sie, und sie machen *ausnahmslos* Mist, depressiven Realismus und so.)

Ich war gerade dabei, an diesem Interview Spaß zu haben und richtig warm zu werden, als sie anfingen, auf die Uhr zu gucken. Ich hatte irgendwie erwartet, dass Conrad die letzte Frage stellen würde, weil er wieder dran war, aber seinem Gesichtsausdruck nach zu urteilen, langweilte er sich maßlos. Vielleicht hatte er auch keine Fragen mehr, stattdessen stellte Jade die nächste:

»Eine letzte Frage noch: Können Sie einen Webstuhl bedienen?«

»Nein.«

Das war vielleicht kein guter Abschluss, aber auf der anderen Seite hatte ich Zweifel daran, ob einer der anderen Bewerber diese Frage mit Ja beantwortet hatte. Ich stand auf und ging hinaus, noch ganz durcheinander vom Adrenalin. Dann feierte ich meinen Erfolg, indem ich mich in dem Pub, der sich unten im Krankenaus befand, volllaufen ließ – allein.

7. Auf der Vernissage

Zufällig traf ich meinen »Freund« einige Wochen später auf einer Vernissage wieder. (In der Terminus Gallery zeigte ein Absolvent der Kunsthochschule Sicherheitshelme aus Mürbeteig.) Er stand wie ich nicht in einem Grüppchen, sondern in der Nähe von Koryphäen aus der Kunstwelt und aufstrebenden Talenten.

Ich erzählte ihm die Neuigkeiten, dass ich eine Residency bekommen hatte, indem ich die Umstände, wie ich es herausgefunden hatte, etwas schillernder darstellte. Tatsächlich hatte ich eigentlich mehr oder weniger die Hoffnung aufgegeben gehabt, insbesondere, als ich mir das Bewerbungsgespräch und meine Antworten erneut ins Gedächtnis rief: Zuerst war ich witzig gewesen, dann hatte ich die Jury belogen und schließlich hatte ich sie mit meinen Erinnerungen an das Studium gelangweilt. Nachdem ich knapp einen Monat lang nichts von ihnen gehört hatte, rief ich dort an. (Meine E-Mails konnte ich nicht checken, da ich weder einen Computer noch eine E-Mail-Adresse hatte.) Die Empfangsdame ging ran – ich erkannte ihre Stimme wieder –, und ich teilte ihr mein Anliegen mit. Sie hatte keine Ahnung, wovon ich sprach, und war fest davon überzeugt, dass ich mich verwählt hatte. Ich musste sie überreden, loszugehen und jemanden zu suchen, der mit der Sache betraut war. Offensichtlich konnte sie mich nicht einfach durchstellen. Es gab eine lange Pause, während der ich im Hintergrund gelegentlich undeutlich Stimmen hören konnte, die sehr weit weg klangen. Mit Knirschen und Kratzen wurde der Hörer wieder aufgenommen, und Michelle sagte:

»Ja.«

»Oh, hallo. Ich wollte nur, ich wollte nur hören, ob ich das Arbeitsstipendium bekommen habe. Ich weiß nicht, ob …«

»Ja.«

»Ja?«

Ein Seufzen. »Ja.«

»Oh. Großartig. Ich habe es also bekommen?«

»Ja.«

Nachdem ich ein wenig überrascht aufgelegt hatte, wurde mir klar, dass ich noch einmal anrufen musste. Ich wusste gar nicht, wann es losgehen sollte oder so. Vielleicht konnte ich mir das aussuchen? Und wann bekam ich das Geld? Das Geld war ziemlich wichtig.

Mir war es peinlich, gleich anschließend zurückzurufen, also ließ ich einen Tag verstreichen. Bis dahin hätte ich mir etwas überlegt. Ich hatte nämlich das Gefühl, dass für diese Sache ein wenig Eigeninitiative nötig sein würde.

8. Diavorträge

Ich überlegte mir, mit einem Vortrag anzufangen. Diavorträge sind ein Pfeiler der Kunsterziehung. Sie sind niemals interessant oder sinnvoll, aber sie haben ihre Vorteile, insbesondere für jemanden wie mich, der bei Vorträgen nervös wird. Sie finden im Dunkeln statt, und man kann hinter den Zuschauern stehen. (Im Rahmen meiner Karriere als Gelegenheitsdozent an Kunstschulen im ganzen Land – Plymouth, Reading, Hull – hatte ich bereits Dutzende von Diavorträgen gehalten. Meistens hatte ich nur Aufträge für einen Tag: Man fängt mit einem Diavortrag an und hat dann fünf oder sechs Einzelgespräche mit den Studierenden. Dabei unterscheiden sie sich nicht sehr voneinander; es gibt zwei Typen: die Hochnäsigen und die Introvertierten. Die Soziopathen und die Bettnässer.) Als ich folglich am nächsten Tag anrief und es mir gelang, mich zu Michelle durchstellen zu lassen, verkündete ich, ich würde einen Diavortrag halten. Sie sagte, sie würde es Ben weiterleiten. Offensichtlich sollte ich von nun an mit Ben zu tun haben. Was das Geld anging, hatte sie überhaupt keine Infos für mich.

Als Nächstes rief ich Susan an, um ihr zu erzählen, dass ich das Arbeitsstipendium bekommen hatte, so wie sie es sich für mich vorgestellt hatte. Aber als sie endlich ans Telefon ging, klang sie nicht sehr erfreut. »Oh«, sagte sie einfach nur, als ihr klar geworden war, dass ich dran war. Eigentlich, dass *schon wie-*

der ich dran war. Offensichtlich hatte ich sie schon am Abend zuvor angerufen, um ihr zu sagen, dass ich das Stipendium erhalten hatte. Erst so gegen halb neun, dann gegen halb zehn und dann noch mal um Viertel vor zehn. Stille bis drei Uhr morgens und dann noch mal um vier Uhr. Ich nehme an, ich hatte zur Feier des Tages ein bisschen was getrunken. Ich musste die Tatsache feiern, dass ich anfing, mein Leben ein bisschen besser in den Griff zu bekommen.

Kaum hatte mein »Freund« auf dieser Vernissage meine guten Nachrichten vernommen, erzählte er mir seine Neuigkeiten. Sein neues Projekt. Er arbeitete an einem Werk über globalen Kapitalismus. Er hatte in der Nähe von Bradford eine isoliert gelegene Sozialbausiedlung gefunden. Dort gab es nichts außer einem einzelnen Laden. Ein Tante-Emma-Laden für ungefähr dreitausend Menschen. Der Verkaufsschlager dort war White Lightning Cider. Sein Projekt – für das er ordentlich Fördergelder bekommen hatte – bestand darin, die ganzen Produkte, die sich in diesem Laden befinden, aufzukaufen und sie in ein bewachtes Lagerhaus zu schaffen. Vor Ort ist dieses Projekt mit Begeisterung aufgenommen worden, vor allem von den Beauftragten der betreffenden Kulturbehörden und -institutionen und insbesondere von einer Lokalgröße. Ihr gehörte der Laden. Neben der Videoüberwachung im Geschäft wollte mein »Freund« eine Webcam installieren lassen, die einen Tag lang live das leere Geschäft filmt.

Bis er mit seiner Geschichte am Ende war, hatte ich drei Bier auf Kosten des Galeristen getrunken. Ich fragte ihn, wie viel Geld er von der Stiftung Northern Arts Fund, dem Arts Council und den Leuten von der Webcam-Firma bekommen hatte. Die Summe war viel höher als die, die ich für mein Arbeitsstipendium über ein Jahr bekommen sollte.

9. Diavortrag

Ich vereinbarte einen Termin mit Ben. Ursprünglich war meine Hoffnung gewesen, mit ihm bei dieser Gelegenheit meinen Aufenthalt im Allgemeinen zu besprechen, aber er schien so beschäftigt, dass wir nur einen Termin für meinen Vortrag abmachten. Ich suchte dreißig Fotos aus, dreißig Bilder aus meinem Gesamtwerk markiger abstrakter Gemälde. Davon gab es Hunderte. (Ich bin immer überrascht, wenn ich mir meine Werke der letzten fünfzehn Jahre, in denen ich die Malerei als Beruf gehabt habe, vor Augen führe. Einfach diese Menge! Jedes Gemälde hat seine eigene Geschichte, seine eigene Archäologie aus Gesten, Aussagen und Revisionen, jedes ist eine Dokumentation sich mehrfach überlappender Gedankengänge. Ich beschäftigte mich eine Weile damit, neue Bilder zu erschaffen, indem ich zwei Dias übereinanderlegte und sie mir vor dem Fenster ansah. Dasselbe versuchte ich mit drei Dias, was dazu führte, dass noch mehr Knoten, Schleier und Maschen entstanden. Dann dasselbe mit vier, mit fünf. Bei dem sechsten Dia war das Ergebnis nur eine dunkle Fläche.)

Ich kam mit meinen Dias dreißig Minuten zu früh im Institut an. Ich hatte nichts vorbereitet, was ich über meine Bilder sagen wollte. Es ist immer am besten, das zu sagen, was einem gerade einfällt. Manchmal stellt man fest, dass man aus dem Stegreif genau dasselbe sagt wie beim letzten Mal. Der Vortrag ist eine exakte Wiederholung, mit genau denselben Pausen und genau demselben Hüsteln. Manchmal allerdings fällt einem etwas Neues ein.

Die Empfangsdame gab mir eine genaue Wegbeschreibung, wie ich zu Bens Büro kam, nachdem ich sie vehement darum bekniet hatte. Als ich mich auf den Weg machte, lernte ich den Zuschnitt des Gebäudes ein wenig besser kennen; ich hoffte, Bens Zimmer zufällig finden zu können. Mehr als einmal kam ich währenddessen an den Untersuchungszimmern mit den fMRT-Geräten vorbei. Auch beim Empfang kam ich noch mehrere Male vorbei, allerdings stets aus einer anderen Richtung. Aber dann machte ich immer wieder kehrt, um nicht schon wieder an der Empfangslady vorbeigehen zu müssen.

Gerade als ich zum siebten Mal an der fMRT-Flucht vorbeikam, entdeckte ich Ben ganz am Ende eines sehr langen Flures, und er kam auf mich zu. Er war viel zu weit weg, als dass ich ihm Hallo hätte sagen können, ohne schreien zu müssen. Also winkte ich ihm zu und setzte ein Lächeln auf, das ich aufrechterhalten konnte, bis er auf Rufweite herangekommen war.

Ich habe keine Ahnung, warum ich Ben von vornherein so hasste. Vielleicht lag es daran, dass er jünger als ich war und besser aussah. Ich konnte sein unkompliziertes Wohlbefinden nicht ertragen, seine Bräune, seine kleinen Ohren. Oder vielleicht lag es auch daran, dass ich sofort praktisch alle, die ich kennenlerne, nicht leiden kann. (Es gibt doch diesen Spruch, dass man viel Zeit spart, wenn man jemanden nicht leiden kann. Aber im Prinzip spart man nur Zeit in dem Fall, wenn man jemanden wirklich nicht leiden kann, auch wenn man ihm ganz unbefangen begegnet ist. In anderen Fällen verschwendet man Zeit, denn man muss eine größere Strecke auf dem Spektrum zwischen Liebe und Hass zurücklegen. Und man weiß nie, wie viel Zeit man gespart oder verschwendet hat, denn wenn man jemanden auf den ersten Blick nicht leiden kann, brauchen die Leute umgekehrt auch nur einen

Augenblick, um einem auch mit Abneigung zu begegnen. Jedenfalls …)

»Hi!« Er streckte mir seine riesige Hand entgegen. Ich schlug ein, und er schüttelte sie, quetschte meine Finger und zerrte an meiner Schulter. Ich hatte geahnt, dass er das tun würde.

»Alles bereit? Super.« Er zeigte mir den Raum, wo der Vortrag stattfinden sollte. Es handelte sich um einen anderen großen Konferenzraum mit ovalem Tisch. Ich fragte ihn, wo der Diaprojektor sei. Sie hatten keinen. Er war davon ausgegangen, dass ich einen mitbringen würde. Daran hätte ich denken müssen. Warum sollten sie dort auch einen Diaprojektor haben, wo man doch heutzutage alles digital wiedergeben kann? Ben schien das nichts auszumachen. Er sah mich eine Minute lang an, dann sagte er: »Warten Sie kurz«, und verschwand.

Dann wartete ich kurz. Ich setzte mich und wartete eine ganze Weile. Dum-di-dum. Dum-di-dum. Ich wagte es nicht, aufzustehen, um ihn zu suchen. Ich hielt nach ihm Ausschau, reckte meinen Kopf aus der Tür, als würde der Raum hinter mir wieder verschwinden, sobald ich hinausging. Ich hoffte, von meinem Standort aus die Toiletten entdecken zu können. Aber das Einzige, was ich sehen konnte, waren geschlossene Türen ohne Schild. Ich musste auf die Toilette. Ich ging zurück, setzte mich an das Kopfende des Tisches und wartete. Ich wippte mit dem Fuß und schnalzte mit der Zunge.

Ein Mann schaute herein. »Bin ich hier richtig? Ich wollte zum Kunstvortrag.«

»Ja. Ben ist gerade raus, um einen Diaprojektor aufzutreiben.«

»Aha. Verstehe.« Er kam herein und setzte sich. Er war von kräftiger Statur, mittleren Alters, und sofort dachte ich, er müsse Taxifahrer sein oder vielleicht Kneipenwirt. Oder Klempner. Ich fragte ihn, ob er wisse, wo die nächsten Toiletten seien. Mithilfe seiner Anleitung fand ich ohne Probleme hin und wieder zurück. Geduldig saß er dort mitten am Tisch.

»Und Sie sind also der Künstler?«

»Ja, das bin ich.«

»Was für Kunst machen Sie denn?«

Das kann eine schwierige Frage sein. Man kann im Allgemeinen nicht von allzu viel Vorwissen ausgehen, aber dann darf man auch nicht zu herablassend klingen. »Ich bin Maler. Abstrakte Malerei.«

»Oh, aha.«

Ich glaube, das war okay.

»Ich male auch.«

O nein!

»Monet.«

»Sie mögen Monet?«

»Fantastisches Zeug.« Auf einer Reise hatte er mit seiner Frau Monets Garten in Giverny besucht. In seinem eigenen Garten hatte er hinten einen kleinen Teich mit Lilien angelegt. Den malte er im Stil von Monet. Wir sprachen noch eine Weile über Monet. Er wusste viel über diesen Maler, mehr als ich jedenfalls.

Schließlich wirkte er ganz sympathisch auf mich. Aber er war offensichtlich weder ein Arzt, noch gehörte er zum Verwaltungspersonal, und er konnte auch nicht in anderer Funktion im Krankenhaus arbeiten, als Portier oder Hausmeister, weil er, wie er mir erzählte, in Rente war. Ich musste also fragen.

»Und Sie … Sind Sie …?«

»Ambulanz-Patient. Neuronales Defizit.«

»Was bedeutet das?« Ich hatte den Begriff erst einmal zuvor gehört, und zwar in meinem Bewerbungsgespräch. Er litt unter einem »neuronalen Defizit«, das »Prosopagnosie« heißt. Erkrankt man daran, ist man nicht mehr in der Lage, Gesichter zu erkennen. Prosopagnosie basiert auf einer Schädigung des

Gehirns, die klar umrissen auf eine bestimmte Region begrenzt ist. Alles andere konnte der Mann einwandfrei sehen. Nur mit Gesichtern hatte er ein Problem.

Ich wurde nachdenklich. Sah er anstatt charakteristischer Merkmale eines Gesichts nur leere Flächen, als schaute er auf einen Perückenkopf? Oder erkannte er die einzelnen Elemente einfach nur nicht als Gesicht? Warum konnte er andere Dinge ausmachen, aber nicht das Gesicht seiner Frau? Woran lag das also?

»Schlaganfall. Ich habe noch nicht mal mitbekommen, dass ich einen Schlaganfall hatte. Ich dachte, ich hätte einfach nur Kopfschmerzen. Es gibt nichts, was man da machen kann, aber ich komme jede Woche her, um mit Ben meine Tests zu machen. Eigentlich ist es gar kein so großes Problem. Ich kann normalerweise an der Stimme und dem Körperbau erkennen, wer es ist. Und ich weiß ja schon, wie meine Frau aussieht. Haha!«

Ob sie wohl wirklich hässlich ist? Das habe ich nicht gesagt. Ich sagte stattdessen, dass wir dann vielleicht gemeinsam einen Vortrag über Monet halten sollten (ich plante nämlich meine Residency schon weit im Voraus).

Ben kam mit einem Diaprojektor zurück und hatte eine Gruppe im Schlepptau.

»Ich habe einige Zuhörer für Sie zusammengetrommelt. Diesen alten Projektor habe ich vom Krankenhaus bekommen. Ich habe ihnen nicht gesagt, für was ich ihn brauche. Man hasst uns da unten.«

Insgesamt gab es sieben Zuhörer, den Taxifahrer eingeschlossen. »Hallo, Colin«, begrüßte ihn Ben. Also sieben mit Colin. Eine weitere Zuhörerin kannte ich aus der Werkstatt, die präraffelitische Muse wirkte nun sehr lebendig. Sie kam auf mich zu und fragte mich, ob wir uns kannten. Ich antwortete, das glaubte ich nicht. Es warf mich ein wenig aus der Bahn, dass sie plötzlich auf mich zukam und mich einfach so ansprach. Sie war sehr hübsch, mit ihrem langen kupferfarbenen Haar, großen hellbraunen Augen, einem breiten Lächeln und erstaunlich großen Brüsten unter ihrem Pullover. Sie hatte eine Figur, wie ich sie mag: schlanker Körper, große Titten. Ich bezweifelte, dass sie mich in dem Werkraum gesehen hatte, weil sie dort so in ihre Musik versunken war, und ich hatte sie unter Garantie noch nie außerhalb des Instituts getroffen. Vielleicht auf einer Vernissage, und ich war betrunken? Nein, daran könnte ich mich erinnern.

»Ich glaube nicht.«

Sie starrte mich an und lächelte. Großes Lächeln. »Oh.« Dann ging sie zu den anderen und nahm lächelnd Platz, immer noch ganz aufgeräumt.

Auf dem Tisch stellten Colin und Ben den Projektor auf und halfen mir, das Karussell mit den Dias zu bestücken. Colin machte das Licht aus.

Normalerweise, wenn das Licht ausgeht, fange ich einfach zu sprechen an, das ist nie ein Problem. Aber dieses Mal kam nichts raus. Dann fiel es mir wie Schuppen von den Augen: Wenn man vor einem Laienpublikum spricht, einem Publikum, das nicht weiß, worüber man redet, wenn man seine Einflüsse nennt, sich mit einer Schule identifiziert und von einer anderen distanziert, dann gibt es fast nichts über abstrakte Malerei zu sagen. Man kann nicht über das Sujet des Bildes sprechen, weil ein abstraktes Gemälde keins haben sollte. Es ist keine Abbildung von etwas, es ist etwas an sich.

Wir saßen im Dunkeln und starrten an die Wand, an die eine lebensgroße Projektion von einem meiner Bilder: Linien und Spiralen, Flecken, Ecken, Felder, Punkte, chromatische Betonungen und Verbindungen, Verschwommenheit und Gewicht, Kurven und Punkte. Ich konnte mich genau erinnern, wie ich es gemalt hatte. Erinnerte mich an die Nervosität, wenn die Leinwand nichts als weiß ist. Die ersten Striche, diese leichte Schüchternheit, wenn man das perfekte weiße Feld in Unordnung bringt. Das Gefühl, langsam etwas zu erahnen, als würde man nicht etwas erzeugen, sondern etwas entdecken, das schon immer da gewesen ist. Nachdem alles schiefgelaufen, flau und hohl geworden ist, der plötzliche Umschwung, der einem Anfall von malerischem Draufgängertum folgt, nachdem man eigentlich schon aufgegeben hat. Für mich war es der Ort des Ur-Dramas, ein Existenzkampf. Für die Betrachter, da war ich sicher, musste es aussehen wie ein beliebiges grobes Muster auf der Wand.

Ich schraubte für den richtigen Fokus am Objektiv herum, um Zeit zu gewinnen, und dann fing ich an, ihnen das Datum zu nennen, das Material und die Maße eines jeden Bildes. Es gibt Künstler, die bei ihren Vorträgen nichts anderes tun. Datum, Material, Maße. Datum, Material, Maße.

Als ich noch studierte, habe ich mir einmal so einen Vortrag angehört, und ich bin von meinem Stuhl gefallen. Ich war nicht eingeschlafen; ich war einfach so gelangweilt, dass ich von meinem Stuhl kippte. Normalerweise wäre ich in meinem Vortrag schon bei der mittleren Schaffensperiode von de Kooning gewesen und beim späten Picasso, bei einigen wenig bekannten Zeichnungen von Rothko, krassen 1960er-Jahre-Abstraktionen, und bei dem, was Malewitsch 1917 gemacht hatte. Während ich die Dias eines nach dem anderen durchklickte, nannte ich das Jahr, das Medium und die Maße jedes Kunstwerks. Medium und Maße waren jedes Mal gleich, nur das Entstehungsjahr war unterschiedlich. In dem Raum war es ziemlich heiß. Das einzige Geräusch, abgesehen von meinen ewigen Wiederholungen und dem Klicken und Surren des Projektors, entstand, wenn sich jemand unter den Zuschauern hingebungsvoll kratzte.

»Wenn Sie Fragen haben oder etwas kommentieren möchten, bitte ...« Bitte. Nur zu. Irgendwas.

Colin rettete mich. »Das eine sah ein bisschen wie ein Monet aus.« Und, wer hätte das gedacht? Er lag richtig. Es handelte sich um ein dunkles horizontales Feld, das von verschmierten Klecksen und Tropfen unterbrochen wurde, wie Eiscreme auf einem Bürgersteig. Oder eben wie Seerosen. Colin erzählte uns, was er kürzlich über Monet gelesen hatte, nämlich dass er meinte, die Welt so zu malen, wie wir sie wirklich sahen, ohne die Dinge in eine Ordnung zu bringen oder sie zu gruppieren – hier ist ein Tisch, das dort ist ein Baum. Was er malte, das waren nicht die Objekte in der Welt, sondern Lichtflecken oder farbige Formen, die wir als etwas Bestimmtes zu erkennen gelernt haben. Ben gab so etwas wie ein Schnauben von sich. Ich wartete darauf, dass er etwas sagte, aber er ließ es.

Animiert von Colins Einwurf gelang es mir, auch für den Rest der Bilder weiterzureden. Als ich fertig war, bat ich noch einmal um Fragen und Bemerkungen. Ben machte das Licht an.

»Ja, Sie haben eine Frage?« Das Mädchen hatte sich gemeldet, wie in der Schule.

»Kenne ich Sie?«

Es dauerte einen oder zwei Momente, bis bei mir der Groschen fiel. Es musste sich um eine Art neuronales Defizit handeln.

»Nein, ich glaube, wir haben uns noch nicht kennengelernt …«

»Emily«, kam mir Ben zu Hilfe.

»Emily, freut mich sehr, Sie kennenzulernen, Emily. Hat sonst noch jemand eine Frage?«

Die Stille in diesem Moment machte allen umso mehr das Kratzgeräusch bewusst, das eigentlich schon die ganze Zeit angedauert hatte. Wir sahen den Typen an. Er fing an, sich immer wilder und verzweifelter zu kratzen, wie jemand, der weiß, dass er einen winzigen Sprengsatz am Körper trägt, ihn aber nicht finden kann, bevor er explodiert. Obwohl ihn alle anschauten, machte niemand den Eindruck, als fände er dieses Verhalten, diese Kratzorgie, anstößig oder überraschend. Ich nahm an, dass es sich hier wieder um irgendeine Nervenerkrankung handelte, vielleicht eine, die wie eine schreckliche Hautkrankheit zutage tritt. Der arme Mann tat allen nur leid, wie er sich da so um Kopf und Kragen kratzte. Er wirkte so, als würde er es nicht mehr lange aushalten, bis er schließlich mit einem »Aha!« und einem seligen Grinsen langsamer wurde. Kratz, kratz … kratz … kratz uuuund kratz.

Er sah mich an und erklärte: »Ich weiß einfach nicht, wo ich kratzen soll. Es juckt mich irgendwo, aber ich weiß nicht, wo. Deshalb muss ich mich kratzen, bis ich die Stelle gefunden habe. Somatosensorischer Cortex, meinen die Ärzte.« Er tippte sich mit dem Zeigefinger an die Schläfe. Sein Gesicht und seine Handrücken waren mit parallelen roten Schwielen übersät.

Um zum Ende zu kommen, frage ich Ben, an den ich mich ja wenden sollte, ob er mir etwas mitteilen wolle, und daraufhin machte er einen kleinen Witz: »Die Bilder sehen ein wenig aus wie die Abbildungen aus dem *Neuron*-Magazin.«

Damit hatte er ins Schwarze getroffen. Meine abstrakten Bilder erinnern an etwas. Im Allgemeinen stellen Bilder Repräsentationen von Dingen dar, die zu einem gewissen Spektrum gehören, beispielsweise dem Spektrum von einer Ameise zu einem Berg. Männer und Frauen und Häuser und Bäume und Äpfel und Tische und Stühle. Alles, was an Größe darüber hinausgeht oder winzig klein ist, sei es ein Wettersystem oder eine Amöbe, eine Galaxie oder ein subatomares Teilchen, sehen wir als abstraktes Etwas. (Sobald ein Durchbruch in der Kosmologie oder Biochemie verkündet wird und die Medien ein Bild von der betreffenden Sache veröffentlichen, sieht es, was mich angeht, immer wie ein Popel aus.) Solche Objekte haben niemals Horizontalen oder Vertikalen. Menschen nehmen Horizontalen oder Vertikalen leicht wahr. Wäre das nicht der Fall, würden wir ständig mit Dingen zusammenprallen oder über etwas stolpern. Darüber hinaus müssen solche Sachen, also die winzigen und die riesigen Objekte, immer aus einer Distanz betrachtet werden, um überhaupt sichtbar zu sein. Geht man zu dicht ran, ist alles nur Hintergrund, Feld, nicht Gestalt.

All das ging mir in der einen Millisekunde durch den Kopf, bevor ich auf Bens Bemerkung mit einem halbherzigen Kichern reagierte. Manchmal gelingt es einem, in sehr kurzer Zeit sehr viel zu denken. Aus dem Nichts breitet sich einem dann vor dem inneren Auge eine ganze Landschaft aus. Ich freute mich über diese kleine Einsicht und war Ben dankbar, dass er der Auslöser war. Und diese Dankbarkeit sorgte dafür, dass sich meine Hauruck-Abneigung gegen ihn in Wohlgefallen auflöste. Plötzlich hasste ich ihn nicht mehr.

10. Ein Plausch mit Ben

Ich fragte Ben, ob er Zeit auf einen Kaffee im Aufenthaltsraum hätte, damit wir uns ein wenig besser kennenlernen könnten. Ja, sicher. Zwar hatte er ein Treffen mit dem Finanzausschuss, das x-te (er verdrehte die Augen), aber für eine Tasse und ein Schwätzchen hatte er Zeit. Er nahm den Diaprojektor und klemmte ihn sich unter den Arm (»Den muss ich noch zurückbringen – ich habe ihn geklaut«), bevor wir in Richtung Aufenthaltsraum schlenderten, der, wie sich herausstellte, nur um die Ecke lag.

Um das Eis zu brechen, wollte ich ihn über all die Patienten ausfragen, die ich gerade kennengelernt hatte, denn ich war ziemlich neugierig, doch direkt neben dem Kaffeeautomaten saß Colin. Er war ganz allein in dem riesigen Raum. Er sah auf, lächelte uns an (er hatte uns wohl an unserer Kleidung und dem Körperbau erkannt) und widmete sich dann wieder seiner Zeitung. Ich fragte Ben nach dem Typen, der sich gekratzt hatte.

»Wir glauben, es ist ein Problem mit seinem somatosensorischen Cortex. Dieser Teil des Gehirns hat viel mit dem Tastsinn zu tun. Man kann es mit einer neuronalen Karte des Körpers vergleichen. Bestimmte Teile des Cortex korrespondieren mit bestimmten Bereichen der Haut ...« Ben tippte sich an die Seite des Kopfes, wo diese Karte anscheinend ungefähr lag, »... aber wir sind uns nicht sicher. Er hatte einen Arbeitsunfall und bekam daraufhin diese Symptome. Wenn er sich schneidet, kann er nur sagen, wo sich die Wunde befindet, wenn er sie sieht, aber wenn es juckt … Es macht den armen Mann verrückt. Das ist recht ungewöhnlich.« Während er mir das erzählte, fingen wir beide an, uns zu kratzen.

»Und Emily«, fragte ich, »was ist mit ihr?« Sie ist ganz gut ausgestattet, was? Das sagte ich nicht, aber ich lächelte und nahm an, Ben dachte dasselbe. Er erklärte mir, was es mit ihrer Erkrankung auf sich hatte. Die virale Enzephalitis, die sie sich in Belize zugezogen hatte, die Gedächtnislücken. Dann war es mir ein bisschen peinlich. Ich war mir nicht sicher, woran das lag, ob es nur war, dass ich fürchtete, er hätte den wollüstigen Unterton in meiner Stimme gehört. Ich schämte mich, möglicherweise als Lustmolch zu gelten, der sich an eine Frau mit Behinderung heranmacht. Außerdem war ich schockiert, was diese Krankheit mit Emily angestellt hatte. Sie konnte sich Dinge nur fünfzehn Minuten lang merken – so ungefähr jedenfalls. Was ist das für ein Leben?

Allerdings sieht sie recht fröhlich aus, obgleich sie zu wissen scheint, dass sie kein Erinnerungsvermögen hat. Daran kann sie sich erinnern, denn warum sollte sie ständig nachfragen (grob alle fünfzehn Minuten, wie mir jetzt klar wurde), ob sie einen kennt?

»Ja, ich weiß«, sagt Ben, »wir verstehen das nicht, aber nur selten sind die Fälle eindeutig. Und die Wissenschaft ist noch nicht so alt. Der Begriff ›Neurowissenschaften‹ wurde erst um 1970 geprägt.«

Und noch was: Was zur Hölle hat sie in Belize gesucht? Da gibt's doch nichts als Sümpfe, oder? Dort werden Sondereinheiten der britischen Luftwaffe trainiert. Ben zuckte mit den Schultern. Sie war bereits Patientin, als er in dem Institut anfing. Anscheinend war sie die erste Patientin dort überhaupt.

»Aber Belize? Wer fährt denn in seinem Urlaub dorthin?«

»Sie hat dort gearbeitet. Was genau wollten Sie mich fragen?«

Er schaute auf die Uhr, daher nahm ich an, es sei besser, darüber zu sprechen, was ich als Artist in Residence als Nächstes machen sollte.

»Nun, das liegt wirklich ganz an Ihnen.«

»Wirklich? Ich kann ein ganzes Jahr lang machen, was ich will?«

»Sie kennen sich mit Kunst wahrscheinlich besser aus als wir.«

»Aber wenn Sie nicht wissen, was ein Gastkünstler macht, warum bin ich dann hier …? Ich meine, was …?«

»Dass wir einen Artist in Residence haben, war eine der Bedingungen für die Zuteilung neuer Fördergelder. Und einen Writer in Residence. Ich muss jetzt los. Mir hat Ihr Vortrag gefallen. Sehr interessant.«

Ich hatte nicht mehr die Gelegenheit, ihn danach zu fragen, was mit meinem Geld war. Ich sah Ben nach, als er den Raum verließ, und bemerkte dann wieder Colin, der nicht weit weg mit seiner Zeitung saß. (Anscheinend war seine Fähigkeit zu lesen nicht beeinträchtigt.) Ich ging zu ihm hinüber und setzte mich.

11. Ein Plausch mit Colin

»Hübsch ist es hier, nicht wahr?« Colin fügte hinzu: »Hier haben sie gute Arbeit gemacht. Vielleicht ein bisschen zu streng für meinen Geschmack – es fehlen ein paar Bilder –, aber wirklich schön.«

Wir sprachen über Gebäude und Innenausstattung. Colin hatte in allen Gewerken gearbeitet, ich, wie viele Leute von der Kunsthochschule, nur als Dilettant in einigen. Wir stellten fest, dass wir beide denselben Scherzbolden vom Baugeschäft aufgesessen waren. Der Klassiker. Das läuft so: Eines Tages sucht man sein Lieblingswerkzeug, sei es ein bestimmter Spachtel oder eine Polierbürste oder was auch immer. Man fragt herum, aber niemand hat das Werkzeug gesehen. Den Rest des Tages beschwert man sich darüber, dass Leute einfach so das Werkzeug leihen und es nicht zurücklegen. Der Witz besteht darin, dass man einige Tage später eine Karte in der Post hat, auf der das vermisste Werkzeug auf einer Sonnenliege auf Barbados liegt oder an einer Palme lehnt oder für den maximalen Effekt zwischen zwei enormen gebräunten Brüsten klemmt. Ich habe solche Witze schon immer verachtet. Dabei handelt es sich um Humor von Leuten ohne Humor. Und diese Geschichte erschien mir immer als besonders sinnlos, weil sie einfach nur nach hinten losgehen kann. So etwas erinnert alle Beteiligten, und nicht nur das Opfer, daran, wie scheiße dieser beknackte Job ist. Darüber waren Colin und ich uns einig.

»Wollen wir ein Bier trinken gehen?«, fragte Colin.

»Im Moment ist es schlecht. Ich bin ein bisschen … bis ich die erste Rate bekommen habe, und ich habe keine Ahnung, wann das sein wird.«

»Keine Sorge.«

12. Ein Bier mit Colin

Ich ging also mit Colin in den Pub, der zum Krankenhaus gehörte. Nach den ersten fünf oder sechs Gläsern gab ich es auf, zu protestieren und darauf zu bestehen, ihm das nächste Mal einen auszugeben. Ich glaube, er lieh mir sogar das Geld für das Taxi. Als ich am nächsten Tag in meinen Taschen wühlte, fand ich das Wechselgeld, das von einer Zwanzig-Pfund-Note stammen musste. Außerdem standen säuberlich auf der Rückseite einer Getränkekarte detaillierte Notizen für einen Monet-Vortrag. Produktiver Abend. Ich war komplett hinüber, deshalb blieb ich den ganzen Tag im Bett. Ich dachte über Colin, Emily und den Kratzer und ihre neuronalen Erkrankungen nach.

Ich führte ein kleines Experiment durch. Ich nahm eines dieser Promi-Magazine zur Hand, die Susan dagelassen hatte, und versuchte mir vorzustellen, wie es sein musste, Madonna oder Victoria Beckham nicht zu erkennen. Colin sieht nicht einfach nur eine Leere, wo Gesichter sind. Er kann bestimmte individuelle Aspekte unterscheiden, etwa braune oder blaue Augen, große oder kleine Nasen, wie andere Leute auch. Doch kann er ein Gesicht in seiner Gesamtheit nicht erkennen, sieht nicht, wer vor ihm steht. Während ich die Fotos von Promis auf einer Filmpremiere betrachtete, konnte ich mir ungefähr vorstellen, wie sich Colins Schwierigkeiten darstellten. Diese Celebritys gaben sich alle Mühe, gleich auszusehen. All die Frauen bemühten sich, denselben Körper zu haben, und ihre

Gesichter waren in ähnlicher Weise glattgebügelt und gleichgeschaltet. Zwar unterschieden sich die Haarfarben der einzelnen Schönheiten, aber das machte sie auch nicht unverwechselbarer, weil alle ständig ihre Haarfarbe verändern. Vielleicht sieht Colin einfach das generische, durchschnittliche Gesicht eines Menschen.

Ich fragte mich, ob sein Defizit sich negativ auf seine Fähigkeit, Empathie zu empfinden, auswirkte. Vielleicht fühlt er sich wie ein europäischer Entdecker, der zum ersten Mal die Menschen auf einem neuen Kontinent zu sehen bekommt. In seinen Augen sehen wir alle gleich aus.

Ihm fehlt das Vermögen, mit der Zeit Unterschiede in Gesichtern auszumachen, die man zuvor nicht wahrnehmen konnte. Die Wahrnehmung, dass die anderen sich vermeintlich nicht voneinander unterscheiden, scheint zu einer entmenschlichenden Sichtweise zu führen. (Und vielleicht ist das, auf andere Weise, auch genau mein Problem. Die einzig differenzierende Charakteristik, die mich wirklich interessiert, ist die Tatsache, dass ich ich bin.)

Ich versuchte zu sehen oder mir vorzustellen, was Colin sieht, wenn er jemanden anschaut. Ich betrachtete ein Foto von so einer VIP-Party (in einem anderen Hochglanzmagazin von Susan) und versuchte den Unterschied auszumachen zwischen »ein Gesicht erkennen« und »alles andere sehen«. Ich wollte den Gegensatz herausfinden zwischen »jemanden erkennen« und »ihn nicht erkennen«. Für mich schienen die Gesichter mit dem Hintergrund zu verschmelzen. Sie waren als visuelle Erfahrung nicht deutlich abzugrenzen wie etwa ein Kleid oder ein Möbelstück. Bedenkt man Colins so ungewöhnliche Sehbehinderung, würde man doch erwarten, dass sich die Gesichter von dem visuellen Feld, in dem sie sich befinden, hervorheben, so wie der blaue Rahmen, der in alten Filmen Schauspieler bei Rückprojektionen umgibt. Das Gesicht wird betont in dem Sinne, dass es in den Vordergrund tritt. Aber das ist sicherlich nur ein semantischer Unterschied, kein visueller, nehme ich an. Es ist kein Sehen, es ist Lesen, und das Lesen kommt nach dem Sehen. Dafür muss man sich bewusst ins Zeug legen, dafür bedarf es Willensanstrengung. Außerdem ist es etwas, das man lernen muss. Eine beschriebene Seite zu sehen heißt nicht automatisch, sie lesen zu können. Ein Wort zu sehen ist manchmal wie ein Gesicht zu sehen, wenn man es mal genau bedenkt. Das Wort FUCK in Großbuchstaben. Oder GEFAHR oder HERREN. Obwohl es sich anfühlt, als würde man sie einfach nur *sehen*, wenn man diese Worte *liest*. Soweit man das beurteilen kann, passiert das Verstehen unmittelbar, eher punktuell als sequenziell. Ist Sehen eine Art des Lesens? Sind diese Rohdaten, diese visuelle Welt, eigentlich ein Text, den wir in Sekundenschnelle erfassen können? In unserem Kopf stellen wir die Informationshäppchen zu einem Bild zusammen.

Als ich mich verkatert mit geschwollenen Augen in meinem Zimmer umsah, erschien mir das nicht nachvollziehbar. Alles ist so widerwärtig *detailliert*. Wenn ich es wegmeditieren oder herauslöschen könnte, würde ich das auf alle Fälle tun. Mein Zimmer ist echt ein Drecksloch. Ich glaube, ich habe die Dinge ganz schön schleifen lassen, nachdem Susan und ich uns getrennt haben. Irgendwann muss ich mich ans Aufräumen machen.

Unter dem Bett zog ich einen alten Monet-Katalog hervor. (Ich schaffte es, ihn mir zu angeln, ohne aufzustehen, doch dabei stieß ich eine offene halb leere Wodkaflasche um und überschwemmte einen Aschenbecher.) Ich blätterte gleich zum hinteren Teil des Bands vor; die späten Arbeiten, Dutzende und Aberdutzende Gemälde mit Seerosen. Die meisten Bilder sind riesig, Panoramen, die das ganze Gesichtsfeld des Betrachters einnehmen. Monets Ansatz, die Welt so zu malen, wie wir sie wirklich sehen – als Farbflecken –, scheint die Verschlechterung seines Sehvermögens vorwegzunehmen, unter der er im Alter litt. Die Seerosen sind alle unscharf, cremefarbene Kleckse auf dunklem Hintergrund, und dennoch kann man sie deutlich als Seerosen erkennen. So schlecht, wie seine Augen im Alter waren, konnte er wahrscheinlich den Unterschied zwischen einer Seerose und dem Gesicht eines seiner Kinder nicht erkennen. Er brauchte irgendeine zusätzliche Information, Hinweise auf den Kontext: Wo habe ich das gesehen? Bewegte es sich? Gab es ein Geräusch von sich? Monets Problem waren die Augen, nicht sein Gehirn, aber er und Colin werden ähnliche Gründe gehabt haben, warum sie Seerosen so gern mögen.

13. Emily

Ich dachte schon wieder an Emily. Ich dachte an sie gleich nach dem Aufwachen. Ich stellte sie mir nackt vor, während ich mir wie jeden Morgen einen runterholte, aber ich konnte sie mir nicht genau vorstellen. Wie sahen ihre Nippel aus? Also griff ich auf eine alte Fantasie zurück, die normalerweise immer funktioniert.

Jetzt aber dachte ich über Emilys Erkrankung nach. Wie sah wohl die Welt aus, in der sie lebte? Je mehr ich darüber nachdachte und versuchte, sie mir vorzustellen, erschien sie mir wie ein Leben in der Hölle. Als wäre man in ein Loch im Boden gesteckt worden. Eine vollkommen klaustrophobische Welt. Ohne Horizont.

Auf der anderen Seite, nehme ich an, hätte sie den Vorteil, dass immer alles neu wäre, wie bei dem Goldfisch, der immer im Glauben ist, er sei gerade in ein neues Goldfischglas eingezogen. Das würde auch ihre augenscheinliche Fröhlichkeit erklären. Alles ist für sie neu. Alles hat für sie Neuigkeitswert. Auf eine Art kann man Emily um ihren Zustand beneiden. Wir alle wären gern in der Lage, nur im Moment zu leben – so wie Kinder angeblich.

Emily hat viel von dem verloren, was unser Leben ausmacht: Dinge, die nicht greifbar sind – Erinnerungen natürlich, aber ebenso auch Pläne, ein Gefühl für die Zukunft. Ihr bleibt nichts anderes übrig, als sich an der Gegenwart zu erfreuen. Das heißt, wenn die Gegenwart Anlass dazu gibt. Aber was ist mit Schmerz oder Kummer? Wie geht sie damit um? Wenn wir gerade eine schlechte Phase haben, halten wir uns an der Erinnerung an bessere Zeiten fest und sagen uns, dass es in der Zukunft auch wieder besser werden wird. Für Emily muss sich jede Form des Unglücks wie die tiefste Depression anfühlen, denn in dieser Situation ist der Gedanke, dass es besser werden kann, wenig überzeugend. Die Möglichkeit ist unvorstellbar.

Das ist wahrscheinlich der Grund, warum sie im Institut untergebracht ist und man sich um sie kümmert. Auf der einen Seite sind es die praktischen Aspekte – draußen in der Welt würde sie untergehen –, aber es ist auch eine Frage der Menschlichkeit. Es wäre grausam, sie irgendeiner Form von Unglücklichsein oder den Unannehmlichkeiten auszusetzen, mit denen wir uns jeden Tag herumschlagen. Denn während sie es erleiden müsste, würde sie nicht wissen, dass es auch noch anders geht.

Bekommt sie Besuch? Ihre Eltern? Ihr Freund? Ich quälte mich ein bisschen mit dem Gedanken, welche Art Freund sie gehabt hatte. Ich stellte mir die Männer vor, mit denen sie früher tanzen oder ins Kino gegangen war, denen sie bei einem romantischen Dinner bei Kerzenschein lang in die Augen geschaut hatte, ohne das Essen anzurühren. Ich quälte mich, fügte meiner Seele einen Schmerz zu, als würde ich mir selbst in den Arm zwicken. Ich stellte mir Emily vor ihrer Krankheit vor, wie sie Sex mit ihrem Freund hat. Oder mit mehreren? Ich sah ihre natürliche, unbeschwerte Freude daran, penetriert zu werden. (Ziemlich plötzlich überfallen mich all diese starken Gefühle. Versuche ich mich hier vielleicht über eine Enttäuschung hinwegzutrösten?)

Aber wie würde man sie *jetzt* ins Bett kriegen? Das Vertrauensverhältnis aufzubauen, sodass sie sich nichts dabei denkt, wenn du unter ihrem Pullover nach einer dieser fantastischen

Brüste herumtastest, braucht Zeit. Erst muss man Vertrauen aufbauen. Vielleicht gelänge das, wenn man sich nie aus ihrem Blickfeld entfernt, während man um sie wirbt. Unklar wäre natürlich, wie lange das dauern kann, denn ein Zeitfenster von fünfzehn Minuten ist kaum mehr als eine Serie von Momentaufnahmen, eine Abfolge von einzelnen Zeitblöcken. Selbst eine kurze Pinkelpause könnte bedeuten, dass man wieder ganz von vorne anfangen muss. Was bedeutet dann also »Einverständnis« in diesem Zusammenhang? Hat die Idee der Zustimmung überhaupt eine Bedeutung für jemanden in ihrer Lage? Wenn man vergessen hat, dass man seine Zustimmung gegeben hat, ist sie dann nicht eigentlich zurückgezogen? Folgerichtig wäre jeder Sex Vergewaltigung. Wenn man näher darüber nachdachte, gab es dementsprechend wohl keine einzige Möglichkeit, mit Emily zu schlafen. Es war so, als wäre ihre Jungfräulichkeit wiederhergestellt.

Was wäre, wenn ich sie gekannt hätte, bevor sie krank geworden war? Emily hatte nicht nur das Vermögen verloren, neue Erinnerungen zu gewinnen, sondern auch, sich an einige alte Erinnerungen zu entsinnen. Es gibt wohl einige Monate vor ihrer Erkrankung, an die sie sich anscheinend nicht erinnern kann. Dennoch weiß sie die meisten Fakten über ihre eigene Person noch. Sie weiß etwas über ihr Leben und erkennt ihre Familie und so weiter. Es ist daher also möglich, dass sie früher einen Freund hatte, der ihrer Erinnerung nun verborgen ist. Er hatte sich als echtes Arschloch geoutet, und sie hat ihn verlassen. Sie kann ihn nicht mehr ausstehen, aber daran erinnert sie sich nicht mehr. Was, wenn er sie im Institut besucht und ihr erzählt, dass sie immer noch zusammen sind? Und wenn er sie in ihrem Krankenzimmer vögelt? Ich sehe ihn vor mir, wie er das Krankenhaus über ihren Flur verlässt, während er sich den Reißverschluss seiner Hose hochzieht und leise in sich hineinlacht. In meiner Fantasie sieht dieser furchtbare Typ vage ansehnlich aus. Aber dann, nachdem er sich von Emily mit einem sanften Kuss verabschiedet hat, dreht er sich um, und sein Gesicht verwandelt sich in eine leicht violette Fratze, die von unten angeleuchtet ist.

14. Auf der nächsten Vernissage

Während ich mir vorstellte, was ich mit dem Typen anstellen würde, wenn ich ihn in die Hände bekäme, schlief ich ein. Als ich am späten Nachmittag wieder aufwachte, ging es mir viel besser. Ich beschloss, zu einer Vernissage einer Gruppenausstellung zu gehen, die von einer alternativen Galerie ausgerichtet wurde. Die Ausstellung hieß »FUCK YOU, clASSHOLE« und fand in einer stillgelegten Tankstelle in Hackney statt. Gegen Ende des Abends stellte ich fest, dass ich mit einigen aufstrebenden Stars der Kunstwelt zusammenstand. Ich musste ganz gut in Form gewesen sein und erzählte von meinem neuen Job – sie haben dort eine Werkstatt, man stelle sich das vor! Sie lachten. Ich fühlte mich in dem Grüppchen dieser erfolgreicheren und schick angezogenen jungen Leute wohl. Mein gesellschaftlicher Wert war für sie so hoch, dass ich tatsächlich an Koks kam. Irgendwann holten alle ihre kleinen Briefchen hervor und luden mich ein, ich musste mir das Zeug nicht selber kaufen. Ich erinnere mich daran, dass ich in einem Club saß oder bei irgendwem zu Hause und mich mit meinem »Freund« unterhielt, der Kunst im öffentlichen Raum machte. (Irgendwie war er auch dort aufgetaucht.) Ich erzählte von Emily oder Susan. Irgendwann fing ich an zu weinen, glaube ich.

15. Danke, Colin

In den nächsten Tagen verbrachte ich viel Zeit mit Colin, mit dem ich unseren gemeinsamen Vortrag plante. Er hat mir das Leben gerettet, wirklich. Nicht nur hat er mir mit Geld ausgeholfen – meine Anrufe bezüglich meines Honorars liefen ins Leere, und alles, was ich wusste, war, dass ich eine Rechnung zu stellen hatte –, sondern er wusste auch von allem möglichen Klatsch und Tratsch auf der Station. Da ist er relativ häufig, er verbringt dort viel Zeit und unterhält sich mit den Leuten. Abgesehen von vielen nützlichen Informationen über das Institut erfuhr ich auch viel über ihn persönlich. Er erzählte mir einige lustige Geschichten von den Baustellen, auf denen er gearbeitet hatte – hysterische Bauherren und ihre hysterischen Innenarchitekten. Einer seiner Kollegen lud nach Beendigung eines Auftrags immer die ganze Mannschaft zu sich nach Hause ein, um Sex mit seiner Frau zu haben (nicht alle sind mitgegangen). Bei einem Auftrag machten sie abwechselnd in der Wäschekammer ein Nickerchen. Bei einem anderen gab es einen Kollegen, den alle nur »Erbse« nannten, weil er keine Erbsen mochte.

Colin erzählte mir auch viel über sein Leben jenseits der Arbeit. Ich wusste ja schon, dass er sich mit Malen und Gärtnern beschäftigte, aber er trieb auch Sport. Ich hätte auf Fußball oder Golf getippt (wegen seines Kleidungsstils) oder vielleicht Angeln. Aber er hatte ein ziemlich ungewöhnliches Hobby, nämlich Bogenschießen. Er hatte gelernt, seinen Herzschlag minimal zu verlangsamen, um besser zielen zu können. Das senkt außerdem die Wahrscheinlichkeit für einen weiteren Herzinfarkt.

Noch mal zum Thema Institut. Über das NNI, das Norman Neurological Institute, wusste Colin Folgendes zu berichten:

Mit Dr. Prabhakar, der Direktorin des Instituts (die in Grau gekleidete Frau, die ich bei meinem ersten Besuch wie ein Neutrino durch die Flure zischen sah), hat er sich eingehend beschäftigt. Sehr intelligente Frau. Sie lässt sich nicht häufig blicken, insbesondere in der letzten Zeit nicht, aber sie ist nicht nur die Leiterin des Instituts, sondern auch seine Gründerin. Sie konnte Conrad Norman davon überzeugen, das ganze Geld in das Institut zu stecken. Das war ihr damals gelungen, als er quasi schon auf dem Sterbebett lag.

Conrad Norman. Ein Mistkerl und zum Ende seines Lebens reif für die Klapsmühle. Wie viele dieser Typen, die aus eigener Kraft Milliardäre werden, war er von der Idee seiner Sterblichkeit besessen. Der Tod macht alle Menschen gleich, und er wollte sich nicht mit ihnen gemein machen. Er hatte eine immense Summe für alle möglichen verrückten Pseudowissenschaften ausgegeben, die das ewige Leben versprachen. Mit Neurologie hatte er sich beschäftigt, weil er erfahren hatte, dass es zu Ende ist, wenn sich das Gehirn verabschiedet, wenn man um die hundert wird, selbst wenn man noch an sonst nichts gestorben ist. Norman bekam Wind davon, dass einige amerikanische Neurowissenschaftler Nahtod- und außerkörperliche Erfahrungen erforschten, was einen Hinweis darauf gab, dass ein Leben nach dem Tod möglich sei.

Er hat drei erwachsene Kinder: eine Tochter und zwei Söhne. Der jüngste, der ebenfalls Conrad heißt, sieht aus wie ein eigenartiges Riesenbaby, ihn sieht man manchmal im Institut. Die anderen beiden, Zwillinge, sind noch schlimmer als ihr Vater.

Ben. Ein sehr intelligenter junger Mann. Scheint zurzeit sehr unter Druck zu stehen, aber er macht das prima.

Jade. Eine ganz Nette. Kümmert sich toll. Colin würde sie gern mal nackt sehen.

Die Räumlichkeiten des Instituts. Schön ausgeführt, besonders die Hartholztäfelungen, die Lichtanlage und die Türklinken.

Die Räume mit den fMRT-Geräten. Er hat nie mitbekommen, dass sie jemals in Betrieb waren.

Emily. Nettes Mädchen. Sehr quirlig. Es ist eine Schande.

Die anderen Patientinnen und Patienten. Einige wird er mir vorstellen, wenn wir unseren Vortrag halten. Mit einigen von ihnen ist er sogar fast befreundet.

Die Empfangsdame. Die sollte man rausschmeißen.

Ich habe Colin mit in mein Atelier genommen und ihm einige meiner Gemälde gezeigt. Sie waren nicht ganz so seine Sache, aber ich hatte den Eindruck, dass es ihm dennoch gefiel. Er war zum ersten Mal in einem Atelier. Wie sich herausstellte, kannte er das Gebäude, in dem sich meine Räume befinden. Früher war es eine Maschinenhalle gewesen, in der er gearbeitet hatte. Er erinnerte sich daran, dass es drinnen immer kälter war als draußen, nur nicht im Hochsommer, dann war es immer viel heißer drinnen.

16. Diavortrag

Unseren Diavortrag hielten wir in demselben Raum. Ich hatte einige aussortierte Dias von der Bücherei der Kunsthochschule bekommen. (Während ich dort an der Central Saint Martins war, traf ich zufällig einen Dozenten wieder. Er sagte, wie sehr ich mich verändert hätte, irgendwas sei anders. Ich wies ihn darauf hin, dass ich das letzte Mal, als er mich gesehen hatte, sein Student gewesen sei, und da war ich neunzehn.)

Wir hatten den Vortrag in zwei Hälften aufgeteilt: Colin wollte etwas über Monet in Giverny erzählen, und ich wollte den Zusammenhang zwischen Monet und der Entwicklung des Abstraktionismus, insbesondere der US-amerikanischen Malerei der 1950er- und 1960er-Jahre, erläutern.

Wie erwartet lernte ich dieses Mal recht viele der Patientinnen und Patienten kennen. Colin schien mit ihnen allen befreundet zu sein, er wusste extrem viel über sie und ihre Erkrankungen. Als wir alles aufgebaut hatten, saßen dort etwa ein Dutzend Zuhörer, und Jade war stellvertretend für das Institut gekommen, auch für den Fall, dass jemand Hilfe brauchte. Ben hatte es nicht geschafft, weil er zu einer Finanzsitzung musste.

Colin ging ausführlich und sehr detailliert auf den späten Monet ein. Hier und da erzählte er von seiner Reise mit seiner Frau nach Giverny. Es war seine Belohnung für die Pensionierung, daher hatte es etwas von einem Diavortrag über einen Urlaub, wie ich sie aus meiner Kindheit kannte.

Ich hätte sehr viel lernen können, wenn ich aufgepasst hätte. Stattdessen saß ich dort im warmen Dunkel und starrte auf Emilys Silhouette. Ihre Nase, Lippen und Brüste, und wie ihre Wimpern jedes Mal eine Ecke von Monets Breitformat-Seerosenlandschaften verdeckten. Ich konnte sehen, wie sie atmete und seufzte. Eigentlich gab es keinen Grund, warum sie so nah an der Leinwand sitzen musste, denn es waren reichlich Sitzplätze frei, doch niemand bat sie, sich weiter nach hinten zu setzen. Wahrscheinlich hatten sich alle aneinander gewöhnt, mit den jeweiligen komischen Angewohnheiten. Rücksichtnahme auf jemanden mit einem neuronalen Defizit ist wohl eine besondere Form der Höflichkeit.

Nur einmal in der ganzen Stunde bewegte sich Emily. Sie streckte den Arm nach vorn, als wollte sie eine Seerose pflücken. Vielleicht wollte sie sich nur dehnen. Die ganze Zeit war es still im Raum, nur Colin sprach, und im Hintergrund hörte man das Klicken und Surren des Projektors.

Als das Licht wieder anging, erkannte ich, dass auch der Kratz-Mann wieder da war. Er sah ruhig und normal aus. Die Zuhörer streckten sich und gähnten, während sie sich mit schläfrigem Lächeln anschauten. Ich schlug vor, im Aufenthaltsraum eine kleine Pause einzulegen, bevor ich mit meinem Teil weitermachte. Ich musste auf die anderen warten, bis sie sich langsam zur Tür geschoben hatten wie nachmittägliche Kinozuschauer. Erst dann traute ich mich aufzustehen. Aufgrund der Wärme, der Dunkelheit, meiner vollen Blase und des Profils von Emilys Brüsten hatte ich eine Erektion.

Glücklicherweise war die nächste Toilette eine Behindertentoilette, sodass ich ins Waschbecken pinkeln konnte. (Es ist eine Frage der Höflichkeit, das Waschbecken zu nutzen, wenn man eine Erektion hat, denn sonst spritzt es einfach überallhin.) Dann folgte ich den anderen in den Aufenthaltsraum.

Während ich auf die Gruppe zuging, sah ich einen Mann,

wie er mit zwei vollen Bechern – schön langsam – vom Kaffeeautomaten kam. Als er aus dem Vortragsraum ging, hatte ich ihn nur von rechts gesehen, doch nun wurde die linke Seite seines Kopfes sichtbar. Sie sah aus, als wäre sie mit einem Hammer eingeschlagen und danach mit einer fleischfarbenen Plastikmasse überzogen worden. Ich schaute schnell zu der kleinen Gruppe am Tisch, die er ansteuerte. Emily saß allein an einem Tisch und lächelte. Colin saß auf der Stuhlkante ziemlich in der Mitte der Gruppe und amüsierte sich. Er unterhielt sich mit einer Frau und einem Mann, beide blind oder sehbehindert, die ihre Blindenstöcke zusammengefaltet auf dem Schoß hielten. Vielleicht berichtete er ihnen von den Dingen, die sie nicht gesehen hatten.

17. Visuelle Defizite – Einführung

Die Geschichte des blinden Paares reimte ich mir später aus dem zusammen, was Colin mir über sie erzählte und was Ben wusste. Keiner der beiden war im herkömmlichen Sinne blind. Ihre Augen sind okay, aber ihr Hirn ist nicht in der Lage, die Informationen zu verarbeiten, die es erhält. Die Frau leidet unter schwerer, fast vollständiger visueller Agnosie. Ich mochte das Bild, das Ben bei seiner Erklärung benutzte. Er meinte, dass für sie die Welt aussieht wie abstrakte Kunst von einem anderen Planeten. Sie kann alles sehen, aber nichts erkennen. Zwar hat sie einen eingeschränkten Begriff von der sichtbaren Welt, zusammen mit auditiven und haptischen Hinweisen, insofern, dass sie auf einer viel befahrenen Straße oder wo auch immer nicht hilflos ist, aber ohne die Aspekte aus dem Kontext – Autos sind Dinge, die sich bewegen und das Geräusch von Fahrzeugen machen – ist sie in einer Welt voller Abstraktionen verloren.

Was dem Mann passiert war, ist noch viel schlimmer. Er weiß nicht, dass er sehen kann. Der Teil des Gehirns, der dafür zuständig ist, zu wissen, dass man sehen kann, funktioniert nicht. Wenn man ihm einen Faustschlag gibt, duckt er sich weg. Wirft man ihm einen Ball zu, fängt er ihn. Aber wenn man ihn fragt, behauptet er, er sei blind. Man könnte denken, dass sehen und wissen, dass man sehen kann, ein und dasselbe seien, aber dem ist nicht so. Er kann sehen, aber nur unbewusst. Sein Vermögen zu sehen ist also ausschließlich funktional, es ist wie eine Reaktion auf einen Reiz, wie bei einer Pflanze, die sich nach dem Licht ausrichtet.

18. Phineas Gage – Einführung

Zuvor hatte der Mann mit dem eingeschlagenen Kopf wirklich unten im Gray's Krankenhaus gearbeitet, in der Abteilung für psychische Gesundheit, als Angestellter des staatlichen Gesundheitssystems. Einer seiner »Klienten« war hinauf aufs Dach gestiegen. Er sagte, er wolle sterben, er wolle springen und so weiter. Also versuchte unser Mann (eine wirklich engagierte Person), ihn davon abzubringen, aber der Klient setzte tatsächlich zum Sprung an. Er versuchte, seinen Patienten (bzw. Klienten) festzuhalten und wurde mit in die Tiefe gerissen. Der Patient fiel in einen Container mit Müllsäcken, doch unser Mann landete auf dem altmodischen Eisengeländer, das den Müllcontainer umgab, und ein Pfosten drang ihm glatt durch den Schädel. Er trat direkt unter dem Wangenknochen ein und kam aus der Schädeldecke wieder hervor. Getötet wurde der Mann nicht (offensichtlich), und er blieb wohl die ganze Zeit bei Bewusstsein. Jedenfalls redete er mit den Rettungssanitätern und Notärzten, während die Feuerwehr den Pfosten aus dem Geländer flexte. Mit dem Eisenstab im Kopf wurde er in die Notaufnahme gebracht. In einer Not-OP wurde er aus seinem Kopf entfernt, und obwohl er schwer verletzt war, schien er sich wieder vollständig zu erholen. Jedoch stellte sich erst später heraus, dass mit dem erheblichen Objekt, das in seinem Vorderhirn steckte, auch seine Persönlichkeit entfernt wurde. Die Umsicht und Fürsorglichkeit, die seinen Beruf ausmachten, hatten auch sein Verhalten zu Hause geprägt.

Doch jetzt war er zu einem echten Arschloch geworden. Ein schlimmer Mensch.

Vor dem Hintergrund der evolutionären Entwicklung des Gehirns zeigt das, dass Schäden an den später entwickelten Hirnbereichen, wie dem frontalen Cortex, weitaus weniger schwerwiegend sind als die in älteren Arealen, die näher am Rückgrat liegen. Eine Verletzung dort wäre tödlich. Denn die älteren Bereiche sind für die grundlegenden Sachen zuständig, wie zum Beispiel atmen. Schaut man sich einen Querschnitt vom Gehirn von der Seite an, ist es quasi ein Schaubild der menschlichen Evolution. Unsere Eidechsen-Vorfahren entsprechen dem Hirnstamm. Jede weitere Schicht, bis hin zu dem vollausgebildeten Cortex des Gehirns, steht für eine Weiterentwicklung. Dabei verändert sich der Eidechsenteil nicht, denn er wird immer noch für das gebraucht, wofür er zuständig ist: atmen, zusammenzucken und Kot ausscheiden. Die natürliche Auslese verändert nichts, was funktioniert. Daher ging es bei der jüngeren Weiterentwicklung des menschlichen Hirns nicht darum, den Lebenserhalt zu sichern, sondern eher, wenn man so will, mehr Software (oder nebensächliche Hardware) zu installieren. Es ging darum, einem bereits bestehenden und funktionierenden Körperteil neue, differenzierte Funktionen – Deko und Extras – hinzuzufügen.

Der Typ war ein guter Vater, ein liebevoller Ehemann, verlässlicher Freund etc. gewesen. Und jetzt ist er ein lüsternes, aggressives Großmaul geworden, das jede nur denkbare Droge nimmt. Er hat so wenig Mitgefühl, dass sich das sogar auf seine Sicht auf sein altes Leben auswirkt. Wenn Leute ihm Mitleid entgegenbringen für die großen Schmerzen, die er erlitten haben muss, sieht er sie nur an, als wollte er sagen: »Na und?«

Hinterhältig ist er außerdem. Man hatte es mit Verhaltenstherapie versucht, um ihn dahin zu bringen, wenigstens so zu *tun*, als machte er sich Gedanken um andere. Das wurde deutlich, als ich folgende kleine Geschichte während unserer Kaffeepause beobachtete. Er trug einen Kaffee hinüber zum Tisch und stellte ihn mit großer Geste (sehr gute Manieren) vor Jade hin, um dann umgehend eine ihrer sehr großen Brüste zu betatschen. Zuvor hatte sie mit geschlossenen Beinen dagesessen, ihre Arme im Schoß ruhend, und reagierte nun mit dem Reflex, einen Arm hochzureißen. Der Hieb war so kräftig und treffsicher, dass er sich selbst mit seiner eigenen Hand kräftig auf den Nasenrücken schlug. Er drehte ab wie eine Wespe, blinzelnd und leicht schwankend. Jade nahm den Kaffeebecher und wandte sich wieder dem Gespräch zu. (Jade kennt ihn eben und nennt ihn »Phineas«, obwohl er eigentlich anders heißt. Phineas Gage arbeitete im 19. Jahrhundert bei der US-Eisenbahn. Bei einem Unfall schoss ihm eine Eisenstange durch den Schädel. Er überlebte, aber seine Persönlichkeit hatte auf ähnliche Weise gelitten.)

Was man in philosophischer Hinsicht aus diesem Fall (und dem von Phineas Gage) lernen kann, ist, dass Gehirn und Geist identisch sind. Das Gehirn ist die Persönlichkeit. Die Person, für die du dich hältst und für die andere dich halten, ist das Produkt eines Gewebes, nicht deiner unveränderlichen und unsichtbaren Seele. Eigentlich ist das offensichtlich, aber wenn man es sich so betrachtet, schon schockierend.

Damit wird auch ein wichtiger Aspekt der Neurowissenschaften deutlich, nämlich wie widerstandsfähig das Gehirn gegenüber Unfällen ist, was all die modernen In-vivo-Bildgebungstechnologien zeigen. Zufallsentdeckungen spielen im Allgemeinen nicht so eine große Rolle bei wissenschaftlichen Entdeckungen, wie wir meinen. (Wissenschaft basiert weniger auf Heureka-Momenten als auf unablässiger Plackerei. Wissenschaftliche Forschung ist eigentlich nur Maloche.) Beispielsweise hätte man nie gewusst, dass die Fähigkeit, Gesichter zu erkennen, ein spezieller Prozess ist, für den der Gehirnapparat besonders ausgebildet sein muss, bis es Patienten wie Colin gab. Er leidet unter einem genau lokalisierten Gehirnschaden, was seine Fähigkeit, Gesichter zu erkennen, zunichtemacht. Um diese Erkenntnisse aus Experimenten gewinnen zu können, müsste man bestimmte Areale des Gehirns vorsätzlich beschädigen oder entfernen, nur um feststellen zu können, was der Betroffene hinterher nicht mehr tun kann. Meist bekommen wir gar nicht mit, was das Gehirn leistet, bis ein Unfall oder eine Krankheit uns etwas nimmt.

19. Diavortrag

Allmählich gingen wir für den zweiten Teil der Präsentation in den Vortragsraum zurück, obwohl jetzt niemand mehr so richtig Lust hatte.

Ich zeigte Dias von einigen großen amerikanischen Malern aus den 1950er-Jahren: Newman, Still, Rothko, Louis, Olitski. Ich erinnerte an das Dia, das zuvor gezeigt worden war, mit den Monets in dem großen runden Raum, den er speziell hatte errichten lassen, um die Wasserlilien-Gemälde dort ausstellen zu können. Mir ging es um das Problem der Größenordnung. Wann ist ein Bild zu groß, um noch als ein Objekt wahrgenommen werden zu können? Wann ist es schließlich nur noch eine dekorierte Wand oder Teil eines Hintergrundes? Was ist der Unterschied zwischen einer weißen Leinwand und einer einfachen Wand?

Ich spürte, wie ihr Interesse schwand. Vielleicht hatte ich meine Zuhörer überfordert, vielleicht war mein Vortrag lahm. Mich hatte eine Art Depression oder Müdigkeit übermannt. Dieses Gefühl der Niederlage bekomme ich manchmal, wenn ich mir großartige Werke des letzten Jahrhunderts anschaue. Dann wird mir klar, dass ich als Künstler den Errungenschaften aus der Vergangenheit nichts hinzuzufügen habe. Das ist nichts Neues. Dieses Gefühl verdrängt man am besten, soweit es geht, wenn man heutzutage noch etwas erschaffen will. Die Alternative wäre, einfach nichts von den Vorgängern erfahren zu wollen. Ignoranz kann ein großartiger Katalysator für Kreative sein.

Außerdem hatte ich mir auch selbst etwas vorgemacht. Hin und wieder ist es mir passiert, dass ich eine Idee hatte, dass mir eine Innovation einfiel, die alles radikal verändern würde, nur um dann festzustellen, dass jemand anderes dieselbe Idee schon dreißig Jahre zuvor gehabt hatte. Oder dass der Gedanke einfach mittelmäßig war. (Als ich einmal eine Kochshow ansah, kam mir auf einmal ein brillanter Gedanke für ein genial einfaches Gericht – geröstetes Brot. Man nimmt einfach eines unserer Grundnahrungsmittel und verknüpft es mit einer der einfachsten Zubereitungsmethoden, und dennoch ist noch niemand darauf gekommen. Dann fiel mir ein, dass es einfach Toast war.)

Es ist einfach so: Selbst wenn Innovationen in der Kunst mittlerweile fast unmöglich sind – all die entscheidenden Schritte wurden schon im 20. Jahrhundert unternommen, und Warhol war der letzte große Erneuerer –, sind wir doch so versessen auf die Sinnesempfindung von etwas Neuem, dass wir überall eine Neuheit zu entdecken glauben. Jeden Morgen wachen wir vollkommen unschuldig auf und sind schockiert und überrascht von denselben Sachen, die uns schon gestern schockiert und überrascht haben.

(Einige Menschen gibt es, die bei Innovationen schwach werden, und die sehen ihre Zukunft im Computer. Das mag wohl möglich sein, aber bisher war es nicht so, dass ein Computer die Transparenz eines künstlerischen Mediums erreichen kann. Computer-Kunst zurzeit ist wie diese Vergnügungsausfahrten mit den ganz frühen Motorfahrzeugen, bei denen es nicht darum ging, irgendwo anzukommen, sondern einfach nur dieses neue Gefährt auszuprobieren. Oder es ist wie ein Besuch bei den ersten Kino-Ausstellungen. Hilfe! Ein Zug! Die Menschen aus der Zukunft werden über uns lachen, wie wir uns mit unseren elektrischen Rechenmaschinen schwertun und dabei glauben, wir hätten die Welt erobert.)

Als es bei meinem Vortrag an der Zeit war, die Zuschauer zu bitten, Fragen zu stellen, hatten wir alle das Gefühl, ich hätte meine Aufgabe erledigt. An Colin hatten sie alle Freude gehabt. Mein Teil des Vortrags war getragen von Zweifel und unguten Gefühlen. Es muss für alle langweilig gewesen sein. Ich gab dem geselligen Colin ein Zeichen, er solle mit ihnen zurück in den Aufenthaltsraum gehen, um gemeinsam noch einen Kaffee zu trinken, während ich den Projektor zurück zu Bens Büro trug, damit er ihn wieder dorthin zurückbringen konnte, wo er ihn herhatte.

Das war dann auch eine gute Gelegenheit, ihm eine Frage zu stellen, ohne ihm auf die Nerven zu gehen, weil er doch immer so beschäftigt war.

20. Bens Gehirne

Jade hatte mir gesagt, wo ich ihn finden würde (ich hatte sie gebeten, mir den Weg auf einem Zettel zu skizzieren), und ich folgte ihren Anweisungen sorgfältig. Auf dem Weg zu seinem Büro hielt ich kurz an, um was zu trinken. (Ich saß in einer Toilettenkabine mit dem Projektor auf meinem Schoß und nahm einen Schluck Gin aus einer Volvic-Flasche.)

»Bist du sicher, dass du hier genügend Gehirne hast?« In seinem Zimmer standen Hunderte von Gehirnen herum. Jede horizontale Fläche war mit ihnen bedeckt – überall diese Mischung aus Walnusshälften und Blumenkohlköpfen.

Große, kleine, mittelgroße und in Originalgröße.

»Das sind genügend Gehirne, um einen Laden aufzumachen. BRAINS-'R-US.«

»Oh, hi. Na, wie findest du meine Sammlung?«

»Echt beeindruckend.«

Das stimmte tatsächlich. Die Gehirne bestanden aus allen vorstellbaren Materialien – Bakelit, Holz, Porzellan, Pappmaché, Gummi, Harz, Zinn, Bronze. Die meisten von ihnen schienen neueren Datums zu sein, denn sie waren aus Plastik. Sie unterschieden sich nach ihrer Differenzierung. Es gab ein Hirn »made in China«, das aus einem einfachen, in einer Form gegossenen Klumpen bestand und dessen Plastik an das von Spielzeugsoldaten erinnerte, bis hin zu einem unglaublichen Modell zum Zusammensetzen, das dreimal so groß war wie ein echtes Gehirn. Die einzelnen Teile waren bunt, sie bestanden aus Plastik, Harz und Acrylglas. Montiert war es auf einem Massivholzständer mit einer Bronzeplakette: DAS MENSCHLICHE GEHIRN. Andere Gehirne waren Scherzartikel oder einfach nur Krimskrams: eine Form zum Keksausstechen, Schlüsselanhänger, eines zum Aufpusten, eine riesige Halloween-Maske sowie zahlreiche Aschenbecher und Briefbeschwerer.

»Wie viele Gehirne sind das, Ben?«

»Neunhundertunddreiundsechzig. Die besten werden jetzt in den USA hergestellt, aber viele ältere kommen aus Deutschland.«

»Die brauchst du alle für die Arbeit?«

»Nicht wirklich. Ich mag sie einfach.«

Mir gefielen sie auch. Es waren zum Teil unglaubliche Dinger. Und dann noch die ganzen Bilder und Poster, die er überall hatte. Einige hingen in altmodischen Goldrahmen, darunter auch ein handkolorierter Druck aus dem 19. Jahrhundert. Der deutsche Text dazu beschrieb alle Ansichten und Schnitte, die wie aufgespießte Käfer in taxonomischen Reihen angeordnet waren. Aber es gab auch eine ganze Anzahl von neueren Postern. Es waren Abbildungen ähnlich denjenigen, die ich schon in der Fachzeitschrift gesehen hatte. Ziemlich grell, wie im Drogenrausch. Eine davon sah ich mir genauer an. Das Ding sah aus wie ein gigantischer Tintenfisch, es hatte zig Tentakeln oder Ranken, die auf beiden Seiten aus seinem Körper ragten, grell grün und lilafarben schimmernd.

»Was ist das?«

»Ein Neuron. Davon hast du hundert Milliarden in deinem Kopf, ungefähr.« (Diese Zahl kam wie aus der Pistole geschossen, aber viel später habe ich herausgefunden, dass niemand das so genau nachweisen kann. Obwohl das von allen als Anzahl der menschlichen Neuronen genannt und auch so in Büchern angegeben wird.)

»Du hast hundert Milliarden Neuronen, die in der Lage sind, vierzig Billiarden Verknüpfungen herzustellen.« Er nahm einen Zettel und schrieb die Ziffer auf, um mir zu zeigen, wie vierzig Billiarden aussehen: 40 000 000 000 000 000. Vierzig Billiarden (ich glaube jedenfalls, dass es so stimmt).

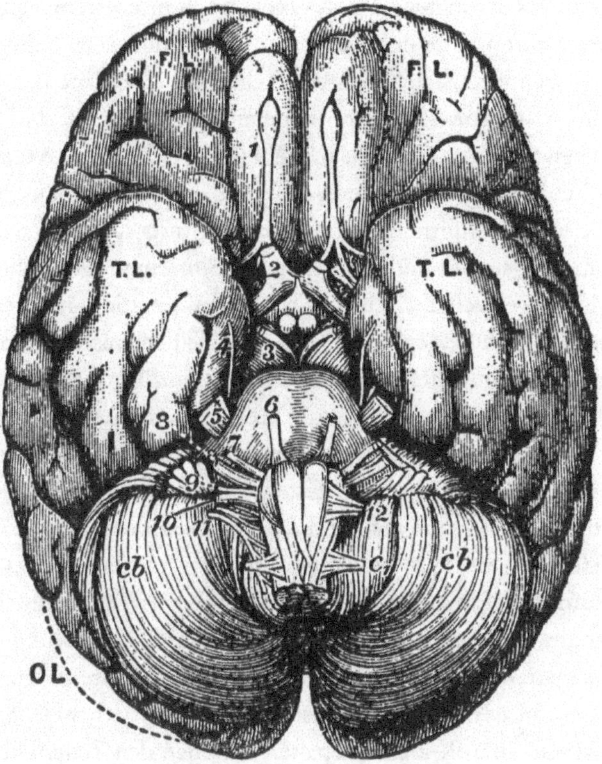

»Im menschlichen Hirn gibt es mehr mögliche Verbindungen, als es Atome im Universum gibt.« Er hatte noch mehr solcher Sachen auf Lager.

»Die Oberfläche des Cortex ist nur knapp 0,2 Quadratmeter groß, aber wenn man die Fläche all der Neuronen mitrechnen würde, wäre sie größer als drei Tennisplätze. So groß ist das nun auch wieder nicht, aber immerhin sehr viel größer als dein Kopf.«

Ich fragte, welche Aufgabe sie haben. Sie sprechen miteinander. Billiarden von Neuronen unterhalten sich die ganze Zeit, sogar wenn man schläft. Sie schicken innerhalb des Gehirns Nachrichten mittels einer Art Transitsystem herum. Jedes Neuron hat einen Zellkern, und auf der einen Seite des Kerns befinden sich viele Auswüchse, die Dendriten. Diese nehmen Informationen von anderen Neuronen auf. Auf der anderen Seite des Zellkerns schließt sich das längliche Axon an und schickt Impulse an andere Neuronen aus. Innerhalb jeder Zelle werden Informationen von einem Ende zum anderen in Form elektrischer Ladung geleitet wie in einer Zündschnur. Zwischen einzelnen Zellen wird die Information in chemischer Form weitergegeben. Diese speziellen chemischen Stoffe, die Neurotransmitter, überwinden die winzigen Spalten, die zwischen den Auswüchsen des Zellkerns, den (Informationen sendenden) Axonen, und denen der nächsten Zelle, den (empfangenden) Dendriten bestehen. Auf diese Weise ist jedes Neuron mit bis zu eintausend anderen Neuronen verbunden. Schätzungsweise gibt es dreiundfünfzig verschiedene Neurotransmitter (Einige kamen mir bekannt vor: Serotonin, Endorphin, Adrenalin und Dopamin.) Bei der Übermittlung von Informationen berühren sich die Neuronen meist nicht. Sie werden mittels der Neurotransmitter transportiert, welche die Synapsen, also die kleinen Spalten zwischen den Zellen, überwinden. (Hatte ich auch schon mal gehört, Synapsen.) Wir haben hier also ein chemisch-elektrisch-chemisch-elektrisches Übertragungsverfahren. Chemische Stoffe bringen die Zellen dazu, mehr oder weniger zu feuern. Elektrische Ladungen oder das Fehlen dieser Aktionspotenziale (oder Spikes) sorgen dafür, dass unterschiedliche chemische Stoffe über den synaptischen

Spalt hinweg transportiert werden … zur nächsten Nervenzelle und dann wieder zur nächsten und so weiter.

Alles, was man macht, erfordert eine unglaubliche Menge dieser intra- und interzellulären Aktivität. Zum Beispiel Kauen. Stellen Sie sich vor, Sie kauen etwas und versuchen dabei, sich nicht auf die Zunge zu beißen. Kiefer und Zähne sind sehr effiziente Werkzeuge zum Schneiden und Mahlen, und Ihre Zunge ist ein sehr empfindliches Stück Fleisch. Jedes Mal, wenn Sie Ihr Essen kauen, vollführt Ihre Zunge eine Art komplizierten Todestanz und wird dennoch fast nie erwischt. Es passiert selten, dass man sich auf die Zunge beißt. Es ist wahnsinnig viel Aktivität im Gehirn nötig, um die sensorischen und motorischen Hirnareale mit dem Nervensystem der Zunge und der Kiefer zu koordinieren, damit Sie sich nicht auf die Zunge beißen. Es ist ein ewiges Hin und Her. Abermillionen von Abstimmungsvorgängen und Plänen finden zwischen dem Hirn, den Nerven und den Muskeln statt, damit Sie diese einfache Tätigkeit ausführen können, ohne sie überhaupt zu bemerken. Ebenso ist es absurd kompliziert, beim Gehen Kaugummi zu kauen. Wir sind bei Weitem noch nicht so weit, das einer Maschine beibringen zu können. Wir haben es zwar geschafft, einer Maschine das Schachspielen beizubringen, aber noch keiner, sich nicht auf die Zunge zu beißen.

»Und Hirnzellen sterben auch ab, oder?« Da war ich mir ziemlich sicher.

»Bei einem normalen Gehirn sind es jeden Tag zwischen fünfzehntausend und zweihunderttausend Zellen. Aber das fällt bei einer durchschnittlichen Lebensdauer kaum ins Gewicht.«

Ich fragte ihn nicht, wie die Zahl aussieht, wenn man diesen Vorgang durch exzessiven Alkoholkonsum verstärkt. Denn das hätte Ben vielleicht darauf gebracht, auf meinen Atem zu achten.

Als ich mich so in Bens Arbeitszimmer umsah, hatte ich den Eindruck, er hätte all diese Gehirne zu einer Generalversammlung zusammengerufen. Wir standen in einem Amphitheater, drum herum organisierten sich die versammelten Gehirne in Reihen und Spalten. Die einen schauten in diese Richtung, die anderen in eine andere, tuschelten, drängten sich aneinander vorbei, während die kleineren sich nach vorne schoben, um besser sehen zu können, oder sie wurden auf einen Vorsprung gehoben, der sich gerade ergab – einen Stapel Bücher oder Papiere.

»Und was ist mit denen da oben? Sind die echt?«

Auf dem obersten Bücherbord befanden sich zwei zylindrische Gläser, in denen jeweils ein teigiger, ausgefranster Klumpen lag. Sie dienten als Bücherstützen. Jede Wette waren die echt.

»Ja, sind die nicht unglaublich? Die habe ich vom Krankenhausmuseum bekommen, als das schließen musste. Sie hatten endlos viele Präparate von Anomalien in Gläsern. Es gab Babys mit zwei Gesichtern oder Babys ohne Beine. Das meiste ging an die Wellcome-Collection, das Gesundheits-Museum in London. Aber weil bei denen hier die Etiketten abgefallen waren, wollte die keiner. Es gab keine Informationen darüber, wie das Museum an die Gehirne gekommen ist oder wem sie gehört haben. Es gibt keine offensichtlichen Schäden, daher weiß ich noch nicht mal, woran die Patienten gestorben sind. Vielleicht sind sie von Ärzten oder Wissenschaftlern gespendet worden.«

»Aus ihren eigenen Sammlungen?«

»Nein, aus ihren eigenen Schädeln. Ich meine, nachdem sie gestorben waren. Im 19. Jahrhundert war das recht weit verbreitet.« Sie haben also ihren Körper im Dienste der Wissenschaft gespendet. Und jetzt sind sie als Bücherstütze geendet.

»Stimmt es, dass man nur zehn Prozent des Gehirnes benutzt?«

»Nein, das ist Quatsch. Danke, dass du mir den Projektor zurückbringst.«

21. Dummer Schnitzer

Ich war ziemlich angenervt von mir selbst, dass ich das gesagt hatte. Denn diese Frage gehört zu den Dingen, die die Leute sagen, wenn sie nicht darüber nachdenken, was sie sagen. (Wie und warum sollte es so gekommen sein, dass wir einen Schädel haben, der zu neunzig Prozent aus Füllmasse besteht?) Ich bemühte mich also, Ben gegenüber ein wenig weniger blöd dazustehen und ging deshalb schnell zu dem praktischen Thema über, dessentwegen ich auch hier war. »Außerdem wollte ich noch etwas fragen … mein Atelier.«

»Atelier …« So, wie er es sagte, klang es, als hätte er das Wort vorher noch nie gehört.

»Normalerweise, wenn man ein Arbeitsstipendium bekommt, dann bekommt man ein Atelier zur Verfügung gestellt. Ein Artist in Residence hat ein Atelier.«

»Hm. Davon war eigentlich nie die Rede.«

»Stimmt. Darüber haben wir noch nicht gesprochen.«

»Ich meine hier im Institut.«

Die Sache war die: Ich brauchte dringend ein Atelier. Man drohte mir, mich aus der Werkhalle in Hackney rauszuwerfen – ich war mit der Miete elf Monate im Rückstand. Abgesehen davon konnte man im Winter sowieso nicht da drin arbeiten. Um in meinem Atelier im Dezember und Januar malen zu können, musste ich alle meine Sachen, also all die Kleidung, die ich besaß, unter meinem Blaumann anziehen. Und dann konnte ich mich kaum noch bewegen. Mein Strich verlor an

Flow, denn Farbe wird in der Kälte dicker. Es war, als würde ich mit geschmolzenem Karamell arbeiten. Ein beheizbarer Atelierraum mit einer Toilette war außerdem das, was ich von einem Arbeitsstipendium erwarten würde.

Gerade in dem Moment raschelte etwas an der Tür, und Michelle schob sie mit den Schultern auf, weil sie die Arme voller Akten und Unterlagen hatte. Hinter beiden Ohren hatte sie einen Kuli klemmen. Sie sah geradewegs an mir vorbei.

»Ben …«

»Ja, ich weiß. Ich bin gleich da.«

»… bei den letzten beiden Besprechungen warst du nämlich nicht da, Ben.« Sie ging rückwärts hinaus und ließ die Tür zufallen. Ben sah mich an, als wäre es meine Schuld. Dann ging er hin, öffnete die Tür und rief ihr hinterher.

»Michelle, ich hab hier gerade zu tun. Das Problem dreht sich um die Finanzierung.« Ich konnte nicht verstehen, was sie antwortete, aber ich bekam ihren Ton mit – zweifelnd, ausgenutzt. Sie gab einen zustimmenden Laut von sich, Ben drehte sich wieder in den Raum um und ließ die Tür zufallen.

»Atelier …« Er wiederholte das Wort, als wollte er es ausprobieren. Sein Gewicht prüfen.

»Na, es muss ja kein Malatelier sein« warf ich ein und hatte dabei die Stalagmiten aus getrockneter Farbe und den Schlick vor Augen, der in meinem Studio in Hackney knöchelhoch stand.

»Vielleicht ein Zeichenatelier. Um zu zeichnen und – äh – zu recherchieren.«

Das wäre wirklich nicht schlecht, denn ich bekam im Winter eh nichts Ordentliches zustande. Ich hatte mit einer Flasche Whisky experimentiert, »um die Kälte abzuwehren«, und wäre dabei fast draufgegangen. Einige Male war ich auf meinem Klappstuhl eingeschlafen und so gegen vier Uhr morgens wieder aufgewacht. Ich wäre fast erfroren. Eine solche Nacht hatte dafür gesorgt, dass ich einen Monat im Bett verbringen musste, mutterseelenallein. Da ging es mir nicht so gut. Deshalb hielt ich es für eine gute Idee, ein Zeichenatelier vorzuschlagen. Ben hatte wahrscheinlich nicht die geringste Ahnung, welches Chaos ich beim Zeichnen anrichten konnte: Auf einem riesigen Blatt Papier, das ich von einem 300-Meter-Ries gerissen habe, verteilte ich eine ganze Reihe von Materialien und Substanzen (Ruß, Rotze, Schuhkreme, Buntstift, Marmelade). Ich riss, kratzte, biss und stach auf das Papier ein. Sein Gesichtsausdruck ließ erkennen, dass er eine andere Vorstellung hatte. Ich war ziemlich sicher, was er unter einem Zeichenatelier verstand: Vor seinem inneren Auge stand ich vor einer Staffelei oder saß mit einem DIN-A3-Skizzenbuch auf dem Schoß, auf dem ich einen Entwurf machte. Von einer Vase. Einer Orange.

Ich reizte meinen Vorteil aus, indem ich etwas vorschlug, was ihm vielleicht auch gefallen würde. »Vielleicht könnte ich dort etwas mit den Patienten machen. Zeichenunterricht oder so.«

Das fand er gut. »O. k. Ich glaube, das könnten wir hinbekommen. Ich spreche mal mit Michelle. Bin gleich zurück.« Er rannte raus.

22. Bens Gehirne, Fortsetzung

Erst nach ungefähr einer Dreiviertelstunde kehrte Ben zurück. Ich schlug die Zeit tot, indem ich mir all die Gehirne um mich herum anschaute – dumm di dumm … Hin und wieder nahm ich einen Schluck aus meiner Volvic-Flasche. Ich spielte mit einem Gehirn herum.

Als Ben endlich wiederkam, sprang er förmlich ins Zimmer und gab mir einen Scheck. »Ich habe kurz mit Michelle und Nancy gesprochen … Dr. Prabhakar. Und du kannst ein Patientenzimmer haben und es als Atelier nutzen. Im Moment haben wir kaum Patienten stationär. Den Zeichenunterricht kannst du im Aufenthaltsraum machen. Michelle kümmert sich darum, einige Patienten darauf aufmerksam zu machen. Einmal pro Woche. Wäre Mittwoch für dich okay?«

Das war absolut okay für mich. Ein Scheck. Und ein Patientenzimmer. Ich könnte die Möbel vielleicht mit einem Tuch abdecken oder so. Vielleicht könnte ich auch dort übernachten? Das wäre besser als bei mir zu Hause, erzählte ich ihm.

»Prima. Toll.«

»Super.«

»Gut. Äh … könntest du mir unter Umständen hiermit helfen? Mir war langweilig, tut mir leid.« Ich hatte eines von Bens Gehirnen auseinandergenommen, das große. Die Einzelteile lagen durcheinander auf einem Haufen.

»Klar, kein Problem. Guck … hier die Hirnbrücke, der

Thalamus, der Hypothalamus und die Colliculi gehören so zusammen, oben auf dem Rückenmark …«

»Ja, noch kann ich folgen.«

»Das ist also dein Rauten- und Mittelhirn …« Ein Ding wie eine Bohne fiel heraus, und er steckte es wieder zurück. »… die Zirbeldrüse, dann kommt das Kleinhirn hier drauf …« Es war, als würde man jemandem dabei zusehen, wie er eine automatische Pistole wieder zusammensetzt, nachdem er sie gereinigt hat. Die Dinge machen klick und passen wieder an ihren Platz.

»Setz du alle Lappen des Großhirns wieder zusammen. Der Okzipitallappen ist mit dem Parietallappen verbunden, der Okzipital- und der Parietallappen sind mit dem Temporallappen verbunden, der …«

»… der Oberschenkelknochen ist mit dem Hüftknochen verbunden …«

»Was? Ah, genau … hehe. Der Okzipital-, der Parietal- und der Temporallappen sind alle mit dem Frontallappen verbunden …« Es war sehr befriedigend, das zu beobachten. Es war ein verblüffend gut gemachtes Modell. Ben hatte seinen Motorroller verkaufen müssen, um es bezahlen zu können. Er zeigte mir, wo sich die kortikale Karte der Haut befindet; ein langer Grat, der von hinter dem Ohr bis zum Scheitel des Kopfes verläuft und auf diesem speziellen Modell mit unregelmäßig verteilten horizontalen Streifen dargestellt ist. Es sieht aus wie eine Raupe.

»Jeder dieser Streifen entspricht einem Körperteil. Guck hier, jeder Streifen entspricht einem Finger, und ein anderer ist der Daumen. Die Lippen haben wir hier. Das ist ein breiterer Streifen, weil die empfindlicheren Körperregionen mehr Raum im Gehirn beanspruchen. Obendrauf sind der Hals, der Kopf, die Schultern; und hier unten, wo die beiden Gehirnhälften zusammenwachsen, haben wir die Füße direkt neben den Genitalien. Weißt du, alle physischen Wahrnehmungen finden eigentlich im Gehirn statt. In Arkansas soll es diesen Typen geben, der ein Bein verloren hat. Und offenbar erlebt er diese unglaublichen Orgasmen in seinem Phantomgliedmaß, wenn er Sex hat. Das kann daran liegen, dass der Gehirnbereich, der mit seinem Fuß zusammenhängt, jetzt nichts mehr zu tun hat, weil er keine Reize mehr empfängt. Also hat er angefangen, auf die Reize zu reagieren, die eigentlich sein Nachbar in der Hirnrinde empfängt.«

»So, als wenn man die Nachbarn hört, wenn sie Sex haben, und sie sind wirklich laut …«

»Nur dass dein Hirn denkt, dass du auch gerade Sex hast, wenn es die Nachbarn beim Sex hört.«

»… anstatt dass ich das Gefühl habe, einsam und deprimiert zu sein. Der Typ, der sich immer kratzt, der kann also seine Körperkarte irgendwie nicht richtig entziffern.«

»Genau. Möglicherweise. Eigentlich wissen wir aber gar nicht so genau, wie wir dem Mann helfen können. Wir haben keine neurologische Erklärung für sein Verhalten gefunden, also ist es vielleicht ein psychiatrisches Problem. Möglicherweise ist er einfach verrückt. Natürlich basiert die Unterscheidung zwischen Psychiatrie und Neurologie zum Teil auf der Idee, dass Verstand und Gehirn zwei verschiedene Dinge sind. Auch wenn ich als Neurologe zu der Meinung tendiere, dass diese Unterscheidung unsinnig ist, denn das Gehirn unterstützt den Verstand. Oder vielleicht sind es wirklich zwei unterschiedliche Dinge, aber ganz eindeutig hat man keinen Verstand, wenn man kein Hirn hat.«

Also, wenn ich das richtig verstanden habe, ist ein Schmerz in meiner Hand eigentlich etwas, was im Gehirn vor sich geht. Um genauer zu sein, irgendetwas, was ein Stückchen über meinem Ohr passiert. Aber die Erfahrung mache ich in meiner Hand. Gleichgültig, wo ich meine Hand hinbewege, dort befindet sich auch der Schmerz, auch wenn er eigentlich gar nicht dort ist. Er ist in meinem Gehirn. Das Wort »wo« scheint seine Bedeutung zu verlieren, wenn man sich mit einem Neurowissenschaftler unterhält. Oder jedenfalls ist jede Bedeutung nur vorbehaltlich und an Bedingungen geknüpft. Ich fing an, mich seltsamerweise ein wenig von meinem Körper abzukoppeln. Es war, als würde mein Intellekt die leichte Benommenheit und Distanziertheit, die der Gin auslöste, noch verstärken.

»Möchtest du mal ein Gehirn anfassen?« Ben war nun so richtig in seinem Element, und ich auch: Ich hatte einen Scheck in der Tasche, einen Gin-Schwips und wusste, dass ich nun plötzlich bei Ben ziemlich beliebt war, denn er konnte mich benutzen, um nicht zu einer langweiligen Sitzung zu müssen. Stattdessen konnte er mir seine tolle Sammlung vorführen. Ich glaube, ich war ein guter Zuhörer. Natürlich wollte ich ein Gehirn anfassen.

Das war, wie sich dann herausstellte, eine ziemlich knifflige Operation, denn wir mussten den großen Glasbehälter mit dem Gehirn in der Aufbewahrungsflüssigkeit vom obersten Regal herunterhieven. Ben stand auf einem Stuhl und stützte einen Fuß auf einem der unteren Regale ab. Er reckte und streckte sich, um das Glas an den Rand des Regals zu ziehen, während ich unten bereitstand, um zu helfen. So … ja … warte, gleich … o. k, ich hab's … ups! Das Gehirn schwappte in der Flüssigkeit umher. Könntest du mal eben …? Klar. O. k, Während er den Glaszylinder wie eine Krone auf einem Kissen vor sich hielt, schlurfte er vorsichtig zum Tisch. Ich gab mir Mühe, damit beschäftigt zu wirken, Unterlagen auf der Schreibtischplatte hin- und herzuschieben, damit er das Ding feierlich neben dem Computer abstellen konnte.

Ein Gehirn an sich, ist, wenn man es sich mal von Näherem ansieht, recht enttäuschend: klein und irgendwie grau.

»Du brauchst Handschuhe. Warte mal.« Er fischte in verschiedenen Schubladen herum und förderte dann ein Paar normale Haushaltshandschuhe zutage.

»Da, bitte.« Ich zog einen Handschuh über und lehnte mich vor. Ich war bereit. Er drehte den Schraubverschluss vom Glas und schwenkte ihn mit großer Geste: Ta-daaa!

»Uff. Scheiße! Ekliger Gestank!« Ich machte ein paar Schritte zurück und sah ihn an. Ben lächelte, ja lachte mich fast an.

»O. k, los geht's.« Das Ding war schmal genug, dass ich es zwischen Zeigefinger und Daumen herausheben hätte können. Aber ich war der Meinung, das wäre respektlos und irgendwie mädchenhaft. Also schob ich meine Finger unter den Klumpen, hob ihn an und hielt ihn über die Öffnung des Glases, damit die stinkende Aufbewahrungsflüssigkeit mir nicht auf die Kleidung tropfte. Das Gehirn war ungefähr so schwer wie ein großes Glas Bier.

Ich wollte es mit dem Finger anstupsen, also bat ich Ben, mir mit dem zweiten Handschuh zu helfen. Schwammig. Ziemlich fest. Vor einiger Zeit habe ich mal Hirn gegessen, als ich noch bei Kasse war. Das war in diesem Restaurant, das Innereien servierte und bei Leuten aus der Kunstwelt beliebt war. Ich hatte erwartet, dass das Gehirn dieselbe Konsistenz hatte wie eine Mousse oder Dorschrogen.

»Eigentlich sind sie weicher«, erklärte Ben. »Durch das Formalin werden sie zäh. Außerdem ist das hier mit dem Alter ein bisschen geschrumpft. Durchschnittlich wiegt ein Gehirn 1450 Gramm. Das ist Broca, den du hast, und den anderen Knaben hier nenne ich Wernicke.« Neurologenwitz. Broca und Wernicke waren Neurologen aus dem 19. Jahrhundert, und nach beiden wurden verschiedene Arten von Aphasie, also Sprachverlust, benannt.

»Also hier ...« Er stupste das Hirn mit einem Kuli an. »... wenn man hier einen Schaden hat, dann leidet man unter einer Broca-Aphasie. Damit kann man verstehen, was gesagt wird, aber wenn man versuchen würde, darauf zu antworten, kommt nur Quatsch raus. Man versucht es immer weiter; es ist so, als läge einem das Wort auf der Zunge. So geht das die ganze Zeit. Ganz schön frustrierend.

Und hier …« Er gab dem Ding wieder einen Schubs mit dem Stift. »… ist das Wernicke-Areal. Wenn das entfernt wird, etwa weil eine Kugel drinsteckt oder so, ist man nicht mehr in der Lage, richtig zu sprechen, weil man nichts mehr verstehen kann. Menschen, die unter einer Wernicke-Aphasie leiden, verstehen nur Kauderwelsch, wenn andere sprechen. Sie haben das Sprachverständnis insgesamt verloren, aber das macht ihnen nichts aus. Für sie gibt es kein Problem. Anscheinend kennen sie die passenden Worte, sie können sie nur nicht richtig benutzen, daher kommen bei ihnen nur Laute heraus, wenn sie sprechen. Ihnen ist bewusst, dass Sprache dazu dient, miteinander zu interagieren, aber sie haben keine Ahnung, dass dieser Austausch dazu da ist, Inhalte zu transportieren. Die Broca-Patienten sind unglaublich frustriert, weil ihnen klar ist, dass sie es nicht hinkriegen. Wernicke-Patienten haben keinen Schimmer, dass etwas nicht stimmt. Mit ihnen kannst du dich stundenlang unterhalten. Wie Avantgarde-Poesie oder so.«

»Also das hier …« Ich pikste mit der Fingerspitze auf dem Gehirn herum. »… ermöglicht das Sprechen, und das hier« – noch mal Piksen – »ist für das Verständnis zuständig.«

»Nicht ganz. Lass es mich so erklären: Wenn man das Broca-Areal zerstört, kann man nicht richtig sprechen, und wenn man das Wernicke-Areal kaputt macht, kann man nicht mehr verstehen. Aber das ist nicht dasselbe, wie wenn ich sage, Broca ›macht‹ Sprache, und Wernicke ›macht‹ Verständnis. Beide sind offensichtlich wichtig, um diese Funktionen auszuführen, aber … na ja, das wäre so, als würde man sagen, die Stadt London ›macht‹ Geld. Sie ›macht‹ Geld, aber das tun auch viele andere Städte, und London macht auch noch vieles mehr außer Geld. Es ist kompliziert. Aber das Gehirn macht schon Sprache. Es macht alles.«

Das Gehirn macht Geld, Sprache, Krieg, Werbung, Kunst, Brandstiftung, Astronomie, Astrologie, Kochen, Sarkasmus, Pediküre, Elternsein, Bar-Mizwas, Witze, Möbel, Boshaftigkeit. Wenn man die Betrachtungsweise einnimmt, dass Dinge nur durch Beobachtung und Erkenntnis existieren, macht das Gehirn eigentlich das ganze Universum. Das menschliche Gehirn ist der Teil des Universums, der das Universum existieren lässt, weil er es erkennt. Still betrachteten wir das Gehirn für eine Weile.

»Kann ich auch einen Gin haben?«, fragte Ben. Heimlich zu trinken ist ein typisches Merkmal für Alkoholismus, aber wie sich herausstellte, war ich diesbezüglich durchschaut worden. Ben ging los, um Eis zu besorgen, und brachte außerdem Grapefruit- und Cranberry-Saft mit. Wir saßen in seinem Büro und tranken Gin aus Plastikbechern. Es machte ihm noch nicht einmal etwas aus, dass ich mir eine Zigarette anzündete, während ich ihm meine Ideen für den Zeichenkurs darlegte.

23. Ideen für den Zeichenworkshop

Die Schwierigkeit bei meiner Idee für den Kurs war, dass ich nie wirklich sonderlich gut beim figürlichen Zeichnen gewesen bin. Ich kann keine Hände zeichnen. Bis ich an der Kunsthochschule anfing, war Zeichnen nach Modell schon fast verschwunden, aber an einigen Stunden habe ich teilgenommen. Wie ich feststellen musste, kann ich Gegenstände nicht gut realistisch malen. Und ich kann keine nackte Frau einfach in objektiver oder ästhetischer Hinsicht angucken. Einmal habe ich versucht, dieses junge Mädchen aus Norditalien zu zeichnen. Sie wurde auf allen vieren positioniert, und ihre Vulva befand sich direkt vor meinem Gesicht. Aktstehen war für sie neu, sie versuchte auf diese Weise einfach, ein bisschen Geld für ihre Londonreise zusammenzubekommen. Sie kicherte die ganze Zeit. Meine Zeichnung sah aus wie ein selbst gemalter Porno, die Art, die Handwerker mit dem Finger auf den Staub auf ihrem Lieferwagen malen: lockige Haare, zwei Kreise in der Mitte für die Brüste, lockenumkränzte Pussy, Augen, ein Mund.

Aber wenn wir Bens Gehirne zeichneten, würde das niemand erraten. Schneidet man ein Modellgehirn in zwei Hälften, sieht der Querschnitt aus wie ein Paisley-Muster. Und Muster kann ich abmalen. Die Details der Proportionen zueinander sind weitaus weniger wichtig als bei einer Hand. Da es ja außerdem ein Querschnitt ist, befindet sich alles auf einer

Ebene, flach, während eine Hand dreidimensional ist. Nervengewebe mag unfassbar kompliziert sein, aber das Gehirn ist einfach ein recht schlichter Haufen Gewebe. Eine große Walnuss. Ein Kohlkopf. Ein schlaffer Fußball. Ein Boxhandschuh. Das ist viel leichter zu zeichnen als eine Hand.

Zunächst war Ben nicht so überzeugt. Er gibt seine Gehirne nicht gern aus der Hand. Aber er erwärmte sich für die Idee, als ich ihm von den ersten Kunstakademien erzählte – wie die Schüler Jahre damit zubrachten, Zeichnungen von Gipsabdrücken klassischer antiker Statuen zu erstellen. Die verbrachten drei Monate damit, die Nase eines Gottes oder das Ohr einer Nymphe abzuzeichnen. Die Vorstellung, dass die Patienten so geduldig arbeiten könnten, beruhigte ihn.

»Aber ich möchte nicht, dass eines meiner Gehirne beschädigt wird.«

Ben musste für sich entschieden haben, dass er an diesem Tag genug gearbeitet hatte. Was solls? Lass uns einen trinken gehen. Von ihm habe ich unglaubliche Dinge erfahren. Und davon sind mir überraschend viele im Gedächtnis geblieben. Außerdem habe ich eine schlechte Neuigkeit erfahren und eine irritierende.

Die schlechte zuerst. Obwohl es eigentlich nur Positives zu berichten gab über das Stipendium, Ben, Nancy Prabhakar, das Institut … Ich erzählte ihm, wie überrascht und dankbar ich gewesen sei, dass ich unter all diesen guten Kandidatinnen und Kandidaten ausgewählt worden war. Das stimmte so nicht, wie sich herausstellte. Mir wurde der Job nur angeboten, weil die anderen ihn nicht haben wollten. Ihnen reichte die Fördersumme nicht. Alle waren sich einig, dass mein Auftreten bei dem Einstellungsgespräch total mies war. Aber sie mussten einen Künstler einstellen, weil das die Bedingung für die Fördergelder war, wie auch immer das eine mit dem anderen zusammenhing.

Die überraschende Neuigkeit: Irgendwann fragte ich Ben, warum er dieses seltsame Geräusch gemacht hatte, als ich meinen Vortrag hielt. Ich hatte darüber gesprochen, dass Monet die Welt so malte, wie wir sie sehen, nämlich als Farbflecken, bevor wir ihnen eine Bedeutung beimessen oder Dinge als solche in unserem Sichtfeld erkennen.

»Also, lass mich damit anfangen, dass die Welt nicht farbig ist«, erklärte Ben.

24. Auf der nächsten Vernissage

Einige Tage später traf ich meinen Galeristen auf einer Vernissage. Ich hoffte, er habe gute Nachrichten. »Was Neues?«, rief ich.

»Hä?«

»Ich sagte: Gibt es etwas Neues?«

Es war schwierig, einander zu verstehen, weil die Kunst so einen Krach machte. Das *Sound-Piece* stammte von einer niederländischen Künstlerin und hatte den Titel »Ich«. Es war ein Band von Tausenden von Personen, die eine nach der anderen »Ich« sagten, mit Ein-Sekunden-Intervallen dazwischen. Es war ein Work in Progress, und bisher hatte die Frau 2379 »Ichs« aufgenommen. Es ging das Gerücht, dass es sich sowieso nur um die Künstlerin und ihre Freundinnen und Bekannte handelte, die »Ich« mit verstellter Stimme aufsagten. Wenn das Werk fertig ist, soll es elfeinhalb Tage dauern und in den Höhepunkt münden, dass alle »Ichs« auf einmal abgespielt werden. Dabei soll das Publikum Gehörschutz tragen.

Mein Galerist bedeutete mir, wir sollten zur Bar gehen, die aus einer Platte auf zwei Tischböcken bestand und auf dem Bürgersteig aufgebaut war. Da ahnte ich schon, dass er für mich keine guten Neuigkeiten hatte. Nach einer Dürreperiode hatte ich gehofft, etwas zu verkaufen. Ein Sammler aus Deutschland hatte sich meine Werke angesehen und versucht, zu entscheiden, welches Gemälde er kaufen wollte.

»Tut mir echt leid. Er sagte, er mag deine Arbeiten, aber sie passen nicht in seine Sammlung.«

Wir stellten uns hinten in der Schlange für das Freibier an.

»Verstehe. Seit … seit wann ist nichts mehr von mir verkauft worden?«

»Ich weiß es nicht.«

»Doch, weißt du.«

»Ein Jahr, zwei Monate.«

Angeblich gab es gerade ein Revival der abstrakten Malerei. Sammler rannten den Galerien die Bude ein, um jedes abstrakte Bild zu kaufen, das sie nur in die Hände bekommen konnten. Das galt nicht für mich. Meine Arbeiten blieben genau dort, wo sie waren, unbeachtet von irgendwelchen opportunistischen Trittbrettfahrern. Doch diese Neuigkeiten machten mir nichts aus, denn ich hatte mich mit meinem anderen Geschäftspartner am frühen Abend getroffen. Arthur, mein Dealer. Arthur versorgt alle in der Kunstszene. Er war ziemlich überrascht, als ich ihn anrief, um den verschlüsselten Text aufzusagen.

»Hi, Arthur. Ich bin's. Bist du … okay?«

»Mir geht's … okay.«

»Dann sehen wir uns gleich.« Ich stand vor seiner Haustür in einer Telefonzelle. Arthur ist noch einer der Letzten aus der Szene, der sich ein Loft in Shoreditch leisten kann. Tolle Wohnung. Im Moment geht es Arthur ziemlich gut. Anscheinend war er selbst früher Künstler, bevor er die Branche gewechselt hat.

»Lange nicht gesehen«, begrüßte er mich. Ich erzählte ihm irgendwas, das den Eindruck erweckte, ich hätte mich aus beruflichen Gründen nicht melden können, nicht, weil ich kein Geld hatte. Ich erwischte ihn in einem guten Moment. Seine Waagen standen nicht herum – er hatte sie »irgendwem geliehen, aber ich erinnere mich nicht mehr, an wen« –, und er war drauf. Unter dem Sofa zog er einen Schuhkarton hervor, in dem die Drogen in einer Plastiktüte verborgen waren. (Natürlich würde die Polizei nie darauf kommen, dort nachzugucken.) Danach sah er sich suchend um, als hätte er etwas verlegt.

»Äh«, sagte er, »hast du vielleicht was, wo du das reintun kannst?«

In einer meiner Taschen fand ich einen alten Umschlag und hielt ihn auf, sodass Arthur die Drogen hineinfüllen konnte. Es hörte sich an wie ein leises *Ssssschhhhhh.*

»Glaubst du, das ist ungefähr ein Gramm?«

»Ja, kommt hin.« Ich wog den Umschlag in meiner Hand.

Bevor er sich es anders überlegen oder überhaupt nachdenken konnte, sah ich zu, dass ich wegkam. Ich hatte ungefähr 15 Gramm Kokain in meiner Tasche.

25. Kreationisten

Ich bot meinem Galeristen etwas an, bevor er die Chance hatte, jemand anders zu finden, mit dem er sich unterhalten konnte. Er hörte auf, die Menge zu betrachten – Hunderte von Künstlern und Kritikerinnen und Händlern, die die enge Straße in Hoxton verstopften –, und sah mich mit neu entfachtem Interesse an.

»Eine Linie? Klar. Warum nicht?«

Nachdem er gesehen hatte, wie viel ich dabei hatte, war er den Rest des Abends mir gegenüber sehr aufmerksam. Er würde mir nicht von der Seite weichen. Im Laufe der langen Nacht, eigentlich vom Abend bis zum Morgen, konnten wir immer wieder eingehend über meine Karriere sprechen. Warum kauft niemand meine Bilder? Liegt es an ihrer Größe oder dem erratischen improvisierten Stil? (Manchmal verteidigte ich ihn, indem ich behauptete, mein Stil sei »postironisch«.) Vielleicht würden sie sich besser in Deutschland oder in Belgien verkaufen? Ich hatte auch Gutes über Tschechien gehört. Lag es an den Farben? Zu viel Rot?

»Vielleicht«, warf jemand ein, »liegt es daran, dass keiner sie gut findet.« Das war, als wir in eine bekannte Designerbar in Soho gingen, so gegen vier Uhr morgens. Nach einem Abend des rastlosen Honig-um-den-Bart-Schmierens gelang es mir, als okay durchzugehen, weil mein engagierter Kunsthändler sich mit mir abgab. Dem ging es ja geschäftlich gerade sehr gut, und jeder mochte ihn. Schließlich hatte sich eine kleine

Gruppe von sieben oder acht Leuten gebildet – meine Clique für diesen Abend.

Gegen halb fünf sprach ich über die Gehirne. Oder besser gesagt: Ich hörte nicht auf, darüber zu sprechen. Über die fünftausend Fantastillionen Neuronen, die das menschliche Gehirn im Durchschnitt hat, die sich über eine Fläche von einigen Olympiabecken erstrecken, die jeden Stern und alle Galaxien miteinander verbinden. Mir war schon klar, dass ich einige Details durcheinanderbrachte, aber ich war überzeugt davon, dass ich die grundlegende Idee gut rüberbrachte. Ich redete ziemlich viel, sodass zumindest einiges zutreffend gewesen sein musste.

Ich unterhalte mich mit der Frau neben mir – eine Künstlerin, die mein Galerist repräsentiert, und bei der es gerade auch sehr gut läuft. Ich habe ihre Aufmerksamkeit, weil sie mitbekommen hat, dass ich seine Aufmerksamkeit habe. Sie weiß ja nicht, mit welcher Währung ich mir sein Interesse erkauft habe. Wahrscheinlich denkt sie, bei mir stünde der nächste große Karrieresprung an. Mein Interesse an ihr ist sowohl sexueller wie beruflicher Natur. Sie malt Miniaturen wie Nicholas Hillard, der Renaissance-Künstler. Es sind winzige Aquarell-Porträts von Leuten aus der Modebranche. Ich finde die zum Kotzen, aber sie hat gerade ziemlich viel Erfolg damit.

Ich erzähle ihr alles über Neuronen …

»… in diesem Moment machen die alles, in deinem Kopf, Milliarden von ihnen springen an und gehen aus, pulsieren, elektrisch – chemisch – elektrisch – chemisch. Nur so kannst du das machen, was du gerade machst: ein Glas halten und deine Klamotten aussuchen. So läuft das, Natasha. Hitlers Neuronen sorgten für den Zweiten Weltkrieg, Picassos Neuronen sorgten für *Guernica*, und Einsteins Neuronen sorgten für … na, äh … Relativität …«

Natasha war von alledem nicht so begeistert wie ich.

»Aber das glaube ich nicht«, sagte sie.

»Wie meinst du das? Was glaubst du nicht?«

»Das ist doch einfach alles nur, irgendwie, *Wissenschaft.*«

»Genau.«

»Aber das erklärt doch nur die Dinge. Ich bin eine Kreationistin.«

»Echt? Bist du sicher?«

»Absolut.«

»Aber, ich meine, Kreationisten sind … Was meinst du mit Kreationistin?«

»Ich glaube einfach total an meine Kreativität. Absolut.«

»Ah, okay. Tut mir leid, ich dachte, du meinst diese Leute in den USA, im Bible Belt, die versuchen, es zu verbieten, dass die Kinder in der Schule etwas über natürliche Auslese und Darwin lernen. Ich dachte gerade für einen Moment, du redest über diese Kreationisten.«

»Aber das ist total beschissen sexistisch.«

»Genau, das ist es ja auch. Kreationisten sind definitiv Rechte.«

»Nein, ich meine, irgendwie ist Darwin einfach total sexistisch. Es geht immer nur darum: O ja, denke das, was ich denke, weil ich ein Mann bin und euch die Welt erkläre. Da muss es doch noch etwas anderes geben als einfach nur Wissenschaft und Konformität.«

Plötzlich habe ich das Gefühl, dass das ganze Kokain aus meinem Körper entweicht, wie bei einer Ebbe, und ich fühle mich unglaublich einsam. Herumgekriegt hätte ich sie sowieso nicht.

Gegen Morgen saßen, lümmelten und lagen wir in der Wohnung meines Galeristen, die sich über der Galerie befand. Wir waren nur noch vier, ich, mein Galerist und ein Paar, das zusammenarbeitete – sie waren neu in seinem Stall. Sie waren noch so neu, dass sie keinen Schimmer hatten, was meine Position war und wie viel ihrer Zeit ich hätte beanspruchen dürfen. Sie fühlten sich in meiner Gesellschaft wohl. Insbesondere, weil sie sich an meinen Vorräten bedient und mir gezeigt hatten, wie man Coke durch das Auge nimmt. (Man löst es in einem Schnapsglas in Wodka auf und macht eine Art Augenspülung.) Nun tranken wir Sherry und rauchten einen Joint so groß wie ein Verkehrshütchen. Ich sprach über meine Karriere.

»Warum machst du nicht was anderes?«, fragte Tina, die auf dem Boden lag und an die Decke starrte.

»Wie meinst du das – ich soll meine Bilder ändern?«

»Mach einfach etwas anderes. Mach ein Video.«

»Aber ich kann mein Sujet nicht auf ein anderes Medium übertragen. Ich male. Ich male Bilder über das Malen. Ich bin ein Maler.«

»Such dir ein neues Thema. Mach was mit Gehirnen.«

»Was anderes machen?«

»Ja. Scheißgeil, das Zeug hier.«

Nach ein paar weiteren Linien formte sich die Idee in meinem Kopf. Vormittags hatten wir alle irgendwie eine Art von Homöostase erreicht. Die verschiedenen Ansprüche, die die unterschiedlichen Chemikalien an unsere Systeme stellten, erreichten ein Gleichgewicht und stellten ein gefühlsmäßiges Plateau her, das einer Nüchternheit ähnelte. Aber wir fühlten uns viel besser und tranken »Portugiesischen Kaffee«, nämlich Instantkaffee mit Sherry. Wir unterhielten uns über verschiedene Ideen.

»Du könntest so etwas wie eine Performance machen. Du gehst auf Vernissagen und tust so, als hättest du einen Anfall. Nimm jemanden mit einer Kamera mit, der das filmt, wie die Leute darauf reagieren.« Die Idee stammte von Tinas Freund, Barry. Aiden. Karl?

»Nee, das gibt es schon. Dieser Typ aus Frankreich.« Ach, genau. Dieser Franzose tauchte auf Vernissagen in ganz London und auf der Biennale in Venedig auf. Als er das auch auf der Frieze Art Fair machte, konnten ihn die Leute schon nicht mehr sehen. Das ist zwei oder drei Jahre her.

»Du könntest Leute mit Gehirnschäden fotografieren und dann … äh … die Bilder umgekehrt aufhängen. Oder seitwärts, na, du weißt schon. Wie so eine andere Perspektive oder so.« Doch dann wurde uns klar, dass wir alle eine Einladung zu einer Vernissage mit einer solchen Ausstellung bekommen hatten, die in der nächsten Woche Eröffnung hatte.

»Du könntest etwas mit den MRT-Bildern von Gehirnen machen. Du könntest zwei Scans nebeneinanderhängen. Das eine Hirn denkt über Kunst nach, und das andere … über etwas anderes.«

»Du könntest eine riesige Skulptur aus Holz machen und es *Blockkopf* nennen.«

»Du könntest Fotokunst machen. Lichte jemanden ab, der Brian heißt und ein Gehirn in den Händen hält. ›Brian the Brain‹.«

»Du könntest eine Skulptur in Form eines Gehirns machen und sie auf einen Plattenspieler setzen. Die Platte ist ›Mellow Yellow‹ von Donovan. Es heißt *Donovans Hirn.*« Das war meine Idee, aber keiner hatte von dem Sänger Donovan oder von dem Horrorfilm mit diesem Titel gehört.

»Du könntest etwas mit diesen unglaublichen Filmen machen, wo Leute Elektroschocks bekommen. EEG … EGG … EKT?«

»Du könntest sie in Zeitlupe abspielen. Oder im Zeitraffer.«

»Ich habe mal dieses unglaubliche Ding gesehen, bei dem jemand die Fotos von Hunderten von Leuten übereinandergelegt hat und am Ende sah es genau aus wie Elvis. Das war einer, der irgendwas mit Neurologie zu tun hatte.«

»Wo hast du das gesehen?«

»Im Fernsehen. In einer Wissenssendung.«

»Das heißt, dass es das schon gibt, oder?«

»Aber nicht als Kunst.«

»Dieser Typ aus Japan.«

»Ja, richtig.«

So ging es noch ein paar Stunden weiter, bevor wir alle mehr oder minder gleichzeitig eingeschlafen sind. Karl schlief im Stehen. Wie ein Pferd.

26. Kunsttherapie?

»Wir haben einige Patienten für deinen Zeichenkurs ausgesucht«, berichtet mir Ben am Telefon. Dritter Tag der Genesung. Ich gewöhne mich wieder an feste Nahrung und fange mit Tomatensuppe an.

»Kenne ich da jemanden?«

»Ja. Colin und Emily sind dabei, die kennst du ja. Dann die beiden Patienten mit dem stark eingeschränkten Sehvermögen«, das blinde Paar, »außerdem ein Patient mit Halbseitenlähmung, der Mann, der absolut farbenblind ist, und ein Patient, der bis vor Kurzem blind war – der ist interessant. Wir haben eine Patientin mit Charles-Bonnet-Syndrom, und dann gibt es noch einen erstaunlichen Touretter. Du wirst ihn mögen. Er ist wirklich schräg. Wir sehen uns dann Mittwoch.«

»Muss ich etwas mitbringen?«

»Na, Papier und Stifte, oder?«

»Die Materialien muss ich besorgen?«

»Wir haben das nicht budgetiert, weißt du?«

»Das sind nur ein paar Tacken. Das werdet ihr doch noch haben?« Die verfügen über Millionen, verdammt noch mal! Sie haben sogar einen riesigen Webstuhl! Man könnte doch denken, dass sie sich ein paar Bleistifte leisten können. Es war nämlich so, dass ich praktisch wieder pleite war. Ich musste schließlich einige Leute mit Koks versorgen, die mir auf der Vernissage über den Weg gelaufen waren. Dabei fühlte ich mich prima und großzügig, aber nun war ich wieder ganz unten. Am Telefon schmolle ich mit Ben, und letztlich gibt er ein wenig nach.

»Ich nehme an, ich kann mal mit Michelle reden. Das ist eine Frage des Budgets. Wahrscheinlich können wir dir die Kosten erstatten. Ich schau mal, was sie sagt. Wir sehen uns dann am Mittwoch im Werkraum.«

Als ich auflegte, war ich wegen der ganzen Sache jetzt echt niedergeschlagen. Warum wollen Kranke überhaupt Kunst machen? Was ist Kunsttherapie? Was soll das bringen? Vor meinem inneren Auge stellte ich mir vor, wie ich verschiedene Aktivitäten im Werkraum beaufsichtige: Tischsets aus Bast basteln, Grußkarten mit Stempeln bedrucken. Wie ich einem Psychopathen im Sicherheitstrakt der Geschlossenen dabei helfe, einen Pfeifenständer aus Sperrholz zu sägen. Klar, es tut gut, etwas mit den Händen zu machen. Es sorgt dafür, dass man an etwas anderes denkt, und am Ende hat man das Gefühl, etwas geschafft zu haben. Es hilft, die Dunkelheit und Verzweiflung in Schach zu halten, und das muss ja etwas sein. Manchmal denke ich, genau deswegen mach ich das – all die Stunden im Atelier. Ich stellte mir eine Galerie vor, in der nur Tischsets und Pfeifenständer ausgestellt werden. Eigentlich eine ganz gute Idee für eine Ausstellung.

Es gibt doch diese Vorstellung davon, »sich selbst auszudrücken«, oder? Auf andere Weise kann man angeblich seine Persönlichkeit nicht ausdrücken. Gehen, sprechen, essen, fernsehen, wichsen. All diese Aktivitäten sind stumm, ausdruckslos. Ich habe schon eine Menge »Outsider-Kunst« gesehen – Arbeiten von Bauerntölpeln und Psychiatriepatienten. Und dabei ist mir klar geworden, dass die Leute, wenn sie die Zügel lockerlassen und ihre einmalige und unsägliche Persönlichkeit ausdrücken, nur ihre Konformität demonstrieren, verzerrt durch ihre verschrobene Unfähigkeit. Es ist ja gar nicht so, dass es mir keine Freude macht, mir das anzuschauen, aber ich für mich weiß, dass sich mir durch die Kunst von »Außenseitern« keine andere Realität erschließt. Es ist nichts weiter als der Versuch, den Konsens, wie man Realität wahrnimmt, abwegig und einem gebildeten Publikum gegenüber interessanter erscheinen zu lassen, indem man genau dabei versagt. Es gibt Leute, die sich »Kunsttherapeuten« schimpfen. Kunstpädagogen haben den Auftrag, gewaltbereiten Teenager-Gangs Joseph Beuys näherzubringen. Und das zeigt doch, dass sich auf einer gewissen gesellschaftlichen Ebene die Idee der Kunst nie verändert.

Und genau deswegen muss ich Papier und Stifte von meinem eigenen Geld kaufen, und das ist ungerecht. Später, nachdem ich die Suppe gegessen hatte, fühlte ich mich ein wenig besser. Ich musste mir eingestehen, dass der einzige Grund, warum ich überhaupt Geld habe (und die nächste Rate kommt bald), ist, dass Kunst für einen gut sein soll. Jemand in höherer Position hat entschieden, dass es eine gute Idee sei, einen Künstler ans Institut zu holen. Ein weiterer positiver Aspekt des Zeichenkurses – vielleicht sollte ich es Workshop nennen? – war, dass ich Emily Tipps geben könnte, während ich hinter ihr stehe, ihr Haar rieche und ihr über die Schulter auf die Brüste schaue. Ob sie zeichnen lernen wird? Vielleicht ist sie schon eine gute Zeichnerin? Wahrscheinlich kann sie schon Hände zeichnen.

Ich kam darum herum, unnötig viel Geld für Materialien auszugeben, weil ich Maler-Abdeckpappe im Baumarkt kaufte und eine Plastiktüte mit all den Stiften füllte, die ich in meinem Atelier fand: zig fast leere Filzer, Zeichenkohle, Ölstifte, Kugelschreiber. So brauchten die Schülerinnen und Schüler keine Sorge zu haben, teure Materialien in die Hand zu nehmen, und konnten einfach draufloszeichnen. Und falls jemand einfach nur einen Bleistift haben wollte – davon sollte es ja genügend in den Büros geben.

Als ich ankam, war noch niemand im Werkraum, also legte ich meine Sachen ab und ging in den Aufenthaltsraum. (Ich musste einfach nur quer durch den Empfangsbereich gehen, an dieser Frau vorbei.) Als ich mich meinem Grüppchen näherte, bot sich mir eine Szene, die man sonst eher auf dem Platz vor dem Centre Pompidou erwarten würde. Alle schauten einem Jongleur zu. Ein verdammter Hippie. Als ich ankam, drehte sich niemand um, um mich zu begrüßen. Dieser scheiß Clown jonglierte auf extrem komplizierte Weise mit Orangen und Croissants, die aus dem Körbchen neben dem Kaffeeautomaten stammten. Mithilfe seiner Hände, Füße und Nase hielt er die – sechs, sieben, oder waren es neun? – Gegenstände gleichzeitig in der Luft. Seine Dreadlocks hatte er oben auf dem Kopf zusammengebunden, sodass es wie eine Ananas aussah. Über seinen Camouflage-Hosen trug er einen bunten Patchwork-Lendenschurz und einen Umhang aus Sackleinen mit Blättern drauf. Für mich sah er aus wie ein Idiot, wie er mit seinem bunten Zeug und den Glöckchen dastand.

Alle hatten ihren Spaß, saßen auf ihren Stühlen, hielten ihre Kaffeebecher auf den Knien und schauten ihm zu, der in der Mitte der kleinen Gruppe stand. Colin hatte Spaß. Ben auch. Und Emily hatte *richtig* Spaß. Sie hatte er sich für seine besten Tricks ausgesucht. Einmal tat er so, als würde er ihr eine Orange direkt ins Gesicht werfen, woraufhin sie zurückzuckte, und dann schnappte er sie sich im freien Flug, bevor die Frucht auf Emilys Nase landete. Danach ließ er sie auf seinen großen Zeh fallen, schlenzte sie hinten auf seinen rechten Ellenbogen, ließ den Arm nach vorne schnellen, um die Orange mit seiner rechten Hand aufzufangen und sie dann Emily mit großer Geste auf der ausgestreckten Handfläche darzubieten. Sie fand es super. Ich für meinen Teil kann Jongleure und Hippies nicht leiden. Meiner Meinung nach sind Hippies ungewaschene, arbeitsscheue Schwachköpfe, die nach Stonehenge reisen und sich für Druiden halten. Dabei weiß doch jeder, dass Stonehenge nicht das Geringste mit Druiden zu tun hat. Selbst wenn Druiden Stonehenge aufgesucht hätten, mit Sicherheit wären sie nicht so angezogen gewesen. Wer ist der Typ?

»Wer ist das?« Ich wandte mich an Ben.

»Stick.«

»Stick? An deiner Stelle würde ich Nachforschungen über ihn anstellen. Vielleicht ist das nicht sein richtiger Name. Was macht er ihr hier? Hat er ein Jongleurs-Arbeitsstipendium oder was?«

»Stick? Nein. Ich habe dir von ihm erzählt. Er ist ein Patient. Tourettesyndrom.«

»Verstehe. Und das Jonglieren gehört zur Therapie? Hält ihn das davon ab, andere Leute zu beschimpfen?«

»Nein. Eigentlich ist das Jonglieren das Symptom. Er schreit Leute nicht an. Durch das Tourette hat er diese unglaublichen Reflexe. Tischtennis möchte man nicht gegen ihn spielen!«

Stimmt. Ich will kein Tischtennis mit ihm spielen. Er hat diesen Gesichtsausdruck. Diesen scheiß Blick. Und was uns dieser scheiß Blick sagen wollte, war wahrscheinlich ungefähr Folgendes: *Ich bin ein Nach-mir-die-Sintflut-hirnverbrannter Depp und ein Kind des Erdgeistes. Jawohl!! Ich bin vom Elfengeschlecht ...*

»Könnte man ihm nicht beibringen, Leute anzuschreien, statt zu jonglieren?«

Ich hätte gedacht, dass Ben und ich bei dieser Sache auf gleicher Linie sind. Ich dachte, wir hätten einiges gemeinsam nach unserem Treffen letztens. Vielleicht habe ich auch wegen Emily überreagiert. Sie war hübscher denn je. Und das hier reichte aus, um sie zum Strahlen zu bringen. Ein jonglierender Idiot. Natürlich erkannte ich die Logik darin, mit ihrer verminderten Aufmerksamkeitsspanne. Fünfzehn Minuten waren mehr als genug für »Stick«, um ihr zu zeigen, was er draufhatte, was für ein toller Kerl er war. Ich hingegen – komplex, unergründlich, unendlich … Daran hätte jede Frau ein Leben lang zu knabbern. Gegen einen Mann, der jonglieren konnte, hatte ich keine Chance. Am Ende seiner Vorführung wird er sich auf sie stürzen. Er wird mit ihr schlafen und ich – sehr wahrscheinlich – nicht.

»Ich habe dir ein paar von meinen Bildern mitgebracht«, meldete sich Colin.

»Ja, ja. Ich bin gleich bei dir, Colin.«

27. Mein Zeichenkurs

Im Werkstattraum hatte Ben alles vorbereitet. Drei Tische standen in der Mitte, und auf jedem befand sich eines seiner Gehirnmodelle, die ungeliebten Exemplare seiner Sammlung. (Irgendetwas war anders in dem Raum, stellte ich fest. Es war besser. All diese riesigen Werkzeuge, der Webrahmen und die Holzleisten und Sachen zum Töpfern und was nicht noch alles waren verschwunden. Das war gut!) Ich begann damit, große Stücke von der Papierrolle abzuschneiden, und legte sie wie ein Set und je einen Wachsmalstift, Kuli oder Filzstift wie Besteck an jeden Platz. Ben erklärte ich, dass ich nicht wollte, dass sie sich vom Material einschüchtern ließen und dass sie einfach drauflosexperimentieren sollten. »Schau, ich geh einfach los und hole ein paar Bleistifte aus meinem Büro«, schlug Ben vor.

Colin führte das blinde Pärchen zu seinen Plätzen (ich habe null Ahnung, was die hier sollten) und kam dann mit seinen Bildern auf mich zu. Er schien einige in seiner großen Einkaufstüte dabeizuhaben. Das war das erste schlechte Zeichen. Viel zu klein. Monets Wasserlilien waren mehr oder weniger in Originalgröße gemalt, sodass ein Abbild von einem Teich so groß wie ein Teich wäre. Diese Bilder, das sah ich schon, bevor Colin seine Tüte überhaupt aufgemacht hatte, waren auf billige Leinwände gemalt, die speziell für den Amateurmarkt hergestellt werden. (Die habe ich selbst mal benutzt, aber nur ironisch. Quasi um meine Professionalität zu unterstreichen.) Er nahm die Bilder heraus und reihte sie an der Wand auf.

O.k., ich erkannte, was er hier gemacht hatte. Was er getan hatte, war im Prinzip, alles in einer Art Stenografie zu interpretieren, so wie man das aus den Malen-nach-Zahlen-Kästen kennt. Das ganze Ding war in ausgemalten Umrissen wiedergegeben, wie ein Puzzle, dessen Einzelteile aus kleinen, flachen Farbflächen bestehen. Man konnte sehen, dass das wahnsinnig viel Arbeit gekostet hatte. Colin hatte alles sehr sorgsam abgezeichnet, jedes einzelne Blatt und jede Blüte und jeden Lichtreflex. Und dann hatte er die Flächen koloriert.

Auf diese Weise zu malen ist vollkommen okay, wenn es das ist, was man machen will. Oder wenn es einem darum geht. So zu malen wird mit einer Art Pop / postmodernistischen Entfremdung der natürlichen Welt assoziiert. Gemäß dieser Haltung würde Monets Garten eine hyperrealistische Nachahmung der Natur darstellen. Colin malte einen Monet genauso, wie es ein Anhänger von Warhol machen würde: Wie jemand, der seine Distanz von der Möglichkeit eines freien Willens innerhalb des herrschenden Spätkapitalismus demonstriert – einer Welt, in der das Subjekt eine Konstruktion erlernten Geschmacks ist –, indem er einfach sagt: »Oh, das gefällt mir«, wenn er um seine Meinung zu irgendwas gebeten wird.

Diese Haltung ist eine Reaktion auf ein Problem, das schon immer bestanden hat, seitdem sich Künstler von Handwerkern und Höflingen abgegrenzt haben. Der Handwerker errichtet eine Kathedrale, ohne zu hinterfragen, ob Gott existiert oder nicht. Oder, wenn er existiert, ob eine Kathedrale wirklich das ist, was er will. (Vielleicht sollten wir mit dem Geld für den Bau lieber den Armen helfen oder so?) Ein Höfling, wie Velázques oder Rubens, hatte die Aufgabe, den Status quo zu bestätigen. Ihr Job war der eines professionellen Schmeichlers. Das Problem besteht in dem Verhältnis des Künstlers oder der Künstlerin zu Geld und Macht. Sollten wir heutzutage nicht eigentlich gegen beides sein? Aber wenn wir schon nichts gegen Geld haben, sollten wir zumindest gegen Privilegien und Ungerechtigkeit sein. Und außerdem, wenn das der Fall ist, warum sind wir dann so restlos abhängig von unseren Käufern, die allesamt ungerechterweise so privilegiert sind?

Für den größten Teil des 20. Jahrhunderts reichte es, zu sagen, man sei Kommunist, und damit war das Thema erledigt. Aber in den Sechzigerjahren schien das nicht mehr auszureichen. Wenn man sich als Kommunist bezeichnete, *wie* war man dann Kommunist? Wie hat man denn Dinge anders gemacht, als Kommunist? Damit blieb die finanzielle Abhängigkeit des Künstlers von einem System, das er eigentlich ablehnen sollte, immer noch ungelöst. Das gefährdet seine geistige Unabhängigkeit. Warhols Antwort auf diese Frage bestand darin, sie einfach nicht zu beantworten. Man lässt die Abwehr sinken und findet sich mit der Situation ab. Man mag populäre Dinge, weil sie populär, weitverbreitet sind. Die Künstlerin oder der Künstler erfüllt seine Rolle als Repräsentant der Menschheit für den Menschen, indem sie oder er sie quasi mustergültig erduldet. Während Warhol seine Anhänger überholte, brachte er es fertig, seine feige Haltung als etwas höchst Seltsames und Unnatürliches erscheinen zu lassen, während sie doch im Prinzip die Norm darstellte. Duldung als eine Form der Kritik. Oder man könnte auch sagen, er führte uns wieder an den Anfangspunkt zurück, machte uns wieder zu Höflingen. Hofnarren mit der Erlaubnis, unsere Herren spaßeshalber aufzuziehen. Daher will die Art Kunst, die Colin (unfreiwillig) nachzuahmen versuchte, etwa Folgendes sagen: »Ich kann Gärten nicht mögen, weil ich eigentlich Gärten mögen soll, wenn ich es also tue, dann bin nicht wirklich ich es, der Gärten mag.« Es ist ein post-Warhol-Lamento über den Verlust von Gärten.

Darauf konnte ich mit Colin nicht weiter eingehen, denn ich hatte die Zeit dafür nicht. Aber es fiel mir schwer zu ertragen, wie er diese Bilder malte und dabei glauben konnte, sie würden denen von Monet nur im Geringsten ähneln. Vielleicht wenn er sie nur als Reproduktionen gekannt hätte. Aber er war selbst in Giverny gewesen und hatte die Originale gesehen. Er musste doch wissen, dass das nicht dasselbe war. Als Mensch, der in der Lage ist, sehr genau zu analysieren, wie Gegenstände gebaut sind, sich etwas anzuschauen und dann den Herstellungsprozess herleiten zu können, hätte er – von den ästhetischen Aspekten mal abgesehen – erkennen müssen, dass Monets Malereien ganz anders gemacht sind als seine. Die Striche, die die Flächen bei Monet ausmachen, wurden über die gesamte Oberfläche verteilt, sodass ein lockeres Netz entsteht, ein Farnkrautwedel hier, ein Blütenblatt dort, ein breiter Streifen Schatten, während Vorder- und Hintergrund gleichzeitig bearbeitet wurden. Und nicht Stückchen für Stückchen mit Farbe ausgefüllt, von links nach rechts. Wie konnte er so blind sein, dass er sogar den gesunden Menschenverstand ausblendete?

»Magst du die Arbeiten von Andy Warhol, Colin?«

»Einiges mag ich sehr.« Er klang argwöhnisch. »Ich mag einige der Farben sehr.«

Ich habe dann nicht weitergefragt. Abgesehen davon, dass er wollte, dass jeder etwas mit ihm anfangen konnte, finde ich Warhol verschroben und tuntig. Ich konnte sehen, wie sich bei Colin die Haare aufstellten, als ich den Namen erwähnte. Vielleicht lag es daran, dass er auch ein Problem mit seiner Sehfähigkeit hatte, aber eigentlich kann es das nicht gewesen sein. Fast hätte ich ihn gefragt, ob er schon vor seinem Schlaganfall gemalt hat, aber ich ließ es dann lieber. Komischerweise war eigentlich an diesen Malereien nichts verkehrt. Wenn ich mir vorstellte, sie hingen in einer Ausstellung mit zeitgenössischer Kunst, dann waren sie in Ordnung, aber eigentlich wollte Colin ja etwas anderes. Er malte nicht das, was er sich vorgenommen hatte.

»Die kann ich mir in einer Ausstellung mit zeitgenössischer Malerei vorstellen, Colin.« Er schien zufrieden. Keine Ahnung. Vielleicht hat seine Seheinschränkung dazu geführt, dass ihm stärker auffiel, wie unaufrichtig das klang.

Ich sah mich um, und jeder saß an seinem Platz mit einem Stift oder Kuli in der Hand (alles andere, die Ölmalkreiden und Kohle, wurde ignoriert). Sie wirkten wie Waisen im Speisesaal, die auf ihren Haferschleim warteten. Das heißt, alle saßen so bis auf »Stick«, der zurückgelehnt auf seinem Stuhl hockte, die Füße auf dem Tisch, die Arme ausgebreitet, und einen Filzstift auf seiner Nase balancierte. Emily hatte, wie ich erfreut feststellte, ihre Strickjacke ausgezogen und sie über ihre Stuhllehne gehängt. Sie trug ein enges T-Shirt. Diese Brüste. Verdammt! Sie saß »Stick« gegenüber und lächelte über seine Mätzchen.

Vor einem ganzen Kurs hatte ich noch nie unterrichtet. (Als ich an Kunstschulen lehrte, besuchte ich die Studierenden einzeln in ihren kleinen Ateliers. Ich latschte von einem Schrein des Sichgehenlassens und der Selbstbezogenheit zum nächsten. Dabei wünschte ich mir, ich dürfte einen Stock oder eine zusammengerollte Zeitung nehmen, um sie den Leuten um die Ohren zu schlagen. Das – zack! – ist dafür, dass du geglaubt hast, du würdest leiden, aber das hast du nie wirklich getan. Und das – zack! – ist dafür, dass du glaubst, du seist originell, aber das bist du nicht. Und das – ZACK!! – bekommst du dafür, dass du erst um halb eins gekommen bist, obwohl ich schon um neun Uhr hier sein musste.)

Aber einen ganzen Kurs hatte ich noch nie unterrichtet. Ich stand am Kopfende dieser Tischreihe, als hätte ich etwas zu sagen.

»Hm. Sie da! ›Stick‹. Könnten Sie das bitte lassen?«

»Sicher, Mr Künstler. Mr Künstlerrr. Mr KÜNST-LEEER!!«

Immer wieder schielte er zu Emily herüber, die kicherte und ihre Brüste hervorstreckte. Ich werde diesen Hippie töten müssen. Ich nehm diesen unbeschwerten, Kommste-heut-nicht-kommste-morgen-Scheißtypen und sperre ihn in eine Garage in South London. Dort übergieße ich ihn mit Säure, nachdem ich ihn ein wenig mit einer Baumschere und einer Lötlampe bearbeitet habe. Er und Emily tauschten noch einen Blick (ihre Brüste hüpften wie bei einem Schluckauf), während er sich geräuschvoll normal hinsetzte. Dann begann er, mit den Fingern auf die Tischplatte zu klopfen. Herr im Himmel!

»Sie haben ja alle nun, was Sie brauchen. Oder brauchen Sie noch etwas?«

»Einen Radiergummi«, sagte eine Frau, die ich nicht wiedererkannte.

»Einen Radiergummi. Ich bin sicher, ich kann einen besorgen.«

»Warum sollen wir Gehirne malen?« Noch jemand, den ich nicht kannte.

»Na, ich dachte aufgrund der Umstände … in denen wir uns befinden. Ich dachte, es sei ein naheliegendes Thema, eigentlich.«

Argwöhnische Blicke gingen hin und her, zumindest zwischen den Patienten, die sehen konnten. Ich hatte keine Lust, mich auf diese Diskussion einzulassen, daher fragte ich sie, ob sie nicht anfangen wollten, ganz, wie sie mochten. Ich würde dann mit jedem Einzelnen sprechen. Sofort fingen Colin, Emily und Stick zu zeichnen an. Mir fiel auf, dass andere wohl ein bisschen mehr Anleitung brauchten, bevor sie loslegen konnten – diejenigen, die nicht sehen konnten. Ben sprach bereits mit dem blinden Paar. Also ging ich zu ihnen hin, wie ein Lehrer, der seinen Auftrag erfüllt.

»Das ist eigentlich nur ein kleines Experiment«, erklärte Ben.

»Ich kann nicht zeichnen, oder?«, warf der blinde Mann ein. »Ich bin blind.«

»Alles, was ich von Ihnen möchte, ist, dass Sie das zeichnen, was Sie glauben, was auf dem Tisch steht. Probieren Sie es einfach aus.« Ben hielt ihm einen Stift hin, und er nahm ihn.

»Da muss ich gar nicht raten. Ich weiß, was auf dem Tisch steht. Es ist ein Modell von einem Gehirn.«

Genau genommen war es nur eine Hälfte von einem Gehirn, ein Querschnitt. Die Fläche reichte von Ohr zu Ohr und zeigte die beiden symmetrischen Hälften, im Gegensatz zu einem Längsschnitt, der das Profil von der Nase bis zum Nacken zeigt. Der blinde Mann seufzte. »Okay.« Dann begann er den Kopf hin und her zu wiegen, als wäre darin eines dieser Geschicklichkeitsspiele, bei denen man winzige Kugeln in die Löcher auf einer Pappscheibe bugsieren muss. Anscheinend hatte er nun eine Vermutung, was er vor sich auf dem Tisch sah, und fing an, Striche auf das Papier zu zeichnen. Ben wandte sich an die blinde Frau und forderte sie auf, dasselbe zu tun. Er hielt ihr einen Bleistift hin, aber sie regte sich kein Stück, daher nahm er ihre Hand und schloss ihre Finger um den Stift, zunächst falsch herum. Sie versuchte nicht, den Stift umzudrehen, also half er ihr wieder. So, so ist's richtig.

»Ich habe nicht die geringste Vorstellung, wie das aussieht. Ich kann mich nicht daran erinnern, wie irgendwas aussieht.«

Ich versuchte einzuspringen. »Vielleicht können Sie das abzeichnen, was Sie hier sehen.« Ich deutete auf eine Stelle. »Hier in diesem Bereich.«

»Welcher Bereich?« Genau. Sie konnte ja nicht sehen, wohin ich deutete. Ben hatte eine bessere Idee. Er beugte sich nach vorn, um seinen Kopf vor das Modell auf die Tischplatte zu legen. »Hier.« Die blinde Frau drehte ihren Kopf und senkte das Kinn ein wenig. Sie orientierte sich an seiner Stimme, und soweit ich es einschätzen konnte, gelang ihr das sehr gut. »Hier.« Eine weitere winzige Bewegung. »O. k. Jetzt können Sie zeichnen.«

Wir kehrten zurück zum blinden Mann, um zu gucken, was er machte. Ich würde sagen, seine Zeichnung war unbeholfen, aber sie gab auf alle Fälle wieder, was vor ihm stand. Es war keine grobe Schätzung, wie ein Gehirn aussehen könnte. Er hatte die Kluft in der Mitte und die unterschiedlichen Schichten des Cortex gezeichnet, wie einen geologischen Querschnitt. Wenn er wirklich geraten hätte, würde man einen Längsschnitt erwarten. Diese Vorstellung ist weiter verbreitet.

»Das ist prima. Sie haben das gut gemacht. Die Zeichnung sieht aus wie das, was vor Ihnen steht.«

Der blinde Mann lächelte und zeichnete weiter. Er war schnell. Wir standen daneben und sahen ein wenig zu, doch während er weitermalte, wich seine Zeichnung vom Modell ab. Das Ding wurde immer komplizierter, bis es schließlich an eine Art Blüte erinnerte. Zwar war es noch symmetrisch, aber nun sah es aus wie ein keltisches Fabelwesen in einer Buchmalerei.

»Okay, Sie können jetzt aufhören«, bremste ihn Ben. Ich fand das schade, denn es fing gerade an, wirklich gut zu werden. Der blinde Mann lehnte sich zurück, und sein Lächeln verschwand augenblicklich. Plötzlich wirkte er, als hätte er einen schrecklichen Verlust zu verkraften. Ganz toll. Wir haben ihm gerade perfekt vorgeführt, was er verloren hat. Super gemacht, Ben. Wenigstens hättest du mich vorher warnen können. Der arme Kerl wird Monate brauchen, um sich davon wieder zu erholen.

»Und wie läuft es hier?« Wir standen hinter der blinden Frau, um zu sehen, wie sie vorankam. Vielleicht hätten wir ihr eher einen Filzstift geben sollen. Sie hatte einige wenige vorsichtige Striche gesetzt. Der Stift ruhte auf dem Papier, und sie hatte den Kopf leicht nach hinten gelehnt, als wartete sie mit aufgerissenen Augen auf eine Nachricht aus dem Universum. Sobald sie ein Signal erreichte, würde der Stift in ihrer Hand lebendig werden.

»Läuft's heute nicht so gut mit der Inspiration?« Sie reagierte auf Bens Bemerkung mit einem leisen Lächeln. Eigentlich nahm sie es recht gut auf. Ich schaute kurz zum blinden Mann hinüber, und er schien sich ein wenig erholt zu haben. Ich nehme an, dass man sich an so etwas gewöhnt. »Wie läuft es bei dir, meine Liebe?«, fragte er.

»Heute bin ich nicht sonderlich inspiriert.« Sie lächelten einander an. Ich nehme an, sie sind ein Paar geworden, weil sie unter einer ähnlichen Erkrankung leiden. Vielleicht hatten sie sich hier kennengelernt und festgestellt, dass sie einander gut ergänzten. Sie, die alles sehen kann, aber keinen Sinn darin erkennt, und er, der sich einen ungefähren Sinn aus der Welt zusammenreimen kann, ohne dass er irgendetwas sieht, jedenfalls nicht in dem Sinne, wie wir Sehen verstehen.

Kein Wunder, dass er so verloren wirkte. Angeblich war er früher einmal Grafikdesigner gewesen. Sein Schwerpunkt war es gewesen, Tapeten zu entwerfen, die wohl sehr kleinteilig und detailliert waren. Das würde auch die feine Ausarbeitung erklären, die Schleifen, Arabesken und Schnörkel, die er dem gezeichneten Hirn hinzufügte. Niemand weiß genau, was er sieht, wenn er etwas betrachtet, ohne sehen zu können, aber Ben hat eine Vermutung. Vielleicht ist es so ähnlich, wie wenn jemand einem einen Buchstaben auf den Rücken malt, dann hat man ja eine mehr oder minder präzise Idee davon, welcher Buchstabe es ist. Dem blinden Mann ist einfach ein Schlaganfall dazwischengekommen. Seine Augen funktionieren, ebenso wie die visuellen Hirnareale, doch durch den Schlaganfall können die beiden Bereiche nicht mehr miteinander kommunizieren, ein Schaden wie bei einem präzisen Terrorangriff. Nur die einfacheren subkortikalen Sehzentren können noch Informationen verarbeiten. Er verfügt über die gesamte Ausrüstung, doch durch die Zerstörung eines winzigen wichtigen Elements auf einer Nervenbahn ist das jetzt alles umsonst.

Ben ist viel mehr an der Frau interessiert, denn soweit er weiß, ist ihr Fall einmalig. Sie leidet unter einer totalen assoziativen visuellen Agnosie. Wenn sie ein bekanntes Objekt betrachtet, sieht sie es aus einem ungewöhnlichen Winkel oder aus der Distanz. Die Frage, wie es dazu kommen konnte, war noch ungeklärt. Bei so einer schweren Verletzung hätte es schwere Kollateralschäden geben müssen, noch viel schwerwiegender als diese Sehbehinderung. Es wäre so, als würde man die ganzen Elektro- und Wasserleitungen aus einem Haus herausreißen, ohne die Wände oder den Boden aufzustemmen. In den Scans, die von ihrem Gehirn gemacht wurden, sind die Läsionen deutlich zu erkennen, aber wie es dazu kam, das kann nur sie beantworten. Ihr zufolge ist sie »blind« geworden, nachdem sie Aliens entführt hatten. Das beschreibt sie sehr detailliert; wie sie verschiedene seltsame Untersuchungen über sich ergehen lassen musste. Seltsam bei ihren Beschreibungen ist allerdings, dass es dabei immer nur um die Augen geht, nicht um die Genitalien.

28. Mein Zeichenkurs – Zufälle

Man darf solche Berichte nicht ignorieren, aber was sie bedeuten, bleibt ungeklärt. Man ist versucht, eine Verbindung zwischen der Begegnung mit den Aliens, von deren Existenz die blinde Frau überzeugt ist, und der Ansicht, die sie nun von der Erde hat, zu suchen: Alles sieht für sie aus »wie von einem anderen Stern«. Aber genau diese Logik wenden auch Ufologen an. Diese Experten sind davon überzeugt, dass zwischen den alten Ägyptern und den frühen Zivilisationen in Südamerika eine Verbindung bestanden hat, weil beide Pyramiden errichtet haben. Von dort verweist die unergründliche Fremdartigkeit dieser kulturellen Artefakte auf das Weltall. Eine andere Erklärung für diesen Zufall lautet, dass man zwangsläufig auf eine Pyramide kommt, wenn man ein sehr hohes und solides Gebäude bauen möchte und über fast unbegrenzte menschliche Arbeitskraft, aber nur wenig Verständnis von Bautechnik verfügt. Im Prinzip ist eine Pyramide nichts anderes als ein akkurater Hügel.

Leute, die sich für Zufälle interessieren, glauben nicht daran. So ist das. Sie sind der Meinung, dass sie nicht einfach so passieren, sondern dass es einen Grund dafür gibt. Da haben sie zwar recht, aber der Grund ist nicht der, den sie für entscheidend halten. Ein Zufall ist eine willkürliche Kombination von Ereignissen, die einen Sinn zu ergeben scheinen, es aber nicht tun. Wir bemerken Zufälle nur deswegen, weil wir ununterbrochen nach sinnvollen Zusammenhängen von Phänomenen suchen. Man nennt es auch Denken. Zufälle sind eine Art Täuschung – eine kognitive Täuschung. (Optische Täuschungen passieren, wenn das Hirn eine Regel der optischen Wahrnehmung falsch anwendet, und Zufälle passieren, wenn das Hirn die Regeln des Denkens falsch anwendet.) Für bedeutsame Verbindungen, wo keine existieren, gibt es einen Fachbegriff – dieser Zustand heißt Apophänie.

Zufälle sind kein Hinweis auf das Eingreifen einer allmächtigen, verborgenen Instanz, allerdings würde das vollständige Fehlen von Zufällen auf so etwas hindeuten. Eine unsichtbare Kraft müsste ständig Aufsicht über die Überfülle von Ereignissen führen, um sicherzustellen, dass es nicht passiert, dass zwei Männer namens Keith, von denen jeder eine rote Krawatte trägt, zum selben Einstellungsgespräch erscheint. Dass A nicht B anruft, während B gerade an A denkt, dass ein verlorener Schlüsselbund auf merkwürdige Weise nicht zurück zu dem Besitzer gelangt, dass weder ein Brokkoli noch ein Tapetenmuster oder eine Felsformation aussieht wie Churchill oder die Muttergottes. Diese Kraft müsste der kosmische Garant dafür sein, dass alle Eventualitäten nur ein einziges Mal auftreten. Keine zwei unterschiedlichen Kulturen könnten dann unabhängig voneinander ein Zeichensystem erfinden, um etwas aufzuschreiben, ein seetüchtiges Fahrzeug oder einen Speer entwickeln.

(Treibt man diese Idee auf die Spitze, würde eine Welt ohne Zufall von der Entropie regiert, und natürliche Auslese würde unmöglich. Es gäbe noch nicht mal zwei Menschen mit blauen Augen, oder überhaupt zwei blaue Augen, oder … zwei Augen. Im gesamten Universum gäbe es nur ein Auge. Gott herrschte über die Schöpfung, die ausschließlich aus einzigartigen und daher unwandelbaren, nicht kausalen Einheiten bestünde. Totales Chaos. Es bräuchte einen zweiten Gott, um da Ordnung hineinzubringen.)

Möglicherweise besteht eine Verbindung zu Schläfenlappenepilepsie. Es ist denkbar, dass sie hinter vielen Berichten von Entführung durch Aliens steckt, denn Krampfanfälle innerhalb des Schläfenlappens können vorkommen, ohne dass die betroffene Person es mitbekommt. Dann kann es zu Halluzinationen und Episoden »verlorener Zeit« kommen. Bei der blinden Frau besteht eine Verletzung der Schläfenlappen, aber in ihrer Krankengeschichte ist keine Epilepsie verzeichnet. Ein verlässlicher Zusammenhang ist schwierig aufzuzeigen. Eine andere Möglichkeit besteht darin, dass sie von einem Blitz getroffen wurde, der in ihrem Hirn einen sogenannten »Swiss-Cheese-Defekt« ausgelöst hat.

Die blinde Frau und der blinde Mann saßen sich gegenüber und lächelten einander an: Das normalste Paar, das ich jemals gesehen habe. Diese übertriebene Normalität kommt wohl zustande, wenn andere Leute einem die Kleidung aussuchen und dem Friseur sagen, wie er die Haare schneiden soll.

29. Die paranormale Susan

Darüber haben Susan und ich häufig gestritten: »Warum bist du so negativ und zynisch, wenn es um Spirituelles geht?« Wenn etwas passierte, was sie gut fand – etwas Positives, das ihr widerfuhr, oder etwas Negatives, das jemandem passierte, den sie nicht leiden konnte –, sagte sie immer: »Das musste so kommen.« Ich fragte dann immer: »Musste? Wer bestimmt das? Und wenn es wirklich so kommen musste, Susan, wo stecken dann die positiven Kräfte, wenn Naturkatastrophen und Kriege passieren?«

Ihre aufgeräumten Bücherregale in ihrer aufgeräumten Wohnung sagten ja eigentlich schon alles. Sie hatte eine ganze Abteilung mit Büchern, die sich mit Heilung und sogenannter Metaphysik (Kristalle und so) beschäftigten. Der Großteil ihrer Bibliothek widmete sich allerdings ihren Karriereplänen: Monografien von Künstlerinnen und Künstlern, alles in alphabetischer Reihenfolge geordnet. Dann kamen die Ausgaben von Kunstzeitschriften, nach Erscheinungstermin sortiert. In Ordnern befanden sich Unterlagen für Bewerbungen auf Künstlerresidenzen, Förderungen und Stipendien. Sie hatte die Regale tatsächlich beschriftet: »Körper, Seele und Geist« über dem Regal mit den Büchern über paranormale Themen oder »Kultur und Kritische Theorie«. Für mich zeigte diese Kombination aus Karrierismus und Irrationalität eigentlich nur einen Geist, der sich selbst im Weg steht. Und dann wiederum schienen Susans Pragmatismus und Okkultismus eine faszinierende

Einheit zu bilden. Zu Beginn unserer Beziehung sagte sie mir, ich hätte eine alte Seele. Das nahm ich als Kompliment, aber später fing ich an zu glauben, dass es ein Seitenhieb auf den Altersunterschied war, der zwischen uns bestand, denn ich war fast zehn Jahre älter als sie.

30. Der Zeichenkurs: »Stick«

Ich verließ das blinde Paar und Ben und ging im Raum herum, um den Leuten über die Schulter zu gucken und einen professionellen Blick auf die Zeichnungen zu werfen. Stick war zur Ruhe gekommen und war eifrig am Zeichnen, wobei er mit dem Gesicht fast das Papier berührte. Er hatte den linken Arm um sein Blatt gelegt, als wollte er seine Nachbarin daran hindern, etwas von ihm abzugucken. Eigentlich wollte ich schauen, was Emily machte. Sie saß kerzengerade und war konzentriert am Arbeiten – eine Musterschülerin. Ihr Gesicht wirkte in dieser ruhigen Haltung älter, fiel mir auf. Wenn ich mich hinter Stick stellte, könnte ich sie unbemerkt beobachten und würde nicht den Verdacht auf mich ziehen, ihr um jeden Preis »helfen« zu wollen. Oder den Duft ihres Haares einzuatmen. Vielleicht einen Hauch ihres Atems zu erhaschen. Wie der wohl morgens nach dem Aufwachen roch? (Mir war klar, dass ich in dieser Hinsicht paranoid war. Niemand würde Verdacht schöpfen.)

»Na, Woody, wie kommen wir voran?«

»Ich heiße Stick. Wood wie Holz … Das ist gut … haha … Sticky Wood, toll, toll …« Schon wieder klopfte er mit den Fingern auf die Tischplatte und zappelte auf dem Stuhl herum.

»Warum zeichnen Sie einen Drachen? Heute sollte es um Gehirne bei uns gehen.«

»Der Drache ist das Gehirn, das er durchstreift, sehen Sie, es ist alles miteinander verbunden. X-Verbindung, X-Verbindung, das X ist ein Symbol, es ist mein Gefühl. DAS Gehirn, ja, DAS Gehirn wie all die VER-BIND-UN-GEN, die ich sehe, die Sie nicht sehen können, weil Sie verbunden sind wie die Mafia, die Gehirn-Mafia, die Sie kontrolliert und versucht, auch mich unter ihre Kontrolle zu bringen …«

Ich stand da und hörte mir diesen Quatsch ungefähr fünf Minuten lang an. Vermutlich, so begriff ich allmählich, war ich eine Art Instrument der Unterdrücker. Paranoider Verschwörungswahn könnte ebenfalls ein Symptom seiner Erkrankung sein. Was ist überhaupt Tourette? Ich dachte bislang immer, es gehe um lautes Fluchen, aber vielleicht ist es auch nur diejenige Weltsicht, mit der er besser klarkommt, dachte ich bei mir. Tourette ist möglicherweise eher eine Frage des Lebensstils. Stick, du wirst also das System zerschlagen, nicht wahr, und zwar mit deinen Jonglierkünsten? Idiot.

Er hatte Emilys Aufmerksamkeit wieder. Sie sah ihn an und dann schnell wieder schmunzelnd auf ihr Blatt. Sie ist also auf seiner Seite. Ich bin jetzt also der Böse, ja? Man muss sich nur anziehen wie ein beschissener Space-Clown, und schon ist man jedermanns Held. Das muss Emily doch durchschauen. Sie muss doch in der Lage sein, sich ein Urteil zu bilden, selbst wenn es verschroben ist. Sie muss doch riechen, dass der Typ ein Hochstapler ist. Sie muss doch einen sechsten Sinn haben, den haben Kinder und Tiere auch. Sie muss doch auf den ersten Blick sehen, dass ich – vielleicht äußerlich konventionell, was meine Kleidung und mein Benehmen angeht, aber immerhin irgendwie anders – das einzig Wahre bin. Ich bin die Gegenkultur. Nicht dieser Hanswurst. Dieses Stück Scheiße. (Ihre präzise Auffassungsgabe würde meine schlechten Angewohnheiten allerdings nicht wahrnehmen. Das Trinken zum Beispiel.)

»Prima, Stick. Machen Sie einfach weiter mit Ihrem Drachen. Drücken Sie sich frei aus. Da will ich Ihnen nicht im Wege stehen.«

Als ich Emily ansah, wirkte ihr Gesicht wieder älter. Sehr

geschäftig arbeitete sie an ihrer Zeichnung. Ich beschloss, sie im Moment nicht anzusprechen, denn meine Laune war einfach zu schlecht, und bestimmt würde sie äußerst empfindlich auf so etwas reagieren. Auf meine verschwitzte Feindseligkeit. Ich konzentrierte mich wieder auf meine Aufgabe: Menschen mit besonderen Bedürfnissen beizubringen, wie Zeichnen ihnen helfen kann.

Als ich dabei war, mich über jemanden zu beugen und ihm zuzuhören und zu nicken, während der Kerl mir das Problem erklärte, das er mit der Schattierung auf seiner lausigen Zeichnung hatte, ging die Tür auf. Zu uns stieß eine Gruppe in den Werkraum – ernst und zielstrebig aussehende Menschen. Männer in Anzügen. Frauen in Kostümen. Weitere Personen, die weniger gut angezogen waren, dafür aber Klemmbretter und Notizblöcke im Arm trugen. Es war auch die Frau von der Kunstförderung darunter, die bei meinem Interview dabei gewesen war – Hilary. Sie bewegten sich in Zweier- und Dreiergruppen umher, besprachen etwas oder schauten sich nur um. (Warum schauen Menschen zuerst immer an die Decke, wenn sie im Rahmen einer Führung einen Raum betreten? Da oben gibt es nichts zu sehen. Es ist schließlich nicht die Sixtinische Kapelle.) Nancy Prabhakar, in ihrem Kostüm recht einschüchternd, führte den Rest der Gruppe heran. In ihrem Gefolge war ein Mann, dessen Kleidung ein wilder Stilmix war. Eine Mischung aus reichem Harley-Davidson-Fahrer mittleren Alters gekreuzt mit erfolgreichem Architekten: abrasierte Haare, Sonnenbrille, Stirnband, riesiger Schnauzer, gekleidet in einen japanisch anmutenden schwarzen Pyjama-Zweiteiler. Er musste sich sehr weit hinunterbeugen, um Nancy zu verstehen, die gerade einen wichtigen Punkt herausstellte (sie war ungefähr halb so groß wie er). Dabei ballte sie immer wieder ihre winzige Hand und schlug mit der Faust auf die geöffnete Handfläche der anderen – sie machte Karate.

Zunächst schien uns niemand Aufmerksamkeit zu schenken, wobei es in dem riesigen Raum, der so groß war wie eine Turnhalle, nicht viel zu sehen gab. In einiger Entfernung sammelte sich die Truppe, sodass ihr Gespräch, ihre Verschwörung, zu einem kaum hörbaren monotonen Geräusch verschwamm. Hie und da ein kleiner Lacher. Dr. Prabhakar, die immer noch sehr engagiert auf den Biker mit dem riesigen Schnauzbart einredete, versuchte die Letzten mit einer langsamen rotierenden Armbewegung in die Runde zu lotsen. Dabei wirkte sie wie eine Verkehrspolizistin.

Mir war sehr bewusst, dass ich beschäftigt tun musste. Vielleicht ging es hier um Prozessoptimierung, oder es war ein Besuch von jemandem aus dem Königshaus.

»Wer ist das, Ben?«, fragte ich zwischen den Zähnen hindurch. Plötzlich fühlte ich mich nicht mehr wichtig, als hätte ich meine Position eingebüßt. Ben ignorierte meine Frage und ging ganz lässig zu der Gruppe hinüber. Er hatte gewusst, dass die kommen würden. Ich konnte ihm zwar nur auf den Hinterkopf schauen, aber ich wusste aufgrund der Art und Weise, wie seine kleinen Ohren zuckten, dass er lächelte. Und er lächelte breit. Dr. Prabhakar streckte ihren Polizistenarm aus, als er sich ihr näherte. Fast hätte sie ihn ein paar Zentimeter über dem Kreuz am Rücken berührt, während sie ihn durch die Besuchergruppe führte, um ihn vorzustellen. Ich konnte zwar nichts verstehen, aber ich wusste, was los war. »Das ist Ben, unser junger …« »Ja, wir sind sehr froh, dass wir ihn an Bord haben …« »… ist bei uns. Seit wann noch mal, Ben?« Armer Kerl. Er musste sich ein Bein ausreißen.

Ich freute mich heimlich, bis ich bemerkte, dass sie zu mir herübersahen, erst ein oder zwei, schließlich alle. Ben hatte sie auf mich aufmerksam gemacht. Nickend sahen sie ihn an, dann mich, dann wieder ihn, dann wieder mich. Mit wachsender Panik bereitete ich mich darauf vor, dass sie mich gleich ansprechen würden. Ben, bitte. Nein, Ben. Nein! (Was ist mit mir los? Seit wann habe ich so viel Angst?) Einen Moment lang schienen sie das Interesse verloren zu haben, betrachteten einen Belüftungsschacht oder eine Lampenfassung. Doch dann, während alle ihren Blick auf Ben gerichtet hatten, kamen sie mit einem Mal auf mich zu. Die Gruppe öffnete ihre Flanken und kam immer näher, modifizierte ihre Formation, um alle Tische einzukreisen. Ich erkannte den Conrad-Typen mit seinem unglücklichen Gesichtsausdruck. Er kam direkt auf mich zu – er und Dr. Prabhakar, Hilary und einige Anzugträger.

»Sie sind also unser Künstler.« Conrad war genauso untalentiert wie ich, wenn es um Small Talk ging. Stellte er mir eine Frage, oder wollte er mich beschreiben?

»Ja.«

»Fein. Fein. Ich sammle Kunst.«

»Und die Patienten profitieren sehr viel von dieser Initiative.« Hilary. Das Piercing an ihrer Augenbraue hatte sich entzündet. Aber es gibt ja mich, ich kann helfen.

»Ja.«

»Und diese Maßnahme erfüllt ihre angestrebten Ziele?«

»Ja.« Läuft bei mir. Macht weiter. Stellt mir die nächste Frage. Ich habe die Antworten auf all eure Fragen. Jedenfalls schienen sie zufrieden und gingen weiter, um sich die Arbeiten meiner Schülerinnen und Schüler anzusehen. Sie beugten sich über Schultern und stellten flüsternd Fragen. Alle nickten. Ja ist die Antwort. Alles ist in Ordnung. Sobald sich das geklärt hatte, waren sie auf dem Weg zu ihrem nächsten Ziel. Dr. Prabhakar führte sie hinaus. Sie hatte mich nicht wirklich begrüßt oder Blickkontakt gesucht, und darüber war ich ziemlich froh. Ich nehme an, ich hatte die Prüfung bestanden.

»Was war das denn?«, wollte ich von Ben wissen.

»Geldgeber.«

31. Vorsprung durch Wissen

Später erklärte mir Ben im Aufenthaltsraum, was eigentlich los war. Jemand mit gesundem Menschenverstand hätte das schon längst herausgefunden.

»Wir haben kein Geld. Die Förderung wurde eingefroren, jedenfalls bis das Gerichtsverfahren beigelegt ist, und das kann noch Jahre dauern.«

Verfahren. Verstehe. Colin half mir ein wenig mehr auf die Sprünge. »Liest du denn gar keine Zeitung? Nein? Na, jedenfalls wurde das gesamte Vermögen wegen der Zwillinge, Simon und Selina, eingefroren. Es geht um die Umstände, unter denen der alte Norman die Stiftung ins Leben gerufen hat. Im Prinzip behaupten sie, dass Dr. Prabhakar ihm zugesetzt habe, als er nicht voll zurechnungsfähig war.« Er ließ seinen Zeigefinger neben seiner Schläfe kreisen, um die lockere Schraube anzudeuten. »Sie sagen, er hatte Alzheimer.«

»Er litt tatsächlich unter Alzheimer«, schaltete sich Ben ein. »Das steht außer Frage. Worum es hier geht, ist die Frage, ob sein Zustand seine Entscheidung in jenem Augenblick beeinflusste, als er die Schenkung machte. Alzheimer-Patienten können sich zeitweise erholen und sind dann für eine Spanne luzide. Zugegebenermaßen ist das schwer nachzuweisen, denn Beweise kommen meistens von Pflegekräften, die normalerweise die Ehepartner oder Kinder sind, manchmal ist es dann nichts als Wunschdenken. Wahrscheinlich sind diese Phasen darin begründet, dass das Gehirn natürliche Schwankungen durchmacht, das geht auch Gesunden so. Aber sie wollen versuchen, vor Gericht darzustellen, dass es mit der Plastizität des Gehirns zu tun hat. Und diese Theorie ist weitverbreitet.«

Dieser Theorie zufolge passiert Folgendes: Obwohl das Gehirn eines Alzheimer-Patienten immer weiter stirbt, werden die Funktionen des abgestorbenen Gewebes von anderen Gehirnarealen übernommen. Die Teile des Gehirns, die weniger beansprucht werden, auf deren Funktionen leicht verzichtet werden kann, können von einer Aufgabe quasi abgezogen werden und sich mit etwas beschäftigen, das für den Körper wichtiger ist. Nehmen wir an, man verliert das Sprachvermögen – irgendeine Nervenbahn, die man für das Sprechen braucht, stirbt ab –, und die benachbarte Nervenbahn, nehmen wir an, die für Handarbeiten, kann sich anpassen und diese wichtigere Aufgabe ausführen. Auf diese Art kompensiert das Gehirn einen Verlust – jedenfalls so lange, bis die Reservenervenbahn auch befallen ist. Das Hirn verliert Fähigkeiten, gewinnt sie wieder und verliert sie, so geht es immer weiter, bis es keine Reserve mehr gibt und Demenz einsetzt.

Das Phänomen der Neuroplastizität ist gut untersucht, insbesondere bei Schlaganfallpatienten. Vielen gelingt es, die Fähigkeiten zurückzuerlangen, die sie durch den Anfall verloren haben. Dasselbe gilt für Patienten mit Wirbelsäulenverletzungen. Man weiß, dass neue Aufgaben durch bereits bestehende Nervenbahnen gelenkt werden und dass neue »Prozesse« zwischen Neuronen wachsen können. Neuronen können neue Verbindungen bilden. Sie bilden neue Verschaltungen und passen bestehende an. Die Fragen im Gerichtsverfahren lauten also:

1.) Kompensiert die Neuroplastizität die Symptome von Alzheimer? 2.) Kann man davon ausgehen, dass die Wiedererlangung von geistiger Klarheit aufgrund von Neuroplastizität vollständig gelingt, und sei es nur vorübergehend? 3.) Befand sich Norman in einem Zustand vorübergehender Remission, als er die Stiftung gründete? Kann man im Nachhinein eine Diagnose stellen? Kann man mit Sicherheit behaupten, dass Norman schon an dem Tag unter Alzheimer litt, bevor die Erkrankung diagnostiziert wurde? Der gesunde Menschenverstand würde sagen, Ja, natürlich, aber aus juristischer Sicht ist die Situation komplizierter.

(In anderer Hinsicht steht außer Frage, dass es das Institut nur gibt, weil Norman unter Alzheimer litt. Nicht, weil er Symptome hatte, sondern weil er vor der Krankheit Angst hatte. Die Institution existiert deswegen, weil Norman hoffte, eine schnelle Lösung für seine Alzheimer-Erkrankung zu bekommen. Es war die verzweifelte Tat eines ängstlichen Milliardärs. Darum war die Ausstattung so luxuriös. Norman wollte den Sensenmann mit einem Haufen Schotter ruhigstellen.)

»Also, das Geld ist aus.« Jetzt endlich habe ich es begriffen. »Und ihr müsst die Finanzierung von wo anders herbekommen.«

»Egal von wem«, erklärte Ben. »Im Moment machen wir hier nichts anderes. Und für so etwas habe ich mich bestimmt nicht beworben.«

»Und deswegen bin ich hier.«

»Viele Mäzene schätzen einen kulturellen Aspekt. Deine Stelle war die Voraussetzung dafür, dass wir vor einiger Zeit eine Förderung ergattern konnten. Ziemlich kleine Summe, aber dem geschenkten Gaul schaut man nicht ins Maul. Im Prinzip haben wir festgestellt, dass wir auf diese Weise recht gut andere Förderer ins Boot holen können. Man muss sich anstrengen. Kein Geldgeber ist superglücklich damit, wenn das Geld nur für wissenschaftliche Forschung ausgegeben wird. Jedenfalls nicht in England, in den USA ist das einfacher. Ich hätte auch nach Santa Barbara gehen können, aber eigentlich sah das Institut ganz vielversprechend aus. Es hieß, man könne jede beliebige Forschung durchführen, von Neurobiologie bis zu Neuropsychologie, und es gebe sowohl Forschungsgelder als auch die nötigen Einrichtungen. Zu schön, um wahr zu sein.«

»Aber ging es Conrad Norman nicht hauptsächlich um Alzheimer?«

»Schon, aber die ganze Sache ist so schnell auf die Beine gestellt worden, dass es keine eindeutigen schriftlichen Aussagen darüber gibt. Das Institut hat sich nur dazu verpflichtet, Alzheimer zu erforschen, ohne dass es klare Konditionen auf Papier gab, wie viel Budget in die Forschung investiert werden soll. Und Nancy wusste, dass Normans Alzheimer zum Zeitpunkt der Eröffnung schon so weit fortgeschritten sein würde, dass er den Unterschied nicht mehr mitbekommen würde. Sein Zustand verschlechterte sich so schnell, dass er die Eröffnung nicht mehr erlebte.«

»Dann bin ich also nur Deko, oder was?« Mir wird so einiges klar.

»Du bist das Zirkuspferd. Aber wir haben uns heute wirklich gut geschlagen. Ich glaube, ihnen hat es gefallen. Nancy wird sehr zufrieden sein.«

Ich bin mir nicht sicher, was ich davon halten soll. Ich bin nur deshalb hier, weil es das Institut für einige Leute interessanter macht. Und eigentlich könnte das jeder sein. Es geht nur um den Titel oder die Berufsbezeichnung »Künstler« oder »Künstlerin«. Aber nach reiflicher Überlegung macht es mir überhaupt nichts aus. Ich kann mich nicht daran erinnern, wann ich mich das letzte Mal in meinem Leben in meiner Rolle so sicher gefühlt habe. Ich bin Kosmetik.

»Aber will Conrad Junior nicht auch sein Geld zurückhaben?«

»Ich glaube, das will er, aber er hat ein schlechtes Gewissen deswegen, daher versucht er, alternative Geldgeber zu finden.

Schließlich hat er all diese Kontakte aus der Schulzeit und von der Universität. Er kennt eine Menge wichtige Leute. Ehrlich gesagt bin ich mir nicht sicher, was Conrad will, aber wir brauchen ihn, also versuchen wir so gut es geht, ihn bei Laune zu halten. Wir verschaffen ihm die Möglichkeit, an Podiumsdiskussionen teilzunehmen und in Komitees mitzuarbeiten. Und dann der Job für seine Freundin.«

»Seine Freundin?«

»Sie sitzt an der Rezeption.«

Wenn ich die Situation überdachte, wie sie sich mir nun darstellte, bekam ich allmählich das Gefühl, ganz schön Autorität zu haben. Ich bemühte mich um Komplimente, um meinen neu entdeckten Selbstwert zu bestätigen. »Also Nancy hat es gefallen, glaubst du? Dr. Prabhakar.«

»Wir hatten unten dieses Beschäftigungsangebot mit Patienten aus der Neurologie, Psychiatrie und der Geriatrie aus dem Erdgeschoss, aber das hat nicht so wirklich funktioniert.«

»Das kann ich mir gut vorstellen. Ich habe zufällig so eine Stunde beobachtet, als Michelle mich herumgeführt hat, bevor wir die Interviews hatten.«

»Ja, richtig. Du warst an dem Tag da, als wir all die Patienten dorthin gebracht hatten, und dann gab es niemanden, der sich mit den Gerätschaften auskannte. Die Webstühle und Töpferscheiben und so. Egal, daran hat es nicht gelegen. Es ist ein politisches Thema innerhalb des Hauses. Die Neurologie hasst uns, weil sie all ihre interessanten Fälle zu uns schicken sollen. Die Krankenhausverwaltung liebt uns, weil wir gut für die Profilierung des Hauses sind, das ist prestigeträchtig. Also steht die Neurologie unter Druck. Außerdem haben wir all die neuen Geräte. Hatten.«

»Wie, ›hatten‹?«

»Wir haben *sechs* MRT-Geräte. Sechs! Und dann hatten wir kein medizinisch-technisches Personal, das mit ihnen umgehen konnte. Röntgentechniker konnten wir uns nicht leisten, daher müssen wir jetzt wohl fünf Geräte zurückgeben.«

(Wahrscheinlich war das auch der Grund, warum bereits dieser Webstuhl und das ganze Töpferzeugs verschwunden waren.) »Das einzige, wofür jetzt noch Geld da ist, sind die laufenden Kosten. Ich bin nur hier, weil meine Stelle durch Drittmittel finanziert wird. Alles Geld fließt in den Unterhalt. Wusstest du, dass sie das gesamte Institut alle drei Monate neu streichen lassen? Alle halbe Jahre neue Auslegware. Die Zwillinge wollen die Anlage gut in Schuss halten und verwenden dafür Fördergelder, weil sie niemals das erwirtschaften können, was die Ausstattung kostet.«

Ich sah mich im Aufenthaltsraum um und bemerkte, dass der Balkon gefegt war und dort Topfpflanzen aufgestellt worden waren.

»Ich habe gehört, sie wollen es in ein Hotel umwandeln«, warf Colin ein, »oder in einen Fitnessclub. Ach guck, da ist er wieder. Was für ein Kerl!« Stick jonglierte wieder, nur für Emily. Zwölf Orangen. Wenn Colin nur seinen scheißdämlichen Gesichtsausdruck gesehen hätte, würde er ihn nicht für einen so tollen Kerl halten. Dann würde er ihn für einen Arsch halten. Aber das macht mir jetzt nicht mehr so viel aus. Ich sehe nun die Vorteile, die ich aus meiner Rolle ziehen kann.

Ich erinnerte mich an den Grund, weswegen ich im NNI Artist in Residence war, und ging zurück in den Werkraum, um zu schauen, wie weit meine Schülerinnen und Schüler mit ihren Zeichnungen waren. Colin hatte sich selbst zum Klassensprecher ernannt und die Zeichnungen eingesammelt, nun lagen sie in einem Stapel auf einem Tisch. Ich war sehr neugierig, wie sich Emily wohl schlagen würde, und freute mich, dass ihre Zeichnung ganz oben lag. Sie hatte sie mit »Emily« signiert. Die Zeichnung sah nach dem typischen Werk einer

Schülersprecherin aus. Sehr ordentlich, soweit ich es beurteilen konnte, sehr genau. Wie wirklichkeitsgetreu es war, konnte ich nicht beurteilen, weil Ben seine Gehirne eingesammelt und mit in sein Büro genommen hatte. Wahrscheinlich hatte er Angst, dass eines wegkam oder so. Emilys Zeichnung sah aus wie eine Illustration aus einem Lehrbuch. Ihr Strich war routiniert. Es fehlte etwas Ungewöhnliches oder Ausdrucksstarkes. Es gab keine Spuren, dass etwas ausradiert worden war. Nie hätte ich damit gerechnet, dass sie so zeichnen würde. Eher hätte ich gewettet, dass sie einen Rahmen mit Blümchen und Kätzchen dekoriert hätte.

Ich sah mir den Rest des Stapels an. Einige Zeichnungen, wie Colins etwa, waren in Ordnung, etwas schwunglos vielleicht. Die blinde Frau war nicht viel weitergekommen. Im Prinzip war Sticks verdammter Drache am besten gelungen, das musste ich einräumen. Er hatte sich all meine fast leeren Filzstifte und die Farbstifte geschnappt und daraus ein Bild gemalt, das all das ungebremste »psychotische« hervorgewürgte Material enthielt, das Kunsttherapeuten und Freunde der »Outsider Art« lieben: Hakenkreuze, Augen, Messer usw. Eigentlich ist das der Stil, der in letzter Zeit gern von jungen Künstlerinnen und Künstlern aufgegriffen wird. Ich fragte mich, ob Stick tatsächlich hinter Emily her war. Möglicherweise bin ich der einzige Mensch auf der Welt, der in einer so hoffnungslos beeinträchtigten, durch Krankenhausaufenthalte traumatisierten Person eine potenzielle Sexpartnerin sehen kann. Sicherlich bin ich der Einzige, mal abgesehen von Perverslingen, die im Internet unterwegs sind, der überhaupt auf die Idee käme, mit so jemandem eine Beziehung einzugehen. Sich in sie zu verlieben und davon überzeugt zu sein, dass sie meine Gefühle erwidern könnte. Ich habe alles nicht mehr im Griff, glaube ich.

Ich muss mich langsam damit anfreunden, dass ich mich verdammt noch mal endlich in den Griff bekommen und mich auf die beiden Dinge konzentrieren muss, die anstehen: meine neue Rolle als das Gesicht der förderkreis-freundlichen Kunsttherapie im NNI und die neue Richtung, die meine Karriere nimmt, nämlich als Künstler, der irgendwie Kunst über Neurowissenschaften macht. Das »Irgendwie« muss nicht publik gemacht werden, denn man kann auch Kunst über Neurowissenschaften machen, ohne etwas zu dem Thema sagen zu müssen. Das wusste ich aus meiner Lektüre zahlloser Pressemitteilungen über Kunstausstellungen, die sich »irgendwie« beispielsweise mit der weiblichen Identität oder kulturellen Unterschieden auseinandersetzten. Obwohl sie in der Kunst angesprochen werden und man sich mit ihnen auseinandergesetzt hat, haben sich diese Themenfelder mehr oder minder nie verändert.

Mein Hauptaugenmerk sollte darauf liegen, hier etwas auf Grundlage von Gehirnen zu entwickeln, das ich in einer Galerie unterbringen kann; etwas, das Menschen, die Galerien besuchen, mögen. Zuallererst muss es natürlich mein Galerist mögen und es für möglich halten, dass es einen Markt dafür gibt. Sonst zeigt er es nicht in seiner Galerie. Zwar bin ich Maler, aber sicherlich kann ich auf die Malerei bezogen den Sack für eine Weile zumachen. Ich habe jede Menge Bilder auf Lager, falls jemand etwas kaufen will. Meine Karriere braucht einfach einen Neuanfang. Das ist seit mindestens über einem Jahr fällig. Es ist vierzehn Monate her, dass jemand davon überzeugt werden konnte, für ein Bild von mir in die Tasche zu greifen. Meine Residency wird mir als vorbereitende Recherche für die Neuerfindung meiner Person dienen. Und das wird sich auch bei der Emily-Geschichte auszahlen, da bin ich mir sicher. Ich muss mit ihr auf einer anderen Ebene kommunizieren, denn erste Eindrücke sind alles, was sie wahrnehmen kann. Unmittelbar und spontan. Ich brauche mehr Ausstrahlung. Gute Schwingungen. Einen Wohlfühlfaktor, wie eine Art spirituelles Aftershave. Positive Pheromone, so muss es gehen, mit einem Wesen Kontakt aufzunehmen, das so ursprünglich und rein ist wie Emily. Es würde wohl auch nicht schaden, wenn ich ein bisschen Jonglieren lernen könnte.

32. Auf der Vernissage

Das Thema meines neuen Auftritts sprach ich bei meinem Galeristen an, als ich ihn das nächste Mal sah. fresh! hieß die Ausstellung, die in seiner Galerie eröffnet wurde. Tina und Karl stellten dort zum ersten Mal ihre Werke aus, und am Abend war es rappelvoll. Schon von den Besucherzahlen her ein großer Erfolg. Bereits beim Reinkommen sah ich ihre Videoinstallation, die nur dreißig Sekunden dauerte. Sie hatten einen kurzen Ausschnitt vom Filmmaterial ausgewählt, das die Ermordung Kennedys dokumentierte. Die Kugel trifft ihn am Hinterkopf, und ein Teil des Schädels klappt auf. Sie zeigten diese Sequenz in Zeitlupe und hatten eine Computeranimation darüber gelegt, sodass es aussah, als würde aus Kennedys Kopf ein fluffiges gelbes Küken schlüpfen. Es macht ein paar unsichere Schritte aus dem Präsidentenschädel heraus, hält inne, schaut sich um und hüpft dann auf den Rücksitz der Limousine.

Ich schaute mir einige Male den Loop an, um sicherzugehen, dass ich den ganzen Film gesehen hatte. Dann ging ich herum, um meinen Galeristen zu suchen. Ich kam nur langsam voran, weil die Räume so voller Leute waren. Schließlich fand ich ihn ganz in der Nähe von meinem ursprünglichen Ausgangspunkt.

»Tolle Ausstellung«, rief ich.

»Tolle Ausstellung«, rief er zurück. Ich hatte Kontakt zu ihm aufgenommen und eine Verbindung hergestellt.

»Ich habe noch mal über Neurowissenschaften nachgedacht, weißt du. Worüber wir letztens gesprochen haben.«

»Toller Titel«, sagte er.

Er war in Gedanken schon weiter bei dem Projekt, als ich angenommen hatte. »Neurowissenschaften« wäre ein toller Titel, aber wir hatten noch gar nicht darüber gesprochen, was wir zeigen wollten. Ich musste ja erst noch recherchieren. Und ich hätte mit ihm noch gern über alternative Titel für die Ausstellung gesprochen. »Kunst und Wissenschaft« vielleicht. Oder »Vision und Erinnerung«, das gefiel mir auch. Unser Gespräch wurde von Leuten unterbrochen, die ihm zur Ausstellung gratulierten und zur Begrüßung Küsschen gaben. Ich stand daneben und lächelte. Wir mussten wohl später weiterreden, denn immer mehr Fans drängten sich zwischen mich und ihn, sodass er mich gar nicht mehr hätte hören können.

Ich war dankbar, mich wieder mit meinem »Freund« zu unterhalten, und ich erzählte ihm alles über mein neues Projekt. Von der Filmcrew, die sich mit ihrem Equipment durch die Menge schob, ließ ich mich dabei nur ein bisschen ablenken. »Ignorier sie einfach, sie machen eine Reportage über mich für das schwedische Fernsehen. Tu so, als wäre nichts. Was hast du noch mal gesagt?«

»Neurowissenschaften.«

»O ja, toller Titel.« Alle schienen schon davon gehört zu haben, was auch Sinn ergibt, denn mein Galerist denkt schon weiter, sobald er sich in ein Projekt verbissen hat. Wahrscheinlich hat er schon allen davon erzählt. Vielleicht ein bisschen verfrüht, was mich betrifft, aber ich kann nicht verhehlen, dass ich geschmeichelt bin, dass er so hinter der Idee steht.

Viel später, nachdem ich mich mit einigen Leuten sehr eingehend über meine zukünftige Ausstellung unterhalten hatte – deren Titel vermutlich »Neurowissenschaften« lauten wird, aber so ganz sicher ist das noch nicht –, bekomme ich mit, dass *diese* Ausstellung »Neurowissenschaften« heißt. Ich bin gerade auf der Eröffnung einer Ausstellung mit dem Titel »Neurowissenschaften«.

Glücklicherweise konnte ich mich bremsen, irgendjemanden voreilig des Plagiats zu bezichtigen. Ich rechnete nach. Wie lange braucht man, um die Presse über eine Ausstellung zu informieren? Wie viel früher müssen die Einladungskarten in den Druck, und wann werden sie verschickt? Ich dachte an unser Gespräch letztens. Natürlich. Natürlich sollte sie »Neurowissenschaften« heißen, wir haben ja die ganze Zeit darüber geredet. Meistens jedenfalls. Mir wurde klar, dass meine Erinnerungen an jene Nacht durch die Annahme verzerrt waren, dass es in unserer Unterhaltung die ganze Zeit um mich ging. Einige Ideen, über die wir sprachen, augenscheinliche Missverständnisse seitens der anderen, kamen an die Oberfläche und wurden neu bewertet. Das Wort »du«, »du könntest« ist extrem vieldeutig. Es kann nämlich nicht nur »ich könnte«, sondern »man könnte« bedeuten. *Man* könnte so tun, als erlitte man einen Krampfanfall, oder eine riesige Skulptur eines Gehirns bauen. Plötzlich wünschte ich, ich hätte die Pressemitteilung gelesen oder zumindest auf die Einladung geschaut. Zukünftig muss ich mehr auf solche Dinge achten.

Als ich später zu Hause Gin aus einer riesigen Flasche für Notfälle trank, nahm ich eine radikale Neubewertung der Situation vor. Aus einer tiefen Verzweiflung und Erniedrigung entwickelte sich ein neuer Entschluss. Meine Ausstellung zum Thema Neurowissenschaften würde nicht einfach nur »Neurowissenschaften« heißen. Sie würde sich *tatsächlich* um neurowissenschaftliche Erkenntnisse drehen. Meine Position und Rolle am Institut sollten die entscheidende Startrampe für die Neuerfindung meiner Person sein. Ich wollte mein Forschungsobjekt gründlich recherchieren. Ich musste meine Patienten wirklich kennenlernen. (Nach einigen Gläsern kam ich zu dem Schluss, dass ich schon so gut wie einen Doktortitel hatte.)

Von nun an wollte ich genau achtgeben. Ich wollte die Welt durch die Augen der Patienten sehen. Wie fühlt es sich für das blinde Paar an? Wie ist es für Colin? Oder was ist mit dem Kratz-Mann oder dem Phineas-Gage-Typen? Und Stick? Was ist eigentlich sein verdammtes Problem? Wie fühlt es sich an, wenn man Alzheimer oder Parkinson hat? Ben zufolge kann Musik die Symptome von Parkinson mildern, aber nur so lange, wie die Musik auch spielt. Und ich nehme an, dass man bei Alzheimer am meisten unter der Krankheit leidet, wenn die Symptome noch nicht so stark sind. Dann bekommt man noch mit, was mit einem gerade passiert. Wie fühlt sich eine Aphasie an? Wie sieht die Welt für jemanden aus, der unter einer Wernicke-Aphasie leidet, wo die Krankheit zum Teil darin besteht, dass man nicht weiß, dass man sie hat? Und wie mag es sich anfühlen, wenn man alles immer vergisst? Wie fühlt sich Emily?

33. Die Seele

Die folgenden Tage verbrachte ich damit, mich auf meine neue Berufung als Therapeut und Wissenschaftler vorzubereiten. Es war nicht allzu schwierig gewesen, von Michelle den nächsten Gehaltsscheck zu bekommen. Ich kaufte Stifte und Papier sowie ein paar Bücher über das Thema. Wie ich feststellte, begannen die meisten Werke mit einer Entschuldigung. Es ging dabei darum, dass die Ergebnisse der Neurowissenschaften nur vorläufig und fragmentarisch sein konnten, selbst bei den Grundlagen. Beispielsweise habe ich mich hin und wieder gefragt, wie schnell der Tod durch Enthauptung einsetzt. Das weiß kein Mensch, und das wiederum fand ich recht ermutigend. Von Ben wusste ich schon, dass es sich bei Neurowissenschaften um eine recht neue Forschungsrichtung handelte. Als ich jedoch durch meine neue kleine Bibliothek von Lehr- und Sachbüchern blätterte, bekam ich es mit der Angst zu tun. Neue Wissenschaften scheinen verdammt kompliziert zu sein, aber Ben könnte mir bestimmt bei einigen Sachen aushelfen, wenn ich nicht weiterkam. Das würde ihm bestimmt gefallen. Beim Blättern suchte ich nach Stellen, bei denen ich gut einsteigen könnte. Hie und da erkannte ich etwas oder las etwas, von dem mir Ben schon erzählt hatte.

Ich schlug den Hippocampus nach und erwartete irrationalerweise, irgendwo eine Darstellung von Emily zu finden. Vielleicht einen Schnitt durch ihren Kopf, in dem die fehlenden Areale bunt eingezeichnet oder durch Pfeile markiert waren.

Man hätte sie nackt darstellen können. Also, nicht wie eine nackte Frau, sondern medizinisch-abstrakter, ein nacktes weibliches Wesen, bei dem der Schädel geöffnet abgebildet war, um die fehlenden Hirnteile, die für ihre Einschränkungen verantwortlich waren, aufzuzeigen.

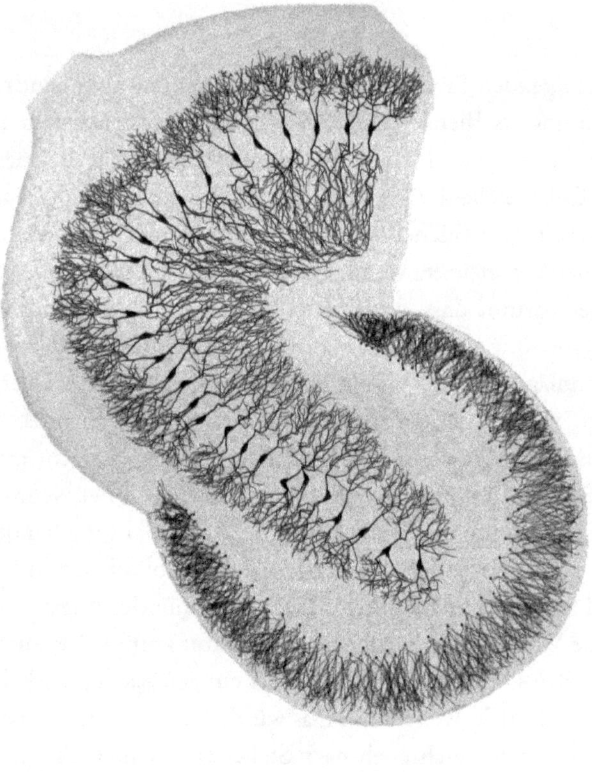

Der Hippocampus heißt so, weil es das griechische Wort für »Seepferdchen« ist. Angeblich sieht dieser Teil des Gehirns einem Seepferdchen ähnlich. Ich hätte das jedenfalls nicht erkannt. Es sah ganz und gar nicht nach dem Tier aus, aber ich nehme an, dass sich die frühen Anatomen keine Chance entgehen lassen haben, um eine Ähnlichkeit zu verdeutlichen.

Schließlich mussten sie sich durch unterschiedliche undefinierbare Innereien und geronnenes Blut ackern, um etwas Neues herauszufinden. Der Hippocampus gehört zu den Arealen, die besser untersucht sind, dennoch sind die Erkenntnisse darüber einigermaßen lückenhaft.

Was ich allerdings schon weiß, ist, dass man sich ohne Hippocampus nicht an sein Leben erinnern kann – ohne das geht's nicht. Er sorgt für die nötigen Vorbereitungen, bevor eine Information im Gehirn abgespeichert wird (quasi wie ein RAM-Speicher, wobei man bei Vergleichen mit einem Computer allerdings auch immer vorsichtig sein muss). Anscheinend hat es nichts mit der Speicherung von erlernten Fertigkeiten zu tun. Wenn man mit einem geschädigten Hippocampus Fahrradfahren lernt, ungefähr zu der Zeit, wenn man das Wort »Fahrrad« lernt, kann man trotzdem noch fahren, selbst wenn man sich nicht mehr an diesen Begriff erinnert. Es hat irgendetwas mit räumlicher Erinnerung zu tun, mit Richtungen.

Ein weiterer Vergleich in der Anatomie ist, dass die Zirbeldrüse angeblich wie ein Zapfen der Zirbelkiefer aussieht. Descartes zufolge sollte dort das Bewusstsein sitzen. Der Aufbewahrungsort der Seele. Vermutlich dachte er das, weil die Zirbeldrüse recht klein ist und er fälschlicherweise annahm, dass sie der einzige Teil des Gehirns ist, von dem es nur ein einziges Exemplar gibt. Außerdem befindet sie sich mehr oder weniger genau in der Mitte. Ihre geringe Größe stimmte mit seiner Theorie insofern überein, dass die Seele oder das Bewusstsein nicht in der Welt zu finden sei, und daher im Raum keinen Platz einnimmt. Die Seele oder das Bewusstsein gehört zu den Dingen, die keine definierte Ausdehnung und daher keinen Sitz im Raum haben. Es gibt keinen Raum in der Welt der unausgedehnten Dinge. Deswegen heißt es »keine Ausdehnung«. Ein kleines Objekt befindet sich im Raum, aber nicht, wie man annehmen könnte, in der gleichen Weise wie ein großes Objekt.

Da es nur eine Zirbeldrüse im Körper gibt, unterstützt das die Vorstellung, dass die Seele unteilbar sei. Da die Seele abstrakt ist, sollte sie in der Lage sein, sich an zwei Orten zugleich aufzuhalten, weil sie ja eigentlich keinen richtigen Ort hat, aber wenn sie überhaupt irgendwo sein sollte, sollte sie an einem Ort sein, wo sie in ihrer Einmaligkeit und als Instanz Geltung bekommt. Den Sitz des Bewusstseins sollten wir uns im Zentrum unseres Kopfes vielleicht wie einen kleinen Thron vorstellen oder einen Pilotensitz. Man hat intuitiv das Gefühl, dass der Ort, wo sich die Persönlichkeit befindet, der Kopf ist. Vielleicht liegt das daran, weil dort das Gehirn ist, aber wahrscheinlich auch, weil sich dort die Augen und Ohren befinden.

Es scheint, dass Descartes' ursprüngliche Vermutung immer noch gilt. Wir möchten immer noch glauben, dass sich die Seele hinter unseren Augen befindet. Wenn ich Emily in die Augen schaue, habe ich zumindest daran keinen Zweifel. Auf alle Fälle ist da etwas, selbst wenn viele wichtige Elemente des Selbst fehlen – Erinnerungen und Pläne, Kontinuität.

Es gibt genügend, in das man sich verlieben kann und das fähig ist, diese Liebe zu erwidern. Durch den Verlust ihrer Hippocampi ist Emily nicht mehr in der Lage, neue Erinnerungen zu speichern. Sie hat die Fähigkeit verloren, »episodische Erinnerungen« zu bilden. Sie leidet außerdem unter »Anosognosie«. Das heißt, sie ist sich nicht darüber bewusst, was sie nicht mehr kann. Für sie ist die Welt vollkommen. Oder jedenfalls hoffe ich für sie, dass sie das denkt. Dabei muss sie doch wissen, dass etwas nicht stimmt. Sicherlich hat sie so eine Ahnung, dass nicht alles so ist, wie es sein sollte. Ich denke, ich sollte mit ihr auf Augenhöhe umgehen. Ich sollte Klartext mit ihr reden und ihr das ganze Ausmaß der Situation darlegen, das sie ja zumindest vermuten muss. Dann wird sie zwar schockiert sein – natürlich –, aber mir vor Dankbarkeit dafür, dass ich ihr mit der Ehrlichkeit und dem Respekt begegnet bin, die eine erwachsene Frau verdient, in die Arme sinken.

Dann habe ich es geschafft.

Ich hatte keinerlei Lust, mich in irgendwelche Kurse der Erwachsenenbildung einzuschreiben, also verbrachte ich viel Zeit mit der »Recherche«, wie ein Schuljunge, der in den 1950ern mithilfe eines Wörterbuches Nachforschungen über Sex anstellt. Oder wie ein Hypochonder einem sonderbaren Ausschlag oder einer Schwellung in der medizinischen Abteilung einer Bibliothek nachgehen würde. Auf diese Weise entdeckte ich unter anderem, dass meine Unfähigkeit mit Zahlen umzugehen eigentlich ein Leiden namens Dyskalkulie ist. Und bei mir ist es wirklich schlimm: Nicht mal »Mein Hut, der hat drei Ecken« kann ich singen, weil ich immer mittendrin durcheinanderkomme. Ich kriege es einfach nicht hin. Vielleicht hängt damit auch mein fehlender Orientierungssinn zusammen. Oder ich weiß nicht, in welche Richtung ich muss, weil ich noch stärker als andere Menschen die Fähigkeit verlernt habe, elektromagnetische Felder wahrzunehmen.

Es ist möglich, dass alle Vertreter unserer Spezies diese Fähigkeit noch bis vor Kurzem besaßen, aber dass sie aufgrund der Erfordernisse unseres modernen Lebens nicht mehr weitervererbt wird. Mittlerweile ist sie verschwunden. Vögel können sich zwar so orientieren, aber für den Menschen ist die Fähigkeit überflüssig, weil wir nicht mehr wie Cromagnonmenschen oder Neandertaler übers Land ziehen. Wenn das zuträfe, bedeutet das, dass ich eine Spur höher entwickelt bin als andere und daher immer auf meinen Stadtplan zurückgreifen muss.

In den Pausen meiner Recherche – die Tasse Tee oder das Glas Gin immer griffbereit – verwende ich auch ziemlich viel Zeit darauf, meine Jonglierkünste zu verfeinern. Wie ich feststellen muss, habe ich darin sogar noch weniger Talent als in Mathematik. Ich hätte gleich ein ganzes Netz Orangen kaufen sollen, anstatt erst mal nur einzelne zu holen, die ich dann an den Wänden und der Decke einzeln zu Saft zermatsche. Aber nach kleineren Schäden im Haushalt, Glühbirnen und Ähnliches, hatte ich es dann raus. Mir gelang es, Orangen bei einem von drei Versuchen zu jonglieren. Die Orange wird auf dem rechten Ellenbogen balanciert. Der Unterarm schnellt vor, und in einem kurzen Bogen wird die gewölbte rechte Hand nach vorn geführt, und zwar schneller als die fliegende Orange. An der Stelle der größten Dehnung des Armes fliegt die Orange satt in die Handfläche, die umgehend umgedreht wird und die Orange sauber auf der ausgestreckten Handfläche präsentiert.

34. Auf der Vernissage

»Hey, Susan! Kann ich von dir eine Kippe schnorren?« Kippe schnorren? Solche Begriffe verwende ich eigentlich nie, schließlich bin ich kein Fabrikerbenenkel, der so tut, als stammte er aus der Arbeiterklasse. Der Grund für meine Möchtegernkumpelei war, dass Susan echt ziemlich scharf aussah, wie sie da vor dem Sustainable Art Co. stand. Sie rauchte eine Zigarette mit einer ebenso einschüchternd wirkenden Freundin. Hätte Susan derart gut ausgesehen, als ich sie zum ersten Mal auf der fresh!-Ausstellung sah, hätte ich wahrscheinlich nicht die Nerven gehabt, sie anzusprechen. Damals war sie dort die neue Praktikantin und sah ziemlich verzweifelt aus. Sie musste irgendein verwaltungstechnisches Durcheinander im Büro klären, für das niemand Verantwortung übernehmen wollte. Sie hatte gerade ihren Abschluss an der Goldsmith's Akademie für bildende Kunst gemacht und schien von Bürokram keine Ahnung zu haben. All die anderen Angestellten ignorierten sie, als sie vor dem Computer saß und nur Bahnhof verstand. Und ich fühlte mich ganz wohl in meiner Haut, denn ich war erst kürzlich zur Galerie gekommen – das neue Pferd im Stall, voller Hoffnungen und Potenzial. Ich ging hin und unterhielt mich kurz mit ihr, wir flachsten ein bisschen herum. Ich dachte mir, das würde sie aufmuntern, und sie war tatsächlich dankbar für die Ablenkung. Damals war sie ein bisschen untersetzt. Wie sich dann bald herausstellte, geriet mein Ansehen in der Galerie ins Wanken (wenig Verkäufe), aber es dauerte noch einige

Zeit, bevor Susan das bemerkte. Zwei Jahre. Zwei Jahre lang waren wir zusammen, fast genau auf den Tag.

Sie zog mit einem zusammengekniffenen Auge an ihrer American Spirit und sah so aus, als hätte sie Schwierigkeiten, meinem Gesicht einen Namen zuzuordnen. Seit meinen Anrufen im besoffenen Zustand war schon einige Zeit vergangen, und ich hoffte, sie hätte das schon vergessen. Oder dass sie es als Versehen abgehakt hatte. (Schon gut, ich weiß. Warum hätte sie das tun sollen?) Ihre Freundin, die ganz ähnlich angezogen war, drehte sich um und gab mir noch stärker das Gefühl, nicht willkommen zu sein.

»Oh. Hi!« Susan nahm eine Schachtel Zigaretten aus ihrer Handtasche und gab sie mir.

»Super.« Ich nahm mir eine und zündete sie an. »Die sind gesünder als die Bensons.« Ich sagte das, weil ich (a) ihnen damit zeigen wollte, dass ich eigene Zigaretten hatte und dass ich lediglich eine Auswahl vornahm. Und (b) wollte ich etwas sagen, von dem ich sicher war, dass Susan mir zustimmen würde. Sie ist der Meinung, dass man von American Spirit keinen Krebs bekommt.

»Na, wie fandest du es?« Ich bezog mich auf die Ausstellung, die wir gerade gesehen hatten. Als ich das sagte, sah ich Susan an, aber dann wandte ich mich schnell ihrer Begleitung zu, als hätte ich hauptsächlich sie angesprochen. »Was meinst du …?«

»Polly.«

»Wie fandest du die Ausstellung, Polly?«

»Hm. Es ist immer dasselbe, oder?«

Ich sah sie blinzelnd an. Ich hatte mir etwas mehr erhofft, doch es kam nichts mehr. Ich nickte langsam. »Jepp.«

»Hm-m.« Anscheinend hatte Susan beschlossen, dass ich genug gelitten hätte, und sie fragte mich, wie es mit meinem Aufenthaltsstipendium laufe.

»Das läuft eigentlich toll, sehr toll. Echt super.«

(Mit etwas mehr Enthusiasmus und Energie hervorgebracht wäre das im Prinzip ein recht akzeptabler Small Talk auf einer Ausstellungseröffnung gewesen.)

Da ich stehen blieb, fragte mich Polly etwas. »Bist du Künstler?«

»Ja, bin ich.« Und dann, um ihr ein bisschen mehr Futter zu geben, fügte ich hinzu: »Ich bin bei fresh!«

Sie merkte auf. »Ach, ja. Das ist eine wirklich gute Galerie. Susan hat da früher mal gearbeitet.«

»Ich weiß. Wir haben uns dort kennengelernt.« Nicht, wo wir uns kennengelernt haben, sondern wie wir uns kennengelernt haben. Das »dort« bedeutete mehr als einfach nur den Ort, es steckte eine ganze Geschichte dahinter.

Darauf stieg Polly ein. Sie mochte Susan, also konnte ich ein oder zwei Sprossen aufsteigen. Jetzt wollte sie mehr wissen.

»Was machst du so?«

Ich hasse es, diese Frage gestellt zu bekommen. Alle Künstler hassen diese Frage, denn (a) man hat das Gefühl, man müsste sie beantworten können, und außerdem muss man dann (b) die eigene Arbeit beschreiben. Und es ist immer heikel, eine Beschreibung zu formulieren. Verwandte oder andere Laien wollen meistens nur wissen, ob man Porträts oder Landschaftsmalerei oder andere Sachen macht. Aber Polly – ich hatte keine Ahnung, aus welcher Ecke sie kam. Was hatte sie hierher verschlagen? Vielleicht gehörte sie zu den Leuten, die Künstlerinnen und Künstler immer nur für Speichellecker und Idioten halten. Ich versuchte mich also daran, meine Malerei zu beschreiben, und was Polly betraf, schien das ganz gut zu funktionieren.

»Ah«, sagte sie, »habe ich wohl noch nie gesehen.«

»Also. Wolltet ihr gerade los, oder habt ihr noch Lust auf ein schnelles Bier?« (Oder habt ihr noch etwas Besseres vor? Seid noch mit cooleren Leuten verabredet?)

Sie sahen einander an. Was nun? Susan übernahm die Sache.

»Na, so viel gibt es ja hier nicht zu sehen, also gut.«

In der Tat gab es hier gar nichts zu sehen. Die Galerie war leer, denn der Künstler, ein bekannter und renommierter Künstler, war mit einem einflussreichen Sammler übereingekommen, dass er ihn dafür bezahlen würde, dass er keine moderne Kunst mehr produziert. Sie hatten einen Deal vereinbart, dass er eine monatliche Pauschale dafür bekam, kein Bild mehr zu malen. (Gerüchtehalber hieß es, dass es Schwierigkeiten bei dem Projekt gegeben habe, weil der betreffende Künstler immer schlechtere Presse bekam, da er keine größeren Werke mehr erschuf, und die Kosten aus dem Ruder liefen.)

»Was kann ich euch denn holen, Ladys?« (Mit mir wurde es immer schlimmer. Nun hörte ich mich schon an wie mein eigener Vater.) Ein Pint für alle und eine Packung Nüsse für Polly. Dann kam mir eine wirklich gute Idee. Warum fragte ich Susan nicht, wie es bei ihr läuft?

»Ich mache mit beim Kuratorenkurs von Wallenstein.« Offensichtlich sollte mir das etwas sagen, aber sie erinnerte sich daran, dass ich mich nie an irgendetwas erinnern konnte. Sie erklärte es mir.

»Sie bringen dort zwölf junge Kuratorinnen und Kuratoren aus der ganzen Welt zusammen. Offenbar bekommen sie achtzehntausend Bewerbungen jedes Jahr.«

Offenbar – als hätte sie es nicht genau recherchiert.

»Die nächste Station ist Stockholm. Dann geht's nach … Wo ist die nächste Station, Polly?«

»Moskau. Und dann kommt Sydney und dann Seoul.«

»Ach, du meine Güte! Seoul!«, lachte Susan. »Seoul!«

»Seoul!«, stimmte Polly mit ein. Beide lachten sie, und ich schaute mit einem einschmeichelnden Lächeln von einer zur anderen. Irgendwann sollte ich den Witz wohl verstehen. Aber offensichtlich hatten sie es nicht darauf angelegt. Ich hatte absolut keine Ahnung, worum es ging. Jedenfalls hatte ich einen blassen Schimmer, was ein Kuratorenkurs sollte. Die Leute, die dort ausgebildet wurden, waren nicht die Sorte grauhaariger alter Knacker, die Museumsobjekte katalogisieren. Kuratoren sind die neue Spezies unter hauptberuflichen Kunstkennern. Sie sind es, die in der Branche die Dinge vorantreiben, Ausstellungen und Konferenzen sowie »Events« organisieren. Beiträge für Kataloge schreiben, Presseerklärungen verfassen, Budgets anwerben und Budgets ausgeben. Zwischen Biennalen und Kunstmessen und Symposien und Kunsthallen und Kunstvereinen hin und her jetten. Immer busy.

Ich erzählte Polly ein bisschen über mein Aufenthaltsstipendium am Norman Neurological Institute. (Kuratoren lieben solche Stipendien, weil man dabei gezwungenermaßen unter Leute kommt. Es ist eine Chance für die Künstler, mal rauszukommen und echte Menschen zu treffen und ihnen zu erklären, wo sie falschliegen.) Ich erzählte ihr von Emily (vermutlich, um Susan eifersüchtig zu machen, aber die zuckte nicht mal mit der Wimper) und von meinen Zeichenworkshops (»Workshop« klingt besser als »Kurs«) und von Corad Norman, der über Fantastillionen verfügt und den ich schon zweimal getroffen hatte.

»Die Sammlung kenne ich«, warf Susan ein. Ich hatte tatsächlich vergessen, dass Conrad ja Kunst sammelte. Susan wusste allerding bestens darüber Bescheid. Sie hat tatsächlich eine Akte über ihn angelegt, wie sie es für jede wichtige Sammlung macht.

»Wie ist er so?«, fragte Susan.

»Reich und einsam.« Das war Colins Kommentar, den ich hier wiederholte.

»Ah.« (Es war klar, dass sie diese Information irgendwo für

sich ablegte, eine mentale Aktennotiz »möglicherweise nützlich«.)

Weil mein Selbstbewusstsein ein wenig gestiegen war (und weil ich merkwürdigerweise fast vergessen hätte, dass ich mal mit Susan zusammen gewesen bin und ihr eigentlich nachschmachtete), erzählte ich ihnen ausführlich von meiner Idee für eine Art Ausstellung. Das Projekt, das ich kuratieren würde. Ich hätte es »Neurowissenschaften« nennen wollen, doch dann hatten Tina und Karl mir die Idee geklaut, daher gingen mir ein paar andere Ideen im Kopf herum. Wie die Ausstellung am Ende aussehen solle, sei noch nicht so richtig klar, fest aber stehe, dass das Institut involviert sein solle. Und irgendwie auch die Patientinnen und Patienten. Und außerdem hätte ich die ganze Sache schon mit meinem Galeristen von fresh! diskutiert. Dann fing ich an, über Neuronen und Phineas Gage und Agnosie zu erzählen, aber offensichtlich ließ ihr Interesse an diesem Punkt nach.

»Na, ich bin wirklich froh, dass es dir gut geht«, sagte Susan. Sie standen auf.

»Oh. Ihr beiden geht?«

»Wir müssen noch wo hin.« Während sie aufstand, griff sie in ihre Tasche und zog eine Einladung zu einer Vernissage heraus.

»Hier. Vielleicht interessiert dich das. Das ist ein Freund von Conrad Norman. Ich glaube, die beiden sind zusammen zur Schule gegangen.«

»Ach was, danke. Geht ihr dahin?«

»Glaube ich nicht.«

»Oh. Okay. Bis dann!«

»Tschüss!«

35. Anterograde Amnesie: Emilys Tagebuch

Stick traf ich auf meinem Weg ins Gray's Hospital zum nächsten Zeichenworkshop. (Ich nenne den Kurs jetzt »Workshop«.) Ich hatte einen anderen Weg zum Krankenhaus genommen und befand mich auf einem Fußgängersteg, war aber nicht sonderlich in Eile, weil ich vorsorglich früh losgegangen war, um noch mal mit Ben sprechen zu können. Ich sah nach unten und entdeckte Stick in einer Baugrube. Ständig gibt es auf dem Krankenhausgelände archäologische Ausgrabungen, wohl weil immer wieder Gebäude abgerissen und neue gebaut werden. Die Bauunternehmer müssen ein Gutachten von Archäologen einholen, bevor sie ein Grundstück mit einem neuen Untersuchungszentrum oder Büroblock zubauen. Da dieser Teil von London schon seit so langer Zeit besiedelt ist, wird immer etwas ausgegraben, wenn auch keine spektakulären Funde. Tausende von Tonpfeifen, Tierknochen und Tonscherben. Keine goldenen Schilde. Wenn sie Glück haben, dann finden sie die Pfostenlöcher einer Hütte aus der Eisenzeit. Wenn sie noch tiefer buddeln, entdecken sie die Zähne eines ausgestorbenen Hais.

Stick lief in dieser Grube mit einer Gruppe anderer Clowns herum. Er trug einen gelben Sicherheitshelm auf seiner bescheuerten Ananasfrisur. Ich konnte nicht genau erkennen, was er da machte, aber er schien es in einer für ihn ungewöhnlichen Ruhe zu tun. Ich fragte mich, warum die einen Sicherheitshelm trugen, auf einer archäologischen Ausgrabungsstätte wie dieser, wo sich per definitionem nichts darüber befindet. An archäologischen Fundorten können ja so viele Unfälle nicht passieren. Vielleicht gibt es hin und wieder einen Erdrutsch oder einen Einsturz. Jedenfalls bedeutete es, dass mich Stick heute nicht nerven würde. Darüber war ich sehr froh. Ich war motivierter als sonst, mich an meine Aufgabe zu machen und meinen Recherchen nachzugehen.

Noch bessere Laune bekam ich, als ich Folgendes beobachtete, während ich aus dem Aufzug stieg: Dr. Prabhakar redete ernst auf die Empfangsdame ein, die aussah, als hätte sie gerade eine Ohrfeige bekommen. Es würde mich nicht wundern, wenn sie tatsächlich eine Backpfeife bekommen hätte. Sie ist ganz schön tough, Dr. Prabhakar.

Darüber musste ich lächeln, als ich Ben begegnete, der mich in mein neues Atelier führte: eines der ungenutzten Patientenzimmer. (Im Prinzip stehen alle Patientenzimmer leer, bis auf das, in dem Emily wohnt.)

Ben klopfte an ihre Zimmertür – Patientenzimmer 1. »Ich muss erst noch kurz mit Emily sprechen.«

Emily machte fast sofort die Tür auf, als hätte sie direkt daneben gewartet. »Ja«, sagte sie. Sie sagte es nicht wie eine Floskel, sondern wie eine Bestätigung. Ja! Worum es auch gehen mag, ich bin dabei. Sie sah fantastisch aus, ihre Haare waren noch nass, aber sie war – leider – schon angezogen.

»Hallo, ich heiße Ben. Ich wollte heute mal vorbeikommen.«

»Kommen Sie rein, Ben. Das ist mein Zimmer. Setzen Sie sich irgendwohin. Ich habe mir gerade die Haare gewaschen.«

Ich war mir nicht sicher, ob ich mit reinkommen sollte, aber Ben schien davon auszugehen, also folgte ich ihm in das Zimmer, das nach Mädchen roch. Alles war sauber und aufgeräumt.

»Wie geht es Ihnen heute, Emily?«, fragte Ben.

»Mir geht es sehr gut, danke. Eigentlich … das ist mir jetzt ein wenig peinlich, ich bin mir bei einer Sache nicht so ganz sicher. Ich bin heute ganz neben der Spur. Es ist nur …«

»Was denn?« Ben lächelte sie aufmunternd an.

»Das ist doch mein Zimmer, oder?«

»Ja.«

»Haben wir einen Termin gemacht? Ich bin mir nicht sicher. Worum geht es? Tut mir leid … ich bin heute ein bisschen unorganisiert.«

»Ich bin Ihr Arzt, Emily. Ich bin heute hergekommen, weil Sie in letzter Zeit Probleme mit Ihrem Gedächtnis haben.«

»O ja. Ich wusste, damit musste es zu tun haben.«

»Wir haben so etwas wie einen Test zusammen gemacht. Ich hatte Sie gebeten, Tagebuch zu führen.«

Ich war der Meinung, einen Moment lang Panik in ihrem Gesicht erkennen zu können, bevor sie sich wieder gesammelt hatte, den Kopf neigte und versuchte, sich an etwas zu erinnern, das ihr vorübergehend entfallen war.

»Test. Genau. Normalerweise bin ich recht gut bei Tests und Prüfungen.«

Ben gab ihr einen vorsichtigen Tipp. »Ich glaube, ich habe gesehen, wie Sie es in Ihre Schreibtischschublade gelegt haben. Da drüben.«

Emily versuchte die Schublade zu öffnen.

»Oh, ist die abgeschlossen?« Ben schien irritiert. »Ist der Schlüssel nicht da? Warten Sie, ich habe so einen ähnlichen Schreibtisch.« Er tat so, als würde er in seinen Hosentaschen suchen, und brachte einen kleinen Schlüssel zutage.

»Da, bitte schön.«

Sie schloss auf und gab ihm den Schlüssel zurück. Eine Sekunde lang glaubte ich, es handle sich um einen Trick, und es gebe kein Tagebuch. Aber sie öffnete die Schublade und nahm, ohne eine Miene zu verziehen, einen Terminplaner aus dem Schreibwarenladen heraus. In den Umschlag war in goldenen Buchstaben TAGEBUCH geprägt, aber es gab keine Jahresangabe.

»Ach«, sagte sie, »ich würde meinen eigenen Kopf irgendwo liegen lassen, wenn er nicht angewachsen wäre!«

»Schauen Sie noch nicht hinein, Emily. Das gehört zum Test dazu.«

»In Ordnung.« Sie sah ihn sehr aufmerksam an. Tests. Ja. Sie mag Tests.

»Ich möchte jetzt, dass Sie dasselbe tun, was wir schon einmal gemacht haben …« Emily schwankte leicht. »… nämlich Folgendes: Ich möchte, dass Sie den Kalender auf dem nächsten leeren Blatt aufschlagen – schauen Sie, das Lesezeichen hier – und für heute etwas hineinschreiben. Das muss gar nicht viel sein … vielleicht nur ein Absatz. Aber schauen Sie sich vorher keinen der letzten Einträge an, ja?«

»Ich soll einfach irgendetwas schreiben?« Sie schien enttäuscht. »Das ist alles? Das ist der Test?« Sie lächelte Ben kooperativ an.

»Ich möchte Sie bitten, etwas in Ihr Tagebuch zu schreiben, und sobald Sie damit fertig sind, es zurück in die Schublade zu legen.«

»Ja, gern.« Sie war irritiert. Diese Ärzte. Himmel noch mal!

»Wir müssen gerade noch etwas erledigen und dann sind wir in zwanzig Minuten oder so wieder hier.«

Als wir rausgingen, schaute uns Emily skeptisch nach, als wunderte sie sich über unsere Dummheit. Ben zeigte mir das Zimmer, das ich bekommen sollte. Mein Atelier lag am anderen Ende des Flurs, Patientenzimmer 23.

»Emily hört hin und wieder gern Musik, daher habe ich dir das Zimmer hier gegeben, damit sie dich nicht stört.« Was für ein Witz. Ich nehme an, Ben hat ziemlich krude Vorstellungen von einem Künstler und kreativitätsfördernden Arbeitsbedingungen. Nordlage wegen des Lichts und als Hintergrundmusik Pianosonaten von Chopin. In Hackney hatten sich meine Nachbarn über meine laute Musik beschwert, und das waren die Mechaniker von der Autowerkstatt. Ich arbeite gern nachts, und damals habe ich zum Beispiel Napalm Death, Godflesh oder Ultimate God of Terminal Death gehört, meine absolute Lieblingsband. Auf einem iPod habe ich nie Musik gehört, denn erstens besitze ich gar keinen und zweitens, selbst wenn ich einen besäße, hätte ich immer Angst, dass sich jemand von hinten an mich heranschleicht, während ich abgelenkt bin. Ich ahnte schon, dass ich hier meine Arbeitsweise anpassen musste. Aber darauf musste ich mich sowieso einstellen, da ich nun recherchieren und viel lesen musste. Keine Hals-über-Kopf-Attacken auf eine riesige Leinwand mehr, keine schweren Stiefel und Klamotten, die über und über mit Farbe beschmiert waren.

Mein Zimmer sah genauso aus wie das von Emily. Eines wie das andere. Man hatte sogar das Bett für mich aufgeschlagen. Ich stand in der Mitte des Raumes und sah mich um, guckte dabei zuerst an die Decke. (Warum macht man das? Man weiß doch, dass niemals etwas oben an der Decke zu sehen ist.) Meine kleine Besichtigungstour endete am Schreibtisch. Ich packte ein paar Bücher aus und stellte sie auf. Meine kleine individuelle Note.

»Du hast ein wenig gelesen«, stellte Ben fest. Er blätterte kurz durch meine Einführungen und Lehrbücher der Neurowissenschaften. Das meiste davon war offensichtlicher Mist, aber auf eines tippte er zustimmend mit dem Finger.

»Die Einführung hier ist sehr gut. Gelegentlich schaue ich da auch wieder hinein. Bei dem Kerl, der es geschrieben hat, habe ich studiert. Toller Typ.«

In dieses Buch hatte ich noch gar nicht hineingesehen, also nahm ich es in die Hand und blätterte ganz nach hinten, um mir das Autorenfoto anzuschauen. Ich erkannte ihn wieder:

Es war der Mann mit dem schwulen Biker-Outfit und dem riesigen Schnauzer. Owen Madden.

»Ich erkenne den wieder. Der war doch letztens in dem Grüppchen von Dr. Prabhakar. Er sieht aus wie ein Bösewicht aus *Tim und Struppi*. Warum rasiert er sich nicht diesen scheiß Bart ab?«

»Er hat ein paar wirklich sensationelle Forschungsergebnisse erzielt.«

Ich schämte mich für meinen blöden Witz. Ich muss lernen, hinter die Fassade, in diesem Fall hinter den Schnauzbart, zu sehen. Ich versuchte meinen Ausrutscher wiedergutzumachen, indem ich fragte, worin seine Forschung bestanden hatte. Ben, der sonst so großzügig mit seinen Erklärungen war – für Laien verständlich, in kleinen Häppchen –, war plötzlich kurz angebunden.

»Neurogenese. Mit Dr. Prabhakar.«

Ich traute mich nicht, ihn zu fragen, was dahintersteckte. Ich würde es demnächst versuchen nachzuschlagen oder ihn später noch einmal fragen, wenn er bessere Laune hatte. Doch seine Stimmung verbesserte sich fast schlagartig, denn er zeigte mir einige Dinge in meinem Zimmer oder Atelier oder Arbeitszimmer beziehungsweise Laboratorium. Wie die Armaturen im Bad funktionierten. Wo die Lichtschalter waren. Sehr schön. Ich wollte ihn gerade noch mal nach der »Neurogenese« fragen, als er auf die Uhr sah.

»Zwanzig Minuten. Wir gehen und schauen mal, wie weit Emily gekommen ist.«

Als wir bei ihr klopften, ging es wieder von vorne los. Sofort öffnete sie die Tür und sagte energisch: »Ja!« Ben stellte sich wieder vor, und wir wurden hineingebeten.

»Also – wie geht es Ihnen, Emily?«

»Ach danke, sehr gut.«

»Prima. Prima. Ich bin vorbeigekommen, um mal nach Ihnen zu schauen. Wir haben ja ein kleines Experiment gemacht. Einen kleinen Test.« Dann wieder der verwirrte Blick, auf dem falschen Fuß erwischt, dann das schnelle Einsetzen von Normalität.

»Ja. Tests machen mir Spaß. Verzeihung, könnten Sie kurz …? Mir ist da anscheinend etwas entfallen. Haben wir jetzt einen Termin?«

»Na, ich hatte Sie nur gebeten, einen Eintrag in Ihrem Tagebuch zu machen. Nichts Persönliches oder so. Einfach nur ein paar Gedanken, was Ihnen auch immer eingefallen ist.«

»Natürlich. Ja. Ich bin mir nur nicht sicher …« Sie kam wieder ins Straucheln.

Sie fing an, an ihren Haaren (ihren kupferfarbenen Haaren) herumzunesteln in der Hoffnung, auf irgendwelche Hinweise zu stoßen.

»Haben Sie das Tagebuch vielleicht in Ihren Schreibtisch gelegt?«

So war es, natürlich. Sie würde ihren eigenen Kopf liegen lassen, wenn er nicht angewachsen wäre. Ben bat sie, die Seite mit dem jüngsten Eintrag aufzuschlagen und ihn uns vielleicht laut vorzulesen.

Mit einem Seufzer (diese Seufzer von ihr!) willigte sie ein. Sie war skeptisch und ein wenig gereizt.

»27. Oktober. Ich bin zum allerersten Mal hier. Ich lebe zum ersten Mal. Alles ist neu für mich. Ich sitze hier …« Sie hielt inne, sah uns ausdruckslos an und las weiter. »Ich sitze hier in diesem Zimmer, ich weiß, das ist mein neues Zimmer, und ich schreibe auf, was ich an diesem neuen Tag vorhabe. Ich weiß, das hier ist mein Zimmer, in dem ich wohne, und ich habe ein Bett und einen Tisch und zwei Stühle. Ein Stuhl ist dazu da, um sich an den Tisch zu setzen, und das andere ist ein Sessel. Ich schreibe jetzt auf, was ich tun werde, wenn ich nachher dieses Zimmer verlasse.«

Sie sah uns mit einem schlauen Gesichtsausdruck an, kurz davor, den Witz aufzudecken.

»Das soll mein Tagebuch sein, oder?«

»Es ist Ihr Tagebuch, Emily. Sehen Sie, wir haben diese Tests durchgeführt, weil Sie einige Probleme mit Ihrem Erinnerungsvermögen haben.«

Einen Moment lang dachte sie nach. »Ja, ich weiß, es ist mein Tagebuch. Jetzt erkenne ich es … Ich glaube, vielleicht … Ich habe anscheinend wirklich Schwierigkeiten, mich an Dinge zu erinnern. Ich bin froh, dass Sie es erwähnt haben. Sie sind Neurologe, nicht wahr?«

»Ja, das stimmt. Ich frage mich, ob es Ihnen etwas ausmachen würde, mir noch einen Gefallen zu tun. Würden Sie bitte das Tagebuch auf irgendeiner Seite aufschlagen und mir den Text vorlesen?«

»Sicher …« Sie schlug den Kalender auf und schaute auf die Seite. Sie starrte sie einen Augenblick lang an, runzelte die Stirn und schlug eine andere Seite auf. Und wieder eine neue Seite.

»Überall steht dasselbe.« Sie blätterte weiter. Sie schlug das Tagebuch zu und fing am Anfang an zu blättern, schlug Seite für Seite langsam um. Das erinnerte mich seltsamerweise an eine Situation, die ich in einem Zeitungskiosk beobachtet hatte: Ein Mann blätterte durch ein Pornomagazin.

Als sie ungefähr halb durch war, schlug sie das Buch zu und behielt es auf ihrem Schoß, während sie die Hände flach auf die Vorderseite legte. Ihr Gesicht wirkte jetzt älter, so wie beim Zeichnen. Irgendetwas war ihr eingefallen, daher schlug sie den Kalender wieder auf der ersten Seite auf, schien etwas zu kontrollieren und schlug als Nächstes den letzten Eintrag auf.

»Seit fast zwei Jahren geht das schon so. Scheiße!«

Wenige Minuten zuvor wäre ich davon schockiert gewesen, dass Emily flucht, aber nun erschien es mir angesichts ihrer plötzlich auftretenden Reife angemessen. Unvermittelt war sie nun erwachsen. Sie sah Ben mit zusammengekniffenen Augen an. »Kommen Sie jeden Tag her? Habe ich das jeden Tag geschrieben?«

»Ja, an den meisten Tagen komme ich vorbei.«

Sie sprang so plötzlich auf, dass ich erschrak. (Ben bewegte sich kein Stück.) Emily begann im Zimmer auf und ab zu gehen. Sie riss ihre Arme hoch und ließ sie dann wieder fallen, dabei stampfte sie auf, murmelte etwas und fluchte. Dann ging sie zum Bett hinüber und setzte sich ans Fußende. Sie weinte und hörte nicht mehr auf. Als ihr Schluchzen zu einer Art Schluckauf und Schniefen abgeebbt war, munterte Ben sie auf.

»Emily. Hören Sie mir zu. Wir können definitiv Anzeichen einer Besserung erkennen. Vor einigen Monaten hätten Sie das Tagebuch noch nicht einmal erkannt, selbst wenn ich Ihnen gesagt hätte, wo Sie es hingelegt haben, nämlich in die Schublade. Verstehen Sie, Emily? Sie mussten daran erinnert werden, aber sobald ich Sie darauf hingewiesen habe, wussten Sie, dass der Kalender Ihnen gehört. Man musste es Ihnen nicht immer wieder erklären. Das ist eindeutig eine Verbesserung.«

»Stimmt.« Sie putzte sich geräuschvoll die Nase, ihr Gesicht war ganz rot und geschwollen. Jetzt sah sie wieder wie ein Kind aus. Sie bemühte sich, tapfer zu lächeln. Oh, Emily!

Danach sah sie uns blinzelnd an. Sie schien sich an die zwei Jahre zu entsinnen und fing erneut an zu weinen. Ben saß weiter gutmütig und neutral da und betrachtete sie. Er ließ einige Minuten verstreichen, bevor er auf abstrakte Art darüber sprach, an welchen Anzeichen sich die Verbesserung ablesen ließ. Als spräche er mit sich selbst, betonte er den eindeutigen Fortschritt. Zunächst schien er Einzelheiten auszusparen, aber dann lenkte er seinen Monolog auf das, was anlag. »Und natürlich gibt es noch Emilys Zeichnen, was, wie ich höre, sehr gut vorangeht. Und Sie zeichnen doch gerne, nicht wahr,

Emily? Und sie zeichnet gern …« Es wirkte so, als würde er sich nun an mich wenden. »Du hast natürlich gesehen, was sie gezeichnet hat. Man sollte sich Emilys Arbeiten genau ansehen. Sie haben viel Potenzial, diese Zeichnungen. Und da wir darüber sprechen …« Er sah auf die Uhr. »… ist es schon so weit, oder? Es ist an der Zeit, in den Werkraum zu gehen, der Zeichenworkshop beginnt gleich. Hattest du das vergessen?« Er sah mich dabei an und riss die Augen ein wenig auf, um mir zu bedeuten, dass das mein Einsatz sei. Nun war ich dran.

»Ach, ja! Das habe ich ja ganz vergessen. Ich würde irgendwo meinen Kopf liegen lassen, wenn er nicht angewachsen wäre!«

Sehr gut. Ben fuhr fort. »Sehen Sie, ihm geht es genauso wie Ihnen, Emily! Was für ein Paar.«

Was für ein aufregender Gedanke! Sie und ich.

»Hatten Sie Ihren Zeichenkursus vergessen? Sie freuen sich doch immer so darauf.«

»Das ist mir ganz und gar entfallen.« Sie hatte auch vergessen, warum sie nun weinte.

»Ach, er hat Materialien für Sie mitgebracht.«

Auf das Stichwort hielt ich einen Block und einen Bleistift in die Höhe. Ben stand auf und durchquerte das Zimmer. »Kommen Sie, Emily.«

Er öffnete die Tür für sie, sie ging an ihm vorbei und lächelte dankbar, während sie sich die Nase abwischte. »Ich glaube, ich erkälte mich … Mir läuft die Nase.«

»Wir sehen uns dann, Emily. Im Werkraum.«

Wir standen im Flur und sahen ihr nach. »Wird sie ihn allein finden?«, fragte ich Ben.

»Ja, ihr geht es gut. Ich geh nur rein und schließ die Schreibtischschublade ab.«

Mir ging es nicht gut. Ich folgte ihr und schaute ihr auf den Po, bis ich sie nach ein paar Schritten eingeholt hatte. »Was dagegen, wenn ich mitkomme? Ich verlaufe mich hier immer.«

Jetzt schien es ihr wirklich wieder gut zu gehen. Mir wurde bewusst, dass ich mich nie wirklich mit Emily unterhalten hatte, und nun fiel mir nichts ein, was ich sagen könnte. Ich bemühte mich, einen guten Eindruck zu hinterlassen, da ja die Normalität so plötzlich wiederhergestellt war. Es war schwierig, ein Thema zu finden, das sich nicht explizit auf etwas bezog, an das sie sich nicht erinnern konnte. Ich konnte sie nicht fragen, ob ihr der letzte Workshop gefallen hatte. Oder vielleicht wäre das doch in Ordnung. Ihr schien durchaus bewusst zu sein, dass sie gelegentlich etwas vergaß. Die Gedächtnislücken ließen sich erklären, deswegen musste man sich keine Sorgen machen. Was glaubte sie wohl, wohin wir nun gingen? Wir waren auf dem Weg zu einem Zeichenworkshop, das wusste sie, aber konnte sie auch wissen, dass wir schon einen hinter uns hatten?

Möglicherweise hatte sie schon Zeichenkurse absolviert, bevor sie krank geworden war. Das würde erklären, dass sie beim letzten Mal so geschickt, wenn auch langweilig gezeichnet hatte. Man schaue sich nun ihre Zielstrebigkeit an! Ihren Sinn für Stetigkeit. Sie konnte aus der Art und Weise, wie Ben davon sprach, schließen, dass ich etwas damit zu tun habe. Und wahrscheinlich konnte sie eins und eins zusammenzählen, dass ich kein Teilnehmer des Workshops war. Irgendwie hatte ich jetzt etwas zu sagen. Ich beschloss, dieses kleine Risiko auf mich zu nehmen.

»Ich mochte deine Zeichnung das letzte Mal. Ich bin gespannt, was du heute machst.«

»Oh, danke. Was werden wir heute zeichnen?«

»Dasselbe wie letztes Mal. Gehirne.«

»Oh, Gehirne kann ich zeichnen.«

Emilys Antwort erschien prompt und natürlich, selbst wenn sie sich gar nicht daran erinnern konnte, dass wir beim letzten Mal auch Gehirne gezeichnet hatten.

Sie reagiert immer gleich, um die Lücken in ihrer persönlichen Chronologie der Ereignisse auszugleichen. Es ist so, als würde man mit anderen Leuten über einen Film reden, den man gar nicht gesehen hat. Man tut einfach so, als würde man ihn kennen, um nicht als Außenseiter dazustehen. Eigentlich kann man jeden so hinters Licht führen, wenn man einfach das wiederholt, was diejenige Person vorhergesagt hat. Wenn man auf eine offensichtliche Lücke stößt, kann man immer noch behaupten, dass man in exakt jener Minute auf der Toilette war. So ungefähr muss es ablaufen, wenn ein irrer Hochstapler in ein Krankenhaus marschiert und behauptet, er sei Arzt und auf seinem Gebiet Koryphäe. Möglicherweise hat diese Person dann ihr Wissen einfach aus dem Fernsehen oder den Nachrichten aufgeschnappt. Ihre Gespräche beschränken sich dann auf Wiederholungen und Allgemeinplätze. Ignoranz kann leicht als Bescheidenheit oder Introvertiertheit durchgehen.

Ich habe gelesen, dass solche Leute tatsächlich eingestellt werden und Operationen durchführen. (Verdammt! Woher soll ich eigentlich wissen, ob Ben tatsächlich Arzt ist?) Diese Hochstapler verfügen über die Gabe zu simulieren, und genau das hat mit ihrem Zustand der Illusion zu tun. Sicherlich ist ihnen klar, dass sie lügen, aber auf einer anderen Ebene glauben sie wirklich, sie seien Ärztinnen oder Ärzte. So denken schließlich alle erfolgreichen Lügner. Wenn man sie mit Beweisen konfrontiert, die sie als solche bloßstellen, fühlen sie sich ungerecht behandelt.

Emilys selbstbewusste Aussage »Ich kann Gehirne zeichnen« ist vielleicht nur eine Verteidigungsstrategie, und irgendwie muss sie das doch auch ahnen. (Wenn ich jemanden hätte, den ich anlügen könnte, würde ich es tun. »Gesoffen? Nein. Na ja, nur ein paar Gläser.«)

»Dir macht Zeichnen also Spaß?« Schon kam ich ins Schleudern. Kurz überlegte ich mir, ob ich sie fragen sollte, ob sie schon mal Modell gestanden hätte (das tut keinem weh, außerdem hätte sie es nach einigen Minuten sowieso wieder vergessen), aber sie hatte so etwas Schülersprecherinnenhaftes und Selbstbewusstes, da hab ich es gelassen.

Emily lächelte nur und nickte.

36. Bens Experiment

Im Werkraum war schon alles bereit, als wir ankamen. Es standen schon drei verschiedene Gehirne auf den Tischen, und die meisten Patientinnen und Patienten saßen an ihren Plätzen. Einige, wie das blinde Paar und Stick, waren nicht da, dafür waren einige anwesend, die ich nicht wiedererkannte. Ich fragte Emily, ob es ihr etwas ausmachen würde, mir dabei zu helfen, die Materialien zu verteilen. Nur um ihr zu zeigen, dass ich hier etwas zu sagen hatte.

Colin eilte hinzu, um Emily dabei zu helfen, mir zu helfen. Dabei war er sehr umständlich, wie es manchmal ältere Menschen sind. Die ganze Zeit redete er. Anscheinend hat er ein väterliches Verhältnis zu Emily (dessen bin ich mir sicher). Zuvor war mir das noch nicht aufgefallen. Ich rechnete im Kopf aus, wie groß der Altersunterschied zwischen ihnen war. Wie alt war sie? Zweiundzwanzig, dreiundzwanzig? Und er musste Ende fünfzig sein. Ich konnte es nicht genau ausrechnen, aber der Altersunterschied war so groß, dass er ja schon fast ihr Großvater sein konnte. Natürlich hatte er ihr gegenüber die Rolle des Beschützers eingenommen, insbesondere wenn er schon merkte, dass die eigenen Kräfte nachlassen. Colin, das große Allroundtalent. Früher in seiner Jugend war er wahrscheinlich auch dabei, wenn es eine Kneipenschlägerei gab. Ben kam zu spät und trug seltsame Kleidung. Auf dem Kopf hatte er eine blonde Perücke und war in einen modischen Jogginganzug gehüllt. Außerdem bewegte er sich ungeschickt –

vornübergebeugt schlurfte er durch die Gegend. Unter seinem lockigen Pony hervor sah er zu Colin auf, als er sich langsam durch den Raum zu den Tischen vorarbeitete. Colin sah ihn an. Wir alle sahen ihn an.

»Komm, das kannst du besser, Ben, alter Kumpel«, sagte Colin. Ben richtete sich auf und lächelte. Dann erst ging mir auf, dass es sich hierbei um irgendein Spiel, eine Wette oder ein Experiment handeln musste. Ben hatte sich verkleidet, und nur sein Gesicht war sichtbar, um zu testen, ob Colin ihn erkennen würde. Jämmerlicher Versuch. Selbst wenn er eine Maske getragen hätte, hätten wir ihn alle erkannt. Solch ein Selbstbewusstsein und Sich-wohl-in-seiner-Haut-Fühlen kann man nicht verstecken. (Auch das Gegenteil nicht – wenn man sich niedergeschlagen und unglücklich fühlt.) War das wirklich ein ernst gemeinter Versuch, zu testen, wie weit die Wahrnehmungseinschränkungen eines Patienten gehen? Er war sehr intelligent, aber vielleicht fehlte ihm die Fantasie. Das hätte ich besser hinbekommen, obwohl ich noch nicht einmal ein Wissenschaftler bin. Ist das alles, was Neurowissenschaftler den lieben langen Tag machen – herumalbern? Oder ließ sich sein Späßchen darauf zurückführen, dass gerade nicht so viel im Institut los war, weil sie versuchten, die finanziellen Probleme in den Griff zu bekommen? Es wäre mir nie in den Sinn gekommen, dass so ein Feld wie Neurowissenschaften auch einen Streich zu Forschungszwecken einsetzen würde. Ich fragte mich, warum Colin daran so einen Spaß hatte. Schüler und Bauarbeiter spielen einander gern Streiche, aber ich wusste, dass Colin so etwas nicht tun würde. Vielleicht mochte er Ben einfach nur.

Nachdem er die Perücke abgenommen hatte und das Gelächter erstorben war (Emily hat richtig laut gelacht), fragte Ben mich, ob ich ihn begleiten wolle, um einen neuen Kursteilnehmer zu begrüßen. »Ihr beiden solltet euch kennenlernen.« Ben hatte wieder einen Hintergedanken, wie als er mich in Emilys Zimmer mitnahm. Jetzt ging es um den Mann, der unter totaler Farbenblindheit litt. Er war ungefähr in Colins Alter und auch so groß, doch etwas rundlicher. Über breiten Hüften hatte er schmale Schultern und trug eine Fliege über seinem Kragen. Er berichtete mir alles über seine Erkrankung.

»Nun, wie Ben vielleicht schon erwähnt hat« – hatte er nicht –, »habe ich einen milden Schlaganfall erlitten, aber der hatte natürlich auch Folgen. Ich kann mich jetzt des Privilegs rühmen, stolzer Patient eines Leidens zu sein, dass allgemein als Achromatopsie bekannt ist.« Er betonte das Wort besonders, rollte das R in »chroma« und sprach das »top« als »DOP!« aus, wobei er die Stimme kieksend hob.

Das war typisch Ben. Ich hielt ihn für einen sehr einsamen Menschen, und die versuchte ich immer zu vermeiden. (Vielleicht wollte ich keine Zeit mit Leuten meines Schlages verbringen.) Alles, was Ben hier sah, war ein interessanter Krankheitsfall. Der Achromatopsie-Mann freute sich, mir alles über seine Krankheit erzählen zu können. Wahrscheinlich war das das einzig Spektakuläre, was je in seinem Leben passiert war. »Achromatopsie ist eine Form der Farbenblindheit, aber das Faszinierende ist, dass es keine normale Farbenblindheit ist. Meine ist sehr ungewöhnlich. Das können Sie mir glauben!« Die Art, wie er sprach, irritierte mich. Er fuhr fort, mir zu erklären, warum die Erkrankung so selten war. Das nahm fast eine Stunde in Anspruch.

Normalerweise bezieht sich Farbenblindheit nur auf einen Teil des Farbspektrums, meist ist es Rot-Grün-Blindheit, und beruht auf einem Problem der Farbrezeptoren in der Netzhaut. Es geht um Zapfen und Stäbchen, davon hatte ich schon mal gehört. Achromatopsie ist eine vollständige Farbenblindheit und wird von einer Hirnschädigung am Hinterkopf ausgelöst. Er wollte mich dazu überreden, eine Stelle an seinem Hinterkopf zu berühren. Ich wollte ganz dringend von ihm weg und musste mich immer selbst an meine neue Berufung erinnern. Der Mann hatte Mundgeruch und versuchte immer wieder, mich am Arm oder am Bein zu berühren. Aber seine Erkrankung war in der Tat interessant. Vielleicht fand sich darin eine Idee für eine Ausstellung. »Achromatopsie«. Guter Titel. Dabei fiel mir zum ersten Mal auf, dass ich so gut wie nichts darüber wusste, obwohl ich ein visueller Künstler bin und die Fähigkeit zu sehen die Grundvoraussetzung für meinen Beruf ist, Sehen also das Fundament meines Geschäftsmodells darstellt. Wahrscheinlich glaubte ich, ich hätte so etwas wie ein intuitives Verständnis davon, was Sehen eigentlich ist. Als ich aber nun darüber nachdachte, musste ich feststellen, dass nichts als ein unbegründetes Selbstvertrauen hinter meiner Haltung steckte. Vom Thema Sehen, wie es vonstattengeht und in unseren Köpfen funktioniert, hatte ich nicht die geringste Ahnung.

37. Wie wir sehen

Wie das Sehen funktioniert, ist eigentlich sehr überraschend. Die Dinge, die man – vermeintlich – weiß, stellen sich als falsch heraus. Wenn man etwas sieht, fühlt es sich an, als würde alles gleichzeitig funktionieren, aber das Sehen ist ein Prozess, der Zeit in Anspruch nimmt und Schritt für Schritt abläuft. Aus Schulbüchern kennt man diese Illustration, die ein Auge im Querschnitt zeigt und zur Verdeutlichung ist ein Objekt klein abgebildet – meist ein Baum oder eine Kerze –, das umgekehrt auf die Retina, die Netzhaut, projiziert wird. Man bekommt also den Eindruck, dass das Auge genau wie eine Camera obscura funktioniert, und alles, was das Gehirn noch leisten muss, ist, das Abbild umzudrehen und es zu erkennen. Das Gehirn, so dürfen wir annehmen, ist einfach wie ein kleiner Mann, der in unserem Kopf sitzt und auf einen Schirm guckt, auf dem Dinge abgebildet werden. Diese Vorstellung ist von vorn bis hinten falsch. Zum Beispiel, dass das Auge Bilder umfassend und farbig erfasst. Eher ist es so, dass es kleine Informationsteilchen aufnimmt, die dann vom Gehirn verarbeitet werden, um sie mit einem »internen Modell« der Realität abzugleichen, das im Gehirn bereits vorhanden ist. Aber darauf komme ich später noch mal zurück.

Die Netzhaut sammelt also all die kleinen Informationsschnipsel. Man kann sie sich wie eine Matte oder ein Laken aus Zellen vorstellen, den Fotorezeptorzellen, die über einen chemischen Stoff verfügen, der auf Licht reagiert. Diese chemische Reaktion wird dann in elektrische und chemische Signale übersetzt, die das Gehirn lesen kann (die sogenannte »Transduktion«). Diese Nachricht wird von der Netzhaut über den Sehnerv zum Gehirn übermittelt. Die Grundlagen für das, was wir später für eine klare und bewusste visuelle Wahrnehmung (ein »Bild«) halten, werden im Okzipitallappen auf der Rückseite des Schädels gebildet. (Deswegen kann ein kräftiger Schlag auf den Hinterkopf auch dazu führen, dass man erblindet.) Hier wird das Bild grob skizziert. Und genau hier passieren Dinge beim Sehen, die unserer Intuition widersprechen. Die Informationen, die von der Netzhaut geliefert werden, werden in abstrakte Kategorien eingeordnet: Form, Farbe und Bewegung. Dann wird jede einzelne dieser Informationen auf verschiedenen Wegen und in differenzierten Arealen interpretiert. Der Okzipitallappen wird in verschiedene visuelle Areale, V-Areale eingeteilt. V1 und V2 sortieren die Rohinformationen aus (ich vereinfache hier mal stark), um sie dann an die anderen V-Areale weiterzuleiten. V3 ist für die Form zuständig, V4 für Farben und V5 für Bewegung. Dabei entsteht noch immer kein Bild, sondern wir reden über die Grundeigenschaften eines Bildes. Diese Art und Weise, Informationen zu verarbeiten, nennen Computer-Nerds »paralleles Processing«.

Monet zufolge besteht das Sehen darin, Formen und Farben zu sehen, und es ist ein bewusster Prozess, diese Kleckse später zu identifizieren und zu benennen – und man kann sich dafür oder dagegen entscheiden. (Beispielsweise hat er beim Malen eines Heuhaufens bewusst vermieden zu erkennen, dass es sich um einen Heuhaufen handelt.) Aber wir sehen schließlich nicht nur Formen und Farben, oder? Wir sehen Dinge: Autos und Menschen und Wolken und Uhren und Daumen und Orangen – Objekte, die wir benennen und beschreiben können. Um verstehen zu können, was über die V-Areale hinaus passiert, um aus abstrakten Eigenschaften wie Form und Farbe begreifbare Gegenstände zu machen, Gegenstände mit Identität und einem eigenen Namen, muss man sich noch einmal mit dem Auge und seinen Eigenschaften beschäftigen. Wie schon gesagt nimmt die Netzhaut keine kompletten Abbilder wahr, sondern nur einzelne Ausschnitte. Sie besteht aus zwei verschiedenen Arten Fotorezeptorzellen: Stäbchen und Zapfen. Stäbchen lassen sich mit einer Weitwinkellinse vergleichen, sie sind darauf spezialisiert, aus der Umgebung Licht quasi einzusammeln, sodass wir selbst in der Dämmerung sehen können. Stäbchen können keine Farben erkennen, sie ermöglichen, hell von dunkel zu unterscheiden. Mithilfe der Zapfen können wir Farben und Details erkennen. Stäbchen und Zapfen sind auf der Oberfläche der Netzhaut ungleichmäßig verteilt. Die Zapfen herrschen in einer kleinen Region, der Fovea, vor. Dementsprechend kann nur ein kleiner Ausschnitt dessen, was wir sehen, klar und in Farbe wahrgenommen werden.

Wäre die Netzhaut so groß wie ein Arm, hätte die Fovea vielleicht die Größe des Daumennagels. Winzig. Das ist eigentlich überraschend, weil wir normalerweise den Eindruck haben, dass wir sehr viel klar sehen können. Das liegt im Prinzip an zwei Dingen: an Sakkaden und dem Phänomen »Lücken füllen«. Sakkaden sind winzige flackernde Augenbewegungen. Wie eine Biene im Flug wandert das Auge in winzigen, ruckartigen Bewegungen hin und her und nimmt dabei Bruchteile von Informationen auf. Man kann es sich so vorstellen, als ginge man in einen dunklen Raum mit einer Taschenlampe, die man ein paarmal hintereinander schnell an- und wieder ausschaltet, und sollte danach beschreiben, was man gesehen hat. Jedes Mal, wenn man etwas betrachtet, läuft das ab. »Lücken« werden »gefüllt«, wenn diese einzelnen Teile wie bei einem Puzzle zu einem Bild zusammengefügt werden, und das geschieht im Gehirn. Nehmen wir an, Sie gucken auf einen Tisch. Das Auge nimmt Informationen auf, die es Ihnen erlauben zu erahnen, dass es sich um einen Tisch handelt. Aber das Auge an sich erkennt keinen Tisch, es kann Ihnen nicht sagen, es ist ein Tisch, weil das Gehirn nichts erkennen kann. Um einen Tisch identifizieren zu können, ist ein sogenannter Top-down-Prozess nötig. Das bedeutet, dass das Sinnesorgan, also das Auge, die nötigen Informationsteilchen zur Verfügung stellt, das ist der »Bottom-up-Teil« des Sehvorgangs. Das Gehirn interpretiert diese Häppchen »top-down« und lässt daraus ein Bild entstehen, zu dem die Eindrücke aufgrund vergangener Erfahrungen vermutlich gehören.

Also das, was Sie sehen, ist eher eine Vermutung. Anhand früherer Erfahrungen füllt das Gehirn die Lücken zwischen diesen einzelnen Teilchen der Sinneswahrnehmung, um ein vollständiges Bild zu generieren. Die sogenannten »höheren Verarbeitungsbereiche« hinter den V-Arealen fungieren als Speicher für die Informationen über die Dinge, die das Auge mit großer Wahrscheinlichkeit wahrnehmen wird. Zunächst muss eine generelle Eingrenzung vorgenommen werden: Ist das Objekt gleichmäßig geformt oder ungleichmäßig? Hat es Kurven, oder ist es gerade? Bewegt es sich, oder steht es still? Im Gehirn wird nach Übereinstimmungen mit einem der zahlreichen Muster gesucht, die dort abgespeichert sind, indem zunächst nach einer generellen Ähnlichkeit und davon ausgehend nach übereinstimmenden Details geforscht wird. Registriert das Gehirn beispielsweise, dass das, was Sie sehen, rundlich ist, kann es sich bei dieser Sinneswahrnehmung um den Mond, einen Teller, einen Tischtennisball, eine Münze, eine DVD, eine Tasse von oben betrachtet, um ein Loch in einem Stück Holz oder einen Hula-Hoop-Reifen handeln. Wenn man ein Objekt ansieht, muss das Gehirn aus einer Vielzahl möglicher Treffer anhand dieser fragmentarischen Hinweise auf Form und Farbe denjenigen auswählen, der diesem oder jenem am nächsten kommt. Ist das ein Pfannkuchen oder nicht?

Kehren wir zu dem Beispiel mit dem Tisch zurück. Wenn die Übereinstimmung gering ist, weil andere Tatsachen darauf hindeuten, dass das betreffende Objekt zu klein für einen Tisch ist, seine Form zu unregelmäßig oder zu schwammig, muss eine andere Möglichkeit ausprobiert werden. Handelt es sich vielleicht um einen Kindertisch oder eine Skulptur oder einen Polsterhocker? Man kann erst dann etwas bewusst sehen, nachdem dieser Prozess abgeschlossen ist und das Gehirn die Entscheidung getroffen hat, was genau man gerade anschaut.

Die Aufgabe, unsere visuelle Welt zu erkennen, und zwar anscheinend derart mühelos, dass wir fälschlicherweise meinen, wir nähmen Dinge nur passiv wahr, kann nur dann bewältigt werden, wenn ein erstaunliches Hin und Her zwischen dem Gehirn und dem Auge abgelaufen ist.

Das Gehirn verfügt über einen enzyklopädischen Speicher an Objekten, an räumlichen Beziehungen zwischen ihnen sowie einer Reihe rationaler und ökonomischer Regeln, wie diese Möglichkeiten mit den eingehenden Sinneswahrnehmungen abgeglichen werden können, die vom Allgemeinen zum Besonderen abgearbeitet werden.

Wir sehen nicht die Welt, wir sehen das, was unser Gehirn aus rohen und unzureichenden Sinneswahrnehmungen konstruiert, und dies wird mit den vorhandenen Daten unseres viel umfassenderen »inneren Modells« abgeglichen. Es ist so, als würde eine Archäologin mit ein paar Scherben, Knochen und einigen Ruinen eine ganze Zivilisation rekonstruieren wollen. (Ben hat mir das zunächst wie die automatische Eingabevervollständigung auf dem Handy erklärt. Das Gehirn vervollständigt Bilder wie das Telefon begonnene Worte ergänzt. Aber dann musste Ben mir erst noch einmal erklären, was eine automatische Eingabevervollständigung ist.) Dass die Welt für uns sehr wirklich und detailliert aussieht, liegt daran, dass das Gehirn diesen Prozess im Normalfall sehr, sehr gut beherrscht.

38. Interessant, aber verstörend

Jemand hat das Gehirn mal als Black Box beschrieben, bei der die Sinnesorgane zusätzliche Plug-ins sind. Dieses mechanistische Bild vermittelt ganz gut, wie beunruhigend das alles sein kann. Wenn man etwas sieht, scheint man die Außenwelt zu sehen, aber das findet alles nur in unseren Köpfen statt. (Man kann sogar nachweisen, dass man das Licht nicht unmittelbar wahrnimmt, indem man sich im Dunkeln die Augen reibt. Die »hellen« Blitze sieht man, weil die Neuronen im Sehnerv jeden möglichen Reiz als Licht wahrnehmen, selbst wenn man sich aus Versehen einen Finger ins Auge sticht.) Die Neurowissenschaften erklären gern, dass die Welt nicht farbig sei, weil es sich bei Farbe nur um die subjektive Erfahrung handle, die entsteht, wenn man zwischen unterschiedlichen Wellenlängen elektromagnetischer Strahlung innerhalb des sichtbaren Spektrums unterscheidet. Man könne Farbe als eine Art Farbcodierung verstehen, weil das Gehirn dazu gezwungen ist, Farben zu erfinden, um diese Farbcodierung durchführen zu können. Und was ich auch noch irritierend finde, ist die Vorstellung, dass man ein Objekt kennen muss, bevor man es erkennen kann. Das heißt auf der anderen Seite, dass man nie etwas vollkommen Neues sehen kann. Und für mich als Künstler ist dieser Gedanke schrecklich. Man kann also nie etwas wirklich Neues sehen, denn wenn das Gehirn in seinem Archiv von neuronalen Mustern keine passende Kategorie finden kann, es also kein Wort für das Gesehene gibt, ist es dann auch, so nehme ich an, für den Betrachter unsichtbar. Ich dachte dabei an die Chimäre aus der griechischen Mythologie. Das Fantasietier besteht aus dem Kopf eines Löwen, dem Körper einer Ziege und dem Schwanz einer Schlange, jedenfalls glaube ich mich daran zu erinnern. (Vielleicht hatte diese Kreatur auch Adlerflügel oder die Krallen eines Raubvogels.) Jedenfalls entspringt diese Gestalt der Fantasie, aber sie besteht aus Elementen, die uns bekannt sind. Anstatt eine Kreatur aus völlig neuen Dingen zusammenzusetzen, ist es ein Mischmasch aus bereits existierenden Teilen. Als würde man sich eine bolschewistische Türklinke ausdenken oder ein Soufflé aus Stein. Als Künstler möchte ich gern glauben, dass ich in der Lage bin, etwas zu erschaffen, das noch niemand jemals zuvor gesehen hat. Deshalb sind meine Gemälde auch so chaotisch. Ich versuche mich der Ursuppe anzunähern, aus der ganz neue visuelle Formen entstehen könnten. Das Ärgerliche an diesem Chaos ist, dass es in Wirklichkeit dem Abstrakten Expressionismus ähnelt.

39. Ben versucht mir etwas mitzuteilen

Ich hätte mir nie die Zeit genommen, mich mit all diesen Themen auseinanderzusetzen, wenn mich Ben nicht dem Achromatopsie-Mann vorgestellt hätte. Er wollte mir aufzeigen, warum die Welt nicht farbig ist. Das Gehirn weist beim Sehprozess den unterschiedlichen Wellenlängen des Lichts, die von einem Objekt reflektiert werden, Farben zu. Nur so können wir Dinge voneinander unterscheiden und benennen. So, als wenn das Gehirn Farbe erfunden hätte, um Farben unterscheiden zu können, damit wir wissen, welche Beeren reif oder unreif, welche Kohlen heiß oder kalt sind. Aber wenn ich das sage, kann ich nur ein Minimum dessen erfassen, was wir sehen und was eigentlich gar nicht da ist. Meist geht es hier um Hypothesen: Was wir sehen, sind sorgsam zusammengefummelte Rateversuche, die sich häufig hinterher als korrekt erweisen. Doch bei Farben ist es so, dass diese Hypothesen nicht überprüft werden können. Andere Sinne, insbesondere das Fühlen, können solche Hypothesen weder widerlegen noch bestätigen. Bemüht man sich zum Beispiel, eine Halluzination anzufassen, und stellt fest, dass sie sich nicht berühren lässt, kann man guten Gewissens behaupten, da sei nichts. Aber eine Halluzination – im Sinne von Sinnestäuschung – von einer roten Sache ist in gewisser Weise genauso real wie das Rot einer Tomate, die man in der Hand hält.

Monets Vorstellung, wie die Welt gesehen wird, nämlich als Farbflecken, basiert auf bestimmten wissenschaftlichen Ideen (die müssen zu jener Zeit recht populär gewesen sein) und dem Wunsch nach einer Art vorwissenschaftlicher Naivität. Eine Entscheidung über die Art und Identität eines Objektes zu treffen, passiert anhand dieser Sichtweise bewusst und vorsätzlich. Und sie tritt immer erst ein, nachdem der reine Akt des Sehens geschehen ist. (Während wir ja eigentlich, und das ist schon recht überraschend, erst entscheiden, was ein Objekt ist, und es dann sehen.) Monet versuchte die Sinneswahrnehmung an sich und den kategorisierenden Imperativ der Vernunft zu trennen.

So, wie Denken und Fühlen zwei verschiedene Dinge sein sollen. Kopf und Herz. Dass die heutige Ansicht, wie das Sehen funktioniert, so schwer verständlich ist, liegt daran, dass sie sich über solche romantischen Differenzierungen hinwegsetzt. Um überhaupt etwas sehen zu können, muss man es immer als etwas sehen, wie sich herausstellt. Sehen ist Denken. Damit verbunden ist der Entscheidungsprozess, und nichts, was diesen Prozess nicht schon durchlaufen hat, kann gesehen werden. Unbestimmte Wahrnehmung zählt nicht als Wahrnehmung. Wir wissen, dass das, was wir sehen, ein Sammelsurium verschiedener winziger Informationsteilchen ist, die entlang bestimmter neuronaler Leitungen verarbeitet werden. Aber wenn man nun gerade etwas sieht, scheint es sich gar nicht so zu verhalten … und wir wissen auch gar nicht so genau, wie das passiert. Das ist das sogenannte Bindungsproblem. Wie wird aus all diesen winzigen Informationen ein homogenes Ganzes geformt? Handelt es sich um einen graduellen Prozess, wie bei der Überlegung, ob eine gut erzählte Geschichte der Wahrheit entspricht? Oder wird der Eindruck von Realität und Zusammenhang erst im Nachhinein festgestellt? Etwa wie ein Stempel, der die Echtheit bestätigt? Das lässt sich nicht sagen.

Ich glaube schon, dass sie richtigliegen, aber bei modernen Theorien über das Sehen habe ich keineswegs den Eindruck, dass sie umfassend sind, weil sie einfach der Opulenz der Welt, wie ich sie sehe, nicht gerecht werden – den zahllosen Details, den ganzen wunderbaren Farben. Neurowissenschaftler behaupten gern, dass die Welt farblos sei, denn Farbe ist ein Merkmal, dass sich durch keinen anderen Sinn verifizieren oder bestätigen lässt. Aber für mich ist die Welt ebenso bunt, wie sie dunkel oder hell ist, gestreift, groß, klein, spritzig oder schnell. Oder was es auch immer sei, das man mit den Augen erfassen kann.

Einhundertfünfzig Jahre vor Monet hatte Canaletto wahrscheinlich eine präzisere Ahnung davon, wie das Sehen funktioniert. Wenn man sich eines seiner Bilder von Venedig anschaut, erkennt man, dass er nur ein begrenztes Vokabular mit »Stichworten« zur Verfügung hatte. Besonders seine Darstellungen von Menschenmengen sind brillant. Alle Gesichter in seinem überzeugenden Gedränge bestehen nur aus rosafarbenen Punkten. Und dennoch meint man die Bewegungen und das Summen der Menge wahrzunehmen. Dasselbe gilt für Mauerwerk, Wellen und Wolken. Seine Figuren im Mittelgrund, die absolut lebendig wirken, sind mit drei oder vier kalligrafischen farbigen Häkchen gemalt. Wahrscheinlich hatte Canaletto Assistenten, die den ganzen Tag nichts anderes gemacht haben, als kleine rosafarbene Punkte auf die Leinwand zu setzen.

40. Kein Problem

Ich hörte dem Achromatopsie-Mann ewig zu, wie er mir seine Erkrankung erklärte, und unterbrach ihn nur, wenn er zu seinem Glauben und wie tröstlich der sei, abschweifte. (Ich wusste gleich, dass er gläubig war.) Ich fragte ihn, ob er es vermisse, Farben zu sehen. Er komme klar (mithilfe seines Glaubens), aber eine Folge der Erkrankung sei auch, dass man vergesse, was Farbe ist. Auf der einen Seite wissen Betroffene, dass sie farbenblind sind, aber auf der anderen Seite wissen sie es nicht, weil sie das Gefühl haben, es sei schon immer so gewesen. Sie können sich noch nicht einmal vorstellen, wie es wäre, Farben erkennen zu können. Bei mir dachte ich, es ist vielleicht so, als würde man versuchen, sich daran zu erinnern, wie es ist, glücklich zu sein, wenn man depressiv ist. Oder wie es ist, deprimiert zu sein, wenn man glücklich ist. Man kann sich daran erinnern, aber man kann sich diesen Zustand aktuell nicht erklären. So, als wäre es jemand anders gewesen. Dann muss es hingegen aber auch recht traurig sein, denn auch wenn man nicht eigentlich weiß, was man verpasst, weiß man doch, dass man etwas verpasst – und zwar etwas, was gemeinhin als schön gilt: Farbe.

Ich dankte dem Achromatopsie-Mann für seine Zeit, und dass er mir alles über seine Erkrankung berichtet hatte. (Ich wollte ihm damit zeigen, wie vorbildlich ich die Gepflogenheiten der Berufsgruppe beherrschte und dass ich mich zu benehmen wusste.) Dann schaute ich nach den Arbeiten der anderen

Teilnehmenden, gab ihnen Tipps und wies sie hier und dort auf Verbesserungsmöglichkeiten hin. Ich achtete darauf, als Letztes bei Emily vorbeizugehen. Als sie endlich an der Reihe war, hatte sie ihre Zeichnung schon fertiggestellt und saß vor dem Blatt. Den Bleistift hatte sie ordentlich danebengelegt, ihre Hände ruhten in ihrem Schoß. Mir fiel nichts ein, was ich zu ihrer Zeichnung sagen sollte. So, wie sie saß, schaute sie in einem 240-Grad-Winkel auf einen Querschnitt eines Gehirns. Das hätte man in eine interessante, unergründliche Zeichnung verwandeln können. Aber so talentiert oder kreativ war sie nicht. Sie hatte stattdessen das Modell so abgezeichnet, wie man es aus Lehrbüchern kennt, den Querschnitt aus der Frontalsicht. Ihre momentane spezielle Perspektive hatte sie dabei ignoriert.

41. Auf der Vernissage

»Kann ich mir von Ihnen eine Kippe schnorren, Kumpel?« Conrad sah ziemlich fürchterlich aus, von Kopf bis Fuß war er in schwarzes Glattleder gekleidet.

»Eine Zigarette? Für Sie immer, Conrad.«

Wir standen irgendwo in West London vor einer Kunstgalerie herum, und aus irgendeinem Grund war ich ihm gegenüber rotzfrech. Schließlich war ich hergekommen, um anderen Leuten in den Arsch zu kriechen, der Herr im Himmel wusste also, warum ich mich so benahm. (Und nicht zum ersten Mal fragte ich mich, was zum Teufel mein Problem war.) Doch ich hatte Glück, und Conrad war gar nicht aufgefallen, wie ich ihm gegenüber das Wort »Zigarette« betont hatte. Und außerdem ahnte Conrad, dass er mich kannte, erinnerte sich aber wohl nicht mehr daran, wo oder in welchem Zusammenhang wir uns kennengelernt hatten. (Vermutlich passiert ihm das häufiger.) Außerdem hatte ich Glück, dass Ben auch da war. Ihm gegenüber hatte ich ganz kurz erwähnt, dass ich auf eine Vernissage gehen würde, bei der ein alter Schulfreund von Conrad (von irgendeiner Eliteschule, Eton oder so) ausstellte. Ben sagte, dass klinge super, und ob es okay wäre, wenn er mitkäme? Das kam mir sehr entgegen. Kunstgalerien in Notting Hill befinden sich in einem Paralleluniversum, das sich von dem in Shoreditch komplett unterscheidet: andere Kunst, andere Leute, andere Drinks, alles ist anders.

Abgesehen von der Chance, sich vielleicht mit Conrad unterhalten zu können (mit riesigem Glück), kam ich auch aus einem anderen Grund hierher. Ich hoffte, dass Susan vielleicht auch hier wäre, obwohl sie ja ziemlich deutlich gemacht hatte, dass sie nicht zu der Ausstellungseröffnung kommen würde. Alles in allem war ich also froh, dass Ben mich begleitete. Jedenfalls war so sichergestellt, dass ich nicht den ganzen Abend allein in einer Ecke herumstand. Es war offensichtlich, dass Conrad keine Ahnung hatte, wer ich war (vielleicht kannten wir uns aus Eton?), und deswegen fragte mich Ben laut genug, dass er es mitbekommen musste, wie mein Zeichenworkshop lief. Mein Zeichenworkshop am Norman Neurological Institute, dem NNI.

Also antwortete ich brav: »Das läuft super, wirklich super.« Irgendetwas regte sich in Conrads Kopf, und ein Gedanke formte sich. »Ahh. Das Institut. Zeichnungen. Ja, richtig ...« Er kam immer noch nicht darauf, woher er mich kannte, also erinnerte ich ihn daran, dass wir uns kurz unterhalten hatten, als er mit den anderen potenziellen Geldgebern in meinen Unterricht gekommen war.

»Also«, begann ich, »wie ich höre, sind Sie ein großer Kunstsammler. Davon hatten Sie mir ja schon im Institut berichtet.« Darüber wollte ich sowieso mit ihm reden. Ich war recht zufrieden mit mir, dass ich so schnell auf den Punkt gekommen war. Ich wollte darauf hinaus, dass er – da er ja nun Sammler war –, vielleicht auch etwas von mir sammeln könnte. Außerdem verbanden uns einige Gemeinsamkeiten. Doch ich kam gar nicht dazu, weil ihm sofort die Panik ins Gesicht geschrieben stand, als ich das Wort Sammler erwähnte.

»Ach, nun, ich bin heute nicht zum Shoppen hier. Ich wollte einfach meinen alten Schulkameraden etwas unterstützen. Und außerdem habe ich auch die Exponate seiner letzten Ausstellung hier gekauft.« Ich glaube, er dachte, sein Schulkamerad und ich würden uns kennen, denn schließlich waren wir ja beide Maler. Er fürchtete wohl, dass ich ihn dazu überreden wollte, wieder die ganze Ausstellung zu erwerben. Also lief meine Verkaufsmasche gleich von Anfang an total ins Leere. Scheiße! Das Gespräch war bereits nach weniger als fünf Minuten beendet. Ich vergeige es immer wieder.

Da wir uns nichts mehr zu sagen hatten, schlug Ben vor, wir sollten reingehen, um gemeinsam einen Blick auf die Ausstellung zu werfen. Als Conrad vor mir durch die Tür ging, warf ich viel eher einen eingehenden Blick auf das Emblem, das hinten auf seiner quietschenden schwarzen Lederjacke prangte. »The Hell Fire Club« in flammenden Lettern war mit Totenköpfen und allem Möglichen dekoriert. Sobald wir drinnen waren, stellte ich fest, dass erstens Susan nirgendwo zu sehen war (dann eben nicht), dass zweitens die ausgestellten Bilder, in denen der Maler sein eigenes Martyrium auf plumpe Weise darstellte, einfach scheiße waren, und dass drittens, im Gegensatz zu Vernissagen in Shoreditch, hier livrierte Kellner Tabletts voller Champagnergläser herumtrugen. Außerdem wurden von der Bedienung auch noch altmodische Häppchen gereicht: Melone und Parmaschinken auf einem Zahnstocher, kleine Quiches Lorraines und so weiter. Die Gäste dufteten – wie das Fingerfood – nach längst vergangenen Zeiten. Sie waren nicht nur älter als die Ausstellungsbesucher in Shoreditch, sondern tatsächlich Senioren. Ich nahm zwei Sektflöten vom Tablett (eine für mich und die andere auch für mich) und ging hinüber zu Ben, der ernst dreinschauend vor einem Gemälde in der Nähe der Tür stand. Er schien sie sich alle der Reihe nach ansehen und die entsprechenden Texte im Katalog lesen zu wollen. Er tat exakt das, was alle anderen auch taten, und imitierte das Verhalten des siebzigjährigen Paares neben ihm.

»Bist du schon mal auf einer Vernissage gewesen, Ben?«

»Nein, aber es ist genauso, wie ich es mir vorgestellt habe.«

»Ich weiß. Deswegen ist es auch so komisch hier. Diese Ausstellungseröffnung ist so, wie man sie sich vorstellt.«

Ihn schien meine Bemerkung zu irritieren, aber anstatt weiter darauf einzugehen, fragte er mich, wie ich das Gemälde fände vor dem wir standen.

»Ben, das ist scheiße. Das sieht man doch.«

»Ist das nicht ein wenig vorschnell geurteilt? Du hast es dir ja kaum richtig angesehen.«

»Ich muss es mir nicht genauer ansehen, um zu erkennen, dass es nichts taugt. Ich musste eigentlich noch nicht mal herkommen, um dir sagen zu können, dass die Bilder alle nichts taugen. Das habe ich schon am Namen des Typen gesehen. Internatsschüler können keine guten Künstler sein. Sie haben nicht den Drang, etwas Kreatives zu erschaffen. Dafür sind sie einfach zu sehr mit dem Status quo zufrieden.«

»Hm. Ich bin auch auf eine Privatschule gegangen, weißt du.« Aber er schien nicht beleidigt zu sein. Ganz im Gegenteil, Ben schien es witzig zu finden. Natürlich musste ich dann einräumen, dass eine Schullaufbahn in einem Eliteinternat nicht unbedingt ausschließt, dass man etwas von Bedeutung schafft. Denn Ben ist am Ende total in Ordnung. Ben ist einer von den Guten. Bevor wir zum nächsten Bild gingen, reichte ich ihm mein zweites Glas, in dem der Champagner nun schon ein wenig warm geworden war. Dieses Selbstporträt trug den (verdammt beschissenen) Titel »Torment« – Qual. Nach drei oder vier weiteren Bildern fragte ich mich, ob sich Ben vielleicht lustig machte, weil er sich extrem viel Zeit nahm, jedes einzelne eingehend zu betrachten, als wollte er meine offensichtliche Ungeduld und mein Missfallen karikieren. Derweil stand ich verächtlich prustend und fluchend neben ihm. Er jedoch krebste durch den Ausstellungsraum und studierte mit gerunzelter Stirn die Katalogtexte.

»Ben, ich geh raus eine rauchen.«

»Hm? Oh, okay.«

Conrad stand neben einem finster dreinblickenden Paar, in dessen Gegenwart er sich unbehaglich zu fühlen schien.

»Darf ich Ihnen eine Kippe anbieten, Conrad, Kumpel?«

»Oh, danke. Haben Sie schon meinen Bruder und meine Schwester kennengelernt?«

Simon und Selina nahmen diese Frage zum Anlass zu gehen. Wie Vampire sahen sie aus. Wenn sie das Institut in ihre gierigen Hände bekommen, dann gnade uns Gott.

»Also … Conrad. Was für Kunst sammeln Sie? Nur Zeitgenössisches? Oder moderne Briten?«

»Hm. Mein Vater, der andere Conrad, hat früher Impressionisten gesammelt, das habe ich dann ein wenig weitergeführt. Dann habe ich, glaube ich, einen Miró erstanden, und dann hat ein guter Freund von mir diese Galerie eröffnet, und hier habe ich ziemlich viel gekauft.«

Alles klar. Das gequälte Genie, dessen Werke wir heute Abend bewundern können, ist auch der Besitzer der Galerie. Und dessen Vater, was für ein komischer Zufall, ist auch der Hauptgeldgeber der Galerie.

»Aber ich habe mir überlegt, vielleicht in einer anderen Richtung weiterzumachen. Und glücklicherweise habe ich diese tolle junge Kuratorin letztens im St. John kennengelernt und sie hat mir angeboten mich zu beraten.« Aufgrund seiner Beschreibung dieser jungen Kuratorin und der Tatsache, dass sie Susan hieß, schloss ich blitzartig, dass es Susan war. Meine Susan. Sie haben sich in einem Feinschmeckerrestaurant kennengelernt.

»Oh, Sie kennen sie!«, fügte Conrad hinzu. »Sie ist wirklich bemerkenswert, oder?« Er war wohl bei einem Abendessen mit einem Künstler, und Susan hatte ihn damit beeindruckt, dass sie frittiertes Kalbsbries bestellt hatte. Die Susan, die militante Veganerin, die mich anschrie, weil ich Speck aß.

Dann gesellte sich Ben zu uns; wahrscheinlich hatte er sich die Bilder lange genug angeschaut; und ich fragte ihn, was er von der Ausstellung hielt.

»Fantastisch, nicht wahr?«, fragte Conrad.

»Sehr interessant.«

»Ja, die Werke sind sehr interessant. Sehr interessant«, hörte ich mich sagen. Und dann: »He, wollen Sie vielleicht mitkommen ein Bier trinken, Conrad? Wollen wir was trinken gehen?«

»Hm. Leider kann ich nicht. Ich bin mit meiner alten Schrottkiste hier.«

Wir folgten seinem Blick über die Straße, wo ein imposantes Harley-Davidson-Trike stand, eine Sonderanfertigung. Conrad begann, an seinen lakritzschwarzen Handschuhen herumzunesteln.

»Das ist ja ein enormes Ding, das Sie da haben«, entfuhr es Ben, und zum ersten Mal, seitdem ich ihn kennengelernt hatte, sah Conrad glücklich aus. Warum war mir das nicht eingefallen? Ich muss an mir arbeiten.

»He, Conrad, vielleicht verabreden wir uns mal. Sie könnten mich in meinem Atelier besuchen. Dann können Sie einen Blick auf meine Werke werfen? Und wir gehen einen trinken?«

Conrad murmelte irgendetwas, das ich nicht verstehen konnte. Er war schon dabei, rückwärts fortzugehen, während er sich den Helm aufsetzte. Aber ich glaube, er hat Ja gesagt. Zumindest war es kein eindeutiges Nein. Es war ein Ja, da bin ich mir ziemlich sicher.

Später, als ich mit Ben im Pub saß, machte ich mir Gedanken darüber, was da zwischen Conrad und Susan lief. Gleichzeitig – wahrscheinlich zur Kompensation – schimpfte ich lauthals über die Galerie und deren scheiß Bilder. Die waren wirklich – das muss man mal ganz klar sagen – scheiße.

»Nun, ich bin wahrlich kein Experte … Kunst ist nicht so mein Ding«, sagte Ben, »aber ich fand sie gar nicht so schlecht.«

»Ben, der Titel von einem Bild lautete ›Qual‹, verdammt noch mal! Und seinem Vater gehört halb Gloucestershire.«

»Na, wenn das so ist. Warum hast du Conrad dann nicht gesagt, was du darüber denkst?«

»Bring mir noch ein Bier mit, dann erzähle ich dir, warum. Nein, ich erzähle es dir jetzt. Ich habe meine Meinung nicht gesagt, weil ich ein Heuchler bin.«

Er gab mir noch ein Bier aus. Prost, Ben! Am nächsten Morgen habe ich wie gewöhnlich meine Taschen durchgesehen und eine sorgfältig zusammengefaltete Liste mit neurowissenschaftlichen Lehrbüchern gefunden. Die habe ich nun alle gelesen, und das war sehr unterhaltsam und lehrreich.

Danke, Ben!

42. Trevor

Am folgenden Mittwoch tauchte Stick wieder auf, aber er war den ganzen Tag still. Seine Frisur und seine Klamotten nervten immer noch, aber sein Verhalten war makellos. Er gab keinen Ton von sich. Die meiste Zeit kümmerte ich mich um Trevor. Er ist aus Rumänien eingewandert und kann erst seit Kurzem wieder sehen. Er kam zu spät zu unserem Workshop, weil er wohl auf dem Weg einen Ohnmachtsanfall erlitten hatte. Jade war gerade dabei gewesen, ihn aus dem Wagen des Fahrdienstes zu helfen, als es passierte, und er musste sofort in die Notaufnahme gebracht werden. Es ging ihm mittlerweile wieder gut, aber er saß in einem Rollstuhl, weil er noch ein wenig wackelig auf den Beinen war. Jade schob ihn zu uns herein, als der Workshop schon begonnen hatte. Das muss sogar für eine kräftige Frau wie sie eine echte Aufgabe gewesen sein, der Typ wog über einhundertfünfzig Kilogramm. Als er ohnmächtig wurde, ist er wohl wie ein Sack zu Boden geplumpst.

Der Prozess, die Sehfähigkeit wiederzuerlangen, ist nicht einfach. Dabei können verschiedene Komplikationen auftreten, und am Ende kann es schlimm ausgehen.

Trevor ist seit seinem dritten Lebensjahr blind gewesen und hatte sich an den Gedanken gewöhnt, es für immer zu bleiben. Dann stellte sich heraus, dass sein Problem mithilfe einer einfachen Operation gelöst werden konnte. Wie man sich vorstellen kann, war er zunächst überglücklich. Aber dann musste er feststellen, dass es recht schwierig war, sich an das Leben als Sehender zu gewöhnen.

Dass er in Ohnmacht fiel, lag daran, dass er wieder sehen konnte. Wenn man nach so langer Zeit plötzlich wieder sehen kann, besteht das Problem darin, dass man nichts wiedererkennt. In einer blinden Welt kennt man sich mit Autos, Vögeln, Gebäuden und Telefonen aus. Man weiß, wie sie in dieser Welt »aussehen«, weil man taktile, akustische und olfaktorische Informationen sammelt. Das Bild, das eine blinde Person von der Welt hat, passt nicht in die sichtbare Welt. Wie ein Hund aussieht, ist nicht gleichbedeutend damit, wie er sich für eine blinde Person anfühlt, anhört und riecht. Als Trevor nach seiner Operation zum ersten Mal die Augen öffnete, sah er nichts als Chaos und Lärm. Er war so lange blind gewesen, dass er verlernt hatte zu sehen. Man öffnet nicht einfach die Augen und sieht Dinge. Ein Baby braucht auch einige Zeit, bis es sehen kann, und bei Trevor lag es nicht nur daran, dass er sich an seine neue Fähigkeit erst gewöhnen musste. Er musste das in vierzig Jahren Gelernte wieder verlernen. Wenn man zu sehen lernt, geht es nicht nur darum, Objekte benennen zu können. Kuh. Stuhl. Man muss die einfachste Grammatik der visuellen Wiedererkennung meistern. Ein wesentlicher Punkt ist der Unterschied, wie Sehende und Blinde Raum wahrnehmen. Trevor hat all das gelernt, er ist so daran gewöhnt, dass es ihn keinerlei Energie kostet. Aber da er nun sehen kann, empfindet er die Welt als unglaublich beengend und bedrohlich.

Das Wiedererkennen spielt bei sehenden Personen eine wichtige Rolle bei der Raumwahrnehmung. Man muss wissen, was etwas ist, um zu wissen, wo es ist. Und man muss wissen, wo etwas ist, um zu wissen, was es ist. Man muss immer vergleichen können, was sich ähnlich sieht, und an welchen ähnlichen Orten sich die Dinge befinden können. Eine blinde

Person vergleicht auch Dinge und Orte, um sie einordnen zu können, aber sie kann Raum nur auf Armeslänge begreifen. Alles, was außerhalb des unmittelbaren körperlichen Radius liegt, ist unbegreiflich. In der zeitlichen Dimension geht es um die Zeit, die es braucht, um eine Strecke zurückzulegen. Etwa wird die Anzahl der Schritte wahrgenommen, die nötig sind, um ein Zimmer zu durchqueren. Raum wird mithilfe von Zeit bemessen und wie sich der Körper anfühlt, wenn man verschiedene Transportmittel nutzt. Autos machen brrm-brrm, Züge machen klack-klack-klack.

Trevors Ohnmachtsanfall wurde ausgelöst durch eine qualvolle Erkenntnis, als er aus dem Transportbus ausstieg. Er hatte Jade gefragt, wie hoch der Gray's Tower sei, einfach um Small Talk zu machen. Als sie ihm die Zahl nannte, rechnete er schnell im Kopf aus, wie vielen Raumeinheiten das in seinem alten Leben entspräche. Dann hatte er zum Hochhaus hinaufgesehen und war zum ersten Mal in der Lage gewesen, etwas zu sehen, was für ihn zuvor mit einer unvorstellbar großen Anzahl von Raumeinheiten verbunden war. Eigentlich war ihm nur bewusst geworden, wie hoch das Gebäude war. Sein Gefühl für Höhe hatte er bisher nur dadurch entwickeln können, dass ihm etwas heruntergefallen oder er gestolpert war. Wie hoch ein Raum ist, hatte er erfahren, indem er seinen Blindenstock senkrecht nach oben gestoßen hatte. Eine Treppe hatte er als eine Abfolge von Bewegungen begriffen. Diese Erkenntnis von etwas, was eine sehende Person als »hoch« oder »sehr hoch« bezeichnen würde, hatte bei ihm eine Art Rausch, vielleicht vergleichbar mit Höhenangst, ausgelöst. Nur dass diese Höhenangst tausendfach verstärkt wurde, weil das Konzept von Höhe für ihn vollkommen neu war. Ich stelle mir vor, dass es sich so angefühlt haben muss, als würde man nachts in den Sternenhimmel schauen und sich fragen, wie weit die Sterne entfernt und wie groß sie eigentlich sind. Und schaute man dann wieder auf den Boden, würde man feststellen, dass der Planet Erde verschwunden ist und in entsprechender Entfernung unter einem schwebt.

Ich mochte Trevor (er spricht sich eigentlich anders aus, »Trayvo« oder »Trivah«) und ich zog meinen Hut vor ihm. Wenn mir das zugestoßen wäre, wäre ich nicht nur ohnmächtig geworden, ich wäre schreiend zusammengebrochen und hätte mir in die Hose gemacht. Eine Ohnmacht scheint mir noch eine recht milde Reaktion auf eine Erfahrung dieser Art zu sein. Und mit Sicherheit hätte ich um dieses Hochhaus einen riesigen Bogen gemacht. Ihm fällt der Alltag immer schwerer, weil ihm das räumliche Empfinden solche Schwierigkeiten bereitet. Entweder machen ihn räumliche Wahrnehmungen nervös, oder sie führen zu solchen Ohnmachten. In seinem Alter ist es ihm vielleicht nicht mehr möglich, Objekte richtig erkennen zu lernen und einem Ort zuzuordnen. Das dazugehörige Hirnareal, das normalerweise diese Funktion übernimmt, wurde von seinen anderen Sinnen verdrängt oder ist einfach verkümmert. Das Gehirn arbeitet strikt nach dem Motto »use it or lose it« – wer rastet, der rostet. (Deswegen werden wir auch dümmer, wenn wir es nicht benutzen.)

Jade und Ben machen sich große Sorgen um Trevor, weil er immer weiter in eine Depression verfällt. Ich würde eher sagen, dass er enttäuscht ist, nicht depressiv. Für ihn scheint die Fähigkeit, wieder sehen zu können, ein Fluch zu sein und kein Segen – er ist einfach wahnsinnig enttäuscht. Es ist verwirrend, ermüdend und Angst einflößend. Jedes Mal, wenn er die Augen öffnet, befindet er sich auf einer psychedelischen Zugfahrt oder macht Bungeejumping. Mittlerweile ist er so weit, dass er die meiste Zeit die Augen geschlossen hält.

Ich habe Trevor gefragt, woran er Spaß hat. Was hält ihn davon zurück, ganz einfach aufzugeben?

»Das Essen in England ist absolut toll.« Vor zwei Jahren,

bevor er seine Operation hatte, hat Trevor weniger als 76 Kilo gewogen.

Ben und Jade haben sich dann überlegt, dass es ihm vielleicht helfen würde zu zeichnen. Daher baten sie mich um meine professionelle Einschätzung. Ich dachte, zu zeichnen könne eventuell dabei helfen, bei ihm einige neuronale Leitungen zu aktivieren, aber da half es auch nicht, Gehirne abzubilden. Sein Problem bestand nämlich darin, dass er Größenverhältnisse nicht erkannte und überhaupt mit der Wiedererkennung Schwierigkeiten hatte. Und bei einem Gehirn hat das Aussehen rein gar nichts mit seiner jeweiligen Größe zu tun. Etwas, das so aussieht wie ein Gehirn, könnte für ihn genauso gut eine Wolke oder eine Sultanine sein. Ich schlug eine Zeichenaufgabe vor, die eher etwas von einem traditionellen Stillleben hatte: Stuhl mit Apfel. Ich wählte die beiden Objekte aus, sodass Trevor anhand der Größenverhältnisse die Gegenstände erkennen konnte. Sie unterschieden sich von der Größe her genug, dass er sie leicht ausmachen konnte, befanden sich aber nur eine Armeslänge entfernt, sodass er sich in seinem gewohnten Radius zurechtfinden konnte. Das sollte es ihm erleichtern, einen visuellen Eindruck eher taktil umzusetzen – und von einem taktilen Register zurück zu einem visuellen zu wechseln. Außerdem handelte es sich bei einem Stuhl und einem Apfel um Alltagsgegenstände, sodass er deren Erscheinung und Oberflächen (oder den Geschmack) wiedererkennen konnte. Darüber hinaus sind die Formen universell, sie sind leicht zu identifizieren, und ich dachte, das könnte auch helfen.

Trotzdem funktionierte es nicht richtig. Wir ließen Trevor den Stuhl mit dem Apfel auf der Sitzfläche eine Stunde lang zeichnen. Und als wir dann zurückkamen, um zu sehen, wie er vorankam, schien er nicht in der Lage gewesen zu sein, wirklich zu erkennen, was er da sah. Er hatte den Stuhl und den Apfel getrennt gezeichnet, der Stuhl befand sich oben auf der

Seite, der Apfel darunter. Der Stuhl war auch nicht das Möbel, das er zeichnen sollte. Statt einem gegossenen Plastiksitz auf einem geschwungenen Metallrahmen hatte er etwas gezeichnet, das aus rechtwinkeligen Stäben bestand – es war nur die Vorstellung eines Stuhls. Sein Apfel war genauso groß wie der Stuhl. Es wirkte wie eine Illustration in einem Kinderbuch. Aber was mich wirklich berührte, war die Mühe, die er sich offensichtlich gegeben hatte. Er hatte ein Blatt an den Stängel des Apfels gemalt. Und er schien sehr zufrieden mit dem Ergebnis zu sein.

Er tat mir so leid, dass ich ihm unten von den Imbissen im Foyer einen Croque Monsieur und einen Kopenhagener mit Aprikose holte.

43. Atelierbesuch

Wir saßen in einem Pub. Das war so einer, wo man sich leicht vorstellen kann, dass es dort sofort still wird, sobald eine weiße Mittelschichtsperson durch die Tür tritt. Aber das passierte nicht, weil die Kneipe sowieso fast leer war und keiner neuen Gästen Beachtung schenkte.

»Vielleicht kommt er nicht.« Ich sah Ben an.

»Ruf ihn an«, riet er.

»Ich habe kein Handy.«

»Echt nicht? Okay, ich versuch's mal bei ihm«. Er wählte die Nummer. »Oh, hi, Conrad! Ich bin's. Ben. Wir waren verabredet, und ich dachte nur … aha … mmh … mmh …«

So ging es weiter, also ging ich zum Tresen, um etwas zu bestellen. Als ich zurückkam, war Ben immer noch am Telefon, nickte langsam und ließ seinen Blick schweifen – von der nikotingelben Decke zum Bierdeckel, mit dem er herumspielte, und wieder zurück an die Decke. Anscheinend ließ sich Conrad eine detaillierte Ausrede einfallen, warum er nicht auftauchte. Ben zufolge war er von der Idee begeistert, mich in meinem Atelier zu besuchen, in einem echten Künstleratelier. Er war wirklich sehr interessiert. Jetzt jedoch offensichtlich nicht mehr.

»Aha … ja … hm. Okay, Conrad, na, ist nicht schlimm … ja, das verstehe ich natürlich … ja … ja … okay … also dann … Okay. Tschüss!«

»Er kommt nicht«, stellte ich fest.

»Na, um ehrlich zu sein, kann ich mir auch nicht vorstellen, dass er sich hier in Hackney wohlfühlen würde. Ich glaube kaum, dass er jemals in diesem Viertel gewesen ist. Ich glaube eher, dass er schon hier war, den Pub gesehen hat und wieder umgedreht ist. Vielleicht hätten wir uns lieber direkt vor dem Atelier mit ihm treffen sollen.«

»Besucher finden es nie, weil es ein bisschen versteckt liegt. Wollen wir trotzdem hingehen? Hast du Lust, einen Blick reinzuwerfen? Wenn wir schon mal hier sind.«

»Klar.«

Mein Atelier befand sich direkt um die Ecke, hinter riesigen Stahltoren. Als Ben nach oben auf den NATO-Draht schaute, mit dem das Gelände abgesichert war und an dem aus irgendwelchen Gründen nagelneue Sportschuhe baumelten, merkte er an, dass das genau der Ort sei, an den Leute verschleppt werden, um sie um die Ecke zu bringen.

»Ja, es sieht wirklich ein bisschen so aus, oder? Aber ich glaube nicht, dass englische Gangster von ›um die Ecke bringen‹ sprechen. Hier geht es rein.« Nach ein bisschen Gefummel schaffte ich es, das zweite Vorhängeschloss zu öffnen. Man muss nur wissen, wie.

»Mein Atelier ist gleich hier über den Hof.«

»Wo?« Ben musste sich auf mein Wort verlassen, weil es dort, wo wir standen, absolut dunkel war. Um die Zeit zu überbrücken, die ich brauchte, um das Tor hinter uns wieder zu schließen und über den Hof zu laufen, fing ich an, über das Geschäft mit Altmetall zu reden.

»Also mit Altmetall … Autsch!« Eigentlich hatte ich angesetzt zu erklären, dass die Räume, die ich gemietet hatte, zunächst billig gewesen waren, weil zu jener Zeit der Handel mit Altmetall schlecht lief. Die Vermieter hatten sich ursprünglich andere Untermieter suchen wollen, aber nur Künstler wie ich hatten Interesse. Doch bevor ich dazu kam, rammte ich mein Schienbein gegen irgendein Stück Metall.

»Alles in Ordnung?«, fragte Ben. »Das hat bestimmt wehgetan, so wie das klang.«

»Ich durchleide entsetzliche Höllenqualen. Echt, autsch! Autsch! Autsch! Okay, es geht wieder. Bleib lieber hier, ich mach Licht an.«

Bis zur Ateliertür tastete ich mich ganz langsam und vorsichtig vor. Dann dauerte es, bis ich dieses Vorhängeschloss geöffnet hatte, da brauchte es wieder einen Trick. Danach stemmte ich mich mit meinem gesamten Gewicht gegen die Tür, um sie zu öffnen, und langte um die Ecke, wo sich der Lichtschalter befand. Klick!

»Ein Stromausfall?«

»Nein, es dauert ein bisschen.« Die Leuchtstoffröhren erwachten flackernd zum Leben und gingen sofort wieder aus. Dann gingen sie wieder an. Wieder aus. Und dann wurde es endgültig hell. Derweil stand Ben draußen im Lichtschein und sah durch die Tür hinein.

»O mein Gott«, flüsterte er. Er hatte die Augen weit aufgerissen, und sein Mund stand offen.

»Komm rein, ich mach uns einen Kaffee.«

Ich sah Ben an, dass er einige Fragen bezüglich des Zustands dieses Raumes hatte. Das Erste, was er hervorbrachte, war: »Wie sind diese riesigen Bilder hier reingekommen? Die Tür ist gar nicht groß genug.«

»Drei mal drei fünfzig ist nicht so groß. Und ich trage die Leinwand ja nicht in einem Stück hier rein, sie wird aus Einzelteilen zusammengesetzt. Ich nagele die Rahmen hier zusammen und ziehe danach die Leinwand auf. Erst dann fange ich an zu malen.«

Mehr als die Hälfte dieses großen Raumes war mit fertigen Gemälden vollgestellt. Er hatte ungefähr die Höhe eines Doppeldeckerbusses. Dann äußerte Ben eher eine Feststellung als eine Frage: »Da ist ja wirklich überall Farbe.«

»Es ist ein Malatelier.«

»Und die verkaufst du tatsächlich?«

»Ja, habe ich. Allerdings nicht viele, um ehrlich zu sein.«

Ben nickte. Ich fürchtete, dass er nun dachte, dass wirklich etwas nicht mit mir stimmte. Dass ich vielleicht unter krankhaftem Sammelzwang litt. Vielleicht fragte er sich auch, ob es eine gute Idee war, mir ein Zimmer im Institut zur Verfügung zu stellen. Ich wollte ihm zu verstehen geben, dass das, was er hier sah, eigentlich total normal war für ein Kunstatelier. Davon gibt es viele Tausende nicht nur in Hackney, sondern überall. Vermutlich hatte er so etwas noch nie gesehen. Mir fiel ein, dass es für ihn vielleicht nicht nachvollziehbar war, und ich hielt den Mund. Ich beschloss so zu tun, als wäre alles ganz normal. (Kurz überlegte ich, ob ich ihm folgenden Vorfall erzählen sollte, entschied mich dann aber dagegen: Ich kannte mal einen Künstler, der nachts allein in seinem Atelier arbeitete. Seine Gemälde fielen auf ihn drauf, und er kam nicht mehr heraus. Er starb. Als er das vorderste Drei-mal-drei-Meter-fünfzig-Gemälde aus einem Stapel ebenso großer Leinwände herauszog, die gegen eine Wand gelehnt standen, entstand ein Vakuum und sog das nächste Bild mit sich zu Boden. Wie bei einem Dominoeffekt stürzten alle Bilder auf ihn herunter. Man wundert sich, wie schwer Ölgemälde sein können.)

»Es ist eiskalt hier, und gerade fällt mir ein, dass ich keine Sitzgelegenheit habe. Sollen wir einfach zurück in den Pub gehen, Ben?«

Später räumte Ben ein, dass er daran zweifelte, ob Conrad eines meiner Bilder gekauft hätte. Wahrscheinlich hatte er recht. Jedenfalls danke, dass du es versucht hast, Ben.

44. Eifersucht

Bei den Workshop-Terminen in den folgenden Wochen verhielt sich Stick unauffällig. Er kam rein und zeichnete und quatschte ein bisschen mit den Leuten, hauptsächlich mit Colin. Seine Zeichnungen hatten sich auch verändert. Er machte das, was man ihm sagte. Eigentlich vermisste ich schon fast den alten Stick. Seine neueren Zeichnungen waren recht eintönig, und ich vermisste das Gefühl, jemanden hassen zu können. Allerdings wurde meine Abneigung gegen ihn schnell wieder entfacht, wenn ich sah, wie vertraut er und Emily miteinander umgingen.

Aus dem Augenwinkel sah ich die beiden in ein Gespräch über ihre Zeichenversuche vertieft. Während ich am anderen Ende des Raumes jemandem riet, die Zeichnung ein wenig lockerer anzugehen und mit der Kohle ausdrucksvoller zu zeichnen, beobachtete ich die beiden dabei, wie sie die Köpfe zusammensteckten, um ihre Ergebnisse zu vergleichen oder sich über das Objekt auszutauschen. Anstatt Quatsch zu machen oder herumzuzappeln, wie er es zuvor getan hatte, blickte Stick recht ernst auf das Papier, während sein alberner Haarschopf mit den dicken Zöpfen hin und her schwang. Er nickte, stützte das Kinn in die Hand und runzelte die Stirn. Ja, genau, das ist ganz gut dort. Ja. Aber hier, diese Stelle ist nicht so gelungen. Nein … Zum Teil hatte ich den Eindruck, er würde sich über Emily lustig machen und so tun, als wäre er Kunstkritiker, aber dann schien er es doch wieder ernst zu meinen.

Ein-, zweimal pro Workshop brach ich in Panik aus, wenn Stick aufstand, um sich hinter Emily zu stellen und sie etwas zu fragen. Dann drehte sie sich zu ihm um und lächelte ihn von unten her an.

Allein schon wie sie ihn mit einem kleinen Lächeln ansah, reichte aus, dass ich mit einem schrecklichen Anfall von Angst und Wut reagierte. Denn schließlich gingen die Wochen ins Land, Emily zeichnete immer weiter ihre bemühten Skizzen von dem Gehirnmodell, und mir fiel immer noch nichts ein, womit ich ein Gespräch beginnen könnte. Das heißt, mir fiel nichts ein, was ich in dieser speziellen Situation zu ihr sagen könnte.

Darf ich deine Brüste anfassen? Ich könnte … Ich könnte das Körbchen deines BHs anheben, sodass deine Brust in meine Hand gleitet. Darf ich deinen Rock hochheben und mit meinen Fingerspitzen die Stelle berühren, wo sich der Slip über deine Schamhaare spannt? Ich möchte das leise Geräusch hören, das sich so anhört wie Klettverschluss. Darf ich probieren, wie dein Speichel schmeckt?

Als ich Emily und Stick so zusammen sah, war mir sehr bewusst, wie natürlich sie miteinander umgingen, während ich nur hin und wieder kurz bei Emily anhielt, um sie zu loben. Ich war sehr eifersüchtig. Das war ziemlich interessant, denn ich entdeckte, wie befangen und schüchtern ich manchmal bin. Dann wusste ich nicht recht, wohin ich schauen, wie ich mich hinstellen oder was ich mit meinen Händen anfangen sollte. Sehr häufig ertappte ich mich dabei, wie ich genau verfolgte, wer sich an dem jeweiligen Tag Emily gegenübersetzte. Ein kurzer Blick, eine kleine Bewegung oder ein Hauch von ihrem Duft reichten schon aus, dass mir das Wasser im Mund zusammenlief.

Eines Mittwochmorgens begann ich schon vor dem Workshop, mir minutenlang kleine Szenen in meinem Kopf zurechtzulegen. Ich wollte sie mit einem freundlichen und fröhlichen »Guten Morgen, Emily!« begrüßen. Das endete dann in Cunnilingus oder damit, dass sie mit heruntergelassenem Slip über dem Tisch lag, ihre Brüste auf dem Zeichenpapier. Die letzte Sekunde dieser fünfzehn Minuten oder so nehme ich sie von hinten. Nach einigen Wochen dieser Fantasien klang mein »Guten MORGEN, Emily!!« eher wie das Anzeichen einer ernst zu nehmenden Hysterie.

45. Professionalität – Zeinab

Was mich zurückhielt und ein bisschen wieder auf den Boden der Tatsachen brachte, war das zunehmende Gefühl von Professionalität, wenn ich mit den Patienten arbeitete. Ben lenkte mein Interesse auf seine »interessanten Fälle«. Das passte gut, denn ich wollte mich als Künstler vollkommen neu erfinden. Der Workshop hatte sich zu einem vollen Erfolg entwickelt. Anscheinend fanden die Vertreter der Stiftungen und Förderinstitutionen die Initiative toll und kamen nun regelmäßig vorbei. Wir dehnten die Stunden bis in den Nachmittag aus, aus dem Workshop wurde eine stundenlange Übung, die zahllose Blätter mit armseliger Zeichenkunst hervorbrachte. Stapelweise. Abgesehen von Emily und dem, was sie bei mir auslöste, bekam ich Routine im Umgang mit den Patientinnen und Patienten. Ich war sogar selbst recht zufrieden, wenn ich sah, wie viel Freude ihnen ihre linkischen Versuche machten.

Nach einigen Monaten stellte ich fest, dass ich sogar weniger trank als sonst. Wenn ich aus der Mittagspause kam, war ich betrunken, aber immerhin trank ich nicht schon vor dem Mittag.

Zuerst gab ich mir Mühe, die Tatsache zu verbergen, dass ich nachmittags ein bisschen angetrunken war, indem ich schnurgeradeaus ging und sehr deutlich sprach, aber das gab ich dann bald auf. Ben wusste Bescheid, schien sich aber nicht daran zu stören. Manchmal kam er sogar mit, wenn ich mit Colin in den Pub auf dem Krankenhausgelände ging. Wahrscheinlich bekam es Dr. Prabhakar mit, wenn sie mit den Stiftungsleuten hereinschaute, aber ich musste nie mehr sagen als »Ja« oder manchmal auch »Nein«, wenn mir Fragen zum Fortschritt des Kurses oder so gestellt wurden. Ich war einfach ein Beispiel dafür, was das Institut alles Gutes tat. Details interessierten sie nicht.

Zumindest war ich jeden Mittwoch pünktlich zur Stelle. Weil ich schon seit Jahren meinen miesen Orientierungssinn und meine permanente Trunkenheit kompensieren beziehungsweise überkompensieren muss, bin ich richtig gut darin, irgendwo pünktlich zu erscheinen. Ich habe ein Naturtalent für Routine, obwohl meine gesamte Lebensweise theoretisch dagegen sprach.

Nachdem ich etwas über apperzeptive und assoziative Agnosie, Blindheit und Prosopagnosie, Achromatopsie (dieser Typ war mir immer noch unheimlich), über Phineas Gage und Broca und Wernicke und das Tourettesyndrom sowie über ein wiederhergestelltes Sehvermögen (Trevor schien es im Laufe der Wochen besser zu gehen, und das Zeichnen half) gelernt hatte, enthüllte Ben mir Informationen über das sogenannte Charles-Bonnet-Syndrom. Für solche Themen interessierte ich mich jetzt. Meine Einstellung wurde, wie bereits gesagt, »professioneller«.

Tatsächlich sorgte unsere Charles-Bonnet-Patientin dafür, dass ich mich darüber ärgerte, dass ich beim Mittagessen so viel getrunken hatte. Eines Nachmittags stieß sie zu uns, weil Ben sie einlud – sie wollte nur mal reinschauen. Ihre Erkrankung war interessant und ihre Figur ansehnlich. Als ich mich mit ihr unterhielt, bereute ich es, dass ich keine Pfefferminzbonbons dabeihatte und dass ich mich so sehr zusammenreißen musste, um deutlich zu sprechen. Wenn ich ausgeruhter und psychisch besser in Form gewesen wäre, hätte ich vielleicht Chancen gehabt – bei Zeinab, einer wunderschönen Immobilienmaklerin aus Woking. Zeinab mit dem Skotom. Sie sah wie eine asiatische Version von Emily aus, sie hatte dieselbe Figur und langes Haar.

Ben hatte mich über ihre Erkrankung aufgeklärt. (»Für dich als Künstler ist das sicherlich interessant.«) Man kann auf Zeinabs Auge die Narbe sehen, wo sie mit zwölf Jahren einen Dartpfeil hineinbekommen hat, als ein paar Jungs auf dem Spielplatz herumgetobt waren. Ihre Netzhaut ist irreparabel verletzt, sodass ein Gesichtsfeldausfall, ein Skotom, zurückblieb. Sie hat in der unteren linken Hälfte eine Leerstelle. Ich versuchte in ihr Auge zu schauen, ohne dass sie viel von meinem Atem abbekam. (Zukünftig sollte ich zum Mittag Wodka trinken, kein Bier.)

Zeinab unterbrach unser Gespräch immer wieder, um an ihr Handy zu gehen. Sie ist sehr beschäftigt. Sie kommt nur hin und wieder ins Institut, um mit Ben Strategien zu besprechen, wie sie mit ihrer Erkrankung leben kann, für die es keine Heilungsmethode gibt. Im Bereich ihres Skotoms sieht sie diese unglaublich eindrücklichen Halluzinationen. Die meiste Zeit besteht diese visuelle Leerstelle nur aus einem dunklen Bereich, wie ein Tintenklecks, doch dann wird sie plötzlich wie zu einem winzigen Bildschirm für die verschiedensten Bilder – wie eine Vignette: Kobolde und Elfen und Feen, die häufig eine Feenzeremonie oder Prozession durchführen. Sie sieht die Krönung eines Elfenprinzen, der umringt ist von Geistern, Zwergen und glitzernden Tinkerbells, die durch die Luft wirbeln. Meist hat Zeinab Freude an diesen Visionen (jedenfalls, wenn sie freihat, und das ist eigentlich nie). Aber sie ist von ihnen auch irritiert. Sie hat keine Ahnung, woher diese Bilder kommen, denn sie hat keine besondere Beziehung zu Feen. In ihrer Kindheit gab es keine Gutenachtgeschichten mit Elfen und Zwergen. Sie hat gar keine Kinderbücher gelesen, um genau zu sein. Ihre Familie war nicht besonders strenggläubig muslimisch und damit nicht sonderlich gegen bildliche Darstellungen eingestellt. Aber bunte Bilder oder Fantasiegeschichten spielten einfach keine große Rolle.

Das Charles-Bonnet-Syndrom tritt gar nicht so selten auf, aber es ist derart seltsam, dass es Ben immerzu beschäftigt. Man nimmt an, dass die Erkrankung darauf beruht, dass das Gehirn versucht, den Mangel an Aktivität in einem bestimmten Gesichtsbereich auszugleichen. Für Zeinab ist das manchmal sehr irritierend, und sie wünscht sich einen besseren Umgang im Alltag damit, auch wenn sie meistens damit klarkommt (»... 'tschuldigung. Da muss ich kurz rangehen ...«).

Man weiß nicht viel darüber, aber das Charles-Bonnet-Syndrom scheint der Versuch des Gehirns zu sein, eine anomale Leerstelle zu füllen.

Weil das Hirn keine Informationen von dort bekommt, wo es welche erwartet, scheint es beliebige Bilder aus irgendeinem riesigen Gedächtnisarchiv herauszuholen, um diesen blinden Fleck des Gesichtsfeldausfalls zu füllen. Das Gehirn stellt verworrene Hypothesen auf, was sich in diesem dunklen Fleck in der unteren linken Ecke ihres Gesichtsfeldes befinden könnte. In Zeinabs Fall scheint es nicht in der Lage zu sein, von dem restlichen Bereich, den sie sehen kann, Rückschlüsse darauf zu ziehen, was fehlt. Es kann sich nicht vorstellen, dass dort ein weiterer Schreibtisch im Büro steht oder noch jemand anders in der U-Bahn sitzt. (Andere Patienten mit Augenproblemen sehen beispielsweise Tausende von weiteren Schreibtischen in einem Raum, wo nur sieben oder acht Tische Platz hätten.) Das Gehirn rätselt einfach wild herum, was dort sein könnte, und das Ergebnis präsentiert es dann vollkommen natürlich dem Bewusstsein – nämlich glasklar und deutlich. Bei anderen Patienten, die unter dem Charles-Bonnet-Syndrom leiden, lassen sich diese Halluzinationen eindeutig mit einem Aspekt aus ihrem sonstigen Leben in Verbindung bringen, selbst wenn es keinen Sinn ergibt. Manchmal geht es um eine Erfahrung oder einen Wunsch, den sie haben. Bei Zeinab könnte man annehmen, dass sie Elfen sieht, weil sie sich das wünscht. Vielleicht wünschte sie sich eine eher traditionelle Kindheit in Europa oder eine idealistischere Einstellung als Erwachsene.

Oder vielleicht macht sich ihr Gehirn über ihren Job lustig – Immobilienmakler und ihre Traumschlösser oder so ähnlich. Aber wenn sie es einem erzählt, dann glaubt man ihr, dass es einfach nur scheißnervig ist (»'tschuldigung, ich muss da eben mal rangehen!«).

Ich nutzte die Gelegenheit, um auf die Toilette zu gehen und das Bier loszuwerden. Ich überlegte, ob ich bei Zeinab Chancen hätte. Meine neu gewonnene Professionalität würde sicherlich nicht schaden, dachte ich bei mir. Künstler, aber auch irgendwie distanziert. Hat irgendeine Funktion in dem Institut. Eine Art Berater. Ich bemerkte im Spiegel über dem Waschbecken, dass ich außerdem gar nicht mal so schlecht aussah. An Workshoptagen dachte ich immer daran, mich zu rasieren und frische Sachen anzuziehen. Auch mein Atem war nicht so furchtbar, als ich in die hohle Hand hauchte. Um meine Nerven wieder zu beruhigen, holte ich mir kurz einen runter, aber als ich zurück in den Werkraum kam, um mich mit ihr zu verabreden, war sie schon wieder weg.

46. Halbseitenstörung

»Sie ist schon weg. Ich dachte nur, das Charles-Bonnet-Syndrom könnte für dich interessant sein.« Ben wies mich dann auf eine leutselige Dame hin, die schief in einem Rollstuhl saß. Pauline ist eine von unseren ›ausgeliehenen‹ Patienten. Wir bekommen sie aus der Neurologie, die sich unten im Krankenhaus befindet. Mit ihnen stocken wir den Workshop auf, wenn die Stifter und Förderladys zu Besuch kommen. Erst nach einigen Workshops bemerkte ich, dass Pauline immer nur eine Hirnhälfte zeichnet, selbst wenn die Aufgabe lautet, das gesamte Modell darzustellen.

Ich kümmerte mich ein bisschen um sie. »Wie geht es Ihnen heute, Pauline?« (Mit jedem Tag höre ich mich immer mehr nach einem Arzt an.)

Pauline hat einen Schlaganfall erlitten und leidet jetzt unter einer klassischen »Halbseitenstörung«, sie hat einen sogenannten Hemineglect.

Sie lebt in nur einer Hälfte der Welt. Ihre ist die rechte Hälfte. Die linke findet in ihrem Leben einfach nicht statt. Die Uhr geht von eins bis sechs oder alle Ziffern drängen sich auf der rechten Seite des Ziffernblatts zusammen. Pauline isst nur die Hälfte von dem, was auf ihrem Teller ist und würde am liebsten nur die rechte Seite ihres Körpers mit Kleidung bedecken.

Ben hat versucht, sie dazu zu ermutigen, diese Blindheit für die linke Seite zu überwinden, indem sie beide Seiten des Gehirnmodells vor ihr abzeichnet. Er hatte das Modell auf ihre rechte Seite, in ihr Gesichtsfeld, geschoben. (Im Gegensatz zu dem, was man im Allgemeinen annimmt oder was zumindest ich gedacht habe, stimmt es gar nicht, dass das linke Auge mit der rechten Gehirnhälfte verbunden ist und umgekehrt. Die linke Hälfte des *Gesichtsfeldes* ist mit der rechten Hemisphäre verknüpft – und umgekehrt. Ebenso ist die linke Hälfte des Körpers mit der rechten Gehirnhälfte verbunden etc. Eine Halbseitenstörung der linken Seite wird von einer Schädigung der rechten Hirnhälfte ausgelöst. Allerdings kann die betroffene Person immer noch die linke Hälfte von Dingen erkennen, wenn sie sich in der rechten Hälfte des Gesichtsfeldes befinden. Das lässt sich ohne eine Visualisierung schlecht erklären.)

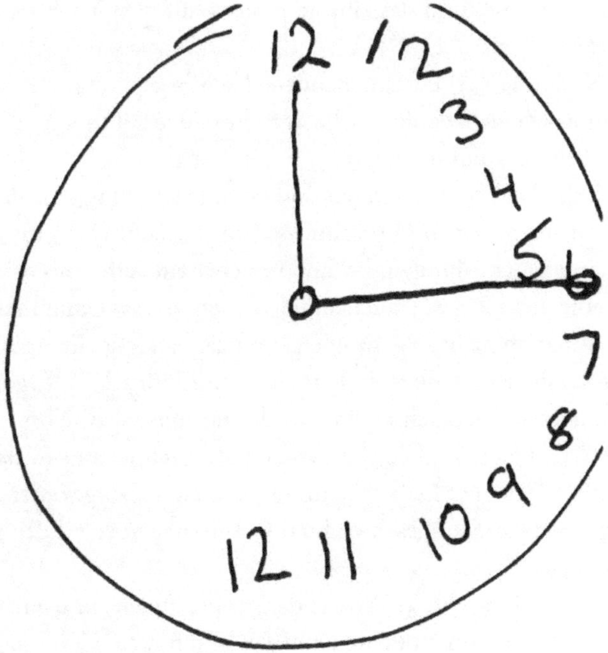

Pauline zeichnete also nur ein halbes Gehirn ab, obwohl sie es in seiner Gesamtheit sehen konnte. Ironischerweise kann sie nur die Hälfte abbilden, die beschädigt ist. Eigentlich müsste sie in der Lage sein, die linke Hirnhälfte zu sehen, aber anscheinend leidet sie unter der Unfähigkeit, die linke Hälfte von Gegenständen zu erkennen. Es handelt sich um ein ontologisches Problem, das sich zeigt, wenn etwas vertikal Symmetrisches wiedergegeben werden soll – Schmetterlinge, Rorschachtests, antike Säulengänge oder die Frontalansicht von Gesichtern. Für Pauline existieren Hälften nicht mehr, weder identische Zwillinge noch blaue Augen, weder Mandalas noch Flügelaltare. Sie lebt in einer Welt, in der sie nach dem Aufwachen nach dem Brillenglas und dem halben Gebiss tastet, ihr Hosenbein und ihren Schuh anzieht.

In der Morgenausgabe zeigt ihr das Mädchen auf Seite drei ihre eine Titte, und das einzige Besteck auf dem Tisch ist das Messer.

Nach meiner enttäuschenden Nichtbegegnung mit der schönen Zeinab war ich nicht so recht in der Stimmung, mich mit Pauline zu unterhalten.

Colin kam zu uns herüber und hofierte sie, tat so, als würde er mit ihr flirten, und brachte sie zum Lachen. Das kam aus ihrem rechten Mundwinkel und war eher ein Paffen, als würde sie eine dicke Zigarre rauchen. Ich bemerkte, dass Colin in dieser Situation nicht so ganz uneigennützig handelte. Er ergötzte sich an ihrer Hinfälligkeit, hatte ich den Eindruck. Er beginnt zu merken, dass auch er älter wird, und muss sich selbst und der Welt beweisen, wie viel Lebenskraft noch in ihm steckt – relativ jedenfalls. Daher benimmt er sich so aufgekratzt im Gegensatz zu dem geschwächten Gesundheitszustand der anderen Patienten.

Dennoch machte er Pauline damit eine Freude, und auch er selbst schien immer bessere Laune zu bekommen. Colin fragte mich, ob ich Lust hätte, mit ihm und Stick nach dem Workshop etwas trinken zu gehen.

Da ich ja Stick und ihn zusammen mit Emily im Auge behielt, hielt ich das für eine sehr gute Idee. Vielleicht könnte ich auch herausfinden, was zwischen den beiden lief.

Warum verhielt er sich so unauffällig in letzter Zeit? Lag es daran, dass er vorher etwas genommen hatte, sodass er ständig jonglierte und sich so idiotisch verhielt?

Crystal Meth oder so.

47. The Canadian Volunteer

Ich habe keine Ahnung, warum ich immer wieder in diesen Pub ging, der zum Krankenhaus gehört. Er hieß The Canadian Volunteer. Es gab genügend andere Kneipen in der Umgebung, man hätte einfach das Krankenhausgelände verlassen und ein Stück gehen müssen. Dieser Pub hatte überhaupt keinen Charme. Es herrschte keinerlei Atmosphäre, weder möchtegern-irisch noch 18. Jahrhundert. Ich war dort der einzige Stammgast, dorthin verirrte sich niemand vom Klinikpersonal. Die meisten Gäste waren Verwandte und Freunde von Patienten, selten sie selbst. Manchmal standen sie barfuß in Schlappen am Tresen, unter ihren Mänteln lugte Krankenhauskleidung hervor, deren Stoff mich immer an das Material von Putzlappen erinnerte. Das wird von niemandem kommentiert, aber der Pub trägt den inoffiziellen Spitznamen »Zur goldenen Selbstverletzung«. Aber ich mochte es hier, glaube ich, weil die Gäste aus dem einzigen Grund herkamen, um sich zu betrinken. Eine Apotheke für die Selbstmedikation.

Mittlerweile hatte ich einen Stammplatz: auf der Eckbank gegenüber dem Eingang. Ich bot an, die Getränke an der Bar zu holen, während Colin und Stick es sich in meiner Ecke gemütlich machten. Der Barmann fragte mich, ob ich noch etwas wünschte. Ein Bier für mich und Colin, Orangensaft für Stick. Ja, ich wollte die beiden Biere und den Saft so zackig wie möglich, aber eins nach dem anderen.

Wie sich herausstellte, war Stick in der letzten Zeit so

zurückhaltend, weil er tatsächlich ruhiggestellt war. Durch Medikamente.

Als ich ihn das erste Mal traf, war er keineswegs auf Drogen, im Gegenteil. Er hatte seine Medikamente nicht genommen, die seine natürliche Aufregung bremsten. Stick jongliert und zappelt und quatscht Unsinn nur dann, wenn er seine Tabletten nicht nimmt. Ihm ist es lieber, wenn er seine Medikamente nicht einnimmt, denn ohne kann er seinen Beruf besser ausführen – er ist wirklich Straßenkünstler. Aber er weiß auch, dass es für seine Umwelt schwierig ist, mit ihm umzugehen, wenn er sie weglässt. Aus Rücksichtnahme nimmt er sie dann.

Colin wollte uns erzählen, was er an Neuigkeiten über Simons und Selinas Pläne für das Institut in Erfahrung gebracht hatte. Sie wollen es an eine Firma vermieten, die so etwas wie auf Neurologie basierte Marktforschung betreibt.

»Sie wollen unseren Gehirnscanner – den letzten, den wir noch haben – nutzen, um neue Produkte zu testen. Anscheinend geben sie den Versuchspersonen ein Produkt, sagen wir einen Keks, und dann führen sie einen Gehirnscan durch.«

»Wie funktioniert das? Was bringt es denen?«, wollte ich wissen.

»Sie sehen dann, ob dir der Keks schmeckt oder nicht. Das sehen sie auf dem Scan.«

Ich kannte farbige Gehirnscans, wo die aktiven Bereiche im wörtlichen Sinne aufleuchten. Sie sehen aus wie Satellitenbilder von Wettersystemen.

Solche Experimente werden häufig durchgeführt, wenn man beispielsweise von einhundert rückwärtszählen oder eine sinnlose Abfolge von Buchstaben auswendig lernen muss. Dann zeigt ein Scan, welche Gehirnareale die größte Menge an Sauerstoff verbrauchen. Man braucht Sauerstoff für alles Mögliche, auch zum Denken.

Aber das mit der Marktforschung bekam ich nicht in meinen Kopf. »Welchen Unterschied macht der Scan? Sie können dich doch einfach fragen, ob dir der Keks geschmeckt hat?«

»Es zeigt sich direkt im Hirn. Wenn sie dir nur eine Frage stellen, könntest du ihnen sonst was erzählen.«

»Warum sollte man sie wegen eines Kekses anlügen?«

Die beiden amüsierten sich über diese Idee. Das würde denen da oben Sand ins Getriebe streuen. Für mich war das wieder mal ein Beispiel dafür, dass Leute durchdrehen, nur weil ihnen die Technik zur Verfügung steht. Marktforscher und solche Typen versuchen immer, sich mit wissenschaftlichen Belegen für ihre Ideen hervorzutun, damit niemand merkt, wie unmoralisch ihr Handeln ist, wie viel Zeit es verschwendet und was für ein Quatsch es eigentlich ist. Da sind MRTs natürlich genau das Richtige – und verdammt beeindruckende Geräte. MRTs sind tatsächlich scheiß beeindruckend, wenn man vor einem steht. Jedenfalls geben sie der Behauptung Nachdruck, man würde wissenschaftlich arbeiten. Das ist so wie bei den altmodischen Werbeanzeigen, in denen ein Mann in einem weißen Kittel, der ein Klemmbrett in der Hand hält, ein Waschpulver testet. Ist dieses Oberhemd nach der Wäsche a) noch schmutzig, b) sauber, oder ist es c) rein? Darauf haben wir unsere besten Leute angesetzt, mit den ersten Ergebnissen rechnen wir in ungefähr einem halben Jahr.

Dann gab es einen Moment, in dem sich Stick und Colin ohne Worte zu verständigen schienen. Fast hätte ich gesagt, dass sie »Blicke tauschten«, nur muss man wissen, dass Colin das nicht macht. Sie rutschten beide auf ihrem Sitz herum und seufzten unisono. Ach, herrje!

Ich nahm das nicht ernst, denn … alles hängt mit allem zusammen.

48. Verschwörungstheorien. Alles hängt miteinander zusammen

»Du hast doch schon von Normeron gehört, oder?« Stick sah mich an.

»Nein. Was ist das?«

Anscheinend gehört zu dem Imperium von Conrad Norman auch eine geheime Einrichtung in Südamerika: Normeron. Dort werden chemische und biologische Waffen an den Ureinwohnern getestet. Man benutzt sie als Versuchskaninchen.

»Ach? Echt?«

»Zu Recht bist du skeptisch«, warf Colin ein, »aber man sollte nicht alles auf den ersten Blick glauben. Die amerikanische Regierung unterstützt die Erforschung chemischer Waffen schon seit Jahren …«

Stick ergänzte: »… und die britische Regierung ist auch involviert. Und die französische. Sie gehören alle zu derselben Organisation.« Stick engagiert sich bei einer Website, die geheim gehaltene Informationen darüber an die Öffentlichkeit bringt. Auch Simon und Selina gehören zu dieser Organisation, wie ihr alter Herr. Und Neuro-Marktforschung passt da genau ins Bild.

Eigentlich hörte sich das langsam plausibel an. Ich bin nicht der Meinung, dass wirklich eine teuflische Elite hinter allem steckt, aber ich hatte schon immer das Gefühl, dass es viele üble Dinge gibt, von denen wir nichts mitkriegen. Natürlich war ich kritisch. In gewisser Hinsicht ergeben diese Theorien keinen Sinn, denn jeder zweite Hollywoodfilm oder jede Fernsehserie aus den letzten fünfzehn Jahren dreht sich darum, dass eine geheime Regierungsorganisation alle in die Scheiße reitet.

Ich hielt es also nicht für nötig, dass wir in einen Flüsterton verfielen. (Stick lehnte sich sogar vor und sah sich hin und wieder um, um zu schauen, ob wir auch nicht belauscht wurden.) Aber der Gedanke, dass sich da ausgerechnet versteckt irgendwo in Südamerika so etwas abspielen sollte, verlieh dem Ganzen eine düstere Glaubwürdigkeit. Denn dort werden die ganzen Snuff-Filme, in denen Leute umgebracht werden, gedreht, und die CIA-gestützten Drogenkartelle sitzen dort. Also müsste so etwas schon in Lateinamerika passieren oder in einer verborgenen Ecke in der ehemaligen Sowjetunion.

Es gibt da eine Verbindung, durfte ich jetzt feststellen. Conrad Norman war gar nicht sein richtiger Name. Es ist die englische Version seines wahren Namens, nämlich Normenkian oder Normokovski. Es hängt alles mit der New World Order zusammen. Das ist diese geheime internationale Organisation, die sich jährlich zweimal in Luxemburg trifft. Anscheinend steht alles miteinander in Beziehung, es ist Teil eines gestörten Plans, die Welt gegen die Wand zu fahren – AIDS, SARS, die Spanische Grippe 1917, sämtliche Kriege, genetisch verändertes Getreide und das sogenannte »Weltraumprogramm«.

Während sich immer mehr leere Gläser auf dem Tisch sammelten (Colin war so großzügig wie immer), erklärte mir Stick den ganzen miesen Plan. Er konnte nun sicher sein, dass ich vertrauenswürdig war. Mehr als einmal fiel das Stichwort Tod von Lady Di. Kindesmissbrauch, insbesondere »(Kindes-) Missbrauch bei satanischen Ritualen«, Verstümmelung von

Vieh in Omaha und Nebraska, Entführungen durch Außerirdische.

Was, beispielsweise, glaubte ich, sei die Rolle des Instituts bei dem Ganzen? (Keine Ahnung, was denn?)

Er rückte nicht ganz damit heraus, aber was war damit, dass die blinde Frau von Aliens entführt worden war? Na? Keiner am Institut nahm ihre Geschichte ernst. Aber ihre Erkrankung konnte auch keiner erklären.

Jetzt wurde ich wieder skeptisch. »Es bringt gar nichts, Andeutungen auf sogenannte ›unerklärliche Phänomene‹ zu machen. Du sagst nämlich, dass es dafür eine Erklärung gibt, die uns vorenthalten wird, ist es nicht so? Woran liegt es denn dann, deiner Meinung nach?«

»Na, glaubst du etwa, dass es Zufall ist, dass jedes Mal, wenn jemand davon berichtet, er sei von Außerirdischen entführt worden, diese Person Besuch von bestimmten Personen bekommt? Und häufig landen sie dann in der Geschlossenen.«

»Wer sagt das?«, warf ich ein, »Dass jeder, der sagt, er sei von Aliens entführt worden, Besuch von ›bestimmten Personen‹ bekommt?«

»Die Entführten selber. Augenzeugen! Aber dann glaubt ihnen natürlich kein Mensch, weil ihre Aussagen ›nicht glaubwürdig‹ sind.«

»Ihre Aussagen sind nicht glaubwürdig, weil sie behaupten, von Außerirdischen entführt worden zu sein.«

»Genau!« Stick war sehr zufrieden mit der Darstellung dieses Gedankens und weihte mich in ein weiteres sogenanntes ungeklärtes Phänomen ein. »Und was ist mit Emily? Leidet sie einfach unter Gedächtnisverlust, oder wurde ihr Gedächtnis ausgelöscht?«

»Ausgelöscht?«, wagte ich mich vor.

»Na, wir werden es nie erfahren, oder? Darauf wollte ich hinaus.«

Ich schaute zu Colin. Bestimmt würde er …?

»Na …«, fing er an und trank einen großen Schluck Bier, »… das muss natürlich nicht unbedingt etwas bedeuten, aber Dr. Prabhakar kümmert sich schon sehr um sie. Nur mal so. Denk mal darüber nach.«

»Okay.« Ich rückte an den Rand meines Sitzes. »Heißt das, dass es eine Erklärung für jedes unerklärte Phänomen auf der Welt gibt und dass diese Erklärung mit der New World Order zu tun hat? Ja?« (Wenn ich jetzt daran zurückdenke, hätte ich »Apophänie« ins Feld führen sollen. Aber damals wusste ich noch nicht von der Erkrankung, bei der man in zufälligen Erscheinungen bedeutungsschwere Zusammenhänge zu erkennen meint.)

»Na, wenn ›die Wissenschaft‹ es nicht erklären kann …« Und hier streckte Stick seine Arme aus und guckte mich mit großen Augen an, damit ich seine rhetorische Frage beantwortete – wenn ich nur die Antwort wüsste.

»Wenn Wissenschaft (oder ›die Wissenschaft‹) Dinge nicht erklären kann … na, wenn schon? Ich versteh das nicht. Behauptest du, dass die Wissenschaft etwas sehr wohl erklären kann, sie es uns nur nicht sagt, oder dass die Wissenschaft Dinge nicht erklären kann, weil sie an sich Quatsch ist?«

»Sie behaupten doch, auf alles eine Antwort zu wissen, oder nicht?«

»Tun sie das?« (Und ich dachte immer, bei Wissenschaft geht es genau darum, zuzugeben, dass man nicht alle Antworten kennt – ansonsten könnten sie ja wohl gleich ganz aufhören zu forschen.)

»Aber die Kreise in Kornfeldern können sie nicht erklären, oder?«

»Stimmt«, gebe ich ihnen recht, »vielleicht können sie die nicht erklären, aber ich kann sie euch erklären, weil ich selbst einen gemacht habe. Ich habe in Wiltshire vor ewigen Zeiten mal eine ganze Nacht damit verbracht, das Weizenfeld eines Bauern zu ruinieren. Ich habe einen Kornkreis gemacht.«

Wie sich herausstellt, haben sowohl Colin als auch Stick Kornkreise besichtigt. Colin nur einmal, aber Stick gehört zu den treuesten Fans von Kornkreisen. Seit Mitte der 1990er-Jahre fährt er mehrmals im Jahr los, um sich welche anzuschauen. Ihm zufolge kann er einen falschen Kornkreis sofort erkennen. Er kann ihre Kraftfelder spüren (Stick verfügt über parapsychologische Fähigkeiten), außerdem kennt er renommierte Wissenschaftler, die ungewöhnliche elektromagnetische Effekte in Kornkreisen nachgewiesen haben. (Ach, plötzlich sind Wissenschaftler okay.) Was ich getan habe oder zumindest behaupte getan zu haben, ist nichts anderes als eine Art Schändung. Ich habe in meiner respektlosen Art den Kern des Widerstands gegen die Hegemonie der New World Order befleckt.

Jetzt wusste ich endlich, dass sich in meiner Gesellschaft zumindest ein Fanatiker befand.

Ich versuchte, vernünftig mit ihnen zu reden, indem ich ihnen amüsant erzählte, welcher logistische Aufwand hinter einem Kornkreis steckt.

49. Kornkreise

Das war vor fünf Jahren, im Sommer. Kornkreise sind eine Aktivität, die man im Sommer macht – aus naheliegenden Gründen. Eigentlich war ich nur zum Spaß mitgekommen. Ein alter Kumpel von der Kunsthochschule verriet mir, dass die Fälschung von Kornkreisen oder »die künstliche Entstehung«, wie Fachleute aus der Praxis es lieber nennen, riesigen Spaß machen würde. (»Fälschung« würde nämlich implizieren, dass es ein »echtes« Phänomen gibt.)

Es machte gar keinen Spaß. Erst mal durfte ich nicht die große Flasche Whisky mitnehmen, die ich in weiser Voraussicht gekauft hatte.

Wir trafen uns um sechs Uhr abends in einer Wohnung in Brixton. (Viele Macher von Kornkreisen sind Konzeptkünstler aus London.) Wir bekamen eine Einweisung und jeder aus dem Viererteam bekam seine Aufgaben zugeteilt. Es gab Landkarten und Pläne, die wir studieren mussten. Aus den Gesprächen erfuhr ich darüber hinaus Geplänkel und Gerüchte aus der Kornkreis-Szene. Bisherige Triumphe der Community wurden ins Lächerliche gezogen. Das Team zeigte mir Luftaufnahmen. Eine Sache, die man heutzutage kaum noch macht, sind Kreise. Es geht um Fraktale und Mandalas, Spiralen, halluzinogene Labyrinthe. Manchmal gibt es auch erkennbare Formen, häufig sind sie provokant: das Piktogramm für Rollstuhlfahrer oder die Ziffern 666, auf einer Breite von knapp zweihundert Metern. In unserem Basislager in Brixton durfte ich noch trinken, aber als ich mir die Flasche schnappte, als wir loswollten, hieß es: »Die lässt du hier.« Eigentlich hätte ich mich da schon ausklinken sollen.

Die Fahrt nach Wiltshire dauerte fünf Stunden, in denen ich mir ihre Kornkreis-Witze anhören musste. Als wir endlich angekommen waren, fuhren wir noch eine Stunde langsam herum auf der Suche nach einem guten Versteck für das Auto. Es musste sich in der Nähe unseres Zielfeldes befinden. Am Tag zuvor hatte jemand aus dem Team es ausgekundschaftet. Dann schleppten wir eine weitere Stunde lang unser Equipment über Land: Stangen, Seile, »Stampfer« und Maßbänder für Landvermesser. Als wir am Rand des Feldes angekommen waren, suchte jeder sein Zeug zusammen und ging los. Ich stand dumm rum. »Warte einfach hier«, zischte mir jemand in der dunklen Nacht zu, »und mach keinen Lärm. Und steh nicht auf.« »Und«, setzte ein anderer ein, ich konnte nicht sehen, wer es war, »rauch auf keinen Fall.«

Das war das Schlimmste. Nachts ist es in England auf dem Land so dunkel, wie man es sich nur vorstellen kann. Die Kreismacher suchen sich Nächte aus, in denen der Mond nicht scheint. Ich hockte mich also mit meiner Stange und meinem Stampfer hin und starrte in die schmale Furche, in die alle verschwunden waren. Nie im Leben hätte ich zum Auto zurückfinden können. Ich wusste nur, dass ich irgendwo in Wiltshire war, dass es stockdunkel war und dass ich weder eine Uhr noch Geld bei mir hatte. Ich durfte nicht rauchen und bibberte vor Kälte. Ganz allein.

Manchmal dachte ich, ich sähe eine Prozession von Kapuzenträgern am Horizont, ganz am anderen Ende des Feldes.

Mir war vollkommen klar, dass es sich nur um eine Reihe von Pappeln handelte, deren Kronen sich im Wind bewegten, aber hin und wieder war ich mir sicher, dass es tatsächlich eine Reihe von Gestalten in Kapuzenpullis war. (Wenn ich damals gewusst hätte, was ich heute weiß, nämlich dass unsere Stimmung unsere Wahrnehmung beeinflusst, hätte ich nicht so viel Angst gehabt.) Gerade als ich beschlossen hatte, mich dem Stacheldraht hinter mir zu stellen und den ganzen Weg zurück nach London zu laufen, tauchte einer aus dem Team direkt vor mir auf.

»Okay«, er winkte mir zu, »komm mit!« Wir marschierten zwanzig Minuten lang an einem Gleis entlang – diese Felder sind riesig –, bis wir zu einem Bereich kamen, wo das Getreide schon niedergetreten war. (Dieser Bereich würde später Teil des Ganzen sein.)

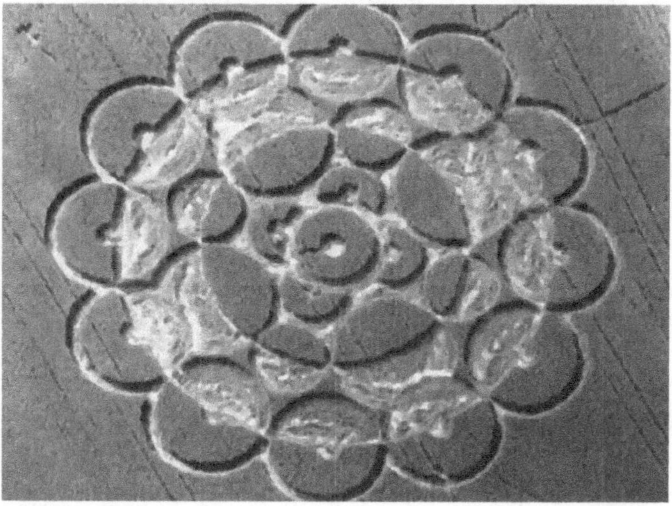

Der Typ zeigte mir, wo ich anfangen sollte, »herumzulaufen und zu stampfen«. Das hieß im Prinzip, das Getreide in den Bereichen, die sie vorher skizziert hatten, platt zu treten, indem wir mit einem Ende eines langen Seiles in der Hand seitwärts gingen. Das andere war irgendwo festgemacht, sodass wir uns um ein Zentrum bewegten, wie um die Mitte eines Zirkels.

Mein Hilfsmittel bestand aus einem ein Meter langen Brett, an dem an jedem Ende ein Seil befestigt war, das man in einer Hand hielt. Man stieg mit einem Fuß in diesen »Steigbügel« und stampfte damit durch den Weizen.

Wenn es sonst still ist, ist das ganz schön laut. Man hat dann das Gefühl, man weckt ganz Wiltshire auf. Dann kommen die aufgebrachten Landwirte mit ihren Mistgabeln. SWUSCH macht es. Jedes Mal, wenn man den Fuß mit dem Stampfer voraus aufsetzt: SWUSCH! SWUSCH! Und noch mal: SWUSCH!!! Drei Stunden lang ging das so.

Ich bereute es mittlerweile, den Whisky getrunken zu haben. Ich hätte wie die anderen viel Wasser trinken sollen. Ich konnte mein Glück nicht fassen, als das Team durch das nicht mehr ganz so Dunkel auf mich zutrottete und sagte, wir seien fertig – fast vor Sonnenaufgang. In diesen Stunden war mein sonstiges Leben vergessen, ich wusste, dass das hier das Einzige war, was ich jemals gemacht hatte und bis in alle Ewigkeit tun würde.

»Und weiß man, wie diese Freunde von dir finanziert werden?«, fragte Stick. Ich hatte es also nicht geschafft, die Stimmung am Tisch etwas aufzuhellen. Colin sah mich mit einem fragenden Blick an, als hätte ich ihn irgendwie enttäuscht, und Stick schaute giftig zu mir herüber. Das machte mir wenig aus, aber dass Colin sich in diesem Moment vielleicht von mir abwandte, das war mir überhaupt nicht recht.

Ich wusste, worauf Stick hinauswollte, aber ich stellte mich doof. »Eigentlich sind das keine richtigen Freunde von mir. Ich kenne sie einfach. Jedenfalls kannte ich sie früher mal. Und was meinst du mit ›finanziert‹? Es kostet wenig Geld, solche Kornkreise zu machen. Solche Stampfer sind billig herzustellen. Und Vermessungsbänder sind auch nicht so teuer. Für das Benzin …«

»Du gibst also zu, dass sie organisiert sind.« Der Begriff »organisiert« war sehr eindrücklich.

»Natürlich ist es organisiert, sonst wäre es ja chaotisch. Du hast diese Dinger doch gesehen. Man muss viel Zeit in die Planung stecken. Und die Leute, die die Kreise machen, sind darin sehr erfahren. Einige von ihnen machen das schon seit zwanzig Jahren.«

»Und hast du dich jemals gefragt, warum die das machen?«

»Ich weiß, warum sie das machen. Es macht ihnen Spaß. Mir nicht, aber sie finden es geil. Sie finden alles daran toll. Im Prinzip sind es nerdige Kunsthochschulabsolventen, die sich im Job mit Special Effects oder Modellbau beschäftigen, und die finden es großartig, sich mit ungewöhnlichen technischen Problemen herumzuschlagen. Und sie haben Spaß an ihrer geheimen Identität. Sie stecken so viel in die Planung und den Entwurf. Schleichen im Dunkeln herum. Sie freuen sich daran, Leute zu verarschen, damit sie glauben, die Aliens waren zu Besuch. Leute wie dich, Colin.«

Meine Hoffnung war, ihn zum Lächeln zu bringen. Falsch gedacht. Einen Moment lang hatte ich Angst, er würde mir eine runterhauen.

Stick griff mich von einer anderen Flanke an. »Und was war die Formation, die ihr gemacht habt?«

»Formation?«

»Das Symbol im Feld. Man nennt das ›Formation‹.« Er lächelte, ein billiger Sieg. Offensichtlich hatte ich keine Ahnung von alldem. Kein Grund, sauer zu werden. (Und er war ziemlich wütend.)

»Um ehrlich zu sein, habe ich keine Ahnung. Ich bin nur mitgefahren, um dabei zu sein, und zum Stampfen.«

»Du sagst also, dass du keine Ahnung hast, ob ihr einen Kreis oder etwas anderes gemacht habt. Vielleicht hast du das Getreide nur aufs Geratewohl platt getreten. Du dachtest nur, dass du einen Kornkreis machst.« Da hatte er natürlich recht. Man sieht nicht, was man da macht, selbst nicht, wenn es hell gewesen wäre, denn das entstandene Muster erkennt man nur aus der Luft oder von einem Hügel.

»Das wäre echt witzig gewesen, oder? Sie haben mich nur verarscht. Nehmen mich die ganze Strecke mit, lassen mich im Dunkeln allein, damit ich Schiss kriege, und dann erzählen sie mir, wo ich stundenlang trampeln soll. Wahrscheinlich saßen sie hinter dem nächsten Busch, haben getrunken und geraucht und sich schiefgelacht.«

»Nein, nein.« Stick war plötzlich gar nicht mehr so aufgebracht. »Ich habe schon davon gehört, dass sie so etwas machen. Sie bequatschen jemanden, dass er mitfahren soll, um ›einen Kornkreis zu machen‹, und du machst alles mit, und am Ende zeigen sie dir Fotografien von einer natürlichen Formation. Das ist eine klassische Methode der Desinformation. Offensichtlich kann keine der natürlichen Formationen von Menschen stammen. Ich meine: drei Stunden? Man hat ausgerechnet, dass ein natürlicher Kornkreis niemals von Menschen gemacht sein kann, weil das einen knappen Monat dauern würde, selbst mit modernsten Methoden.«

Ausgerechnet? Von wem? Allerdings hatte er recht, dass ich möglicherweise bei der ganzen Sache auf den Arm genommen worden war. Aber das ist unwahrscheinlich. Nur um mich zu erschrecken, hätten die sich ganz schön Mühe gegeben. Es war ja nur ich, der sich da am Feldesrand den Arsch abgefroren hat. Aber auch die Alternative erschien mir nicht wahrscheinlich. Das hieße, dass die Leute den ganzen Sommer über nachts in die Felder geschlichen sind und in ihren Einsätzen Kreise gezogen haben. Also, ich wusste auch nicht, was ich glauben sollte.

Stick hingegen wusste genau, was er glauben sollte, und hatte noch einiges dazu zu sagen. Er sprach jetzt schneller, weil sein Medikamentenspiegel wohl sank. Es war alles ganz einfach: Aus Versehen (oder vielleicht auch nicht) bin ich zwei wichtigen Teilen der Machtachse von der New World Order begegnet, der Stiftung von Conrad Norman und den »Kreismachern«. Vielleicht war es ein Zufall, vielleicht auch nicht. Vielleicht ist das ein Hinweis auf das harmlose Eingreifen einer unsichtbaren Macht. Wie dem auch sei, ich befinde mich jetzt in der einmaligen Lage, das Vertrauen der New World Order gewonnen zu haben. Jetzt verstehe ich ihr übles Vorhaben und kann sie untergraben. Meine Mission lautete, wenn ich sie denn annähme, (und ich bin hier nur ein klein wenig sarkastisch, denn es hörte sich wirklich so an), die Augen offen und den Mund geschlossen zu halten. Für welche Aufgabe auch immer ich vorgesehen sein sollte, würde sich zur rechten Zeit zeigen.

Als ich aufstand, um auf die Toilette zu gehen, fing Stick ein Gespräch über die Geschichte des Klassenkampfes an, und Colin stieg ein mit den Levellers, einer protokommunistischen Bewegung aus dem 17. Jahrhundert. Als ich wiederkam und mich an den Tisch setzte, hörte ich gerade noch, wie sie über »die blutigste Schlacht Britanniens« sprachen!

Ich hatte das Gefühl, ein oder zwei vernünftige Einwände erheben zu müssen, da Colin nichts dagegen sagte (und warum schlug er sich hier eigentlich nicht auf meine Seite?). Es war meine Verantwortung, der Stimme der Vernunft Gehör zu verschaffen. »Warte mal! ›Britanniens blutigste Schlacht‹? So nennst du den schwachen Protest gegen Klassenunterschiede, den du und deine Hippiefreunde auf die Beine zu stellen versuchen, und ›subversive‹ Graffiti gehören auch noch dazu? Also«, ich warf einen kurzen Blick zu Colin hinüber, der immer noch keine Anstalten machte, mich zu unterstützen oder mir recht zu geben, »Stick oder wie auch immer du eigentlich richtig heißt. Ich weiß, dass du dir diesen Namen nur ausgedacht hast und eigentlich Oktavian oder so heißt. Was du hier redest, ist Scheiße. Es ist Blödsinn. Du bist ein Idiot. Ich gehe jetzt.«

Ich schaffte es mittels eines Transportmittels nach Hause, das alle Säufer kennen. Du trittst mit einem Fuß aus dem Pub, und ehe du dichs versiehst, stehst du vor deiner eigenen Haustür und versuchst, den Schlüssel ins Schloss zu pfriemeln. Man nennt es das Säuferportal.

50. Ein anständiges Mittagessen

Am folgenden Mittwoch erschien Colin nicht zum Workshop, daher dachte ich mir, ich probiere mal aus, wie es ist, zusammen mit den anderen im Aufenthaltsraum zu essen (und klar – Colins Fernbleiben hatte rein gar nichts mit meinem Verhalten im Pub zu tun).

Überrascht stellte ich fest, dass für uns ein richtig nettes Buffet aufgebaut worden war. Kleinigkeiten – genau das Richtige für jemanden wie mich, der zu dieser Tageszeit noch nichts, das an eine richtige Mahlzeit erinnert, zu sich nehmen kann. Als ich mir gerade eine Riesengarnele in Blätterteig nahm und sie in die Thai-Soße stippte, wurde ich von dem Mann mit der Farbenblindheit unterbrochen. Er kam recht schnell auf mich zu, wackelte mit seinem Zeigefinger und schüttelte den Kopf. »Neeeein neeeein neeeein neeeein neeeein neeeein.«

»Nein?«

»Neeeein, neeeein. Diese exotischen Köstlichkeiten sind nicht für uns Sterbliche, fürchte ich.« (Warum muss der so reden?)

»Ich dachte …«

»O neeein. Die sind für die Gäste von Dr. Prabhakar.« Er sprach von den Stiftungsleuten.

Mit einer Serviette wischte ich die Soße von der Garnele und legte sie wieder zurück auf die Platte.

»Warum teilen wir uns nicht meine bescheidene Vesper? Ich bringe immer viel zu viel mit.« In der Hand hielt er eine riesige Tupperdose mit belegten Broten, Keksen und so weiter. Ich guckte hinein, um sicherzugehen, dass es keine Eier, Thunfisch oder Mais gab. Dann nahm ich seine Einladung an. Ein Schinkensandwich. Immerhin brauchte ich mir dann nicht zu überlegen, worüber ich mit ihm sprechen sollte. Schnell hatte der A-Mann Stühle an einen Tisch gestellt und Servietten ausgelegt »wie bei einem kleinen Picknick«. Mittlerweile hatte ich recht viel über ihn erfahren. Der älteren Dame, um die er sich quasi als Krankenpfleger und Lebensgefährte kümmert, gehe es zunehmend schlechter, sie sei sehr schwierig und er sei sich nicht sicher, wie lange er das noch mitmachen könne.

»… Sie ist fast neunzig, aber manchmal kann sie wirklich ein Biest sein. Manchmal sagt sie Dinge, die mich wirklich verletzen.« Die Sache mit den Tabletten schien sich zuzuspitzen. »Bisher habe ich sie noch nicht in flagranti dabei erwischt, dass sie meine Tabletten stiehlt, aber ich weiß, dass sie es tut – natürlich tut sie es. Ich erledige ja alles im Haus, es gibt also niemanden sonst, der mir meine Tabletten entwenden kann. Und ich weiß, dass welche fehlen, weil ich strikt darüber Protokoll führen muss, wie viele ich nehme. Nur für den Fall, dass ich wieder einen meiner kleinen Aussetzer habe.« Er nahm Antidepressiva.

»Das wollen Sie alles gar nicht wissen.« Und dann erzählte er mir ausführlich von seiner Depression und seinem »Aussetzer«. Er zeigte mir auch sein Notizbüchlein, in dem er in winziger Schrift seine Medikation aufschreibt – welche Tabletten mit Datum und die Menge. »Ich weiß auch gar nicht, was sie mit meinen Medikamenten anfangen will, außer dass sie mich ärgern will. Schließlich hat sie selbst genügend Tabletten. Sie ist sehr alt.«

Während er erzählt, faltet er aus seiner Serviette etwas Origamiartiges, sodass ich an ihm vorbei in den Raum schauen kann, was da so los ist, ohne dass er es merkt. Da drüben sitzen Stick und Emily, beißen in ihre Äpfel und sprechen miteinander. (Offensichtlich besteht Sticks Rache für letztens darin, dass er Emily direkt vor meinen Augen den Hof macht. Und so wie es aussieht, läuft es ganz gut für ihn.)

Unterdessen haben sich die wichtigen Besucher um das Buffet geschart. Es gibt Wein. Zwischen ihnen sehe ich Dr. Prabhakar umhergehen: klein und ordentlich. Sie selbst isst nichts, hält nur hin und wieder an, um zu fragen, ob alles okay ist … Ja? Probieren Sie die Garnelen. Sie lenkt die Aufmerksamkeit der Gäste auf den Balkon, da gibt es etwas Interessantes zu sehen. Sie halten inne und nicken. Michelle steht fast stramm neben dem kleinen Kasten, mit dem sich die Öffnungsmechanik für die großen Glasfenster bedienen lässt. Prabhakar nickt ihr zu, und sie hält ihren elektronischen Schlüssel an die Kiste, sodass ein Teil der Glaswand vorwärts und dann seitwärts gleitet und sich öffnet. Jetzt sind alle aufmerksam geworden. Das ist das Beste, was sie heute bisher gesehen haben. Sie tragen ihre Pappteller und Weingläser an Michelle vorbei auf den breiten Balkon. Sie schließt die Tür hinter ihnen und nimmt dann wieder ihre stramme Haltung ein. Herrlich hier draußen. Es ist fast schon Frühling. Die Gäste scheinen in Partystimmung zu kommen. Einige von ihnen betrachten die Aussicht, meist die Frauen, während die Männer über den Fenstermechanismus staunen. Das muss doch ein Vermögen gekostet haben! Michelle steht immer noch auf ihrem Posten, nur für den Fall, dass einige Patienten versuchen sollten, auch auf den Balkon zu gelangen. Anscheinend ist sie die Einzige, die einen Schlüssel hat.

Nancy löst sich aus der beschlipsten Gruppe, tritt an die Fensterscheibe und gestikuliert – Michelle … und ein weiteres

Mal. Sie lieben es, wie Michelle noch einmal den scheibenförmigen Transponder an den Kasten hält. Die riesige Glasscheibe macht klick und öffnet sich mit einem schhhhhhhhhptah. Die Jungs nicken langsam, man sieht, wie sie ihre Kiefermuskulatur anspannen. Ja, das ist mal eine ernst zu nehmende Vorrichtung. Das Fenster schließt sich wieder. Michelle steht wieder stramm.

Ich kann sehen, dass Emily auch ihren Spaß an der Sache hat. Sie würdigt Stick keines Blickes. Er jongliert wieder ein bisschen, dieses Mal etwas zurückhaltender, nur drei Orangen, während sie neben ihm sitzt und beobachtet, ob sich das Fenster noch einmal öffnen wird. Stick wechselt jetzt zu seinem Ellenbogentrick, um ihre Aufmerksamkeit zu bekommen, wenn er – fump! – die Orange in die Handfläche fliegen lässt. Emily ist immer noch abgelenkt, daher nimmt er einen ihrer Arme und bugsiert ihn in die Haltung, die Barbiepuppen haben, mit einem gebeugten Ellenbogen, sodass der Handrücken auf der Schulter ruht. Er legt die Orange auf die Spitze ihres Ellenbogens und … Nun mach schon! Mach schon. Mach eeeendlich. Versuchs doch. Ihr Arm schnellt nach vorn, und die Orange wird direkt in ihre Hand katapultiert. Sie weiß jetzt, wie man es macht, und sie ist begeistert. Stick sieht kurz hoch und lächelt. Aus Versehen blicken wir uns dabei in die Augen, und er zwinkert mir zu. Glaube ich. Ich glaube, der Mistkerl lächelt mich tatsächlich an. Sie spielen das Spielchen noch eine Weile. Fump. Fump. Fump.

51. Mein Atelier/Arbeitszimmer/Büro/Zimmer

Mittlerweile habe ich mein Atelier – Patientenzimmer 23 – so arrangiert, wie ich es mir vorgestellt hatte. Hier sieht es am Ende nun ganz anders aus als mein Atelier in Hackney (die Zwangsräumung steht kurz bevor) oder als meine Wohnung. Anstatt alles in einem Chaos verkommen zu lassen, hat es mir Freude gemacht, hier zu arbeiten und zu lesen, den Raum aber zur Abwechslung ordentlich zu halten. An die Wand habe ich einige meiner Lieblingszeichnungen aus dem Workshop gehängt. Meine Lieblingsbilder sind nicht unbedingt das, was man gelungene Zeichnungen nennen würde, sondern Abbildungen, die am besten die Erkrankung ihrer Zeichner widerspiegeln.

Die Tatsache, dass sie Symptome dokumentierten, die man zur Diagnose verwenden könnte, war interessant, und außerdem fand ich sie ästhetisch ansprechend.

Dort hingen also die halben Gehirne von Pauline, die minimalen Striche der blinden Frau, Sticks Nazidrachen und die Übergänge vom Gehirn zum Tapetenmuster vom blinden Mann. Um Colin nicht zu verärgern, habe ich auch einige seiner besseren Bilder aufgehängt. Und natürlich welche von Emily, denn ich liebe sie. (Von mir habe ich keine Bilder aufgehängt, um meine Fähigkeiten als Zeichner nicht demonstrieren zu müssen. Allerdings hängen auch einige Monotypien, bei denen ich ein Gehirnmodell als Druckstock benutzt habe, an der Wand. Ich hatte mir eines der billigen Made-in-China-Modelle gekauft. Als ich mir die flache Oberfläche der Mittelachse ansah, erinnerte sie mich an eine Gemme. Man könnte damit so etwas wie einen Kartoffeldruck herstellen. Ich bestrich die Oberfläche mit Acrylfarbe und drückte sie auf ein Blatt, was ziemlich gut aussah. Die Struktur des Vorderhirns erinnerte an eine Walnuss, der gewölbte Hirnbalken, die reptilienähnlichen Strukturen des mittleren und des Rautenhirns – man sah alles recht deutlich.)

Ich hatte auch einige Bilder aus der Kunstgeschichte, die mit dem Thema zu tun hatten, mit Reißzwecken aufgehängt: eine Postkarte von Rembrandts »Die Anatomie des Dr. Tulp«, obwohl sie bei der Sezierung nur bis zur Unterarmsehne des Leichnams gekommen waren.

Eigentlich mag ich Rembrandt gar nicht so sehr, aber diese Postkarte hatte ich noch, und sie vermittelt doch einiges über Kunst und Wissenschaft. Außerdem hängte ich noch ein Lieblingsbild von mir auf, einen Druck von William Hogarth: »Credulity, Superstition and Fanaticism.« Angeblich verachten abstrakte Maler wie ich das narrative Element des Malens, aber dieses Gemälde fand ich schon immer toll, vielleicht weil all die Referenzen so spezifisch sind, dass sie mir 250 Jahre später bedeutungslos erscheinen.

Und tatsächlich fiel mir dann erst auf, dass darauf auch ein Gehirn abgebildet ist. Wie bei so vielen von Hogarths frühen Werken sind derart viele Dinge dargestellt, dass man als moderner Mensch erst einmal so etwas wie eine Hieroglyphe oder ein Wappen sieht, das so zugänglich ist wie eine fremde Banknote.

Nachdem ich das Gehirn in dem Bild entdeckt hatte, las ich mir doch noch einmal die Bildbeschreibung durch.

Das Gemälde ist als eine Satire auf die Bewegung der Methodistischen Kirche gemeint. Oben sehen wir einen Methodistenprediger, der auf der Kanzel durchdreht. (Der Begriff »Enthusiasmus« wurde im achtzehnten Jahrhundert für religiösen Übereifer verwendet.) Die Perücke des Predigers fällt herunter, es kommt eine Tonsur, wie sie die Jesuiten tragen,

zum Vorschein. Die Aussage lautet: Methodisten sind genauso schlimm wie die Katholiken, weil sie es übertreiben. Neben ihm hängt eine seltsame Schriftrolle, auf der das Übermaß des priesterlichen Gegeifers verzeichnet ist: Unten fängt es an mit einem »natürlichen Ton«, es gipfelt im »Brüllen eines Bullen«. Über dieser Rolle befindet sich eine Karikatur (und damit lassen wir den vorgetäuschten Naturalismus endgültig hinter uns) eines Mundes, einer Nase mit Nasenring, und über der heraushängenden Zunge steht der Schriftzug »Blut Blut Blut«.

Links oben befindet sich ein Art Kronleuchter, der aus einer »neuen und korrekten Weltkugel der Hölle« besteht, darauf ein schreiendes Gesicht. Darauf sind die geografischen Bereiche der Hölle verzeichnet: Golf der ewigen Verdammnis, Grube ohne Boden, Schwefel-Ozean, Wüste des neuen Fegefeuers, Seen des geschmolzenen Bleis, Greuliche Zone, Unbekannte Teile.

In der Mitte des Bildes quetscht sich die hungernde Gemeinde in logenförmige Kirchenbänke und verspeist Bildnisse von Jesus – in den kleinen Statuen fehlen perfekte halbkreisförmige Bissen, anscheinend ein Kommentar zu Religion und Armut. In der linken unteren Ecke gebiert eine Frau Kaninchen. Sie kriechen unter ihrem Rock hervor wie die Geschwister von *Peter Hase*, während die Frau in einer Art Ekstase im Geburtsverlauf kollabiert ist. Hier geht es um Leichtgläubigkeit, wie *Credulity* im Titel schon andeutet. Zu jener Zeit kursierten Mythen von einer Frau, die Kaninchen gebärt, und damit will Hogarth wohl sagen, dass die Menschen alles glauben wollen.

Das Gehirn sieht man in der rechten unteren Ecke des Bildes, es gehört zu dem Maß methodistischer Exzesse. Es stellt quasi ein großes Barometer dar, das den Grad des Wahnsinns bemisst. Von oben nach unten: Tobsucht, Wahn, Ekstase, Lust, Liebeshitze, Lauheit, Niedergeschlagenheit, Sorge, Pein, anhaltende Trauer, Verzweiflung, Wahn, Selbstmord. Wahn findet sich auf dem zweiten Platz, sowohl von oben als auch von unten. Bemerkenswerterweise findet sich anhaltende Trauer zwischen Pein und Verzweiflung, man könnte meinen, es gehöre davor oder dahinter, aber nicht dazwischen. Das Gehirn ist die Basis für dieses Wahn-Barometer. Jahrelang hatte ich es nicht als solches erkannt, weil es bauchseitig, von unten dargestellt ist, sodass die unterschiedlichen inneren Bereiche sichtbar werden. Der olfaktorische Bulbus, der wie eine Antenne wirkt; der Hypothalamus, der an eine Klitoris erinnert, der Bogen der Hirnbrücke und die knubbelige Medulla. Aus diesem Blickwinkel sieht das Cerebrellum aus wie ein Haufen Würmer und eine Krabbe. Zuerst dachte ich, Hogarth habe sich da etwas ausgedacht, vergleichbar mit den Albtraum-Monstern aus den Gemälden von Bosch. Dieser Eindruck wird dadurch verstärkt, dass er an das Hirn ein Ohr, ein einzelnes Ohr, gemalt hat.

Um die Ausstellung ein wenig der Zeit anzupassen, fügte ich einige Reproduktionen von de Koonings luftigen, unbeschwerten Abstraktionen aus seiner Spätphase hinzu. Sie stammen aus der Zeit, als er den Punkt schon weit überschritten hatte, wo er »ein bisschen beklobbt« (seine Worte, seinen holländischen Akzent war er nie losgeworden) war, und kurz vor einer totalen Demenz stand.

52. Mein Projekt nimmt Form an

Mittlerweile kam ich ganz gut mit meiner Planung für eine Ausstellung über all diese Themen voran. Die Idee entstand recht natürlich, als ich das Material, das in meinen Zeichenworkshops entstand, auswählte, sortierte und arrangierte. Es sollte ein Kunst-Kuratierungs-Projekt werden – für mich etwas total Neues. Ich wollte einfach die ganzen Zeichnungen ausstellen, die die Patientinnen und Patienten erstellt hatten. Alle. Mittlerweile waren es Hunderte. Ich wollte sie vom Fußboden bis zur Decke der Galerie hängen, zur Not auch noch an die Decke, wenn es genügend waren. Eine Art Installation. Ich wollte sie »Gehirne« betiteln, dachte ich. Und es sollte einen Katalog mit Essays von Kunstkritikern und Neurowissenschaftlern geben. Auf jeder Seite hätten sie jeweils eine Spalte – links die Wissenschaftler und rechts die Kritiker (das würde den Aufgaben der linken und rechten Hirnhemisphäre entsprechen). Vielleicht sollte ich noch einige Fallbeispiele und Illustrationen aus der einschlägigen Literatur und ein paar dieser faszinierenden MRT-Bilder, womöglich in Farbe, ergänzen. (Die Färbung der aktiven Hirnareale ist großartig, wie diese Bilder, die angeblich die übersinnliche Aura oder Lebensenergie oder was auch immer wiedergeben. Kirlianfotografie, die habe ich in Susans *Körper, Geist und Seele*-Magazin entdeckt.) Wenn das Budget nicht reicht, um einen echten

Kunstkritiker zu bezahlen, würde ich einige Texte auch selbst schreiben.

Ich habe ziemlich viel Zeit damit verbracht, mich in die Bücher meiner stetig wachsenden Sammlung zum Thema Gehirn zu vertiefen. Zunächst hatte ich sie in alphabetischer Reihenfolge auf meinem Regal aufgestellt, doch dann wurden es immer mehr Bücher, und da ich mich nun besser auskannte, entwickelte ich eine verständigere Systematik. Ich ordnete die Titel nun nach Themenschwerpunkt: Sehvermögen, Gedächtnis, motorisches Vermögen etc. Im Prinzip gehörte der Großteil meiner kleinen Bibliothek zu dem großen Bereich der Einführungswerke und allgemeinen Übersichten. Dabei fand ich das Buch von Owen Madden besonders hilfreich.

Für den Fall, dass mich Colin besuchen kam, hatte ich eine Minibar unter dem Bett versteckt, nur falls Jade oder (noch schlimmer) Dr. Prabhakar zufällig vorbeikommen sollten. Im benachbarten Badezimmer konnte ich rauchen, wenn ich den Rauch direkt in den Entlüftungsschacht blies.

Zuerst bin ich immer am Mittwoch, direkt nach dem Workshop, in mein Zimmer gegangen, häufig kam Colin mit oder auch Ben. Mit der Zeit hatte ich es mir jedoch angewöhnt, ziemlich viel Zeit unter der Woche dort zu verbringen – mit Lektüre und ziemlich vielen gepflegten Drinks. Beispielsweise einem anständigen Gin and Tonic (leider ohne Eis, aber dafür mit einer Zitronenscheibe und in einem richtigen Glas) oder einem schönen Weißwein. Dann saß ich dort in meinem Atelier und genoss die Erinnerung daran, wie sich mein früheres Ich in Hackney hatte abrackern müssen. Als ich meine Pinsel in einem Becher mit geschmolzenen Eiszapfen gereinigt habe und Instantkaffee (den billigen) mit Wodka (dem billigen) trank.

Abends saß ich an meinem Schreibtisch über ein Buch gebeugt und versuchte, die Fachtermini zu lernen: Fornix, Basalganglien, Dendriten. Nach einer Weile stellte ich fest, dass mir Emilys Zeichnungen dabei halfen, mir die anatomischen Einzelheiten zu merken.

Eines Tages schaute ich mir ihren Stapel durch, schnupperte, ja leckte sogar daran und konnte schließlich einzelne Bereiche benennen. Das hier ist der Hypothalamus, den ich gerade abknutsche. Und hier ist der Hippocampus, der Teil, der Emily fehlt. Da sie als Kunstwerke nichts taugten, würde sie nie erfahren, dass ich sie verschandelt hatte, und weil sie sich ja auch nicht daran erinnern konnte, dass sie sie gezeichnet hatte, benutzte ich einen Teil ihrer Zeichnungen als Test. Ich beschriftete die Zeichnungen mit den Namen der einzelnen Areale und verglich mein Ergebnis dann mit den Abbildungen aus den Lehrbüchern. Auf diese Weise kannte ich mich schließlich in der Anatomie des menschlichen Gehirns recht gut aus.

Jeden Abend um Punkt sieben Uhr wurde ich durch den gedämpften Chor einiger sich warmlaufender Staubsauger daran erinnert, dass das Institut geschlossen wurde. Die zwei Reinigungsteams bestanden aus Nigerianern und Rumänen, die in einem ständigen Konkurrenzkampf miteinander standen, wer den meisten Krach beim Putzen machte, um seinen Fleiß zu demonstrieren. Beide Teams konkurrierten ständig um die Vertragsverlängerung, ich nahm an, Simon und Selina steckten dahinter. Meistens waren die Putzkräfte gegen Mitternacht mit ihrer Arbeit fertig, deswegen sah ich sie kaum.

Beim Rausgehen nickte ich dem Sicherheitsmann am Empfangstresen zu, eine der drei einsamen Seelen, die hier nachts noch anwesend waren. Allein Emily war noch hier und eine Krankenschwester, die dafür angestellt war, die einzige anwesende Patientin zu betreuen. Hin und wieder hielt ich auf dem Weg nach draußen vor Emilys Tür an, um zu lauschen. Weil die Räume schallgedämpft waren, hörte ich nie nur einen einzigen Laut. Ich hoffte auf ein leises Seufzen, wenn sie im Schlaf atmete, oder auf das Geräusch eines Vibrators, wie ein Moped in der Ferne.

Mittlerweile kannte ich mich ganz gut aus im Gebäude und verlief mich nicht mehr. Ich wusste, wo es langging, wenn ich in den Aufenthaltsraum, in Bens Büro oder den Werkraum wollte. Diese neu erlernte Fähigkeit litt jedoch manchmal unter meinem Konsum von zu vielen Gin and Tonics oder von dem netten Weißwein. Ein- oder zweimal passierte es mir, dass ich es erst gegen drei oder vier Uhr morgens hinausschaffte, und einmal passierte es mir, dass ich unter einem Tisch in einem Konferenzraum einpennte, den die Putzkräfte vergessen hatten abzuschließen.

Die Security-Leute schienen sich an meinen seltsamen Zeiten nicht zu stören, wenn ich mich plattfüßig und geradeaus starrend am Empfangstresen vorbeidrückte. Sie schauten nur kurz von ihrem Buch oder ihrem Handyspiel kauf. Sie sahen mir auch nicht in die Augen, sondern guckten kurz auf meinen laminierten Ausweis, den ich auf Brusthöhe angeheftet hatte. Dann guckten sie mit einem »Okay« oder »Bis später, Kumpel« wieder auf ihr Telefon.

Colin hatte sich nicht blicken lassen seit unserer übellaunigen Diskussion über das Institut und Kornkreise im Pub. Das war schon Wochen her. Ich vermisste ihn. Schließlich war er mein wichtigster Saufkumpan, sowohl im Canadian Volunteer als auch hier, in meinem Atelier. Ich sehnte mich nach seinen lustigen Geschichten, und ich wollte ihm auch aus meinem Leben erzählen. Wir hatten außerdem darüber gesprochen, dass ich ihn vielleicht mal in seinem Verein besuchen könnte. Er macht mittelalterliches Bogenschießen, und manchmal verkleiden sie sich wie Robin Hood und seine Gefährten. Colin in Strumpfhosen. Allerdings war es so, dass ich den alten Colin vermisste. Selbst wenn er mich jetzt besucht hätte, wäre ich unsicher gewesen, wie ich das gefunden hätte, denn jetzt wusste ich ja, wie beeinflussbar er war. Ehrlich gesagt fand ich, dass er sich auf meine Seite hätte schlagen sollen, was die Verschwörungstheorien und so angeht. (Okay, er war ziemlich besoffen, aber trotzdem.)

53. Auf der Vernissage

»Hallo. Na, was meinst du?«

»Susan! Hm, es ist nichts weiter als ein französischer Film, oder nicht?« Wir guckten auf einen Monitor, der in einem abgedunkelten Raum aufgestellt war. »Oder habe ich hier etwas verpasst?«

»Ja. Die Untertitel stammen von einem anderen französischen Film. Es geht um Performativität.«

Susan gehört nämlich zu denjenigen Menschen, die tatsächlich die Pressemeldung lesen, bevor sie eine Ausstellung besuchen. Wir sahen uns den Film (beziehungsweise die Filme) noch eine Weile an. »Okay«, sagte ich, »na, ich nehme an, er hat Elemente von zwei Dingen kombiniert, um ein drittes zu erstellen, das noch nicht mal so gut ist wie eines von beiden. Ich bin zwar kein Kinoexperte, aber für mich sieht es so aus, als sei der erste Film an sich recht gut gewesen, bevor er für ein zeitgenössisches Kunstwerk verhunzt wurde.« Ha, man nennt es Provokation. Ich war gespannt, was sie dazu zu sagen hatte!

»Ja, ich weiß. Es ist so ein Früher-oder-später-Kunstwerk.«

»Früher-oder-später-Kunstwerk« war einer unserer Insiderwitze. Wir waren auf einer Vernissage, ich glaube, es war eine Woche, nachdem wir zusammengekommen waren, und betrachteten einen Glashammer. Wir fragten uns, warum wir von dem Objekt so genervt waren. Es nervte so, weil einen Hammer aus Glas herzustellen zu diesen Ideen gehört, die man als einfach zu offensichtlich verwirft. Und dann kommt jemand daher und setzt die Idee tatsächlich um, weil es ihm oder ihr gar nicht so offensichtlich erscheint. Sie halten es echt für total innovativ und schlau, und dann wird es ein Erfolg. Und dann sind natürlich all diejenigen verärgert, die diese Idee auch schon hatten und sie zu blödsinnig fanden. Dieser Erfolg ist ihnen durch die Lappen gegangen.

Sowohl Susan als auch ich hatten schon die Idee gehabt, einen Hammer aus Glas zu machen. Und nun standen wir da und guckten uns etwas an, das, wie Susan mir sagte, dem Typen eine Nominierung für den Turner-Preis eingebracht hatte.

»Warte mal«, unterbrach ich sie, »die Shortlist wird erst in ein paar Monaten veröffentlicht, woher weißt du das?«

»Es ist mein Job, solche Dinge zu wissen.«

»Genau. Ich wusste auch gar nicht, dass du tatsächlich Conrad Norman kennst. Das letzte Mal, als wir uns gesehen haben, hast du es nicht erwähnt.«

»Ich habe ihn nur einmal gesehen, letztens im St. John.«

»Ach, ja richtig, du isst ja jetzt Fleisch.« Ich erwähnte das mit Groll in der Stimme, weil sie mir immer Vorhaltungen gemacht hatte, dass ich Fleisch aß.

»Biofleisch, in diesem Fall Innereien von einem artgerecht gehaltenen Tier, im St. John zu essen, ist vielleicht etwas anderes, als sich besoffen einen Döner reinzuziehen. Außerdem verändern sich Menschen, weißt du. Du hast dich in der letzten Zeit auch ziemlich verändert. Seitdem du das Stipendium hast, scheinst du viel besser beieinander. Wo machst du das noch mal?«

»Am Norman Neurologigacal Institute.«

»Hast du gerade ›neurologigacal‹ gesagt?

»Neurological« wiederholte ich es dieses Mal sehr deutlich.

»Du wirkst viel reifer und organisierter als früher. Du hattest das Naturell eines Zwölfjährigen.«

»Hm?«

»Jetzt würde ich dich auf siebzehn oder achtzehn schätzen.«

»Danke.«

»Gern geschehen.«

Das hat mir nichts ausgemacht, wirklich nicht. Unsere Beziehung ist dort, wo sie hingehört, nämlich in der Vergangenheit. Wir sind zwei Menschen mit einer gemeinsamen Geschichte, wir haben den gleichen Humor und, wie es scheint, auch neuen Respekt füreinander. Das ist toll!

»Im Institut wird es immer besser, echt. Es ist wirklich interessant. Du solltest ein paar von den Leuten dort kennenlernen. Du würdest es nicht glauben.« Ich erzählte ihr von meiner Idee für ein kuratiertes Projekt mit den Zeichnungen der Patientinnen und Patienten. Ich erwähnte Emily (natürlich erzählte ich Susan nicht alles) und fing an, ihr zu erklären, wie Sehvermögen im Gehirn und visuelle Verarbeitung funktioniert und was Sakkaden sind. Der letzte Part schien sie nicht so zu interessieren, deshalb haben wir eher darüber geredet, womit sie sich beschäftigte. Und ich habe sogar gefragt, ob sie Interesse hätte, bei meinem Projekt irgendwie mitzumachen.

Ich nehme an, ich versuchte Susan den Eindruck zu vermitteln, ich könnte ihrer Karriere in irgendeiner Weise förderlich sein (denn Kuratorinnen schätzen Projekte, die Behinderte miteinbeziehen). Ich war erleichtert, dass sie nicht sofort darauf ansprang. Um ehrlich zu sein, steckte hinter meinem Angebot nicht viel. Allerdings zeigte sie Interesse, und zwar in genau dem richtigen Maß. Das heißt, sie kam jetzt zu dem Schluss, dass ich aktuell eine wichtige Position innehatte. Und außerdem – was auch gut war – stellte ich fest, dass ich noch nicht total und offensichtlich betrunken war, als es Zeit war, einander Abschiedsküsschen rechts und links zu geben. Jepp. Ich habe mich recht gut geschlagen.

54. Miss Havishams Labor

Eines Abends kam Ben nach der Arbeit vorbei. Ich saß mit einem schönen Glas Weißwein am Schreibtisch und war in ein Buch vertieft: Owen Maddens *Gehirne*, 6. Kapitel: Gedächtnis. Das Radio lief, auch so eine neue Angewohnheit von mir. »Herein«, rief ich, als Ben anklopfte. (Das habe ich früher auch nicht gesagt – »Herein«.) Ben trat ein und ließ sich auf die Bettkante fallen, was dazu führte, dass das Kopf- und Fußende der Matratze hochsprangen – er ist ziemlich schwer. Da er nichts sagte, fing ich das Gespräch an.

»Hast du kürzlich mal was von Colin gehört? Er war lange nicht da. Weißt du da was? Ich hoffe, ihm geht es gut …?«

»Och, bestimmt geht es ihm gut. Er wohnt hier ja nicht, wie du weißt. Hast du noch was?« Er deutete auf mein Glas.

Ich schenkte ihm Wein ein. Dann erst fiel mir auf, dass er sehr schlecht aussah. Ja, er sah sogar, und das überraschte mich, ein wenig niedergeschlagen aus! Dann entdeckte ich, nachdem ich ein wenig irritiert davon war, dass ich nicht genau ausmachen konnte, was jetzt so seltsam an dieser Feststellung war, dass ich hingegen gar nicht niedergeschlagen war. Kein bisschen! Ich ahnte, dass da etwas war. Man konnte sich immer auf Ben verlassen, darauf, dass er gewisse Erkenntnisse beförderte, selbst wenn er es gar nicht darauf anlegte. Und die Erkenntnis, dass ich eigentlich in der letzten Zeit meistens ziemlich gute Laune hatte – von meinem Liebeskummer mal abgesehen –, verbesserte meine Stimmung nochmals.

»Was ist los?«, fragte ich aus meiner Position der emotionalen Stabilität und inneren Ruhe heraus, während ich mich wieder an den Tisch setzte.

»Ach, dieser Laden hier … dieser ganze Scheiß.« Im Großen und Ganzen wusste ich, was er meinte. Ich erzählte ihm von der Sache mit dem Buffet und den Riesengarnelen vor einigen Tagen, und er fing ein wenig an zu lächeln. Mit diesen Leuten hatte er die ganze Woche über Besprechungen gehabt. Er musste viel Zeit mit Hilary vom Arts Council verbringen. Allerdings arbeitet sie nicht mehr beim Arts Council, sie arbeitet jetzt freiberuflich als Fundraiser, besorgt Gelder für Projekte. Ich hatte sie im Institut in letzter Zeit häufiger gesehen. Sie trägt ein neues Augenbrauen-Piercing, das aussieht wie ein von einem silbernen Punkt gekrönter Pickel.

»Mein Güte, ist die langweilig«, sagte er mit Inbrunst. Mittlerweile schien er wie ein gebrochener Mann. Nie kommt er dazu, die Dinge zu tun, derentwegen er hier ursprünglich angefangen hat.

»Sieh dir das mal an«, sagte er, »komm mal mit. Ich möchte dir etwas zeigen.«

Normalerweise drehte ich mich immer nach rechts, wenn ich aus meinem Atelier kam, da kannte ich mich aus. Doch nun gingen wir nach links. Ben führte mich einen langen Flur entlang, den ich vermutlich noch nie wahrgenommen hatte. Auf der anderen Seite sah hier für mich sowieso alles gleich aus, wer weiß das also schon!

Als wir endlich vor einer Tür anhielten, waren wir gefühlt anderthalb Kilometer gelaufen. Ich war mir fast sicher, dass ich noch nie an diesem Ort gewesen war. Als er die Tür aufschloss, bemerkte Ben: »Jetzt schau dir das mal an …«. Er langte um die Tür herum, um das Licht anzuschalten. »Das ist Miss Havishams Labor.«

Der Raum ist ungefähr so groß wie der Werkstattraum. Über die ganze Breite ziehen sich weiß gekachelte Bänke, die parallel zu den Wänden verlaufen. An den Wänden befinden sich in regelmäßigen Abständen riesige Becken. Auf jeder verfügbaren horizontalen Fläche stehen Kartons in allen möglichen Größen. Zwar gibt es keine Spinnweben, aber ich verstehe, was er meint. Der Raum sieht aus, als wäre er auf etwas vorbereitet, was nie geschehen wird.

»Und es gibt noch zwei weitere Labore, die genauso aussehen.«

»Was ist in all den Kartons?«

»Laboreinrichtung. Wir haben Geräte hier, von denen noch nicht mal ich weiß, was die machen.«

Es gibt piezoelektrische Manipulatoren, Patch-Clamp-Systeme, konfokale Laser-Scan-Mikroskope, Mikrokanülen, optische Filterwechsler, Schreckreflexsysteme, Lichtschranken-Aktivitätsmess-Systeme, Mikrokapnometer. Weiter geht's: Spritzenpumpen, Zentrifugen, Inkubatoren, Brutapparate. Hunderte verschiedene Arten Ställe und Käfige für Ratten, Katzen, Hühner und Affen. Es stehen viele Kühlschränke herum, die meisten sind noch verpackt, aber einige sind schon ausgepackt und an die Steckdose angeschlossen worden. Darin befinden sich Unmengen von Antikörpern und Fischgewebe. Kartons über Kartons voller Reagenzgläser, Bechergläser und Tropfflaschen stapeln sich übereinander. Kisten mit Gummihandschuhen und Schutzbrillen. Hunderte von Kartons mit neurowissenschaftlichen Fachzeitschriften – *Neuroforum, Neuron, Molecular and Cellular Neuroscience* –, einige geöffnet und ein paar Exemplare herausgenommen. Ben legte einige Exemplare auf den Tischen im Aufenthaltsraum aus: Sie sind nicht mehr aktuell, aber sie sehen gut aus. Andere Kisten wurden einfach fallen gelassen, sodass sie geplatzt sind und die Zeitschriften aus dem Karton herausquellen wie die Gedärme bei einem geschlachteten Tier. Irgendwo steht ein Container mit einer Maschine, die Ben definitiv nicht kennt und die fast so viel gekostet hat wie der ganze Rest zusammen. Irgendwo da drüben, unter diesen Rattenlabyrinthen.

Wir kämpften uns quer durch den Raum, dazu mussten wir uns zwischen Kartons durchquetschen und über Kisten steigen. Im Vorbeigehen betrachtete Ben die Dinge lustlos – drehte hier und da einen Karton um, um das Etikett zu lesen, manchmal machte er es sogar mit dem Fuß. »Hm. Okay … Oh, davon wusste ich ja gar nichts … Damit könnte man echt Spaß haben … Ts!«

Dann berichtete er mir von der Investitionsstrategie des Instituts.

»Als Nancy angefangen hat, alles einzurichten, hat sie das zuerst alles ganz ordentlich gemacht, wie man es normalerweise macht. Sie hat sich mit Norman und seinem Stab getroffen, ihnen das Budget vorgelegt, das sie ausgearbeitet hat. Einmal hat sie 24-Stunden-Schichten gearbeitet, nur am Budget. Sie hat nie verstanden, warum sie nie zufrieden waren, also tat sie das, was man dann so macht: Ausgaben reduzieren, Einsparungsmaßnahmen – aber das Gremium war immer noch nicht zufrieden. Am Ende hat sie gecheckt, dass sie mehr Ausgaben wollten, nicht weniger. Je höher die Kosten waren, desto glücklicher waren die Leute. Also drehte sie vollkommen durch und kaufte sich um Kopf und Kragen. Erinnerst du dich an das ganze Zeug in der Werkstatt? Die Webstühle, die Druckerpresse und Töpferscheiben und so? Anstatt aus dem Katalog zu bestellen, rief sie die jeweiligen Firmen an und sagte ihnen, sie wollte alles, was sie in ihrem Katalog hatten. Zweifach. Fünffach.«

»Dann erfüllt das alles hier also eigentlich keinen Zweck?«

»Jetzt nicht. Denn im Prinzip kann niemand damit arbeiten. Es wäre so toll, wenn wir zu dem ganzen Equipment auch die Wissenschaftler hätten. Man hätte hier alles machen können – alle möglichen Forschungsprojekte. Und man hätte hier ein bestimmtes Problem interdisziplinär erforschen können, sodass man nicht immer im eigenen Saft schmort. Man hätte es so einrichten können, dass Chemiker und pharmazeutisch-technische Assistenten zusammen an etwas arbeiten könnten. Hätte Norman nur ein wenig länger gelebt, hätten wir die finanziellen Mittel gehabt, die Labore zu unterhalten, und das wäre einmalig gewesen. So etwas gibt es noch nicht mal in den Staaten. Diese Art Freiheit, die gibt's gar nicht. Man hätte nicht ständig alles begründen und belegen und sich nicht die ganze Zeit Sorgen um die Finanzierung machen müssen. Es ist unmöglich voranzukommen, wenn man permanent über Ethik und Geld diskutieren muss. Nie komme ich hier an ein wirklich aufregendes Forschungsgebiet, wie zum Beispiel das Zeug, das Wilder Penfield in den 1950er-Jahren gemacht hat. Er hat Chancen genutzt, die sich einfach nicht so häufig ergeben. Wenn man dieses ganze Geld hat und ein wenig mehr Spielraum hätte, was ethische Fragen angeht, hätten wir so viel weiter sein können, als wir jetzt sind. Wegen solchem Scheiß kommen wir nicht voran.«

55. Wilder Penfield

Wilder Penfield. Ich war selbst ein großer Fan von ihm. In der Literatur kommt man nicht an ihm vorbei. Großer Name. Berühmt geworden ist er, weil er den somatosensorischen Cortex entdeckt hat. Das ist der wurstförmige Teil des Gehirns, der sich von der Schädeldecke bis hinter das Ohr hinabzieht und der die Gesamtheit der Hautoberfläche abbildet.

Eine Abbildung kannte ich schon recht gut, bevor ich überhaupt begann, Fachliteratur zu lesen: Diesen Homunkulus – oder das sogenannte Penfield-Schema – kannte ich von mindestens zwei CD-Covern. Es stellt einen kleinen Mann dar, dessen Proportionen der Empfindlichkeit der Körperteile entsprechend verzerrt sind. Daher sind seine Hände und Lippen riesig. Der Schwanz ist allerdings nicht so besonders.

Außerdem ist Penfield für die Methode bekannt geworden, mit der er den somatosensorischen Cortex (und gleich daneben den somatomotorischen Cortex) entdeckt hat. Er entwickelte ein bahnbrechendes operatives Verfahren, um Epilepsie zu behandeln.

Man denkt immer gleich an das Schlimmste, wenn es um Gehirnoperationen geht, weil man sich automatisch eine Lobotomie vorstellt. Nach dem Zweiten Weltkrieg wurden Tausende von Lobotomien durchgeführt. Eine Modewelle, in der man so alle möglichen Krankheiten behandelte: Psychosen, Depression und verschiedene Neurosen. Das Vorgehen war fantastisch unausgegoren. Es wurde ein Skalpell durch die Augenhöhle ins Gehirn gestochen und dann einmal quer durch den Frontallappen geschnitten.

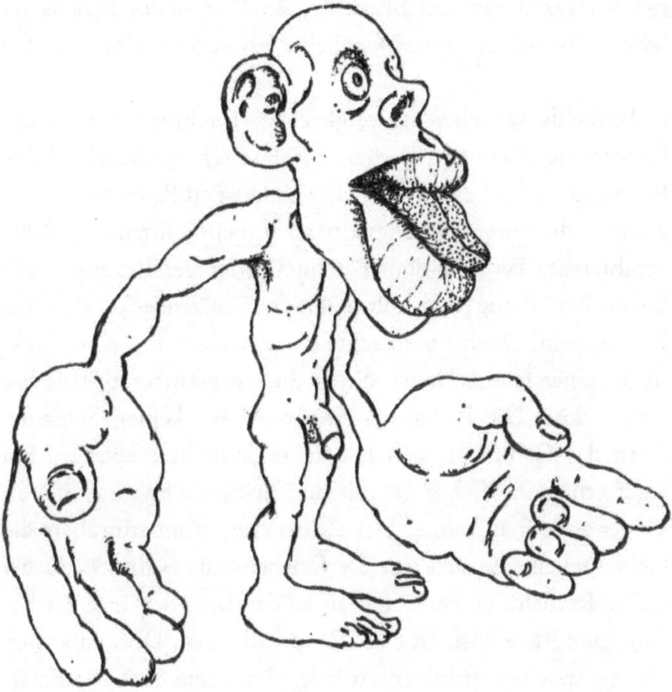

Die Ergebnisse waren nicht nur negativ. Einige Patienten, die unter »unerträglichen Gedanken« litten, berichteten von der Milderung ihrer Beschwerden. Aber viele der Behandelten endeten wie dieser Phineas Gage. Seine Verletzung des Hirns ist mit der vergleichbar, die durch eine Lobotomie verursacht wird. Die Betroffenen zeigten »unangemessenes Verhalten«, oder sie hatten Schwierigkeiten, die Zukunft zu planen. Einige dachten nie an die Konsequenzen, die ihr Handeln haben könnte. Hatten sie eine Idee, legten sie gleich los und setzten sie um.

Die Methode wurde von António Egas Moniz entwickelt, der 1949 den Nobelpreis für Medizin erhielt. Später wurde er von einem Patienten angeschossen, erlitt eine Verletzung des Rückenmarks und blieb für den Rest seines Lebens gelähmt. (Nein, am Täter war keine Lobotomie durchgeführt worden.)

Penfields Vorgehen ist vergleichbar furchtbar wie das der Lobotomie, aber er hatte es sehr viel besser durchdacht. Seine Operation wurde effektiv an über eintausend Patienten durchgeführt, die unter untherapierbarer Epilepsie litten. Zunächst verabreichte Penfield dem Patienten oder der Patientin eine lokale Betäubung und nahm ihr die Schädeldecke ab – bei Bewusstsein. Dann untersuchte er das Gehirn mit einer Elektrode, einer feinen Nadel, durch die ein geringer elektrischer Strom floss. Die Patientin verspürte dabei keinen Schmerz, denn das Gehirn an sich hat keine Schmerzrezeptoren. Bei jeder erneuten Stichprobe mit der Elektrode fragte er sie, ob sie etwas spüren könne. Der elektrische Strom stimuliert die Gehirnzellen, die sich um die Einstichstelle befinden. Dabei hoffte Penfield, einen Treffer zu landen, nämlich in einer bestimmten Region, meist dem Temporallappen. Dort entstehen die meisten epileptischen Anfälle. Bevor ein Anfall auftritt, erleben die meisten Betroffenen eine »Aura«: Sie haben eine Vorahnung, dass sie gleich einen Anfall bekommen. (Offenbar kann sich eine Aura sehr angenehm anfühlen, viele Patienten finden das gar nicht schlimm.)

Penfield stocherte also mit seiner Elektrode so lange herum, bis die Patientin sagte, sie spüre eine Aura. Sobald das eintraf, hatte er die problematische Region gefunden. Es handelt sich dabei um einen Haufen Zellen, in denen gelegentlich unkontrolliert elektronische Ströme fließen. Dieses arrhythmische Pulsieren löst den epileptischen Anfall aus. Es sorgt für eine Welle starker elektronischer Aktivität, die sich wahllos über den Cortex zieht, so als würde man aus Versehen ein brennendes Streichholz in eine Packung Feuerwerkskörper fallen lassen. Sobald die betreffende Hirnregion identifiziert ist, indem die Patientin vermeldet, dass sie eine Aura hat, also das Gefühl, dass sie umgehend einen Anfall erleiden wird, kann sie behandelt werden. An dem Zellhaufen wird eine Läsion oder Abtragung vorgenommen – nur ein kleiner »Schnipp« mit dem Skalpell.

Dann wird die Schädeldecke wieder an Ort und Stelle gelegt, und ehe man sichs versieht, läuft man wieder herum mit einem Turban aus Verbandsmaterial auf dem Kopf. Normalerweise lässt sich eine gesundheitliche Verbesserung feststellen, wenn auch keine vollständige Heilung. Es klingt ein wenig drastisch, die Oberseite des Schädels abzuheben, während der Mensch auf dem Operationstisch bei Bewusstsein ist. Sicherlich nicht schön für die Betroffenen.

Allerdings überrascht es nicht, dass sich viele damit einverstanden erklärt haben, denn einige dieser Patienten erlitten ungefähr alle halbe Stunde einen starken Krampfanfall. Da versucht man alles.

Diese Methode wird kaum noch angewandt, weil es mittlerweile bessere krampfhemmende Medikamente gibt, aber sie wird immer noch durchgeführt. (Das gilt auch für die Elektroschocktherapie, eine weitere Methode mit einem finsteren Ruf.)

Penfield entdeckte den somatosensorischen Cortex, als er bei diesen Operationen mit der Elektrode die verschiedenen Areale erkundete und die Patienten ihm dann körperliche Reaktionen zurückmeldeten. »Ich spüre etwas an meinem Knie« oder »Da ist was an meinem Hintern« etc. Penfield konnte eine Übereinstimmung von Hirnarealen mit bestimmten Körperteilen feststellen. Diese Korrelation war bei allen Behandelten gleich. Daher war er in der Lage, den kortikalen Wulst oder

Gyrus zu identifizieren, der im Körper die Entsprechung in der Haut hat. Außerdem entdeckte er, dass die räumliche Beziehung der Körperteile in der Hirnrinde einer anderen Topografie folgt als der Körper selbst. So befinden sich zum Beispiel die Genitalien im Gehirn neben den Füßen. Und die Größen der Körperteile sind nicht repräsentativ, die Schultern sind im Gehirn viel kleiner als die Fingerspitzen. Er erkannte, mit anderen Worten, dass es sich um eine Karte handelte, auf der die Dinge nicht in Zoll oder Zentimetern gemessen werden, sondern in Empfindlichkeitsgraden. Es ist eine räumliche Analogie zur Empfindung. Ein schöngeistiges Abbild. Der Bereich, der den Lippen entspricht, ist riesig.

Auch seine Technik war einzigartig – er stach herum und fragte immerzu: »Hier? Nein? Wie wäre es mit … hier?« Auf diese Art konnte Penfield die Entdeckungen machen, für die er am Ende berühmt wurde, wenngleich sie auch Kontroversen auslösten. Häufig berichteten Patienten von Erinnerungen, die hochkamen, nicht von Empfindungen. Aufgrund seines operativen Eingriffs erinnerten sie sich zum Beispiel an:

- als sie einmal Leuchtschilder betrachteten
- als sie einmal während der Geburt im Kreißsaal lagen
- als sie an der Ecke der Jacob Street in South Bend, Indiana, standen
- als sie vor Jahren einmal Zirkuswagen vorbeifahren sahen
- als sie ihren Vater und ihre Mutter Weihnachtslieder singen hörten.

Häufig erinnerten sich die Patienten an Musik, »White Christmas« oder »Rock-a-Bye Baby« oder die Titelmelodie einer bekannten Radiosendung. Die Kontroverse über die Ergebnisse basiert auf einem sogenannten Engramm. In der Welt der

Neurowissenschaften ist das Engramm quasi ein mythisches Tier, vergleichbar mit Big Foot oder dem Ungeheuer von Loch Ness. Ein Engramm ist eine physiologische Spur, die eine Erinnerung im Gehirn hinterlässt. Oder anders ausgedrückt: Ein Engramm ist der messbare physiologische Unterschied zwischen einem Gehirn, das einen bestimmten Inhalt gelernt hat, und einem, das ihn nicht gelernt hat. Angeblich handelt es sich hierbei um die Verbindung von Gedanke und Materie, etwa wie bei Descartes' Zirbeldrüse. Bislang dachte man, das Engramm sei so etwas wie eine Zelle oder eine Gruppe von Zellen, die es einem ermöglichen, sich an den eigenen sechsten Geburtstag zu erinnern oder an den Tag, an dem man seine Jungfräulichkeit verloren hat. Penfield schien das Engramm für bestimmte Erinnerungen stimuliert und sie damit wieder hervorgerufen zu haben. Damals war er der Meinung, wir alle verfügten theoretisch über so etwas wie eine ständig laufende Überwachungskamera oder ein Tonband, doch das meiste, woran wir uns erinnern können, liege irgendwo im Dunkeln verborgen. Diese Erinnerungen schlummerten im Archiv des Gehirns, weil wir sie nicht brauchten, weitab von häufig benutzten neuronalen Pfaden. Aus den Augen, aus dem Sinn sozusagen. Penfield zufolge entdeckte er durch die Untersuchung mit der Elektrode diese in Vergessenheit geratenen Erinnerungen, als wären sie Akten, Tonbänder oder Disketten. Sie kamen zum Vorschein, weil das Gehirn auf ungewohnte Weise – nämlich mit offener Schädeldecke – in Unruhe versetzt worden war. So wurden Engramme entdeckt, die an einem bestimmten Ort ruhten und sich dort still verhielten.

Laut derzeitigem Wissensstand über Erinnerungen beziehungsweise über das Gehirn im Großen und Ganzen hat man von dieser geradlinigen Verortung wenig zu halten, ebenso wie von der Idee, dass das Gedächtnis eine passive, ganzheitliche und neutrale Aufzeichnung von Ereignissen sei. Ein Engramm, wenn man überhaupt davon ausgehen darf, dass es existiert, lässt sich nicht beispielsweise als kleine Nuss oder Ei darstellen. Es ist eher etwas Systemisches und im Raum Verteiltes, ein Produkt des Zusammenspiels von elektrischen, chemischen und somatischen Komponenten. (Außerdem sind dabei Proteine anscheinend sehr wichtig.)

Heutzutage wird das Gedächtnis, ähnlich wie die Fähigkeit zu sehen, eher als ein Prozess betrachtet, der dynamisch für die Existenz seines Objekts sorgt. Es ist keine Aufzeichnung eines Ereignisses. Denn wenn man sich an etwas erinnert, das vor zehn Jahren stattgefunden hat, erinnert man sich nämlich wahrscheinlich an die jüngste Erinnerung an etwas von vor zehn Jahren, nicht an das eigentliche Ereignis. Und diese jüngste Erinnerung ist an sich eine Erinnerung an die Erinnerung davor. Das ist wie Stille Post. Es finden Verzerrungen statt. Penfields Patienten erinnerten sich möglicherweise an etwas wie die Urerinnerung, auf der sich diese veränderlichen Erinnerungen aufbauen. Aber irgendetwas an ihrer Nostalgie ist verdächtig, man würde etwas anderes erwarten.

Die Erinnerungen von Penfields Patienten haben immer etwas Sentimentales, und die häufige Nennung von Musik lässt einen aufhorchen. Das könnte damit zusammenhängen, dass man sich mittels eines ganz bestimmten neuronalen Prozesses an Melodien erinnert, der dafür sorgt, dass sie uns länger im Gedächtnis bleiben als beispielsweise Namen oder Fertigkeiten. All diese sehr verschiedenen Phänomene bezeichnen wir schlicht als »Erinnerung«, doch dahinter stecken verschiedene physiologische Prozesse. (Warum fällt es uns leichter, uns an eine Melodie zu erinnern als an den Namen des Liedes? Die Fähigkeit, sich an Melodien zu erinnern, scheint Verbindungen zur Arithmetik aufzuweisen, zumindest liegen sie der Arithmetik näher als der Fähigkeit, sich an Namen oder Gesichter zu erinnern. Sich an Namen zu erinnern und sich an Gesichter zu erinnern sind, das sollte man wiederum nicht vergessen, zwei unterschiedliche Fähigkeiten.)

Aber sicherlich trifft es zu, dass Penfields Patienten diese Erfahrungen als Erinnerungen bezeichnet haben. Für sie müssen sie sich wie Erinnerungen angefühlt haben. Das trifft allerdings auch auf Déjà-vus zu, und von denen wissen wir, dass wir sie noch nicht einmal erlebt haben.

Vielleicht wollten die Betroffenen gern, dass es Erinnerungen waren, denn sie lösten ein Wohlgefühl und Ruhe aus. Dies wäre ein False Memory Syndrome mit umgekehrten Vorzeichen: Statt sich etwa an einen Missbrauch zu erinnern, den man dafür verantwortlich machen kann, dass das eigene Leben wirklich aus den Fugen geraten ist, denken sich die Patienten eine Idealvorstellung aus. Den perfekten Moment. Ein harmloses Geplänkel. In den meisten Fällen ist es nicht möglich, verlässlich zu belegen, ob die Erinnerung zutreffend ist oder nicht. Selbst wenn man einen Beweis für eine Erinnerung haben wollte – Penfield schien dieser Aspekt nicht zu interessieren. Wer kann schon sagen, ob man glücklich war, als man an diesem einen Nachmittag vor zwölf Jahren Rosenduft oder den Duft von gerösteten Esskastanien wahrnahm? Wie könnte ein Beweis aussehen, der diese Behauptung stützt oder widerlegt? Mein eigener Beleg wäre hinfällig, wenn er sich auf die Erinnerung an diese singulären Umstände stützte. Welche anderen Zeugen könnte ich ins Feld führen? Ich versuche, einen bestimmten Nachmittag vor Jahren genau festzulegen, an dem nichts Besonderes passierte. Und dann versuche ich angestrengt, mich daran zu erinnern, in welcher Stimmung ich mich befunden habe.

Die Tatsache, dass Penfield dieses Thema nicht eingehender untersucht hat – können wir diese Erinnerungen wirklich als solche bezeichnen, wenn wir unter »Erinnerung« die Besinnung auf ein tatsächlich stattgefundenes Ereignis, das von anderen Personen bezeugt werden kann, verstehen? –, heißt nicht, dass er nachlässig war. Mit dem Auftreten dieser Erinnerungen hatte er überhaupt nicht gerechnet, und er hatte die Zeit nicht, die Implikationen zu bedenken, sondern musste seine Patienten behandeln. Schließlich war er Arzt. Darüber hinaus gab es damals, Anfang der 1950er-Jahre, wohl keinen Anlass, die Behauptung einer bestimmten Erfahrung anzuzweifeln oder zu hinterfragen. Mittlerweile fangen wir natürlich an, überhaupt zu verstehen, wie kompliziert die Funktionsweise des Gedächtnisses ist und dass man sich nicht immer auf alles verlassen kann, was es uns einredet.

Erinnerungen können nämlich gefälscht oder vorgegeben werden. Wenn Personen befragt werden, was sie gesehen haben, ist es recht leicht, ihre Erinnerung zu manipulieren, vielleicht etwas hinzuzufügen. Sagen wir, ein Verdächtiger rennt von einem Tatort weg, und die Frage lautet dann: Welche Farbe hatte der Schnauzer des Mannes? Die Hälfte der Befragten wird dann angeben, sie hätten keinen Schnauzbart gesehen, die andere Hälfte jedoch wird nach kurzem Überlegen die Haarfarbe benennen, obwohl der Schnauzer erfunden ist. Ab diesem Zeitpunkt werden sich fünfzig Prozent der Zeugen daran erinnern, dass der Schnauzer braun war. Er ist fest mit dem Ereignis verknüpft. Und das heißt natürlich nicht, dass nur fünfzig Prozent der Befragten irgendetwas erzählen. Stellt man eine andere Frage mit dem Hintergedanken, jemandem eine falsche Erinnerung einzupflanzen, fallen diejenigen, die sich an den Schnauzer nicht erinnern konnten, darauf herein, dass der Typ außerdem humpelte. Es geht hier nicht darum, dass die Hälfte der Zeugen unbrauchbare Aussagen macht, sondern darum, dass wir alle die Hälfte der Zeit unzuverlässige Zeugen sind. So irren wir uns alle, denn so funktioniert das Gedächtnis eben.

56. Das Gedächtnis

Das Gedächtnis ist keine getreue, objektive Aufzeichnung, und Szenen aus der Vergangenheit, die man vor dem geistigen Auge sieht, sind keine Fotografien. Genauso wie optische Täuschungen zur normalen Funktionsweise des Sehens gehören – es verlässt sich auf Vermutungen und reagiert auf das, was aus einem Hintergrund hervorsticht –, zeigt der faule Trick, eine falsche Erinnerung einzupflanzen, die normale Funktion des Gedächtnisses. Würden wir uns ohne erzählerische Ausschmückungen oder Auslassungen an alle Einzelheiten erinnern, wäre das Weiterleben unmöglich. Ständig wären wir von unserer Erinnerung abgelenkt.

Das sogenannte »fotografische Gedächtnis«, das seltene Phänomen, sich klar und vollständig an alles erinnern zu können, ist eigentlich ein Handicap. Menschen mit dieser Art von Gedächtnis werden von mnemotechnischem Müll überschwemmt, so wie ein Messie zum Beispiel jeden einzelnen Gegenstand, den er je gekauft hat, im Haus aufbewahrt, jede einzelne Zahnpastatube und jede Zeitschrift. Um zu funktionieren, muss das Gedächtnis Ereignisse nicht *präzise* wiedergeben, sondern *funktional*. Es ist ärgerlich, wenn man sich nicht erinnern kann, ob man richtig abgeschlossen oder den Herd angelassen hat. Aber man stelle sich vor, wir könnten uns an alles erinnern. Stellen Sie sich vor, Sie könnten sich an jedes einzelne Mal erinnern, wenn Sie den Herd abgeschaltet haben. Sie würden durchdrehen. (Es gibt Hinweise darauf, dass die rechte Gehirnhälfte, die romantische, künstlerische Hälfte, die Aufgabe hat, Erinnerungen und das Selbstbild zu einem sinnvollen Ganzen zusammenzusetzen. Sie erzählt uns eine Geschichte über uns selbst, denn die Anzahl der nackten Fakten wäre überwältigend, die Tatsachen langweilig, verwirrend und – wenn wir ehrlich sind – zu deprimierend.)

Es besteht kein Zweifel, dass Penfields Darstellung dessen, was ihm seine Patienten berichtet haben, zutrifft. Doch welche Bedeutung sie hat, darüber scheiden sich die Geister, und wahrscheinlich kann man zum jetzigen Zeitpunkt noch zu keinem Ergebnis kommen. Es wird noch viel Zeit vergehen müssen, bis wir wissen, was diese Ergebnisse noch aussagen. Dank neuer krampfhemmender Medikamente sind solche Operationen selten geworden, und außerdem würde man, mal ehrlich, heutzutage keinem Arzt gestatten, im Gehirn eines noch lebenden Patienten herumzuwühlen.

Die schriftliche Einverständniserklärung dafür wäre ein Albtraum – vermutlich wären die Klauseln für den behandelnden Arzt nicht so formulierbar, dass sie alles abdecken und er für etwaige Schäden, sollte etwas schiefgehen, versichert ist. In dem Dokument müsste eigentlich Folgendes stehen: »Wenn wir irgendetwas finden, was wir interessant finden, während wir ihre olle Schädeldecke aufgeklappt haben, wäre es dann okay, wenn wir uns damit beschäftigen und die Behandlung ein Weilchen aufschieben würden?«

Penfield machte sich eine einmalige Gelegenheit zunutze: Er machte eine unerwartete Entdeckung, während er Hunderte von nahezu identischen Operationen ausführte, nämlich an Patienten, die bei Bewusstsein waren und sich artikulieren konnten. Und dabei saßen ihm weder Anwälte für Medizinrecht noch Buchhalter im Nacken. Kein Wunder, dass Ben so neidisch auf ihn war. Penfield hatte alles: Glück, eine Gelegenheit und Gleichmut. Und außerdem war die Behandlung seiner Patienten ein Erfolg. Es wird eine Weile vergehen, bevor jemand seine Ergebnisse ernsthaft weiterverfolgen kann. Bis dahin wird es einen Durchbruch in der In-vivo-Bildgebungstechnologie geben müssen. Und das kann dauern.

57. Neurogenese?

Gedankenverloren pulte Ben am Deckel eines Pappkartons herum. Mir schien es, er betrauerte, dass Penfields Pioniergeist verloren gegangen war. Schließlich sind wir alle heutzutage damit beschäftigt, unseren Arsch zu retten. Keiner würde sich damit abfinden, mit nur einem Bein aus dem OP herausgefahren zu werden. Und überhaupt: Diese verlockenden uninterpretierbaren Ergebnisse! Das ist ja so, als würde man das Grab des Tutanchamun öffnen und dann wieder zumachen, weil die Taschenlampenbatterie leer ist.

»Ist das da ein kleiner Kühlschrank in dieser Kiste?«

Ben beugte sich zur Seite, um das Etikett lesen zu können. »Jo.«

»Kann ich den haben? Nicht für zu Hause, sondern für mein Atelier?«

»Ich wüsste nicht, warum nicht. Solange er im Gebäude bleibt. Irgendwann werden Simon und Selina Inventur machen.«

Ich hob die Kiste an, die recht schwer war, und trug sie zur Tür. Weiter kam ich nicht. »Hier …« Ben nahm sie mir ab, und ich öffnete die Tür, um ihn hindurchzulassen. Das Gerät war somit also nicht mehr vollkommen nutzlos.

Auch als wir den zweiten oder dritten Flur entlanggingen, zeigte Ben keinerlei Zeichen von Anstrengung. Ich stellte ihm eine Frage, die mir schon länger im Kopf herumging. »Hast du mal was von dem sogenannten ›Normeron‹ gehört?«

»Ja, klar. Nancy hat früher dort gearbeitet. So hat sie Norman überhaupt kennengelernt.«

»Ach, guck!« Dann war es wohl doch kein so großes Geheimnis. Ben schien plötzlich einen Unterton bei mir wahrzunehmen und lächelte. »Du hast dich also mit Stick unterhalten, was?«

»Dann stellen sie also keine chemischen Waffen her.«

»Es ist eine Firma, die biochemische Substanzen herstellt, hauptsächlich Nootropika. Intelligente Drogen. Medikamente, die die Leistung verbessern sollen.«

»Klingt nach Koks oder Speed.«

»Speed wird seit Jahrzehnten verwendet, sogar schon im Zweiten Weltkrieg.«

»Von wem?«

»Von der US-Armee. Und der Air Force.«

»Dann hat es also anscheinend doch mit Waffen zu tun, am Ende.«

»Nein, es ist … Norman hat, oder ich sollte lieber sagen Norman hatte, Anteile an anderen Firmen, die Fernlenkwaffen und was weiß ich noch herstellen. Normeron hat damit allerdings nichts zu tun. Sie bekommen recht viele finanzielle Mittel vom US-Verteidigungsministerium, weil sie immer am Forschen sind, und die Ergebnisse lassen sich auch in vielen anderen Bereichen anwenden. Die Amis vergeben Gelder für alle möglichen Forschungsvorhaben, einfach weil sie über diese gigantischen Budgets verfügen und sicherstellen wollen, dass sie als Erste davon erfahren, wenn es was Neues gibt. Vieles von dem marktüblichen Kram wurde mit Geldern der amerikanischen Armee entwickelt, zum Beispiel das ganze Computer- und Kommunikationszeug, Medikamente, Textilien, Autos, Sonnenschutz, Baumaterialien, Stifte. Ohne das Verteidigungsministerium kriegst du gar nichts gebacken. Also arbeiten sie im Moment an Mitteln, die die Aufmerksamkeit und das Gedächtnis verbessern sollen. Wenn sie etwas Brauchbares entwickelt haben, kommt es auf den Markt. Sie erforschen alles Mögliche: Adrafinil. Centrophenoxin. Melatonin. Gingko biloba.«

»Gingko biloba? Das kriegt man doch im Biomarkt. Dann ist Normeron also kein Geheimnis?«

»Dass die Firma existiert, ist kein Geheimnis. Sie ist sogar auf dem institutseigenen Briefpapier in der Fußzeile aufgeführt.«

Das war mir noch gar nicht aufgefallen.

»Und was die machen, ist auch nicht geheim. Aber natürlich müssen die Details etwaiger Forschungsergebnisse unter Verschluss bleiben. Das auf alle Fälle. Wenn es ihnen tatsächlich gelingt, ein effektives Medikament zu erfinden, das die Gedächtnisleistung verbessert, oder etwas, mit dem man ohne Nebenwirkungen wach bleibt, dann könnten sie damit Milliarden verdienen.«

»Und das gibt es bisher noch nicht?«

»Ich kann mir nicht denken, dass sie sich etwas haben einfallen lassen, das so effektiv ist wie Amphetamine, Epinephrin oder Ähnliches. Nüchtern betrachtet glaube ich nicht, dass sie auf etwas Besseres als Kaffee gestoßen sind. Einmal gab es viel Wirbel um die Entdeckung einer Substanz namens Modafinil, aber mittlerweile haben sie die Forschungsergebnisse veröffentlicht, also kann das nichts Großes gewesen sein.«

Inzwischen waren wir bei meinem Atelier angekommen, und ich betrachtete meine Neuerwerbung.

»Der hat kein Eisfach.«

»Es ist ein Laborkühlschrank. Im Labor braucht man kein Eis.«

Na, was solls? Ich konnte ja improvisieren. Ich würde eine Plastikflasche mit Wasser auffüllen und sie dann im Kühlschrank deponieren. Sobald das Wasser gefroren war, wollte ich die Flasche zerschneiden und im Waschbecken das Eis zertrümmern.

»Was ist eigentlich ›Neurogenese‹? Du hast erzählt, dass Nancy mit Dr. Madden daran arbeitet. Ist das auch so ein Projekt?«

»Das ist kein Projekt, es ist ein Phänomen. Das untersuchen die beiden gerade. Echt sehr spannend. Das wird seine Zeit dauern, aber das Potenzial der Erkenntnisse ist kaum zu verachten. Es geht darum … Du weißt, dass das Gehirn nicht wächst oder seine Zellen repariert, sobald sein Wachstum abgeschlossen ist, oder? Es gibt nur eine bestimmte Anzahl von Gehirnzellen, und wenn die weg sind, sind sie weg.«

»Ja.« Das wusste ich schon.

»Na, wie sich herausstellt, stimmt das aber nicht. Das Gehirn produziert in der Tat neue Zellen, nämlich in den Ventrikeln und im Hippocampus. Das nennt sich Neurogenese. Nancy und Dr. Madden haben also daran geforscht. Sie wollten herausfinden, wie es sich mit der Teilung in neuralen Stammzellen verhält. Könnte man die beeinflussen, wäre das die absolute Klugheitspille. Denn selbst wenn das Gehirn neue Zellen generiert – und wir wissen, dass das möglich ist –, produziert es nicht ausreichend, um seine Leistung merklich zu verbessern. Dazu wäre eine Größenordnung von Hunderttausenden nötig, und um wirklich eine Verbesserung herbeizuführen, bräuchte es Billionen neuer Zellen.«

Ben schenkte sich ein Glas Wein ein, seine Laune hatte sich offensichtlich deutlich verbessert.

»Aber damit würde man auch nicht länger wach bleiben.«

»Das vermutlich nicht, aber es würde deine Gedächtnisleistung immens verbessern. Das ganze Denkvermögen wäre im Allgemeinen besser. Die Auswirkungen würden sich in allen möglichen Bereichen zeigen: Depressionen, Schizophrenie, Alzheimer, Drogenabhängigkeit, degenerative Erkrankungen. Es wäre sogar denkbar, Gehirnschäden zu reparieren, wie Schlaganfälle oder Schädelverletzungen …«

»Darüber muss Conrad Norman sehr erfreut gewesen sein.«

»Als ihm klar wurde, dass er unter Alzheimer litt, hat er sich sehr gefreut, ja. Normeron war einfach nur eine Firma unter vielen, als das passiert ist. Als ihm bewusst geworden ist, dass sich jemand in einem seiner eigenen Unternehmen mit diesem Thema beschäftigte und ihm vielleicht helfen könnte, hat er Nancy und Owen mit Geld regelrecht beworfen. Deswegen sitzen wir ja jetzt hier. Aber ich glaube nicht, dass er eine realistische Vorstellung davon hatte, wie lange diese Art von Forschung dauert, selbst wenn man über alle möglichen Ressourcen verfügt. Und Forschung kann durchaus auch ins Leere führen. Bei Ratten wurden einige vielversprechende Ergebnisse erzielt, aber das betraf nur eine einzelne Studie. Irgendwelche vielversprechenden Ergebnisse, die sich auf eine einzige nicht überprüfte Studie stützen, gibt es immer mal. Wie bei den Heilungsmethoden für Krebs. Immer gibt es unglaubliches Zeug in der Pipeline, aber nicht alles davon führt zu einem Ergebnis.«

»Anscheinend hat Stick dann was ziemlich missverstanden. Befindet sich das Unternehmen überhaupt in Lateinamerika? Vermutlich ist es in Wales, was?«

»Nein, nein, es ist in Südamerika, besser gesagt in Mittelamerika, in Belize.«

»Da hat sich Emily doch ihre Krankheit zugezogen.«

»Faktisch war sie dort angestellt. Sie hatte in gewisser Weise Glück, denn wenn sie dort für irgendeine Software-Firma oder so gearbeitet hätte, hätte sie wohl kaum solch eine gute Behandlung bekommen. Wäre sie in einem ganz normalen Krankenhaus in Belize gelandet, wäre sie vermutlich gestorben. Aber sie wurde in die Ambulanz gebracht, die Normeron für die Bewohner dort betreibt – so eine Wohltätigkeitsgeschichte. Die Ärzte dort sind alles Mitarbeiter von Normeron, die das ehrenamtlich machen. Und als die festgestellt haben, dass es sich um ein neurologisches Problem handelte, wussten sie recht schnell, was zu tun war.

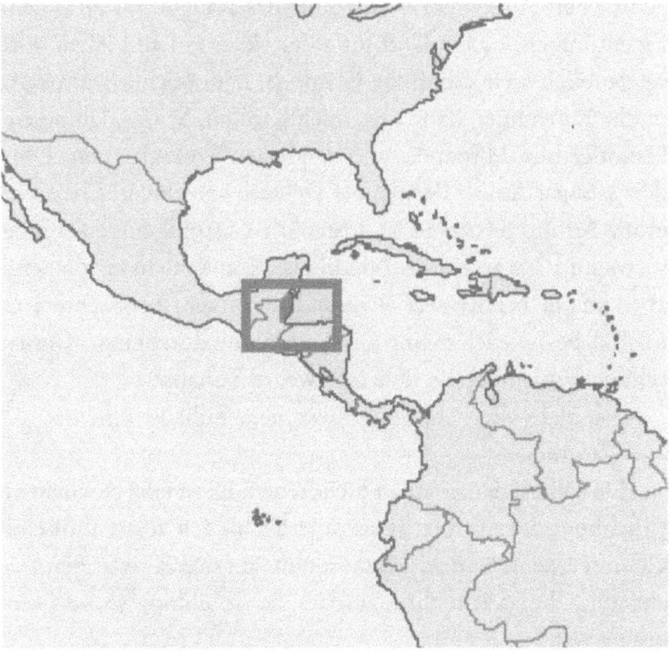

Bei einer Hirnhautentzündung muss man aufpassen, denn die Lebenszeichen können sich sehr schnell verschlechtern.«

»Das ist Ironie des Schicksals: ausgerechnet an einem Ort eine neurologische Erkrankung zu bekommen, wo sich nur Neurologen aufhalten. Oder ist das ein Paradoxon? Oder Zufall?«

»Irgend so was. So, als würde man von einem Krankenwagen angefahren werden. Das passiert übrigens ziemlich häufig, fällt mir dabei ein. Eigentlich auch nicht so überraschend. Auch

Onkologen bekommen Krebs. Jedenfalls hat Nancy organisiert, dass Emily mit dem Hubschrauber ausgeflogen wurde, nachdem sich ihr Zustand stabilisiert hatte. Tja …« Anscheinend hatte er den roten Faden verloren, denn anstatt mir die Details zu erzählen, beschrieb er die Umstände. »Belize ist ein komisches Land. Wusstest du, dass es zum britischen Empire gehört hat? Außerdem wurde dort das Kaugummi erfunden. Eigentümlich, nicht? Und für so ein kleines Land leben dort unglaublich viele ethnische Gruppen, hauptsächlich afrokaribische Einwohner, dann aber auch Kreolen, Mayas, Chinesen, Ostinder und Hispanos, alle möglichen Volksgruppen. Dort gibt es sogar Amish People, die Deutsch sprechen! Es herrscht große Armut, deswegen ist kostenlose Gesundheitsversorgung so wichtig. Zwar gibt es öffentliche Krankenhäuser, die sind aber knapp bei Kasse.« Während er sprach, beobachtete er mich dabei, wie ich meine CD-Sammlung durchging. »Das ist echt gemütlich bei dir. Wie ein zweites Zuhause.«

»Na, nicht wirklich. Du solltest mein Zuhause sehen.«

»Warum?«

»Du solltest es eigentlich nicht sehen. Es ist eine beschissene Bruchbude … Ah! Da ist sie ja endlich!« Ich zeigte ihm eine CD mit einem Penfield-Homunkulus auf dem Cover. Ben war erstaunt. Ihm war nicht klar, dass die Abbildung so weit verbreitet war.

»Wollen wir die hören?«, fragte er.

Warum nicht, dachte ich.

Schließlich kannten wir uns nun schon länger und hatten einige Gemeinsamkeiten, warum sollten wir es nicht mal mit Musikhören versuchen? Ich ging davon aus, dass sein Musikgeschmack vermutlich recht konservativ war, aber wenn man jemanden mag und auf eine bestimmte Musik steht, dann möchte man sie demjenigen auch vorspielen. Vielleicht gefällt sie dieser Person ja auch, und das besiegelt umso mehr, dass man auf derselben Wellenlänge ist. Vielleicht könnte ich auch noch Bens musikalischen Horizont ein bisschen erweitern.

Allerdings reagierte er auf meine Musik nicht sehr höflich. Im Prinzip gab er ihr kaum eine Chance. »Das ist ja nur Geschrei und Lärm. Das ist grauenvoll, mach es aus.«

Einige Menschen können in einigen Bereichen einen sehr distinguierten Geschmack beweisen und sich in anderen als Kulturbanausen erweisen. Vermutlich hätte ich nicht überrascht sein sollen (obwohl mich seine Reaktion schon ein bisschen verletzte). Während ich vielleicht in mancher Hinsicht über eine gewisse kulturelle Bildung verfüge – schließlich kenne ich mich ganz gut in der Malerei und abwegiger Rockmusik aus –, habe ich von anderen Sachen kaum Ahnung. Schließlich ist immer überall etwas los, und ich kann mich nicht um alles kümmern: zeitgenössische Poesie beispielsweise. Die ist für mich weinerlich und insgesamt unverständlich. Zeitgenössischer Tanz: Gymnastik und Herumgeflattere, was noch nicht mal interessant wäre, wenn die Mädchen dabei nichts anhätten, mit ihren flachen, muskulösen Brüsten. Moderne Literatur: Ich könnte vorgeben, gern Burroughs zu lesen, aber mehr als einen oder zwei Absätze schaffe ich nicht. Kunstfilme: nicht so gut wie richtige Filme. Sogenannte Neue Musik: Das ist nichts anderes als schrecklicher Lärm. Ich kann mir nicht vorstellen, dass das jemand gut findet. Was noch? Oper. Jazz. Eigentlich interessiert mich nichts außerhalb meines eigenen Bereichs. Sogar was zeitgenössische Malerei angeht, mit der ich meine Miete zahle. Künstlerische Videos kann ich mir fast nie zu Ende ansehen, und selten verbringe ich Zeit mit Installationen. Eine Installation ist nur ein Hindernis, das man auf dem Weg zur Bar überwinden muss.

58. Verliebtsein

Als Ben losging, waren die Putzleute schon fertig und verließen ebenfalls das Gebäude. Ich fand, es war die richtige Stimmung, um verliebt zu sein. Unter verliebt sein verstehe ich eine Aktivität, keinen Zustand, den man passiv erlebt. Das war nicht mein erstes Mal. In den letzten Jahren hat es ein bisschen abgenommen, aber dem Verliebtsein habe ich durchaus einige Stunden in meinem Leben gewidmet. Eigentlich ist das nicht weiter schwierig. »Aktivität« ist vielleicht ein wenig zu viel gesagt. Es geht nur um die richtige Musik, ein bisschen Wein (wenn noch welcher da ist) und Gedanken.

Keineswegs ist Emily mein erstes Liebesobjekt, und mir ist klar, dass das mit ihr problematisch ist. Ich bin ja nicht blöd. Zuerst einmal ist da mein Alter. Es ist schon okay, seine Zeit damit zu verbringen, über ein gebrochenes Herz zu klagen, wenn man siebzehn ist. Aber ich gehe jetzt auf die vierzig zu, und mittlerweile geht so etwas nicht mehr. Womit wir bei dem Thema Masturbieren sind (damit hätte ich schon längst aufhören sollen), das quasi als Index für das Verliebtsein fungiert. Stellt man fest, dass man sich mit der geliebten Person vor Augen keinen runterholen kann, dann weiß man, dass es wahre Liebe ist und nicht nur Lust oder Schwärmerei. Natürlich stellen Lust und Schwärmerei ein weiteres Problem dar. Ich kenne diese Frau ja kaum. Angesichts ihrer Erkrankung ist natürlich fraglich, ob es überhaupt möglich sein kann, sie zu kennen. Hat eine Person, deren Bewusstsein die Beschaffenheit eines

Siebs hat, eine Persönlichkeit? Sie ist nur eine Vorstellung von etwas, oder? Sie ist schön, man kann sie nicht wirklich kennen, und sie ist (aus den verschiedensten Gründen, sowohl aus praktischen wie aus philosophischen) unerreichbar.

Mir ist vollkommen klar, dass mein sexuelles Ausgehungertsein viel damit zu tun hat. Es liegt an der Phase, die ich gerade durchmache, in deren Mitte ich mich befinde. Mein sexuelles Verlangen ist von einer Art Metabegehren verdrängt worden, das noch nicht mal ein Objekt hat. Ich fühle mich wie ein Mönch im Mittelalter. Mein Zustand ist von einer unrealistischen Erwartungshaltung geprägt, und das ist mir wohl bewusst – allerdings ändert das nichts an der Situation. Ich habe immer noch Lust darauf, mich aufs Verliebtsein zu stürzen. Ganz klar sind der Schmerz, das Sehnen und das Schmachten eine Schwäche, der ich mich ganz und gar hingebe. (Und weil ich von Natur aus ein Asket bin.) Um verliebt zu sein, brauche ich einen Drink. Der Grund dafür liegt darin, dass es mir dann nicht so peinlich und unangenehm ist – selbst wenn niemand da ist, der mich beobachten könnte, denn zu sehen gibt es ja sowieso nichts. Ich sitze in einem Sessel, höre Musik, trinke ein Glas Wein und seufze.

Die Musik wähle ich mit Bedacht aus. Nichts von Dethinstinkt oder Katharghsiss. Für Abende wie diesen habe ich meine Favoriten: laut, aber in einer zurückgenommenen, ozeanhaften Weise, mit Fragmenten einer halb erinnerten Melodie, die wellenhaft in das Bewusstsein schwappt und wieder heraus, dazu eine unausgebildete Mädchenstimme, die sich so anhört, als würde sie sich selbst in den Schlaf singen, man hört sie gerade eben noch so in dem Mix. Der Song heißt »Wichsblase«. Nein, er heißt nicht »Wichsblase«. (Scherz. Selbst jetzt. Ich kann noch nicht mal meine eigenen Gefühle ernst nehmen.)

Der Titel heißt »To Here Knows When« – er ist so bedeutungslos und sphärisch wie die Melodie. Ah, mein wundes

Herz! Die Stimme des Mädchens aus der Ferne. Der Text ist unverständlich. Ich habe mir den Song bestimmt schon tausendmal angehört (wegen Emilys Vorgängerinnen), aber ich habe immer noch keine Ahnung, was sie singt. Die Unverständlichkeit des Textes vereint sich mit einem auditiven Trick bei diesem Musikstück. Irgendwann denkt man beim Zuhören, dass der Sound nicht aus den Lautsprechern kommt, sondern woanders seine Quelle hat – hinter einem oder direkt vor der Tür. Emily ruft mich.

Ich spiele den Song noch ein paarmal ab, aber nach einiger Zeit funktioniert er nicht mehr so gut, also suche ich nach etwas anderem. Ich gucke meine CDs durch auf der Suche nach Titeln, die nichts mit unnatürlichen und gewaltsamen Toden zu tun haben. Ich mache eine Entdeckung, bei der ich innehalte: Diese CD hatte ich ganz vergessen. Pink Floyd: *The Early Singles*. »See Emily Play« – ein Stück über irgendein Mädchen oder eine Frau aus einer viktorianischen Gespenstergeschichte. Genau das Richtige. Psychedelisch. Unnahbar. Unschuldig, aber unheimlich.

Das Lied höre ich mir oft an. So oft, dass auch das irgendwann langweilig wird und ich feststelle, dass ich in einem stillen Zimmer sitze und auch nicht mehr an die bezaubernde Emily denke – während sie Gänseblümchenkränze flicht –, sondern an die Realität. Sie muss einen Freund gehabt haben. Mehrere. Sie muss zur Uni gegangen sein, denn sie hatte ja offensichtlich einen Job. (Schließlich kann sie nicht wie in meiner Vorstellung in einem Land voller Einhörner und Sternenstaub gelebt haben.) Und sie hat irgendetwas mit Normeron zu tun gehabt. Nur deswegen ist sie ja nach Belize gegangen. Und Eltern hat sie auch …

59. Vermutung, Hypothese und wilde Spekulation

Colin ist ihr Vater, richtig? Natürlich! Ein Typ wie er hat wahrscheinlich Kinder, nur erwähnt er sie nicht. Ich wette, er hat einige Kinder von verschiedenen Frauen, und Emily ist seine Tochter. Oder vielleicht ist er sich nicht sicher, ob sie es ist, aber er hält es für möglich. Deshalb war er so freundlich zu Stick mit seinen verrückten Verschwörungstheorien. Er glaubt, dass Emily, sein uneheliches Kind, hier festgehalten wird. Oder dass sie das Opfer eines geheimen Experiments ist, das schiefging.

Er ist hier, um auf ein Auge auf sie zu haben, und das mit der Prosopagnosie hat er sich nur ausgedacht. Schließlich hat er es allen erzählt. So eine Erkrankung kann man leicht vortäuschen, weil sie sich nicht durch objektive Tests nachweisen lässt. Ein Gehirnscan kann zwar eine Schädigung aufzeigen, aber nicht beweisen, dass er wirklich unter dieser Krankheit leidet. Sie ist viel leichter vorzutäuschen als eine Krankheit, bei der die körperliche Ursache eindeutig auszumachen ist.

Einen akuten schizophrenen Schub vorzutäuschen, zum Beispiel, ist echt anstrengend, weil man all diese Verhaltensweisen die ganze Zeit über aufrechterhalten und ziemlich kreativ sein muss. Colin täuscht Gesichtsblindheit vor, damit er Emily heimlich bewachen kann. Kein Wunder, dass er immer so ein Trara um sie macht. Genauso macht er ein Aufheben um die anderen Patienten, damit er nicht auffliegt.

Jetzt ergibt das alles einen Sinn. Er ist so schlau, ein bisschen zu recherchieren und eine Krankheit zu entdecken, die er leicht vortäuschen kann und die nach einem leichten Schlaganfall durchaus manchmal auftritt. Es ist ja gut möglich, dass er tatsächlich einen Schlaganfall erlitten hat. Sein Vorwand muss nur nachvollziehbar genug sein, damit sich ein Neurologe, auch Ben, davon täuschen lässt.

Wahrscheinlich ahnt Ben, dass Colin nur so tut als ob, aber er ist sich nicht sicher. Daher ersinnt er diese bizarren Tests, um ihm auf die Schliche zu kommen. Aber der »Test«, den ich gesehen habe, deutet auf das Gegenteil hin. Als Ben sich damals verkleidet und seinen Gang verstellt hat, hat er bewiesen, dass Colin sogar sehr gut Personen, abgesehen vom Gesicht, erkennen kann aufgrund ihrer Charakteristika, selbst wenn diese Hinweise (schwach) verfälscht werden. Und Colin hat keine Angst zu zeigen, dass er dazu in der Lage ist, obgleich das Zweifel an seiner Behauptung, er leide unter Prosopagnosie, auslöst. Man kann also sagen, dass die Verhüllung des Körpers bis auf das Gesicht kein Test ist, um zu überprüfen, ob es sich um eine echte Prosopagnosie handelt.

Aber vielleicht hat er es genau deshalb so schlampig gemacht. Um Colin in falscher Sicherheit zu wiegen, damit er sogar doppelt blufft und sich so verhält, als könnte er seine Einschränkung erfolgreich kompensieren, um seine selektive Blindheit zu verschleiern.

Währenddessen führt Ben im Prinzip sehr viel raffinierte Tests durch, indem er seine komische Verkleidung als Tarnung benutzt, und niemand von uns kriegt das mit.

Der gesamte Zeichenworkshop könnte ein Vorgehen sein, um Colin heimlich zu testen. Ben verführt ihn dazu, das Fehlen eines Defizits dadurch zu verraten, indem er ihn dazu bringt, mehr oder weniger akkurate Skizzen von Gehirnen zu zeichnen. Das ergibt ja auch Sinn, denn wenn wir Porträts zeichnen würden, würde Colin den Braten riechen und einfach nicht zum Workshop kommen. Wenn er Gesichter zeichnen könnte, würde er ja auffliegen. Auf der anderen Seite haben Gehirne auch Ähnlichkeiten mit Gesichtern. Sie sind ungefähr gleich groß, achsensymmetrisch und bestehen aus paarweise angeordneten Organen: zwei Ohren und zwei Hippocampi; zwei Temporallappen und zwei Augen. Und ich hatte immer geglaubt, der Workshop sei auf meinen eigenen Mist gewachsen …

Doch das alles scheint jetzt ziemlich weit hergeholt. Ein bisschen wunderlich. Vielleicht ist mein Verstand ein bisschen überstimuliert. Ich weiß, denke ich bei mir: Warum frage ich sie nicht einfach? Colin kann ich schlecht fragen, weil wir gerade kaum Kontakt miteinander haben. Aber Emily ist ja nur ein paar Türen entfernt. Sie muss ja wissen, was sie in Belize für Normeron gemacht hat, und falls nicht, kann sie mir von ihrem Leben vor ihrer Infektion erzählen. Von ihrer Familie und ihrem Job und ihrem Freund. Wenn nichts dabei herauskommen sollte, haben wir wenigstens ein Gesprächsthema. Mal gucken, ob ich sie zu einem Glas Wein einladen kann. Die letzte Putzkraft hat schon zusammengepackt.

60. Der Kopf im Kühlschrank

Am Tag darauf war ich in einer bestimmten Verfassung, in der ich schon oft war, sodass ich dafür eine Bezeichnung habe, ein Etikett. Ich nenne es »Kopf im Kühlschrank«, weil es mit einem Traum zu tun hat, den ich immer wieder habe.

Jedenfalls glaube ich, ihn immer wieder zu träumen. Vielleicht ist es auch eine wiederkehrende Erinnerung an einen Traum, jedenfalls …

Ich wache mit einem furchtbaren Gefühl auf. Ich bin mir sicher, dass ich etwas ganz Schreckliches getan habe, aber ich komme nicht drauf, was es ist. Ich liege im Bett und versuche mich zu erinnern – was habe ich gestern Abend gemacht?

Die Erinnerung ist kaum wahrnehmbar, kaum bewusst, aber ich muss sie zu fassen kriegen, weil ich weiß, dass es etwas Ernstes ist. Nach einer Stunde (in Traumzeit) der Introspektion erinnere ich mich nur an kurze Sequenzen und Fragmente. Genau, Soundso war auch da, oder? Und Wieheißternoch? Wir sind doch da und da hingegangen, oder nicht? Ein blauer Mantel oder eine Handtasche ging verloren. Jemand hat irgendwas von wegen Suppe gerufen …

Das alles führt zu nichts, also muss ich in den sauren Apfel beißen und jemanden anrufen, um nachzufragen. Ich muss alle anrufen, die ich kenne und getroffen habe, und vielleicht noch ein paar andere, die gar nicht dabei waren. Oder doch. Die spekulativen Versuche sind am peinlichsten, aber da muss ich durch.

Also fange ich an, Leute anzurufen, und bemühe mich um einen lässigen Ton. Nach ein bisschen Small Talk schaffe ich es zu fragen: »Hab ich mich komisch benommen? Hab ich was … Blödes gemacht?« Der erste Anruf dauert ewig, weil ich ja so unglaublich lässig bin: »Und deine Mutter, wie geht es der? Gut?«, bevor ich frage, ob ich die Nacht zuvor was angestellt habe. Mit der Zeit werden die Telefonate kürzer. Ich bin den ganzen Morgen am Telefon, ohne mich zu waschen oder anzuziehen. Aber ich bleibe dran, denn das Gefühl, etwas Unverzeihliches getan zu haben, ist so stark.

Meine Freunde geben mir keine Hinweise darauf, dass wirklich etwas passiert ist – vielleicht bin ich an einer Stelle ein wenig laut geworden, aber mehr war nicht los. Das ist eigentlich ganz schön frustrierend, als würde ich mir wünschen, etwas völlig Inakzeptables getan zu haben. Ich gebe auf, weil ich alle angerufen habe, die mir einfallen.

Also, so richtig zufrieden bin ich nicht, aber ich habe mich angestrengt, und so beschließe ich, mir einen Tee zu kochen, und als ich die Milch aus dem Kühlschrank holen will, liegt da ein Kopf drin. Ein Kopf von einem Menschen, eingewickelt in Frischhaltefolie – wie das in Träumen so ist. So geht der Traum. Der Kopf im Kühlschrank. Und wie sich bei folgendem aktuellen Beispiel zeigt, ist der Name »Kopf im Kühlschrank« sehr scharfsinnig …

Ich bin davon aufgewacht, dass mein neuer Kühlschrank brummt. Eigentlich hat er die ganze Nacht hindurch gebrummt, und obwohl es so scheint, dass mich dieses Geräusch geweckt hat, ist es nur das Erste, was ich nach dem Aufwachen wahrnehme. Ich halte die Augen noch geschlossen und habe das deutliche Gefühl, dass etwas nicht stimmt. Dieses Gefühl wird schnell verdrängt von der Überzeugung, dass ich etwas Schreckliches getan habe. Ich habe alles kaputt gemacht. Ich öffne die Augen, und ich liege auf dem Bett in meinem Atelier, das Gesicht zum Kühlschrank gewandt. Ich hechte durch das Zimmer, um den Kühlschrank aufzureißen. Drinnen ist es trüb, aber alles, was ich sehe, ist die aufgeplatzte Plastikflasche mit Eis. Ich hätte sie nicht ganz voll füllen sollen. (Überflüssig zu erwähnen, dass ich Kopfschmerzen habe und mir schlecht ist.)

Ich stolpere zurück ins Bett und fange an, die Situation zu analysieren. Ich denke intensiv nach, komme aber nicht drauf. Was ist mit den tatsächlichen Beweisen? Was haben wir da? Ich bin in Unterhosen in meinem Atelier eingeschlafen. Meine Kleidung sehe ich nirgends. Ich gehe ins Badezimmer, wo ich meine Hose, meine Schuhe und Socken finde, aber mein Hemd fehlt.

Ich halte inne, um zu sehen, ob ich darauf komme … Fehlanzeige. Ich überprüfe meinen Körper in dem Spiegel über dem Waschbecken. Ich sehe verhältnismäßig okay aus. Allerdings ist da ein leichter Glanz auf meiner Brust und den Oberschenkeln, wie ein Lack. Beim Drauffassen klebt er. Und er riecht. Nach Orangen. Auf meinen Schenkeln entdecke ich kleine dunkle Flecken von getrocknetem Fruchtfleisch.

Es ist nicht auszuschließen, dass ich Emily etwas angetan habe. Ausgelöst von dem Geruch der Orangen flammen vor meinem inneren Auge einige Schnappschüsse und Geräusche auf, aber die ergeben alle keinen Sinn. Ich habe einen Scrabble-Buchstabenstein, zwei Teile von verschiedenen Puzzles, das Seil aus dem Cluedo-Spiel und den Schuh von Monopoly und muss sie irgendwie sinnvoll zusammensetzen. Gehen wir Schritt für Schritt vor. Was haben wir? Ich habe ein inneres Bild, wie ich bei Emily anklopfe; in meiner Hosentasche steckt eine Flasche Wein, und in der Hand halte ich zwei Weingläser am Stiel. Und dann, glaube ich, bringe ich Emily dazu, die Tür zu öffnen (nachdem ich lange geklopft habe). Sie sieht verschlafen und verärgert und bezaubernd aus.

Beim zweiten Teil liege ich richtig, glaube ich, aber es könnte auch nur zusammenfantasiert sein. (Was passiert, nachdem du an Emilys Tür geklopft hast? Sie öffnet natürlich.)

Das also haben wir. Ich habe auch ein geistiges Bild davon, wie ich Flure entlangrenne und jemandem nachstelle. Das könnte aber auch sehr gut ein Traum sein. Viele Menschen scheinen Träume zu haben, in denen sie Korridore entlangrennen (so jedenfalls werden Traumsequenzen im Film dargestellt), mit dem einzigen Unterschied, dass ich nie so einen Traum hatte.

Und hier gibt es tatsächlich sehr viele Flure, die alle gleich aussehen. Irgendwie glaube ich, dass es ein Traum sein könnte. Ich sehe mich um eine Ecke biegen und sehe in der Mitte des nächsten Flurs einen Fuchs, der etwas Ekliges im Maul trägt. Schwer zu sagen. Füchse tauchen überall auf, sogar hier wurden ein paar auf den Treppen der Notausgänge gesehen, daher ist nicht unwahrscheinlich, dass sich einer ins Gebäude geschlichen und sich über die Reste des Buffets hergemacht hat. Vielleicht lebt er sogar hier. Füchse sind sehr anpassungsfähig. Fuchs mit Fragezeichen in diesem Fall. (Einen »Fuchs« in eine Art Öffnung jagen. Und das Ding in seinem Maul könnte mein Schwanz sein. Ich glaube kaum. Nach dem, was Ben mir erzählt hat, scheint Freud eher eine literarische Figur zu sein als ein Wissenschaftler oder praktischer Mediziner. Anscheinend hat er ja keinen einzigen seiner Patienten geheilt. Allerdings soll das nicht heißen, dass die Vorstellung des Unbewussten vollkommen nutzlos ist.)

61. Bewusstsein – Ein Exkurs

Das meiste, was das Gehirn tut, geschieht unbewusst. Natürlich muss die Regulierung aller somatischen Prozesse unbewusst geschehen: Atmung, Herzschlag, Verdauung, Freisetzung von Hormonen, Kauen, ohne sich auf die Zunge zu beißen … Vermeintlich bewusste Aktivitäten, die einen Willen oder eine Willensentscheidung beinhalten, müssen zum Großteil unbewusst geschehen, zum Beispiel das Gehen. Man weiß, dass man da drüben hinwill und dass man seine Beine dazu benutzen muss, aber man kann unmöglich alles bewusst wahrnehmen, was zum Gehen nötig ist. Jeder Schritt besteht aus einer Vielzahl von kleineren Anpassungen, was Geschwindigkeit, Ausrichtung und Balance angeht. Niemand geht wie ein Spielzeugroboter, weil die wenigsten Oberflächen so eben sind, dass man sich in Bewegung setzt und dann diese Tatsache einfach vergisst. Daher geschieht Gehen meist unbewusst, aber wenn es nötig ist, können wir bewusst eingreifen. Nehmen wir an, man geht barfuß über einen Boden, der mit Glassplittern übersät ist, oder man lernt Linedance. Auf der anderen Seite will man sich den Prozess nicht zu bewusst machen, denn dann wird das Gehen schwierig. Etwa wenn man mit einer Tasche voll Kokain »natürlich« an einem Polizisten vorbeigehen will. Dank des Unbewussten können wir denken, Urteile fällen und Berechnungen anstellen, während wir gleichzeitig andere kognitive Tätigkeiten erledigen. Zum Beispiel gehen und gleichzeitig Kaugummi kauen. Das Unbewusste ist nämlich gar nicht der Aufbewahrungsort der Dinge, denen man sich nicht stellen mag, wie eine Jauchegrube, die überläuft und gelegentlich das Bewusstsein mit Scheiße überschwemmt, etwa mit der Vorstellung, wie es der eigene Vater mit der Mutter treibt.

Im Übrigen ist es sehr schwer, eine klare Grenze zwischen unbewussten und bewussten mentalen Prozessen zu ziehen. Man würde eigentlich annehmen, dass Denken ein bewusster Vorgang ist, aber der Versuch, sich selbst beim Denken zu erwischen, gelingt unmöglich. Es ist wie das Kinderspiel »Fischer, Fischer, wie hoch ist das Wasser«, wo alle stillhalten müssen, wenn das Kind vorn sich umdreht. Es weiß, dass sich hinter seinem Rücken etwas abgespielt hat, es spürt die Bewegung, aber wenn es sich umdreht, hat sich alles verändert seit seinem letzten Blick. Denn der Fischer sieht nie eines der Kinder in der Bewegung.

Selbstbeobachtung ist ein notdürftiges Instrument, um die Aktivität des Denkens zu untersuchen. Ich habe versucht, mich selbst dabei zu beobachten, wie ich Zahlen im Geiste zusammenaddiere. Das war ein sehr langsamer Prozess, bei dem ich nicht nur meine grauen Zellen, sondern auch noch alle meine Finger und Zehen zu Hilfe nehmen musste. Hätte mich jemand von außen beobachtet, hätte er gesehen, dass ich denke: Blick an die Decke gerichtet, mit jedem Finger die Zahlen überprüfend. Diese schwere und zähe Anstrengung könnte das ideale Objekt für Selbstbeobachtung sein, aber wenn ich das versuche, bekomme ich mit dem Bewusstsein nur einen flüchtigen Blick auf die einzelnen Prozessschritte. Ich habe Drei, und ich habe Vier – und dann habe ich Sieben. Anscheinend bin ich außerstande zu beobachten, also innerlich wahrzunehmen, wie ich von Drei und Vier auf die Sieben komme. Vielleicht ist in diesem Beispiel das Bewusstsein nur die Dokumentation des Vorankommens. Sie lautet: »Bisher können wir

Ihnen noch nichts liefern, aber wir arbeiten dran. Folgendes konnten wir bisher feststellen.« Wenn ich also Drei zu Vier addiere und das Ergebnis mit Drei multipliziere, dann bekomme ich erst Sieben, dann Einundzwanzig – so wird der Prozess auf den Bildschirm des Bewusstseins geworfen.

Die Addition und Multiplikation geschehen unbewusst, selbst wenn sie – wie in meinem Fall – sehr langsam vonstattengehen.

Gefühle sind natürlich bewusst. Aber das sind sie per definitionem. Es geht nicht nur um das Gefühl, traurig oder schuldig zu sein: das Gefühl, etwas zu berühren oder zu sehen, das Gefühl, zum Bus zu rennen oder sich auf die Zunge zu beißen. Mein Schuldgefühl ist die bewusste Wahrnehmung, dass ich etwas getan habe, was ich nicht hätte tun dürfen. Die Tatsache, dass ich mich nicht direkt daran erinnere – als deklarative Erinnerung –, worum es dabei geht, hat nichts mit freudscher Verdrängung zu tun. Es hat sich nicht in mein Bewusstsein gedrängt, nur um hastig wieder vor die Tür geschoben oder in einen dunklen Schrank gesperrt zu werden, dessen Schlüssel ich weggeworfen habe.

Das, was ich getan habe, hat in meinem Bewusstsein stattgefunden. Ich wusste, was ich tat, während ich es tat, und dann ist es mir wieder entwischt, wie das bei allen bewussten Erfahrungen der Fall ist. Nur hat meine Tat in diesem Fall keinen Zettel hinterlassen, auf dem steht, wohin es geflohen ist.

Ich glaube, der Fuchs hatte einen Hühnerknochen im Maul.

62. Kopf im Kühlschrank II

Es gibt noch einen weiteren Hinweis. Mein Schwanz ist total wund. Hundertprozentig habe ich etwas damit angestellt. Ich hatte gestern Abend ein bisschen Speed genommen – das hatte ich in der CD-Hülle von Pink Floyd gefunden, wahrscheinlich hatte ich es dort vor mir selbst versteckt. Und wenn ich auf Speed bin, masturbiere ich tatsächlich viel. Es gab Zeiten, da habe ich mich so mit Amphetaminen vollgeknallt, dass mein Schwanz am Ende völlig ramponiert war. Aber dieses Mal habe ich nicht den Eindruck, dass die Abnutzungserscheinungen davon herrühren, dass ich länger an ihm gezerrt habe.

Ich glaube, dass dieses Gefühl entsteht, weil ich nun zwischen mir und Emily in meinem Kopf eine Schranke habe, eine Barriere zwischen meinen Gefühlen für sie und meiner Wichserei.

Ein Hinweis darauf ist das Fruchtfleisch von der Orange. Ich glaube nicht, dass ich eine Orange dabeihatte, als ich an ihre Tür geklopft habe. Aber vielleicht bin ich später noch in den Aufenthaltsraum geschlichen, um mir welche aus dem Korb neben der Kaffeemaschine zu holen.

Ich hatte etwas Bestimmtes vor, als ich zu Emily ging. Zwei Dinge wollte ich klären. Erstens: Was für ein Mensch war sie, bevor sie erkrankte? (Das wollte ich gern wissen, und es war ein Gesprächsthema, denn im direkten Kontakt mit ihr bekam ich die Zähne ja nicht auseinander.) Zweitens: Hatte sie Sex mit Stick? Ich hatte geplant, zu diesem Thema erst später zu kommen, nachdem ich sie dazu gebracht hätte, sich zu entspannen und sich mir gegenüber ein bisschen zu öffnen. Meinem Plan zufolge hätte alles damit geendet, da wir ja nun diese beiden Fragen geklärt hatten, dass ich sie küsse und so weiter. (Wie ich feststellen muss, enden alle meine Fantasien, was ich gern mit Emily tun würde, an demselben Punkt. Ein Kuss und dann ausblenden … den Rest kann man sich ja denken. Dafür braucht man kein scheiß Diagramm. Ein Kuss und dann ausblenden. Allerdings stimmt diese romantische Vorstellung nicht mit dem Zustand meines Penis überein, aber was ich auch immer mit ihm angestellt haben mag, ist im Dunkeln geschehen. Selbst ich tappe dabei im Dunkeln.)

Es gibt noch einen faktischen Beweis. In meinem Zimmer befinden sich keine leeren Flaschen, und ich glaube kaum, dass ich sie weggeworfen habe. Normalerweise trage ich Leergut heimlich raus, wenn ich das Gebäude verlasse, und werfe es in einen Container bei der Baustelle. Wenn sie also nicht hier sind, dann können sie eigentlich nur in Emilys Zimmer sein. Diese logische Ableitung führt dazu, dass ich von einer Welle aus Angst und Reue überschwemmt werde, die so stark ist, dass ich fast ohnmächtig werde. Leichtsinnig habe ich Beweismaterial am Tatort hinterlassen. Weinflaschen, die mit meinen Fingerabdrücken übersät sind. Was habe ich noch hinterlassen? Zerquetschte Orangen und Sperma. Blaue Flecken. Ich springe vom Bett auf und renne ins Bad, um noch mal meinen Körper zu überprüfen. Keine Spuren auf meinem Körper – keine einzige. Nur dass ich wund bin. Da ich keine Verletzungen aufweise, schmälert das die Wahrscheinlichkeit, dass sie welche hat, überlege ich. Ich bin nicht so stark, dass ich hätte Kraft anwenden können, ohne selbst etwas einzustecken. Es sei denn, ich hatte ein Messer oder so. Nein. Nein. Natürlich habe ich ihr kein Messer an die Kehle gehalten. Woher sollte ich auch ein Messer bekommen? (Vor meinem inneren Auge erscheint nun das Bild, wie ich mit einem Survivalmesser mit Wellenschliffklinge in der Hand über Emily stehe. Und dieses Bild wird sofort achtkantig aus dem Bewusstsein geschmissen.)

Aber der stärkste Hinweis ist das schreckliche Gefühl von Schuld und Reue. So schlimm war es noch nie. Einen Auslöser für dieses Gefühl einer Katastrophe muss es doch geben.

Diese Erinnerung zeigt sich als Emotion, weil die Fakten, die deklarativen Erinnerungen an das Ereignis, einfach zu schlimm sind. (Und wenn ich mich jetzt so fühle, wie mag ich mich fühlen, wenn ich erst einmal die Fakten kenne? Die Anspannung macht mich fertig. Diese starke Emotion ist von ihrer Ursache losgelöst. Und wenn die Ursache erst einmal ans Licht kommt, wird sie mich überwältigen. Ich muss es wissen. Es kann nicht schlimmer werden, als es jetzt ist. Wie schlimm wird es sein?)

Also kein brutales Vorgehen. Das ergibt auch Sinn, denn ich hatte ja schließlich Wege, um das zu bekommen, was ich wollte, ohne auf Gewalt zurückgreifen zu müssen. Ich werde mir ihre Erkrankung zunutze gemacht haben. Ihr irgendwas erzählt haben. Wahrscheinlich habe ich ihr erzählt, ich sei ihr Freund. Ob sie sich nicht daran erinnern könne, wie wir früher immer mit Orangen jongliert haben? (Fump!) Oh, und wie ich es nie hinbekommen habe! Früher haben wir darüber gelacht, Emily, bevor … bevor das alles …

Vor meinem inneren Auge sehe ich, wie sich der Abend entwickelt – wie ich neben ihr auf ihrem Bett sitze, wie sie mit leicht gebeugtem Rücken das Weinglas zwischen den Fingerspitzen beider Hände hält und mit ihm herumspielt, ohne wirklich etwas zu trinken. Ich lege meine Hand auf ihre Schulter, während sie ins Glas schaut, als wäre es eine Glaskugel. Sie weint leise. Ich drücke sanft ihre Schulter, ich gebe ihr Halt, ohne sie zu bedrängen. Ich lächle traurig, und hin und wieder lächelt auch sie … über die Dinge, die wir gemeinsam erlebt haben, bevor sie krank geworden ist.

Es gibt noch etwas, was irgendwo in diese Situation passt, während ich bettle und flehe und sie nicht viel sagt. Ich bin mir nämlich sicher, dass sie dann doch etwas gesagt hat. Irgendetwas mit Geheimnissen, entweder »Ich kann ein Geheimnis für mich behalten« oder »Geheimnisse sind bei mir sicher« oder so ähnlich. Diese Worte passen sehr gut zu meinem Schuldgefühl, dem Gefühl, dass ich etwas durch Hinterlist ergattert habe.

63. Panik

Ich sitze in klebrigen Unterhosen auf der Bettkante. Ich kann nicht mal sagen, wie spät es ist. Vielleicht ist es immer noch nachts. Oder es ist schon der nächste Tag, und Emily wurde in einem Zustand aufgefunden, in dem sie nicht mehr erzählen kann, was passiert ist.

Jade, Dr. Prabhakar und Ben sind bei ihr in ihrem Zimmer und nehmen ernst das Beweismaterial zur Kenntnis: mein Hemd auf dem Boden und die leeren Flaschen. Ben schüttelt den Kopf. »Als ich gestern weggegangen bin, wirkte er sehr betrunken, aber das hätte ich nie von ihm gedacht …«

Ich muss hier weg. Ich wasche mich ein wenig, während ich überlege, wie ich es anstelle, ohne Hemd hinauszukommen. Ich denke, dass es wohl gehen müsste, wenn ich den Reißverschluss meines Parkas bis ganz nach oben ziehe, obwohl es gar nicht kalt ist. Dann fällt mir ein, dass ich herausfinden kann, wie spät es ist, indem ich das Radio anschalte. Das Warten ist die reine Qual – immer, wenn man es nicht braucht, wird ständig die Zeit durchgesagt –, aber schließlich erfahre ich, dass es acht Uhr morgens ist.

Alles dauert länger, als man es sich vorstellen kann. Ich stehe oben in der Lobby und warte auf den Aufzug. Der Sicherheitsmann sieht mich länger als sonst an. Natürlich. Mein Sicherheitsausweis ist ja noch an meinem Hemd befestigt (mein Schicksal ist mit diesem laminierten Ausweis besiegelt). Und ich trage einen Parka, der bis zum Kinn geschlossen ist. Ich schaue ihm geradewegs in die Augen und begrüße ihn fröhlich: »Alles klar?« Er grüßt zurück. »Alles klar, Kumpel?« Wahrscheinlich kennt er mich vom Sehen, weiß, dass ich komisch aussehe und zu komischen Zeiten arbeite.

Die Fahrt mit dem Lift nach unten verläuft ohne Zwischenfälle. Zu dieser Zeit nutzt niemand den Aufzug, um ins Erdgeschoss zu fahren, ich laufe keine Gefahr, jemanden zu treffen, denn alle, denen ich nicht begegnen möchte, fahren zu dieser Zeit in die oberen Stockwerke. Aber was ist mit dem Foyer? Jetzt ist es mehr als wahrscheinlich, dass ich jemanden zufällig treffe, Ben, Dr. Prabhakar oder Jade auf dem Weg zu ihrem Arbeitsplatz. Ich schaffe es tatsächlich, mich auf dem Weg von den Aufzügen zum Haupteingang zu verlaufen – eindeutig blinde Panik –, und lande schließlich in der Notaufnahme. Glücklicherweise hat es wohl einen schweren Unfall gegeben, sodass mir niemand Beachtung schenkt, als ich mit meiner Kapuze auf dem Kopf hinausstolpere – alle sind viel zu beschäftigt. Als ich endlich draußen bin, fühle ich mich viel sicherer. Besser, aber auch schlimm, denn jetzt wird mir bewusst, wie ich mich verhalte: Ich verstecke mich hinter großen Müllcontainern, Tonnen und Büschen, husche von einem Versteck zum anderen, bis ich endlich unbeschadet das Krankenhausgelände hinter mir gelassen habe.

Meine Güte! Was habe ich getan?

64. Depression und Reue

Die Zeit, die nun folgt, ist mies. Ich glaube, ich bin noch nie so deprimiert gewesen. Im Endeffekt verkrieche ich mich so, als wäre ich auf der Flucht. Ich bin ein Flüchtiger ohne Fantasie, denn mein Unterschlupf ist in meiner Wohnung. Ich bin zu lethargisch, um auf etwas anderes zu kommen. Wenn sie mich holen kommen, dann lass sie. Für mich ist es eh vorbei. Ich habe alles kaputt gemacht.

Der Kopf im Kühlschrank ist meine eigene Bezeichnung für ein Phänomen, das Neurologen transiente globale Amnesie (TGA) nennen. Im Allgemeinen nennt man es auch Blackout. Es ist eine vorübergehende Unfähigkeit, neue Erinnerungen zu generieren. Betroffene leiden unter einer anterograden Amnesie, begleitet von einer retrograden Amnesie, sie können sich nicht an Ereignisse vor einem bestimmten Zeitpunkt erinnern, der die Amnesie ausgelöst hat. Dafür, dass dieses Phänomen so verbreitet ist, sind die Erklärungen dafür dürftig. Die Umstände, unter denen dieser Zustand auftritt, sind sogar für Laien ziemlich einsichtig: Gehirnerschütterung, Alkohol oder Drogen … aber bisher hat noch niemand herausgefunden, auf welche Weise diese Dinge eine TGA verursachen. Eine Untersuchung wäre mit einem Gehirnscan möglich, aber dann müsste man die betroffene Person genau dann ins MRT schieben, wenn die Amnesie einsetzt. Und dazu müsste man den Zustand erst einmal auslösen. Eine Theorie lautet, dass TGA durch eine kurze Mangeldurchblutung im Gehirn verursacht wird; betroffen sind dabei die Strukturen für das Lernen und die Erinnerung. Epileptiker leiden unter TGA. Sie können einige Stunden vor einem Anfall in einen Dämmerzustand geraten, bei dem sie ganz normal aussehen und sich normal verhalten, aber im Prinzip auf Autopilot sind – wie ein Roboter, der ganz normale Dinge sagt und tut. Die betroffene Person wirkt ganz okay, und niemand ahnt, dass sie eigentlich ziemlich weggetreten ist. Meine bisherigen erfolglosen Versuche, mich daran zu erinnern, was ich getan habe – Aufstellen von Hypothesen aufgrund von Hinweisen, mir mit den Fäusten gegen die Schläfen schlagen –, werden vermutlich erfolglos bleiben, weil in neuronaler Hinsicht nichts da ist, was ich aus meinem Gedächtnis hervorholen könnte.

Es geht nicht darum, dass man etwas im Kopf hat, zu dem man keinen Zugang hätte. Es gibt keine geheime Schublade, deren Schlüssel verloren gegangen ist. Während einer TGA zeichnet man keine Erinnerungen auf. Geschehnisse werden vom Bewusstsein nicht mitgeschnitten. Zu einem Ohr herein und zum anderen Ohr wieder hinaus.

Das normale Gedächtnis ist in Ordnung. Man kann sich an alles erinnern, was man für eine Weile im normalen Alltag braucht: wer man ist, welchen Beruf man hat und wo man wohnt. Auch das Kurzzeitgedächtnis funktioniert tadellos, sodass man alle wichtigen Informationen parat hat, wenn man gerade dabei ist, etwas Bestimmtes zu tun, und weitermachen kann. Damit hört man nicht mitten drin auf, einen Reifen zu wechseln, weil man vergessen hat, was man da macht oder wo man gerade den Schraubenschlüssel hingelegt hat. (Oder zumindest vergisst man den Ort, wo der Schraubenschlüssel liegt, nicht häufiger als sonst, wenn man den Reifen wechselt.) Aber bei keiner dieser Aktivitäten steht die Information länger zur Verfügung als nötig. Der Strom der Gedanken hinterlässt keine Rückstände, keine Spuren. Das Gehirn klickt nicht auf

»Speichern«. (Das ist eine ziemlich hilfreiche Analogie, solange man mit Computer-Analogien vorsichtig umgeht. Schließlich handelt es sich nur um Analogien. Das Gehirn ist kein Computer.)

Was daran so beängstigend und gefährlich ist, ist die uneingeschränkte Fähigkeit, Vorsätze, die man vor dem Einsetzen dieses Zustands getroffen hat, ohne weiteres Nachdenken umzusetzen.

Das ist prima, wenn man sich, bevor die TGA einsetzt, zum Beispiel überlegt hat, sich einen Tee zu machen und dann bei der Bank anzurufen, um einen Dauerauftrag zu ändern. Dann könnte man noch dankbar dafür sein, dass man sich nicht über die verlorene Zeit ärgert, in der man beschissene Musik hören muss, während man weiter auf den nächsten freien Mitarbeiter wartet.

Aber was ist, wenn dieser Dämmerzustand einer Amnesie-Episode genau dann einsetzt, wenn man eine sehr schlechte Entscheidung getroffen hat? Etwas, das man normalerweise auf der Stelle verwerfen würde? Ich bringe den Scheißkerl um. Ich werde sie vergewaltigen.

In dieser Situation werden der Körper und das Arbeitsgedächtnis – der Teil des Gedächtnisses, das für die Erfüllung einer vorliegenden Aufgabe nötig ist – zu Sklaven der verirrtesten und kriminellsten Triebe.

Der Körper macht einfach mit dem weiter, was er angefangen hat, ohne auf die regulierenden Gegenbefehle des Anstands oder des aufgeklärten Eigeninteresses zu hören. Darum ist der Blackout bei Betrunkenen so gefährlich.

Der Gedächtnisverlust hemmt alle Besonnenheit und Befangenheit zu einem Zeitpunkt, wo man sowieso weder besonnen noch befangen ist, weil stinkbesoffen. Ein Epileptiker mit Gedächtnisverlust kann irgendwann feststellen, dass er den Abwasch fertig gemacht oder die Nachrichten geschaut hat. Er ist vielleicht sogar sicher nach Hause gefahren, obwohl er sich in diesem roboterhaften Zustand befand.

Der Gedächtnisverlust setzt bei Epileptikern meistens nicht ausgerechnet dann ein, wenn sie gerade eine schlechte Entscheidung getroffen haben. Der Dämmerzustand eines Besoffenen verselbstständigt sich in seinen kriminellen Persönlichkeitsaspekten, wie ein Roboter, der im »Töten«-Modus feststeckt.

Und genau so war es bei mir. Ein flüchtiger und beschämender Impuls hat dazu geführt, dass mein innerer Roboter ihn als Befehl verstanden hat. Als eine Aufgabe, die ohne Rücksicht auf die Konsequenzen durchgeführt werden muss. Wahrscheinlich gibt es von mir Aufzeichnungen der Sicherheitskameras. Vielleicht nicht, wie ich es gerade tue, aber wie ich mich auf den Weg zu Emilys Zimmer mache, ganz fröhlich mit meinen Weinflaschen bewaffnet. Und dann, einige Stunden später, stolpere ich grinsend mit heruntergelassener Hose zurück zu meinem Zimmer. Zwar habe ich im Institut keine Überwachungskameras gesehen, aber bestimmt gibt es welche, die so schlau versteckt sind wie die indirekte Beleuchtung. Der Architekt, der sich dieses Gebäude ausgedacht hat, hätte niemals zugelassen, dass so etwas Unschönes wie Kameras sichtbar angebracht wird und seine gelungene Formensprache und seine Blickachsen verschandelt.

Zurück in meiner Wohnung, verbrachte ich die ersten Stunden meiner Haft damit, oh, über diese Filmaufnahmen nachzudenken. Ich fügte immer weitere Details im Kopf hinzu. Wie ich den Flur hinabmarschiere, während mir der Schwanz wippend aus der Hose hängt. Wie sich Emilys Tür einen Spaltbreit öffnet, nachdem ich minutenlang besoffen grölend dagegengehämmert habe. All das wirkt äußerst erbärmlich, weil es keinen Ton bei den Aufzeichnungen gibt.

Nach einigen Sekunden, in denen ich vergeblich versuche, Emily zu beschwatzen, verliere ich die Geduld und stoße die Tür mit der Schulter auf, sodass sie aus den Angeln kracht und ins Zimmer poltert. Mit einem rückwärtigen Tritt schlage ich sie wieder zu. Und das Letzte, was wir auf der Aufzeichnung sehen, sind die angstgeweiteten Augen von Emily, deren Blick wir über die Schulter des Rüpels hinweg auffangen. Was will er da drin? Was hat er mit ihr vor?

Meine Ansprüche an das Leben waren recht gering zu jener Zeit. Ich duschte nicht und aß nur Dosensuppen. Ich trank den ganzen Tag. Ich hatte kein Geld, weil ich mein letztes Honorar vom Institut noch nicht erhalten hatte, und sparte, indem ich nur das Billigste trank. Dieses hochprozentige Lagerbier nennt sich SUPA-XTRA und gehört zu den billigsten Biersorten, eine Flasche kostet ungefähr so viel wie eine Dose Suppe. (Erst kürzlich habe ich erfahren, wie hochprozentiges Lager gebraut wird – nicht wie diese Biere aus Belgien, die eine längere Brauzeit haben, um an Stärke und Geschmack zu gewinnen. Dieses hier hat eine normale Brauzeit, und dann wird Ethanol, direkt aus der Fabrik, hineingekippt und ein zuckerbasierter Geschmacksträger hinzugegeben, um den Geschmack des Alkohols zu übertünchen. Das ist eine ganz andere Art, betrunken zu sein. Nicht, dass man feststellen könnte, dass sich der Bewusstseinszustand verändert. Der Verstand verändert sich. Man tauscht seinen eigenen Kopf gegen einen verrückten und geschädigten ein.) Dieses schreckliche Zeug trank ich und trieb dabei meine Begabung für Selbstekel vollkommen an ihre Grenzen. Tag für Tag soff ich das Zeug, begann beim Frühstück und machte weiter, bis es Zeit war, ins Bett zu gehen. Mit dem Unterschied, dass ich nie frühstückte und auch nicht schlafen ging. Ich hatte Heimweh nach meinem Atelier und meinen Büchern. Ich sehnte mich nach all meinen Patienten, nicht nur nach Emily; nach dem blinden Paar,

Trevor und Pauline. Sogar nach dem farbenblinden Mann. Ich vermisste den total abschätzigen Blick der Empfangsdame. Ich sehnte mich danach, dass mir Ben etwas über das menschliche Gehirn und seine zahlreichen Geheimnisse erzählte. Über seine unvorstellbare Komplexität und seine daraus resultierende Verletzlichkeit. Die ganzen Sachen, zu denen es in der Lage ist. Wie es das alles schafft – die ganze Zeit alles gleichzeitig zu machen – Wahnsinn! Hingegen bestand mein Hirn aus nichts anderem als einem schlechten Gewissen. Jedes Kilo Gehirnmasse ist das Komplexeste im Universum. Mit Leichtigkeit. Da kommt nichts dagegen an.

Keiner kümmerte sich um mich, und den Mittwoch nach meiner Schandtat verbrachte ich damit, neben dem Telefon zu hocken und zu hoffen und zu fürchten, dass das Institut anrief. Wahrscheinlich hatten sie beschlossen, dass es sich nicht lohnen würde, mich überhaupt noch mal zu kontaktieren. Ich war ein Zeuge, der nicht mehr zur Aufklärung beitragen konnte als das, was ein Vaginalabstrich vermutlich bewies. Ich hatte mich am Mittwoch nicht blicken lassen, und das sprach ja für sich. Es war ein Schuldeingeständnis und gleichzeitig die Kündigung, was sollte es da noch zu klären geben.

Erst am Abend fiel mir ein, den Telefonhörer abzunehmen und zu horchen. Natürlich. Die Leitung war tot. Ich hatte mir vorgenommen, wie immer fünf vor zwölf die Telefonrechnung zu bezahlen, sobald ich mein Honorar erhalten hatte. (Und hatte ich schon erwähnt, dass ich kein Mobiltelefon habe?)

Nach ein paar Tagen Rausch, in denen ich das letzte Geld für Alkohol verschwendete, suchte ich einen ganzen Tag lang in der Wohnung nach Kleingeld. Ich durchfühlte jeden Spalt und jede Höhle – in den Taschen aller Jeans, in meinem Blaumann, in meinem Wintermantel. Ich durchwühlte jede einzelne Schublade und guckte viermal unter dem Bett nach, ob sich da nicht noch ein paar Münzen versteckten. Hinter dem Sofa schaute ich nicht nach, denn ich habe keines. Das Geld, das ich fand, reichte für zehn Zigaretten, drei Dosen SUPA-XTRA und zwei Portionen Speed. Sie waren in Alufolie gewickelt, in deren Ecken der Stoff zusammengepresst war. Keine schlechte Ausbeute. Wenn ich im Kiosk unten einkaufe, ist es mir nicht peinlich, Bier und Zigaretten mit Kupfergeld zu bezahlen.

65. Suizid als Lösung

Eine Lösung, nehme ich an, könnte sein, mich umzubringen. Das gehört zum Mythos des verrückten Künstlers dazu. Dafür gibt es eigentlich aber keinen Grund außer van Gogh. Ich kenne einige, die sich umgebracht haben, aber Künstler waren nur zwei darunter. Das sind eher wenige. Ich kannte auch einige Leute mit Borderline-Störung, da kann man unmöglich sagen, ob die vorsätzlich zu viele Drogen genommen haben oder nicht. Einer, den ich kannte, bekommt den ersten Preis für Zielstrebigkeit, denn der hat das Seil, mit dem er sich erhängt hat, selbst gedreht. Leute haben gesehen, wie er es in seinem Atelier gefertigt hat. Wahrscheinlich haben seine Freunde sich gedacht, dass Seilerei nur eine neue Kunstschiene ist, die er macht.

Suizid überrascht mich immer wieder. Nicht nur, wie Leute das anstellen, sondern auch die Gründe. Vergleichsweise erfolglos zu sein, ist eigentlich nicht so schlimm. Wenn man wirklich sterben will, warum wartet man dann nicht einfach ab? Dieser Traum wird sich mit Sicherheit erfüllen. Da wird man nicht enttäuscht werden. Vielleicht denkt man sich, bis zum Tod ist es noch lange hin, aber das stimmt gar nicht. Die Leute glauben immer, wir werden aufgrund der steigenden Lebenserwartung alle mindestens einhundert Jahre alt, aber so funktioniert das ja nicht. Das Durchschnittsalter ist gestiegen, richtig, aber das heißt nicht, dass auch die Chancen, über einhundert Jahre alt zu werden, gestiegen sind. Das durchschnittliche Lebensalter ist deswegen so gestiegen, weil die Kindersterblichkeit in hohem Maße zurückgegangen ist und man heutzutage Infektionskrankheiten besser behandeln kann.

Auch andere medizinische Fortschritte wie neue Behandlungsmethoden für Herzerkrankungen und Krebs haben einen Effekt, aber sie verlängern das Leben nur um ein paar Jahre. Ihr Einfluss auf die Zahlen ist bei Weitem nicht so groß wie der der Rückgang der Kindersterblichkeit in der westlichen Welt. Daher werden also viele von uns vielleicht achtzig oder neunzig Jahre alt werden, aber darüber hinaus besteht nicht mehr viel Spielraum. Selbst wenn man ein gesundes Herz hat und nicht an Krebs erkrankt, verabschiedet sich irgendwann das Gehirn. Es stehen auch keine Entwicklungen mehr an, die das Leben am Ende um viele Jahre verlängern könnten.

Ich persönlich habe nie ernsthaft über Selbstmord als eine Option nachgedacht, selbst wenn alles schwarz und hoffnungslos aussah. Aber das ist vielleicht meine eigene Faulheit. Suizid braucht vorausschauendes Handeln. Entschlossenheit scheint auch ein wichtiger Faktor zu sein. Und im Planen bin ich auch nicht sehr gut. Ich werde mich nicht umbringen, denn es geht mir am Arsch vorbei.

66. Wieder auf einer Vernissage

Mir blieb nichts anderes übrig, als zu versuchen, einen Job im Trockenbau oder als Maler zu bekommen. Ich wusste, wo ich nachfragen musste. Eine Funktion von Vernissagen ist quasi der graue Arbeitsmarkt. Alle möglichen Karriereschritte nehmen hier fast unmerklich ihren Anfang. Die Leute kommen zu einer Ausstellungseröffnung, um ihre Freunde zu treffen und sich mit anderen zu unterhalten, die aus denselben Gründen dort sind. Man spricht über Themen, die überhaupt nichts mit irgendeiner künstlerischen Agenda zu tun haben. Sich bei Vernissagen zu tummeln ist im Prinzip Teil des Jobs – man muss sicherstellen, zu sehen und gesehen zu werden und dass die Leute einen mögen. Und neben der Ebene, auf der die raffinierteren Schachzüge gemacht werden, um eine Ausstellung in der Soundso-Galerie oder einen Job bei Wieheißtsienoch zu bekommen oder als Redakteur bei irgendeiner Kunstzeitschrift zu landen, eine Dozentur an der Goldsmith's University zu ergattern … daneben gibt es noch die andere Ebene. Auf diesem Arbeitsmarkt geht es etwas direkter zur Sache. Wenn man einen Job beim Bau oder als Raumausstatter-Gehilfe sucht, muss man nicht groß herumreden. Man kann geradewegs damit herausrücken: »Kennst du jemanden, der Hilfe beim Bau oder beim Malen braucht?« Es ist unnötig zu flöten: »Ich fand Ihre letzten Trockenbauarbeiten toll. Fantastisch.«

Mir fiel ein, dass es am Abend eine Vernissage in fußläufiger Entfernung von meiner Wohnung geben sollte. Es waren eigentlich etwa zwölf Kilometer, aber ich hatte kein Geld für den Bus, so schlecht stand es um mich. Ich gab mir Mühe, einigermaßen präsentabel auszusehen, denn wenn man scheiße aussieht, gibt einem niemand einen Job, noch nicht mal als Tapezierer. Ich zog mein Vernissagen-Outfit an und lief die zwölf Kilometer, wobei ich hin und wieder anhalten musste, um einen Blick in den Stadtplan zu werfen. Wenn man so weit laufen muss, kann man sich Umwege nicht leisten.

Die Vernissage findet wieder in der Black Hole Gallery statt. Gleich am Eingang bekomme ich eine Flasche Bier in die Hand gedrückt – sehr begrüßenswert –, weil die Ausstellung von einer Bierfirma gesponsert wurde. Sponsoring sieht dann so aus, dass sie ein paar Kisten Bier hinstellen und dafür in jeder Publikation als Sponsor genannt werden müssen. Außer der Flasche nehme ich mir die Pressemitteilung mit. Das Logo der Brauerei prangt darauf so groß, dass ich zum Schluss komme, dass sie Sponsoring neu erfunden haben müssen, denn es scheint, als hätten sie die Kunst nach dem Bier benannt. (Seinen Namen werde ich hier nicht nennen, denn es schmeckt wie Pisse. Nein. Urin hat einen Geschmack. Dieses hier schmeckt wie Spucke. Aber einem geschenkten Gaul schaut man nicht ins Maul, und Bier ist Bier.) Mit Mühe entdecke ich den Namen des Künstlers, den ich nicht kenne. Noch ein Neuer.

Seine Arbeiten sind überraschenderweise ganz unterschiedlich, sie erscheinen mir bekannt, haben einen traditionellen modernistischen Touch, außerdem war der Typ sehr produktiv. Neben Gemälden stellt er Skulpturen, Mobiles und Collagen aus. Es sieht aus wie eine Ausstellung in den 1930er-Jahren.

Ich treffe meinen »Freund«. Leider das erste bekannte Gesicht an dem Abend, denn im Moment läuft es für ihn prima, mit seinem Bradford-Projekt. Ich beschließe, den Ausstellungsprospekt zu lesen. Ich lese einfach weiter. (Ich schiele hier mit extrem düsterer Laune auf das Blatt. Ich bin wirklich sehr niedergeschlagen.) Was haben wir denn hier? Der Grund, warum mir die Arbeiten des Künstlers so bekannt vorkommen, ist, dass er nichts davon selbst gemacht hat. Deshalb steht hier auch so viel herum, und alles sieht nach austauschbarer moderner Kunst aus. Die Ausstellung besteht nämlich aus Objekten von Filmsets. Wenn eine Szene in einem Loft in Manhattan, in dem Hauptsitz eines bösen internationalen Unternehmens oder vielleicht in einer Kunstgalerie gedreht wird, holt die Requisite eine Ladung Objekte aus dem Keller, die moderner Kunst ähneln. Verrückte skulpturale Assemblages und Gemälde mit Farbspritzern. (Und es schmerzt mich sehr, dass sie wirklich ein wenig wie meine eigenen Gemälde aussehen.)

Es gibt einiges mit Op-Art-Streifen und Pop-Art-Objekte, Blechdosen und was weiß ich nicht alles. Einige Figuren sehen nach Picasso aus, die aus den frühen 1960er-Jahren, wo man glaubte, dass so zeitgenössische Kunst aussehen müsste.

Eine verrückte kinetische Skulptur, wie ein riesiger Springteufel, zeigt einen Hitlerkopf, der langsam aus der Kiste kommt und sich dann wieder plötzlich zurückzieht. Neben dem Deckel eines Pianos stehen einige Leinwände, die ganz weiß oder ganz schwarz sind.

Der Künstler hatte all das Zeug vermodernd in einem Lagerraum der Pinewood Studios gefunden, bei denen er eigentlich als Modellbauer arbeitet. (Ich hätte in diesen Bereich gehen sollen, anstatt Wände anzustreichen. Man arbeitet da abends lange, aber die Bezahlung ist viel besser, sodass man nur einige Monate im Jahr zu malochen braucht.) Der Typ hat all diese alten Requisiten und Teile von Kulissen dort gefunden und herumgefragt: Er konnte alles haben, weil es sonst eh weggeworfen würde. Es waren sogar Requisiten aus einem James-

Bond-Film dabei. Man sollte meinen, dass es dafür Abnehmer gäbe, die es als Fanartikel, nicht als Kunstwerk kaufen würden.

Nachdem ich mein Bier möglichst schnell heruntergestürzt habe, hole ich mir an der Bar noch eins. Noch zwei. Ich gebe vor, das zweite für einen Freund zu holen. In der Schlange vor der Bar stehe ich hinter Keith, der bestimmt von einem Job weiß, denn seine Kleidung ist voller Gips, wahrscheinlich kommt er gerade von einer Baustelle. Mit Keith habe ich schon viel zusammengearbeitet. Selbst wenn ich das Thema Job vorsichtig hätte anschneiden sollen, hätte ich das kaum geschafft. Die Energie dazu habe ich nicht.

»He, Keith?«

Er dreht sich langsam um. »Hm?«

»Weißt du was von einem Job?«

»Nee. Tut mir leid, Mann.« Er dreht sich wieder zu seiner Gesprächspartnerin um.

Nichts kann mich mehr niederschmettern, denn ich bin schon am Boden. Ich bin ganz am Ende, was Ablehnung betrifft, und jetzt ist es mir auch schon vollkommen egal. Ich folge den beiden weg von der Bar und stelle mich neben sie. Ich stehe einfach nur so da. Er unterhält sich mit einer Frau, die zurzeit seine Auftraggeberin ist. Sie ist auch Künstlerin, bei der es sehr gut mit Fotografien von Daumen von Berühmtheiten läuft. Keith baut ihr neues Loft in Hoxton um. Keith ist nicht einfach mehr nur ein Künstler, der mit Schwarzarbeit und kleinen Aufträgen seinen Lebensunterhalt verdient, sondern mittlerweile hat er seine eigene Baufirma mit Angestellten. Clever. Ich bewege mich nicht vom Fleck, bis er mir von einem Job erzählt. Sie können mich nicht länger ignorieren. Ich bin unglaublich erleichtert, als er sich endlich zu mir umdreht.

»Letztens habe ich Arthur getroffen. Er hat mir erzählt, dass du ihm noch einen Haufen Geld schuldest, für ungefähr zehn Gramm. Er hat dich seit Monaten nicht mehr gesehen.«

Ich versuche, das in einen Witz umzumünzen: »Deswegen muss ich ja schnell Geld verdienen. Du weißt doch bestimmt was.«

»Bei diesem Auftrag wird das nichts. Wir brauchen niemanden mehr. Es sei denn, du kennst dich mit Elektrik aus ... nein?« Er sieht mich eine Weile lang an (in diesem Moment möchte ich sterben, weil ich mir vorstelle, wie flehentlich ich ihn ansehe), und dann fällt ihm doch noch etwas ein. »Ich weiß von einer Baustelle, die suchen Maler. Aber das ist ein Scheißjob.«

Ich nehme den Scheißjob.

67. Ein Scheißjob

Die Arbeit sollte um acht Uhr beginnen, wir mussten um 7.45 Uhr dort sein. Pausen waren zweimal fünfzehn Minuten eingeplant, eine halbe Stunde für das Mittagessen. Schluss um fünf. Um sechs Uhr stand ich auf, mitten in der Nacht, und lief zum Earl's Court (und machte nur einen überflüssigen Umweg, weil in meinem zerfledderten Stadtplan ein entscheidender Teil fehlte).

Es wurden viele Maler für den Umbau eines großen Hauses in einzelne Wohnungen gesucht, und sie waren spät dran. Geh da einfach morgen hin, hatte Keith gesagt, da bekommst du einen Job. Als ich ankam, stand da schon eine große Gruppe von Leuten, verlorene Seelen wie ich, die vor dem Gebäude warteten. Ich schwitzte und fror gleichzeitig, keine gute Voraussetzung, um den ganzen Tag körperlich zu arbeiten.

Der Umbau verwandelte einige Jahrhundertwende-Wohnungen in eine Vielzahl von winzigen Zellen. Jeder dieser Wohnungen aus der Zeit König Edwards VII. wurde mit Gipswänden gedrittelt, und diese Teile wurden durch weitere Gipswände in kleine »Räume« unterteilt. Die Funktion dieser Räume richtete sich dann nach praktischen und wirtschaftlichen Erwägungen. Hier können wir die Leitungen für acht Badezimmer entlanglegen, also liegen hier die Badezimmer für acht Wohnungen. Dasselbe galt für die Küchen. Die anderen Räume wurden dann per Zufallsverfahren als Wohn- oder Schlafzimmer deklariert. Manchmal befand sich das Badezimmer zwischen Wohn- und Schlafzimmer oder die Küche oder sogar beides. Dann lag die Toilette quasi neben dem Herd. Dieses Haus ist ein Termitenhügel.

Der Tag beginnt mit Gebrüll (und so wird es auch weitergehen). »NEUE MALER! NEUE MALER HIER RÜBER! NEUE … Du bist Maler? Okay, wie heißt du?«

Ob man seinen Namen nennt oder nicht, spielt keine Rolle, denn man wird immer mit »Kumpel« oder »du« angesprochen. Aber nett, dass sie fragen.

»Okay, Kumpel, zieh den Arbeitsoverall an. Der da drüben wird dir sagen, wo du anfangen sollst.«

»Ich habe keinen Overall mit.« Ich hatte keinen mitgebracht.

»Ohne Schutzkleidung kannst du hier nicht arbeiten, Kumpel. Das sieht unprofessionell aus.«

Als ich mich umdrehe, sehe ich, dass all die anderen gescheiterten Existenzen schon diese weißen Schutzanzüge tragen. »Oh, meiner ist in meiner Tasche. Ich geh kurz los und hol ihn.«

Ich hätte es einfach nicht geschafft, wieder nach Hause zu gehen. Ganz einfach. Weder Genialität noch Entschlossenheit spielen hier eine Rolle. Ich weiß, dass die Maler, die hier schon länger arbeiten, irgendwo ihre Arbeitsoveralls haben müssen, da drin, vermutlich alle in demselben Raum. Ich brauche nur hineinzugehen, mir einen Overall zu schnappen und zu hoffen, dass sein Eigentümer mich nicht erwischt.

»Okay, Kumpel. NEUE MALER …«

Ich trotte hinter einer Gruppe von Kerlen her, die so aussehen, als wären sie Maler, und folge ihnen in einen Raum, wo sie ihre Ausrüstung aufbewahren. Ich nutze die Chance, gehe rein, schaue mich kurz um und greife mir dann einen Overall, der nicht zu neu und nicht zu alt aussieht.

Auf mich wirkt er wie ein Durchschnittsoverall, und ich finde einen Raum, in dem ich ihn anziehe. Ich stehe mitten in diesem Zimmer und kann mit ausgestreckten Händen beinahe die Wände berühren, so winzig ist es.

Weil ich jetzt glaubwürdig wirke, suche ich nun den Mann, der mir erzählen soll, wo ich anfangen werde. Das ist relativ hoffnungslos.

Die Situation ist wie eine Actionszene auf einem Zerstörer im Zweiten Weltkrieg. Hunderte von Leuten rennen herum und rufen durcheinander wie hoch motivierte Komparsen. Einige Männer, deren Aufgabe es ist, mit einer Leiter herumzurennen, schreien irgendetwas. Andere, die eine gefährlich große Last an Farbeimern schleppen, rennen herum und rufen irgendetwas. Außerdem gibt es Elektriker, Klempner und Trockenbauer. Die Typen, die den Trockenbau besorgen, haben ein langsameres Tempo drauf als die anderen, aber sie kommen dennoch schneller voran, denn sie tragen spezielle Stelzen mit Gelenk, damit sie die Decken auffüllen können, ohne immer eine Leiter auf- und absteigen zu müssen. Aber ich muss nicht mehr lange suchen, denn ein großer, glatzköpfiger Typ bleibt direkt neben mir stehen. »Wo willst du hin, Kumpel?«

»Ich? Äh …«

»Genau, hier rein, zack, zack …« Ich folge ihm im Laufschritt.

»Genau. Du arbeitest hier mit den beiden zusammen.« Das sind meine Arbeitskollegen für heute.

»Farbe ist da, Farbroller sind da. Los geht's mit den Wänden und der Decke, dann nebenan, und wenn ihr neue Wände braucht, kommt zu mir, ich bin im vierten Stock …« Das ruft er uns über die Schulter zu, weil er schon weitergeht, um Faulpelzen auf die Sprünge zu helfen, zack, zack.

Und jetzt, als ich meinen ersten Tag in meinem Job beginne, muss ich mir nur noch um drei Dinge Gedanken machen:

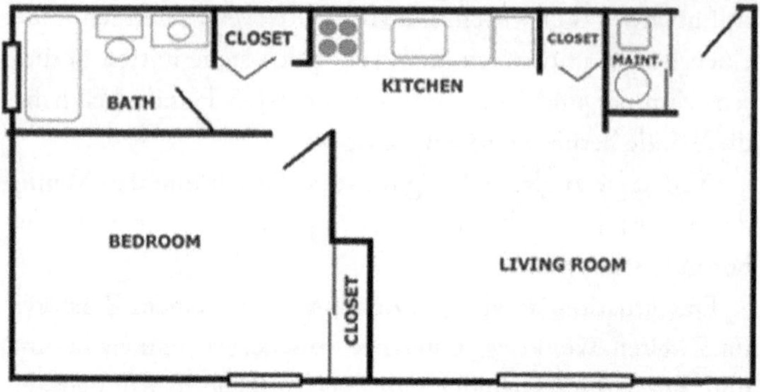

Erstens: dass der Arbeiter, dessen Arbeitsoverall ich gestohlen habe, mich nicht erkennt. Zweitens: Ich hoffe, dass ich jemanden finde, der mir genügend Geld leiht, damit ich die Zeit bis zur Auszahlung überbrücken kann. Drittens: mein Versagen. Nummer drei vereinnahmt nicht allzu viel mentale Energie. Es ist nur ständig im Hintergrund, eine Kulisse für alle meine anderen Gedanken, wie ein Tinnitus. Außerdem geht es mir körperlich schlecht, da ich mich in letzter Zeit so schlecht ernährt habe und zur Arbeit laufen musste. Vier. Es sind nur vier Dinge, die mich beschäftigen. Na, ich bin fast sorglos.

Mein physischer Zustand machte sich auf gewisse Weise bezahlt. Buchstäblich. Er half mir bei Problem Nummer zwei. Die beiden Jungs, mit denen ich in diesem Stockwerk arbeitete, kamen vom Brixton Jobcenter. Sie fanden mich zum Schreien. Sie überließen mir die Arbeit, bei der ich auf eine Leiter klettern musste, damit sie mir dabei zusehen konnten, wie ich mich da hochquälte, während der Farbeimer gegen die Leiter schlug, ich abwechselnd schneeweiß oder knallrot im Gesicht wurde und immerzu schlucken musste. Die ersten zweieinhalb Stunden bis zur Frühstückspause bepissten sie sich vor Lachen. Als sie mich fragten, warum ich so drauf war, erzählte ich ihnen, dass ich ein bisschen gesoffen hatte und nun außerdem pleite war. Das fanden sie noch lustiger. Ich habe ihnen auch erzählt, dass ich am Morgen zu Fuß gekommen war. Daran hatten sie so viel Spaß, dass sie mir vor der Mittagspause ein paar Pfundnoten zusteckten: »Geh los und hol dir zwanzig Liter Cola«, ohne dass ich überhaupt darum bitten musste. Aus der Mittagspause kamen sie nicht zurück. Wahrscheinlich hatten sie genug geleistet, sodass das Jobcenter sie für mindestens zwei Wochen in Ruhe ließ.

Das wiederum half mir bei der Lösung von Problem Nummer eins. Als ich nach der Mittagspause, in der ich eine Flasche Scotch auf einem benachbarten Friedhof zu einem Viertel geleert hatte, auf dem Weg zurück war, quatschte mich ein Jugendlicher an: »Das ist mein Overall.«

»Verpiss dich!«, brüllte ich ihm ins Gesicht und ging weiter. Hätte ich den Scotch nicht intus gehabt, hätte ich das nicht getan. Er war rausgeschmissen worden, weil er seine Arbeitsklamotten nicht dabeihatte.

Bei solchen Sachen entwickelt man schnell eine Routine. Ein oder zwei Leute wissen, wie du heißt, und dann weiß man auch, wo man die Pausen verbringt. Überall in diesem Gebäude gibt es dann diese Lager, wo man sich trifft. Der Ort wird ohne bestimmten Grund ausgesucht, weil alle Räume gleich ungemütlich und hässlich sind. Dort bewahrt man dann seine Sachen auf, hockt auf einem Farbeimer, trinkt seinen Tee, liest die Zeitung und tippt auf seinem Handy herum. (Eines Tages deutete mein Arbeitskollege für diesen Tag auf eine Belüftungsöffnung. »Siehst du das? Rate mal, wo das hinführt?« Keine Ahnung. »Es führt in die Küche nebenan.« Zufällig verbrachten wir die Pause in einem Badezimmer. Entweder riecht die Person, die auf der Toilette sitzt, den Küchendunst, oder dem, der gerade am Kochen ist, steigt der Scheißegeruch in die Nase.)

Niemand erzählt etwas Persönliches. Ich schon gar nicht. Beim Mittag wird meist über die Meldungen in der Zeitung geredet. Und gelesen werden nicht nur Boulevardblätter, ganz und gar nicht. Vielleicht zu fünfzig Prozent. Niemand lacht einen aus, wenn man den *Guardian* liest oder ein Buch. Doch die Gesprächsthemen stammen meist aus der Sensationspresse, weil die Zeit knapp ist. Die Pausen sind kurz, weil wir mit der Arbeit hinterherhinken. Man sitzt auf seinem Farbeimer, trinkt Tee (nach dem ersten Tag trank ich nichts mehr tagsüber) und isst seinen Marsriegel, und jemand unterbricht das Schlürfen und Kauen: »Habt ihr das gesehen? Promi A hat sich von Promi B getrennt.« »Habt ihr das von … gehört?« Mehr Promi-Gerüchte, aber auch Weltgeschehen oder etwas aus der Wissenschaft. »Glaubt ihr, wir werden den Krieg gewinnen oder die anderen?«

»Oh, guckt mal, sie haben einen Pekinesen geklont. Ach, nee, es ist ›Wut über Klonen eines Pekinesen‹. Sie werden vielleicht einen Pekinesen klonen, aber haben es noch nicht gemacht.«

Es geht viel um Wissenschaft, Sensationsmeldungen aus der Wissenschaft. »Bis zum Jahr 2500 wird die Erdatmosphäre giftig sein, und wir werden in Biosphären auf dem Mars leben müssen. Dann werden wir nur ein Gehirn in einer schwebenden Petrischale sein, die von Gedanken gesteuert wird.« Manchmal taucht auch etwas über moderne Kunst auf. »Hier steht, dass ein Kerl eine Ausstellung mit seinen Popeln gemacht hat.« Dazu habe ich nichts gesagt. Manchmal, relativ häufig, habe ich den Eindruck, dass zwischen ungewöhnlichen Todesfällen und Geschichten über unglaublich teure Gegenstände das Gehirn Thema ist. »Hast du das gesehen? Sie haben für medizinische Forschung die Gehirne von toten Babys ohne das Einverständnis der Eltern herausoperiert.« Oder: »Sie haben das Gehirn von Selbstmördern entfernt – ohne Einverständnis.« »Wie können sie ihr Einverständnis geben, wenn sie tot sind?« »Man könnte eine Nachricht hinterlassen.« »Hier steht, dass sie davon ausgehen, dass man bei Nahtoderfahrungen wirklich außerhalb des eigenen Körpers leben kann. Man lebt in einem Energiefeld, und deswegen kann man auf den eigenen Körper auf dem OP-Tisch heruntersehen.« »Wie kannst du was sehen, wenn du nur ein Energiefeld bist? Dann hast du doch keine Augen.« »Mit Taxifahrern haben sie diese Experimente gemacht, und bei denen ist der Hippocampus größer.« »Was ist der Hippocampus?« »Anscheinend ist das der Teil des Gehirns, der für Orientierung zuständig ist.«

Ich war schockiert, als ich hier auf der Baustelle diesen Begriff hörte. Als wäre jemand von hinten an mich herangeschlichen und hätte »Emily« in mein Ohr geflüstert. Aus dem Nichts. Einfach so.

68. Einsturz

»Hast du das gesehen?« Der Mann, der neben mir auf seinem Farbeimer saß, hielt mir seine gefaltete Zeitung hin. Das war an dem Freitag meiner ersten Woche im Job. »Das geschieht ihm recht.« Ich nahm ihm die Zeitung aus der Hand, während er mit seinem anderen Sitznachbarn Sandwiches tauschte.

Die kaltherzige Überschrift lautete: »Tragischer Einsturz-Hippie«. Der Artikel berichtete von der Untersuchung eines Todesfalls. Ein junger Mann war dabei ums Leben gekommen, als er als Protestaktion gegen »das System« einen Tunnel unter dem Gray's Hospital grub.

Typisch. Stick hieß also mit richtigem Namen Duncan. Duncan Phelps. Das Foto zeigte ihn inmitten einer Gruppe von weißen Rastafaris vor einem Lagerfeuer, von denen er sich nur dadurch unterschied, dass sein Kopf von der Redaktion rot eingekreist worden war. Die Bildunterschrift lautete »Selbsternannter Öko-Kämpfer Duncan Phelps«. Ich würde mir wahrscheinlich auch einen Spitznamen zulegen, wenn ich so hieße. Er arbeitete ehrenamtlich an einer dieser archäologischen Ausgrabungsstätten auf dem Krankenhausgelände. Als alle nach Hause gegangen waren, grub er weiter in Richtung Fundament eines der größeren Verwaltungsgebäude. Er untergrub das System. Nur hatte er sich nicht die Mühe gemacht, seinen Tunnel irgendwie ordentlich abzustützen. Nach ungefähr sieben Metern brach er zusammen, dreieinhalb Meter unter dem ungepflegten Rasen, der dort zwischen den Gebäuden wächst.

Was für ein Tod! Und Colin wird mich jetzt sicherlich hassen, nach allem, was ich Stick in der Kneipe an den Kopf geworfen habe. Aber weil ich davon ausging, Colin nie wiederzusehen, war das jetzt auch egal.

Am Freitagnachmittag stehe ich genau dort, wo ich angefangen habe, in einer Schlange. Ich warte auf mein Geld, das der 22-jährige Bauunternehmer aushändigt. Hinter ihm stehen zwei kräftige Kerle in makellosen Arbeitsoveralls.

»Maler?«

»Jepp.«

»Wie viele Tage hast du gearbeitet, Kumpel?«

»Fünf.« Einer der Schergen nickt. Ja, ich habe fünf Tage gearbeitet, meine Arbeit war in Ordnung, daher bekomme ich kein KMN (Komm Montag nicht) zu hören. Wenn die Arbeit nicht den Anforderungen entspricht und man in der Folgewoche nicht wiederkommen soll, dann bekommt man auch kein Entgelt für die vorangegangene. Einige stellen sich da ein bisschen an, deswegen hat der Bauunternehmer am Zahltag seine Muskelmänner dabei.

Es ist weniger als drei Wochen her, dass ich das letzte Mal im Institut war, und ich fing an zu glauben, dass ich mir das Ganze nur eingebildet hatte. Das hier mache ich beruflich. Ich erledige Malerarbeiten, die sonst keiner machen will. Wenn eine Kunsthochschule irgendwo in der Pampa einen Gastdozenten für einen Tag braucht, weil jemand kurzfristig abgesagt hat, dann mache ich das – weil es sonst niemand machen will. In meiner Freizeit male ich riesige abstrakte Bilder, die niemandem gefallen. Meine Depression hat sich ein wenig gelegt, und ich befinde mich nicht mehr in einem schwarzen Loch. Es ist einfach eine ganz normale Durchschnittsverzweiflung, und mit der kann ich leben.

Ich begann mich an meinen stabilen Zustand zu gewöhnen und brachte meine Sachen in Ordnung. Ich fing an, Farbe von der Baustelle zu klauen, um meine eigenen Bilder damit zu malen. Ich sorgte dafür, dass mein Telefonanschluss wieder funktionierte, rief meinen Vermieter in Hackney an und erzählte ihm eine lange Geschichte. Ich hätte einen Trauerfall zu beklagen und sei mit allem im Rückstand, das sei die Negativseite. Die positive sei, dass ich recht bald aufgrund dieses Verlusts an etwas Geld käme. Er räumte mir einen weiteren Monat ein, um die Miete zu zahlen und den Rückstand zu begleichen. Wahrscheinlich machte er das, weil er das Atelier sonst sowieso nicht vermietet bekommt, und es immer noch besser ist, mich dort als Mieter zu haben, als das Gebäude leer stehen zu lassen. Es wird sowieso bald abgerissen, sobald er die Baugenehmigung für ein neues Gebäude auf dem Grundstück bekommt.

Ich hatte noch eine Woche Arbeit am Earl's Court, und dann würde ich mich um etwas anderes kümmern. Vielleicht könnte ich einen Auftrag für eine Gastdozentur für einen Tag irgendwo ergattern. Und Maler werden immer gebraucht; die Leute renovieren immer. Vielleicht gab mir Keith einen Job.

69. Überraschungsanruf

Am Dienstagabend meiner zweiten Woche in dem Malerjob bekam ich einen überraschenden Anruf. Aus zwei Gründen kam er überraschend. Erstens ruft mich kaum jemand an, und das war das erste Klingeln, das ich hörte, seitdem ich meine Telefonrechnung bezahlt hatte und der Anschluss wieder funktionierte. Zweitens war es Colin.

»Wo hast du dich denn versteckt? Du hast deine Workshops verpasst. Ben hat mich gebeten, dich anzurufen und zu schauen, wie es dir geht. Wo hast du gesteckt, hm?«

»Ähhh …«

»Hallo?«

Nach dieser ersten Äußerung war eine längere Pause entstanden, in der ich versuchte, ein sehr komplexes Durcheinander von Angstgefühlen zu meistern. Aber schließlich brachte ich ein »Ja … ach, weißt du … so hier und da« heraus. Mehr schaffte ich nicht, als ich diese Stimme hörte, die ich schon abgeschrieben hatte. Da Colin mich nicht sofort als Vergewaltiger beschimpfte, fing ich mich wieder ein bisschen. Ganz so schlimm konnte es also offensichtlich nicht werden.

Warum klang er nicht wütend? Lag es daran, dass er um seinen Freund Stick trauerte? Jedenfalls klang er ganz okay.

»Und wo hast du gesteckt, Colin? Du warst auch ein paar Wochen nicht da.«

»Na, ich war vielleicht beschäftigt? Ich dachte, ich hätte dir von meinem Frankreich-Urlaub erzählt, und als ich zurück war, hat ja gleich Britanniens blutigstes Spektakel stattgefunden.«

»Ah, ich glaube, du hattest davon erzählt. Ich dachte, dabei ging es um eine politische Protestveranstaltung. Mit Stick. Bevor er diesen … Unfall hatte.«

»Stick hatte einen Unfall?«

»Ich dachte, er hatte einen Unfall in einem Tunnel. War das nicht Stick?«

»Ach nein. Ich weiß, was du meinst. Richtig. Einer der Archäologen war das, ich glaube, Stick war mit ihm befreundet. Aber Stick ist nichts passiert. Du weißt doch, wie gern diese Leute Tunnel graben. Nur dieser Mensch hatte nicht richtig Ahnung davon und hat nicht begriffen, dass einfach nur graben nicht ausreicht. Er hieß Duncan, der Arme. Duncan Soundso.«

»Phelps. Ich dachte, dass das vielleicht Sticks richtiger Name sei.«

»Nein. Haha. Stick heißt wirklich Stick. Seine Eltern waren Hippies.«

»Worum geht es dann bei Britanniens blutigstem Spektakel?«

»Die Schlacht fand während der Rosenkriege statt, die Schlacht um Towton im Jahr 1461. Ich mach da jedes Jahr mit meinen Jungs mit. Vierzehn Tage lang werden Kämpfe nachgestellt, es gibt historische Rundgänge und Vorträge. Du solltest dir das das nächste Mal angucken. Ich könnte dir zeigen, wie mittelalterliches Bogenschießen geht.«

»Super. Und war es sehr blutig?«

»Das würde ich wohl meinen. Ich tippe so auf achtundzwanzigtausend Tote! Und du dachtest, ich mach bei einem Protestmarsch mit, oder was? Junge, du musst mal besser zuhören. Jedenfalls, als ich zurückkam, warst du verschwunden. Und letzte Woche warst du auch nicht da. Ben fing an, sich Sorgen zu machen, weil du ihn nicht angerufen hast oder so.«

»Bei mir gab es einen Trauerfall, Colin. Meine Mutter.« Das stimmt auch – zum Teil. Meine Mutter ist vor drei Jahren verstorben.

»Oh, mein herzliches Beileid. Du hättest mich anrufen sollen. Wie geht es dir jetzt? Sollen wir heute Abend einen trinken gehen?«

Mein Gehirn ist für so etwas nicht schnell genug. Kurz habe ich den Impuls, alles auszupacken: dass ich nicht im Institut war, weil ich Emily vergewaltigt, zumindest sexuell belästigt habe. Und dass ich glaubte, Colin würde wegen Stick nicht mehr mit mir reden. Aber ich bekomme noch ein »Ja, klar. Wo denn?« heraus.

Im Canadian Volunteer – wie immer.

»Okay, wir sehen uns in ungefähr einer Stunde.«

Ich muss hingehen, sonst mache ich mich verdächtig. Wahrscheinlich soll das ein Test sein. Auf dem Weg dorthin bin ich mehrmals kurz davor umzudrehen. Das muss eine Falle sein. Wenn ich im Pub ankomme, warten dort auf mich schon drei Polizisten, einer davon in Zivil. Oder das Sondereinsatzkommando streckt mich sofort mit einem Taser nieder.

Ganz rational komme ich zu dem Schluss, dass sowohl Colin als auch Ben dort sein werden und sich ganz normal verhalten und höflich bleiben. Sie werden mir geröstete Erdnüsse anbieten, und gerade in dem Moment, in dem ich glaube, es wird alles gut, werden sie ihren ekelerfüllten Blick auf mich richten, alle beide, und mir sagen, dass sie wissen, was ich getan habe. Wir wissen, was du getan hast, du Drecksau. Wir können nichts machen, denn wir haben keine Beweise, und wir werden uns an dir nicht die Hände schmutzig machen und dich vermöbeln, wie du es eigentlich verdienst. Das bist du nicht wert. Wir sagen dir jetzt nur, dass WIR ES WISSEN. Dann stehen beide auf und verlassen den Pub, ohne dass sie ihre Getränke angerührt haben. Sie drehen sich nicht noch einmal um, um zu sehen, wie sich die Scham in meinem Gesicht ausbreitet und wie ich zu zittern anfange.

Der Grund, warum ich mich nicht umdrehe und wegrenne, selbst noch nicht mal direkt vor der Tür des Canadian Volunteer, ist ein fast schon masochistisches Bedürfnis nach Auflösung, Abschluss oder – Gerechtigkeit. (In der letzten Zeit habe ich sehr schlecht geschlafen. Tagsüber geht es meistens, aber die Nächte sind schlimm – besonders zwischen drei Uhr und dem Morgengrauen.)

Colin sah nicht freundlich drein, dort in meiner Stammecke. Aber offensichtlich sah ich auch nicht gut aus.

»Hallo«, begrüßte er mich. »Du siehst scheiße aus. Was willst du haben?« Er stand auf und holte mir ein Bier, für sich auch eines, und brachte sie zurück zum Tisch, während er zwei Tüten Chips zwischen den Zähnen trug.

»Cheers, Colin.«

»Cheers. Du siehst scheiße aus.« Das hörte ich gern. Denn solch einen Satz sagt man nicht zu jemandem, bevor man ihn als einen Sexualverbrecher bloßstellt.

Colin wirkte ein wenig reserviert, aber davon abgesehen sah er ganz okay aus. Nicht so wie ich. Er schob mir das Bier und die Chips zu, als würde er einen Pflegefall mit Brühe füttern wollen. Daher nahm ich an, dass ich genau wie einer aussah.

Ich konnte nicht sofort mit Emily anfangen – würden wir heute Abend überhaupt über sie reden? –, also sprach ich das andere Thema an.

»Hm. Ich glaube, wir sind nicht so gut auseinandergegangen, als wir uns das letzte Mal hier getroffen haben. Es tut mir leid, dass ich so explodiert bin. Ich glaube, ich war ein bisschen genervt. Und ich dachte, das Thema nervt dich auch.«

Ich war total erleichtert, ja sogar dankbar dafür, als ich sah, wie Colins Miene sanfter wurde.

»Vielleicht war ich das auch ein bisschen. Ehrlich gesagt habe ich nicht viel von deiner Einstellung gehalten. Ich weiß, dass Stick immer weiterredet und das alles ein wenig weit hergeholt ist, aber vielleicht könntest du der Überzeugung von anderen ein bisschen toleranter begegnen. Ja, ich weiß, er übertreibt, aber es laufen wirklich ein paar fragwürdige Dinge in der Welt ab, und wir brauchen Leute wie Stick, die uns daran erinnern, Augen und Ohren offen zu halten. Außerdem, das darfst du nicht vergessen, ist er krank, Kumpel. Natürlich kann er sich nicht mehr bremsen! Jedenfalls hatten wir ein oder drei Bier, und vielleicht haben wir uns auch in Rage geredet, und man hat Dinge gesagt, die man vielleicht nicht so gemeint hat. Seitdem ist viel Wasser den Bach heruntergeflossen. Jetzt weißt du es, Prost! Es ist komisch, dass du dachtest, er wäre gestorben. Du hast dich bestimmt furchtbar gefühlt!«

Meine zwischenzeitliche Erleichterung konsolidierte sich, weil mir klar wurde, dass es immer unwahrscheinlicher wurde, dass Colin etwas über mein Verhalten Emily gegenüber vermutete. Offensichtlich dachte er nichts dergleichen, als er mir in Einzelheiten erzählte, was er bisher so getrieben hatte. Von seinen zwei strammen Söhnen, die mit ihm im Verein »Die Burschen von Bosworth Field« waren und die jährliche Schlacht um Towton fochten. (Ich vergesse immer wieder, dass Colin ja ein Leben hat und viele Interessen … und wie sich zeigt, auch eine große Familie.)

Colins Verein und einige andere haben sich diese etwas albernen Namen ausgesucht, um sich von den anderen in der Szene abzugrenzen, die historische Schlachten nachstellen.

Davon halten sie nichts. Colin und seine Freunde interessieren sich für »praktische Archäologie«, wie sie es nennen.

Sie recherchieren mittelalterliche Kampftechniken und Kriegstaktiken. Außerdem legen sie Rüstungen an und führen ihre Künste und Lanzenstechen bei Sommerfesten oder Ähnlichem vor. Sie zeigen altertümliche Handwerkstechniken wie das Befiedern von Bögen und Schusterei.

Die andere, schlimmere Seite der Beschäftigung mit historischen Kämpfen sind die Leute, die Kämpfe aus dem 20. Jahrhundert nachspielen, an denen etwa die Green Berets oder Waffen-SS beteiligt waren. Sie nennen sich die Dogs of War, die Kameraden oder die Kameraden im Tod. Colin erzählt mir, dass die auch Techniken trainieren, um einen Wachposten lautlos umzulegen, mit einem Messer oder einem Draht, mit dem sie ihr Opfer erdrosseln. Und häufig üben sie das oben in ihrem Zimmer, während ihnen ihre Mutter im Erdgeschoss Tee kocht. Solche Leute bereiten sich heimlich, wenn auch nicht heimlich genug, auf den Untergang vor, auf das Armageddon, den Zusammenbruch der westlichen Zivilisation.

Colin war von mir genervt, weil ich an dem Abend im Pub offensichtlich wenig Mitgefühl und Toleranz gezeigt hatte. Immer vergesse ich, dass die Menschen, die ich hier kennenlerne, unter einer Erkrankung leiden. Sonst wären sie ja nicht im Institut, oder? Schließlich können nicht alle Künstler mit einem Aufenthaltsstipendium sein. Ich war einfach davon ausgegangen, dass Colin sich nicht an seiner Prosopagnosie stört, aber das stimmte nicht. »Klar stört mich das manchmal. Hin und wieder verwechsle ich meine Enkel, und das verunsichert mich ein wenig. Du kannst nicht verstehen, wie das ist, Gesichter nicht richtig sehen zu können. Manchmal fühlt man sich so einsam. Ich bin schon immer ein geselliger Mensch gewesen.«

70. Grenzautistisch

Nicht so wie ich. Manchmal glaube ich, ich muss ein wenig autistisch sein. Eigentlich bin ich der Überzeugung, dass viele Männer zum Teil autistisch sind – oder an der Grenze zur Soziopathie. Ein Symptom, das für Autismus typisch ist, ist der Mangel einer sogenannten Theory of Mind.

Betroffene können anderen Menschen keine Subjektivität zuschreiben. Sie verstehen nicht, dass andere Dinge anders betrachten können.

Dazu gibt es einen klassischen Test: Sally hat einen Korb, Anne hat eine Schachtel. Sally hat einen Korb und eine Murmel. Sie legt ihre Murmel in den Korb und geht dann spazieren, lässt den Korb aber zu Hause. Während sie draußen ist, nimmt die freche Anne die Murmel aus Sallys Korb und legt sie in ihre Schachtel. Wenn Sally von ihrem Spaziergang zurückkehrt, wo wird sie nach ihrer Murmel suchen? »In der Schachtel«, antwortet der Autist. »Aber wo glaubt Sally, dass ihre Murmel ist? Erinnern Sie sich, dass sie nicht gesehen hat, wie Anne die Murmel aus dem Korb genommen und in die Schachtel gelegt hat.« Trotzdem lautet die Antwort: »In der Schachtel.«

Und so bin ich auch ein bisschen. Wenn ich etwas weiß oder fühle, denke ich, dass alle anderen es auch wissen oder fühlen müssten. Und auch andersherum: Wenn jemand sich auf eine Art und Weise verhält, der ein bestimmtes Gefühl oder eine Überzeugung zugrunde liegt, dann finde ich die Person einfach komisch, weil ich zufällig ihr Gefühl oder die Überzeugung nicht teile. Viellicht ist es das, was mit mir los ist. Ich kann mir nicht vorstellen, dass andere eine andere Einstellung haben als ich. Das bedeutet auch, dass man weder Mitgefühl noch Empathie hat. Aber es ist nicht so, dass man dann automatisch herzlos ist. Ein autistisches Kind würde man nicht als herzlos beschreiben. Eine ähnliche Unfähigkeit, Mitgefühl und Empathie zu zeigen, zeichnet eine soziopathische Persönlichkeit aus, und die würde man als herzlos bezeichnen.

Genau genommen gibt es eine Theorie, die besagt, dass es eine neurobiologische Ursache dafür gibt. Ein kleines Organ im Temporallappen, nah am Hippocampus, die Amygdala, funktioniert nicht richtig. Die Amygdala, so nimmt man an, ist für das Koppeln von Erfahrung und Affekt zuständig. Sie sorgt dafür, dass ein Subjekt auf eine bestimmte Erfahrung mit der richtigen Art und dem korrekten Grad von Emotion reagiert. Wenn sie normal funktioniert, reagiert man instinktiv und umgehend auf das Leiden einer anderen Person. Man erträgt es nicht, mit anzusehen, wie jemand gefoltert wird. Selbst wenn man nur sieht, dass jemand weint, will man etwas tun. Aber wenn die Amygdala ihren Job nicht macht, dann ist es einem egal. Es kann sogar sein, dass man es lustig findet.

So schlimm ist es bei mir natürlich nicht, aber ich bin schon ein wenig distanziert. Bei der Beerdigung meiner Mutter, zum Beispiel. Das war ein Albtraum. Die ganze Zeit habe ich mir überlegt, was für ein Gesicht ich machen sollte. Ich kann nicht weinen, selbst wenn man mir dafür Geld bieten würde, aber ich konnte ja auch nicht mit meinem normalen Gesichtsausdruck herumlaufen (wie immer der auch aussehen mag). Nachdem ich hinter meinem Gesangbuch ein wenig herumexperimentiert hatte, beschloss ich, mein Gesicht in so etwas wie einem Ruhezustand zu belassen, aber hin und wieder schnell zu blinzeln und zwei- oder dreimal gut hörbar zu schlucken.

Und wenn dann jemand fragen sollte, wie es mir geht, hatte ich ein »Mir geht's (blinzel, blinzel, schluck) … okay«. Ich war mir nicht sicher, ob ich das so durchziehen konnte, aber glücklicherweise hat mich auch niemand gefragt.

Wenn ich ehrlich sein soll, mache ich mir mehr Sorgen darüber, was das, was ich Emily angetan habe, mit mir macht als mit ihr. Andererseits bin ich sicher, dass es ihr gut geht, wirklich. Sie kann nicht traumatisiert sein, denn sie erinnert sich an nichts – wahrscheinlich.

71. Dien Bien Phu

Tatsächlich begann ich mich ziemlich krank zu fühlen. Ich musste wirklich scheiße aussehen, wenn sogar Colin das feststellen konnte. Selbst mit seiner fragmentierten, empirischen Art zu sehen – mein nervöser Blick, meine trockene, ungleichmäßig rasierte Wange – konnte er erkennen, dass es mir nicht gut ging.

»Ich glaube, ich habe Hunger, Colin. Können wir uns etwas zu essen holen?«

»Ja! Lass uns den neuen Vietnamesen nebenan ausprobieren.«

Das Dien Bien Phu befand sich direkt neben dem Canadian Volunteer. Als wir uns endlich gesetzt hatten, zitterte ich wie Espenlaub.

»Bist du sicher, dass es dir gut geht, Kumpel? Du zitterst ja wie Espenlaub. Du siehst wirklich nicht gut aus.«

»Ich nehm nur eine Vorspeise. Garnelen mit Dip.«

»Keine Sorge, bestell dir, was du magst. Ich lade dich ein.« Er rief den Kellner herbei und bestellte ein großes Menü. »Und haben Sie vietnamesisches Bier?« Die Biere kamen schnell, und Colin redete recht angeregt so lange, bis meine kleine Krise vorüber war. Wie nett dieses Restaurant sei und wie nett die Kellner, und wie erstaunlich es sei, dass sie nach diesem Krieg keinen Groll gegen Westler hegten. Er musste nicht lange weiter Konversation betreiben, weil das Essen bald kam. Der Kellner trug in jeder Hand zwei Teller und balancierte noch zwei

Teller auf jedem Unterarm. Als er in die Küche ging, um den Rest zu holen, knabberte ich an einer frittierten Riesengarnele. Ich stellte fest, dass ich einen Mordshunger hatte. Ich inhalierte den ganzen Teller in weniger als zwei Minuten. Colin plauderte weiter, während ich aß. Mmmm … ffff … umpf … äck. Meine Güte, hatte ich Hunger! Das Essen zeigte fast sofortige Wirkung, wie ein Schuss Speed (wahrscheinlich lag es am Mononatriumglutamat). Ich kam selbst ins Plaudern und fragte ihn (schluck – uff! 'tschuldigung) wie es am Institut in letzter Zeit so gelaufen sei. Wie ist es denn so am guten alten NNI?

»Ben dachte, du hättest davon Wind bekommen, was in letzter Zeit so passiert ist, und das wäre der Grund, warum du nicht mehr gekommen bist. Jetzt kommt alles hoch, mit Simon und Selina.«

Ich schüttelte den Kopf (Mund voll).

»Wirklich? Du hast gar nichts gehört? Na, sie fangen an, ein bisschen Druck auszuüben. Sie haben all diese ›Beobachter‹ eingeladen, die sich alles anschauen, den ganzen Papierkram durchforsten und allen im Nacken sitzen. Es soll sich um eine Art Wirtschaftsprüfung handeln, aber Ben nimmt an, dass alles nur Einschüchterungstaktik ist. Als du letzte Woche nicht aufgetaucht bist, hat Ben mich gebeten, mich um den Zeichenworkshop zu kümmern, weil er all diese Schnüffler am Hals hatte. Eine von ihnen saß die ganze Zeit während des Workshops bei uns im Zimmer und hat sich Notizen gemacht. Und sie hat etwas in ihr Handy geflüstert, während sie uns beobachtet hat. Wie der scheiß KGB. Scheiß Gestapo oder so was.«

»Du hast dich für mich um den Workshop gekümmert? Danke, Colin. Das ist nett.«

»Keine Ursache. Im Prinzip hast du ihn so aufgestellt, dass er eigentlich von alleine läuft.«

Hab ich? Echt? Aha.

»Ich glaube aber, alle sind ein bisschen davon gelangweilt, immer nur Gehirne zu zeichnen. Vielleicht wäre es gut, ein bisschen Abwechslung hineinzubringen, was die Aufgabe angeht. Kommst du morgen rein? Vielleicht kannst du dir ein anderes Motiv überlegen. Blumen wären schön. Oder vielleicht sogar ein bisschen was Abstraktes.«

Ob ich morgen komme? Colin weiß nicht, was ich getan habe, aber Ben muss es doch sicherlich herausgefunden haben. Das ist ein Hinterhalt. Was wird passieren, wenn ich Emily begegne? Sie hoffen, dass ich zusammenbreche, sobald ich sie sehe, und dann alles gestehe.

»Ja, klar.« Das bedeutet, dass ich einen Tag in Earl's Court verpasse. »Auf alle Fälle. Klar. Wir sehen uns morgen.«

72. Das Institut

Am nächsten Morgen war ich für alles Mögliche gewappnet. Ich sah mich eigentlich dazu gezwungen. Meine Schuld oder meine Reue hatten viel mit der Unsicherheit zu tun, ob ich geschnappt werden würde oder nicht. Körperlich fühlte ich mich nicht allzu gut – ich hatte schrecklichen Durchfall –, aber zumindest war das der Grund, warum ich nachts kein Auge zubekam, und nicht mein schrecklich schlechtes Gewissen.

Was auch immer geschehen würde, es wäre besser als die letzten Wochen. Sogar eine Weile ins Gefängnis zu müssen wäre besser; wäre im Gegensatz dazu, wie ich mich in letzter Zeit gefühlt habe, eine Erleichterung. Ich fasse es nicht, dass es nur wenige Wochen waren. Das »Ich«, das diesen Workshop durchgeführt hat, ist jemand, den ich mittlerweile gar nicht mehr erkenne.

Als ich mich dem Gray's Tower näherte, kam ich an der Ausgrabungsstätte vorbei, bei der Stick geholfen hatte und wo dieser arme Duncan Phelps vor einem Monat gestorben war – ein Märtyrertod für den Klassenkampf. Als ich an dem Gebäude emporsah, bemerkte ich nicht zum ersten Mal, wie klein von hier unten das oberste Geschoss wirkte. Zu klein für alles, was es, wie ich nun wusste, umfasste. Seine Größe schien unzureichend für seine Größe in anderer Hinsicht. Im Prinzip ungefähr so wie das menschliche Gehirn. Das Institut ist wie das Gehirn des Gebäudes, und der Rest ist der Körper. Es würde mehr Sinn ergeben, wenn sich die Podologie im Erdgeschoss befinden und die HNO-Station das zweitletzte Stockwerk einnehmen würde. Stimmt natürlich nicht. Aber dennoch: Das oberste Stockwerk wäre der Schädel und das Institut das Gehirn. Der große Balkon wäre die Augen.

Als ich aus dem Aufzug ausstieg (furchtbar nervös und besorgt, dass ich mir plötzlich in die Hosen machen würde), dachte ich, das indirekte Licht im Institut, das könnte das Bewusstsein des Gehirns sein.

Sie haben eine neue Empfangsdame. Endlich sind sie Miss Haare-und-Nägel losgeworden. Einen Augenblick lang dachte ich, es sei Michelle, aber es war eine andere Frau, die ihr sehr ähnlich sah. Ein ähnlicher Typ mit funktionaler Kleidung und der Brille an einem Band um ihren Hals. Ich musste zu ihr hin, um ihr zu sagen, wer ich war und was ich hier wollte.

»Wo ist Ihr Ausweis?«

Mein Ausweis hängt an meinem Hemd, und ich weiß nicht, wo mein Hemd ist. Vermutlich in einer der unteren Schubladen im Schreibtisch von Dr. Prabhakar, in einer Plastiktüte mit dem Vermerk »Beweisstück A«. Ich erklärte, ich hätte ihn verlegt und er müsste irgendwo im Gebäude sein. Ich wünschte, die alte Empfangslady wäre noch da, der war wenigstens alles egal gewesen. Es musste die Sicherheitsfirma angerufen werden, um festzustellen, ob ein Ausweis auf meinen Namen und meine Position ausgestellt worden war. Und dann musste Michelle angerufen werden, um dies wiederum zu bestä tigen.

»Können Sie sich sonst irgendwie ausweisen?«

Ich hatte meine Bankkarte. Die war okay. Zumindest dafür war sie gut.

»Ich stelle Ihnen jetzt einen vorübergehenden Sicherheitsausweis aus. Bitte hier unterschreiben … und hier. Bringen Sie ihn zurück, bevor Sie gehen, und wenn Sie Ihren offiziellen Ausweis bis heute Abend nicht wiedergefunden haben, müssen wir ihn als verloren melden.« So viel Ärger habe ich damit verursacht, dass ich so sorglos mit meinem Ausweis umgegangen bin. Sie halten die Zügel hier jetzt wirklich strenger, und das verbesserte den Zustand meiner rumorenden Eingeweide kein bisschen. Als ich mich umdrehte – ich war entlassen –, lief ich fast direkt in Dr. Prabhakar hinein. Ich nahm ihren angestrengten und ungeduldigen Gesichtsausdruck wahr, als sie mich umkurvte, während sie in ihr Headset nuschelte, derweil sie ein zusammengetackertes Papier aus einer dicken Mappe mit Unterlagen las und dabei mit schnellen Schritten voranlief wie eine kleine Maschine.

Auf meinem Weg zum Werkraum bemerkte ich noch viele solcher Vorgänge. Im Institut breitete sich eine neue Energie aus. Mir Unbekannte waren sehr mit Handys und Akten beschäftigt, wie Ameisen, die zusammen an etwas arbeiten, ohne sich der Präsenz der anderen Tiere bewusst zu sein. Busy, busy, busy. Sie hatten nichts von der entspannten Gemächlichkeit der Fördergelder-Leute. Zum ersten Mal seit langer Zeit schien das MRT-Gerät in Betrieb genommen worden zu sein. Vor der Tür stand auf dem Flur eine Reihe Stühle, auf denen Leute saßen und lasen. Anscheinend warteten sie alle darauf, hineingebeten zu werden. Vielleicht nahmen sie an einem Test teil.

Es war nett, einige freundliche Gesichter im Werkraum zu sehen. Hallo, A-Mann. Hallo, blinde Frau und blinder Mann. Pauline.

Colin – alles klar, Kumpel? Emily. Emily saß unbewegt auf ihrem Stammplatz und hatte einen Umschlag vor sich. Sie sah ihn an, als fürchtete sie, es handle sich um einen Trick. Dass Niespulver hervorstieben würde, wenn man den Umschlag öffnete. Als sie mich sah, sprang sie auf und brachte mir den Umschlag. Colin schien sie dabei zu ermuntern (vielleicht hätte sie es sonst nicht geschafft). Ben gab ihr gern kleine Aufgaben, um ihr Gehirn zu stimulieren.

»Das ist für Sie, glaube ich.« Sie gab mir den Umschlag. Vorn drauf stand: »Emily. Wenn der Künstler kommt, könnten Sie ihm diese Mitteilung geben?« Danach folgte eine Beschreibung von mir – nicht sehr schmeichelhaft. Aber sie reichte aus, um mich auf den ersten Blick zu erkennen. Emily sah aus wie der junge Frühling. Unbefleckt und rein. Wenn sie nur wüsste.

Ich öffnete den Umschlag, weil ich es einfach hinter mich bringen wollte. Mein Magen grummelte immens, denn ich erwartete etwa Folgendes zu lesen: Sie weiß es nicht, aber ich – Ben. Doch stattdessen lautete die Notiz:

»Tut mir leid, ich werde es heute nicht schaffen (Wirtschaftsprüfung!). Mein Freund von der neurologischen Station wird heute da sein. Er hat ein paar interessante Sachen zum Thema Synästhesie, die für dich als Künstler vielleicht interessant sein könnten.

PS: Alles in Ordnung bei dir?

PPS: Sein Name ist Dr. Daniel Bokassa.«

Wie lustig. Ben schreibt Nachrichten wie eine höhere Tochter. Dr. Bokassa saß in einer Ecke und war anscheinend dabei, sich mit Hilary vom Arts Council zu beraten oder wo auch immer sie angestellt sein mag. Ich ging hinüber, um mich ihm vorzustellen, aber sie unterbrach mich barsch. »Entschuldigung, wir haben hier ein Ergebnismeeting. Könntest du uns dabei bitte nicht unterbrechen?«

Bei keinem ihrer beiden Augenbrauenpiercings war die Entzündung zurückgegangen. Die Haut war knallrot, und es sah aus, als würde es wehtun. Und sie hatte ein neues Piercing in der Oberlippe, wo die Haut auch arg angeschwollen war. Ich zog mich zurück, um mir die Zeichnungen anzuschauen, die in den letzten beiden Stunden entstanden waren. Da war nichts darunter, was mich in künstlerischer Hinsicht überraschte. Es war okay, nehme ich an. Ich konnte nicht verstehen, was Hilary mit Dr. Bokassa besprach. Als sie fertig waren, kam er direkt auf mich zu, um mich zu begrüßen. Sein Handschlag fühlte sich genau wie Bens an, voller überschüssiger Energie.

»Sie sind also der Künstler«, sagte er, und es klang, als gäbe es auf der ganzen Welt nur einen einzigen Künstler. Vermutlich war ich der erste Künstler, den er kennenlernte … Andererseits war er auch erst der zweite Neurologe, den ich kennenlernte.

»Hallo, Dan! Ben hat mir berichtet, dass Sie mir einen Patienten mit Synästhesie vorstellen wollen.«

»Kein Patient. Es geht um mich. Wir haben uns überlegt, dass wir ein kleines Experiment durchführen könnten – nur aus Spaß. Ben hat vorgeschlagen, ich sollte einige Skizzen von meinen ›Geschmacksformen‹ machen. Mit Ihrer Unterstützung als Experte. Ich kann nämlich überhaupt nicht zeichnen. Ich kriege noch nicht mal eine gerade Linie hin.«

»Nehmen Sie einfach ein Lineal. Was wollte Hilary denn?«

»Sie kennen Sie schon, nicht wahr? Na, sie hat mich nach den Arbeitsergebnissen Ihres Zeichenworkshops gefragt. Für ihren Bericht. Sie ist da wirklich hinterher, oder? Ich glaube, ich konnte ihr gerade noch entkommen. Hoffe ich. Machen Sie sich keine Gedanken, ich habe mich sehr wohlwollend über Sie geäußert. Ich komme von der neurologischen Station, von unten. Wir hassen euch da oben. Ihr leiht euch immer unsere Patienten aus. Haha!«

»Wohlwollend? Das ist nett von Ihnen.«

»Es hat einigen Patientinnen und Patienten geholfen. Ich habe Hilary erklärt, dass es bei einigen zu einer Verbesserung beigetragen hat. Sie war sich nicht sicher, ob das ihre Kriterien für ›Arbeitsergebnisse‹ im engeren Sinne traf.«

Als ich von der Toilette zurückkam – bei Durchfall glaubt man immer ganz sicher, dass es nun wirklich der letzte Schiss ist –, saßen alle schon am Tisch und zeichneten.

Dan suchte sich einen Platz und legte alles zurecht, was er für das kleine Experiment brauchte, das er sich zusammen mit Ben ausgedacht hatte. Na, fast alles. Er hatte Papier und farbige Filzmalstifte mitgebracht.

»Wir brauchen auch noch ein paar Snacks«, sagte er.

Snacks? »Warum? Warum Essen?«

»Für dieses kleine Experiment muss ich etwas essen, schmecken. Ich dachte, das wüssten Sie. Egal, ich erkläre es Ihnen, wenn wir dabei sind. Könnten Sie einfach etwas von unten holen? Ich müsste hier oben bleiben. Holen Sie einfach irgendetwas. Chips und Süßigkeiten und so.«

»Tja. Ich bin gerade etwas … knapp bei Kasse. Würde es Ihnen …?«

»Hier ist ein Zwanziger.«

73. Unwohlsein

Währenddessen saß Trevor leider direkt neben uns und kam auf die Idee, dass ich etwas zu essen für alle mitbringen würde. Insbesondere für ihn. Ich fuhr ins Foyer hinunter und kaufte für die paar Pfund die kleinen Zwischenmahlzeiten und Süßigkeiten, die am stärksten sättigen. Ich holte drei Fleischpasteten aus Blätterteig, ein Panino mit Camembert, eine Portion Pommes. Noch eine weitere Portion Pommes frites (diese Portionen reichten bei Trevor nur für einen hohlen Zahn), drei Bananen, zwei Liter Fanta, einige Tüten Käsebällchen, Chips und Kekse, eine Zitrone (für Dr. Bakassa) sowie einen Croque Monsieur. Das war ein grober Fehler.

Als ich mit dem Aufzug nach oben fuhr, konnte ich die fettigen Ausdünstungen des Essens kaum ertragen. Dann musste ich alles auf dem Empfangstresen abstellen, um meinen Tagesausweis hervorzukramen. Ich wühlte alle meine Taschen durch, weil die Empfangsdame nicht lockerließ. Voller Abscheu betrachtete sie das Essen auf dem Tresen und mein verschwitztes grünes Gesicht. (Und sie wusste verdammt noch mal sehr gut, dass ich einen Tagesausweis hatte, schließlich hatte sie ja so ein Tamtam darum gemacht, ihn mir ausstellen zu müssen.) Als ich dann wieder im Werkraum war, musste ich mit ansehen, wie Trevor all diese schrecklichen Nahrungsmittel zu sich nahm. In seinen offenen und vollen Mund schaufelte er sich die Sachen herein, wie Wäsche in einen Frontlader. Dann ging es rund herum und noch mal herum. Stückchen von Essen flogen durch die Gegend, spritzten auf seine Nasenspitze und sein Shirt.

»Ich muss heute früher gehen, Colin. Ich glaube, ich habe mir was eingefangen. Sag bitte Daniel Bescheid, sobald er Zeit hat.« Dan schaute leicht panisch zu uns herüber, während Hilary ihn wieder am Wickel hatte, die – wie sich wohl herausstellte – noch nicht mit ihm fertig war.

»Das ist bestimmt ein Virus«, warf Emily ein, die neben Colin saß.

Als ich im Empfangsbereich stand und auf den Aufzug wartete (ich stand da einfach nur), spürte ich eine kräftige Hand auf meiner Schulter. Wenn es einem nicht gut geht, können die eigenen Reaktionen überraschend schnell ausfallen. Schneller als normal sogar. Ich ging fast an die Decke. Es war die Empfangsdame.

»Wenn Sie gehen, müssen Sie Ihren Ausweis abgeben.« Ich gab ihn ihr. »Und wo ist Ihr normaler Ausweis? Sie müssen den finden, sonst müssten wir eine Erklärung für den Sicherheitsdienst ausstellen.«

»Ich schaue mal nach.« Sie wollte mich nicht loslassen. Sie würde mich dazu zwingen, Formulare auszufüllen und dann so lange zu warten, bis sie erst die Security und danach Michelle angerufen hatte. Ich musste einfach so tun, als würde ich losziehen, um meinen Hausausweis zu suchen.

Ich wollte mich in meinem Atelier, Patientenzimmer 23, hinlegen. Als ich dorthin schwankte, wortwörtlich schwankte, überholten mich zwei oder drei dieser Beobachter oder Prüfungsleute. Ich nahm wahr, dass sie mich beobachteten und sich innerlich eine Notiz machten. Da hatten sie etwas für Simon und Selina. Sie wussten noch nicht, wie sie es einsetzen könnten, aber auf alle Fälle war das etwas, das Erwähnung finden würde.

Nachdem ich mich erschöpft in meinem Bad erbrochen

hatte, stolperte ich zu meinem Bett, und plötzlich kam mir ein Einfall oder eine Einsicht. Anstatt mich aufs Bett plumpsen zu lassen, wie ich es vorgehabt hatte, schaute ich unter dem Bett nach. Dort lag ein schmutziges Bündel. Als ich es hervorzog, stellte ich fest, dass es mein vollgekotztes Hemd war, und da machte es klick. Es war irgendwie verknäuelt, und mit einiger Mühe entwirrte ich die komplizierten Knoten – der Schoß war mit einem Ärmel verknüpft und der andere auf seltsame Weise mit dem Kragen. Als ich alles entwirrt hatte, stellte ich fest, dass sich in diesem Hemd fünf leere Weinflaschen sowie einige Gläser befanden. An zwei Flaschen trockneten die Überreste von Orangen, die ich wie einen Kragen über den Flaschenhals gestülpt hatte. Sie saßen fest. In einer anderen Flasche fand ich Dutzende Zigarettenstummel. Immer noch vornübergebeugt hievte ich mich aufs Fußende des Bettes. Nachdem ich mir das alles einen Moment lang angeschaut und reflektiert hatte, spürte ich eine Woge der freudigen Klarheit und Erleichterung. Zwar konnte ich mich immer noch nicht daran erinnern, was in jener Nacht los gewesen war, aber als ich mir all diese Beweisstücke ansah, wurde allmählich ziemlich klar, was geschehen war. Ich war tatsächlich stockbesoffen zu Emilys Zimmer gegangen, aber danach war ich in mein Zimmer zurückgekehrt, nachdem ich zwischendurch aus dem Aufenthaltsraum einige Orangen geholt hatte. Oder ich war vorher, bevor ich zu Emily ging, in den Aufenthaltsraum gelaufen. Jedenfalls, zurück in meinem Zimmer, hatte ich in jede Orange ein Loch gebohrt. (Wahrscheinlich hatte ich sie dazu über den Wasserhahn im Bad gestülpt.) Dann, na ja, ich nehme an, danach habe ich die Orangen gefickt. Kein Wunder, dass mein Schwanz sich so wund angefühlt hat. Zitronensäure. Das war ein ekelhaftes Szenario, das ich lieber für mich behalten wollte, aber kriminell war es zumindest nicht. Und keinesfalls war Emily dabei zu Schaden gekommen. In meinem besoffenen und durch Amphetamine aufgeputschten Zustand hatte ich zweifelsohne eine Verbindung zwischen Emily und den Orangen geknüpft. Und ich hatte mir wohl gedacht: »Wenn ich schon nicht das Echte haben kann, gebe ich mich mit dem Platzhalter zufrieden.« Denn die Orangen hatten einige Ähnlichkeit mit dem Echten – weich, feucht und organisch. Außerdem, mal ehrlich gesagt: Wenn man auf Speed ist, will man irgendetwas ficken, egal was. Das ist noch nicht mal so pervers. Gibt es nicht dieses eine Sprichwort: eine Frau für die Pflicht, einen Jungen fürs Vergnügen und eine Melone für Ekstase?

Dieses verknotete Paket war wohl meine Vorstellung von Aufräumen nach einer Heimorgie mit einsamem Sex, Drogen und Alkohol. Das schreckliche Gefühl der Reue basierte vermutlich nur auf den chemischen Prozessen. Dazu noch ein paar ziemlich eindeutige Beweisstücke am Tatort und meine Gedächtnislücken, und schon hat man alle Zutaten für eine Erinnerungsverfälschung – ein zusammengereimtes Verbrechen. Und diese Produkte der Fantasie fühlen sich genauso an wie objektiv zutreffende Erinnerungen. Es ist schier unmöglich, sie voneinander zu unterscheiden.

Ich scheine also vom Verdacht befreit. Im Prinzip habe ich mich nur wahnsinnig wegen nichts aufgeregt. Vielleicht bin ich sogar der perfekte Gentleman gewesen, als ich bei Emily geklopft habe. Einfach so unangemeldet bei ihr aufzutauchen, mit einer Flasche Wein in der Hand und (ein kleiner Insiderwitz) einigen Orangen. Vermutlich hat sie den Witz nicht gleich verstanden, aber sie wird gespürt haben, dass es etwas zu bedeuten hatte. Vielleicht hat sie sich sogar amüsiert. Was sonst soll sie abends hier ganz allein machen, außer Musik zu hören oder fernzusehen? Also verbrachte ich eine Weile mit Emily und ging dann zurück in mein Zimmer. Ganz eindeutig erinnere ich mich daran, dass sie irgendwas erzählte von wegen, sie könne ein Geheimnis für sich behalten. Aber das war kein Versprechen, das sie unter Androhung gemacht hat. Wahrscheinlich hatte ich ihr gesagt, dass ich eigentlich nicht in ihrem Zimmer sein sollte, und sie sagte vermutlich okay – sie könne ein Geheimnis für sich behalten. Also ist alles gut. Aber, das muss mal ganz klar sein, so etwas darf absolut nie wieder passieren! Vielleicht habe ich dieses Mal nichts Schlimmes angerichtet, aber dazu fähig wäre ich, so furchtbar das auch ist. Sonst hätte ich doch die ganze Zeit nicht daran geglaubt, dass ich etwas Schreckliches getan hatte. (Ein wichtiger Bestandteil meiner falschen Erinnerung war, dass ich den Verdacht hatte, verabscheuungswürdig zu sein.)

Der Ausweis war immer noch an meinem Hemd befestigt, und nachdem ich das getrocknete Erbrochene abgekratzt hatte, fühlte ich mich großartig. Mein Verdauungstrakt zog und zerrte auch überhaupt nicht mehr. Ich fühlte mich ganz und gar wiederhergestellt. Lachend würde ich der bescheuerten Empfangsdame meinen Ausweis präsentieren. Als ich einen Moment innehielt, wurde mir klar, dass ich die leeren Flaschen loswerden musste. Ich konnte sie nicht alle mit hinausnehmen, also spülte ich sie aus und stellte sich säuberlich der Reihe nach auf. Die Zigarettenstummel spülte ich in der Toilette hinunter, was nicht einfach ist, weil sie oben schwimmen. Viermal musste ich ziehen. Als ich so am Herumräumen und Klarschiffmachen war, kam mir der Gedanke, dass vielleicht jemand in meinem Zimmer gewesen war und durch meine Bücher geblättert hatte. Ich hatte alles so angeordnet, dass ich genau wusste, wo sich was in meinem Zimmer befand. Ich wusste ganz sicher, dass jemand hier herumgeräumt hatte. Diese Beobachter schnüffelten auch bei mir herum. Glücklicherweise waren sie nicht auf den Gedanken gekommen, auch unter dem Bett zu gucken, sonst hätten sie ja dieses Bündel gefunden und ein Bombenentschärfungskommando kommen lassen.

74. Synästhesie

Die Empfangsdame war nicht glücklich, als ich ihr meinen Hausausweis unter die Nase hielt. »Na, wir haben den jetzt schon als verloren gemeldet. Da muss ich die Sicherheitsfirma kontaktieren.« Sie rief die Security an. »Wir rufen an wegen eines Aufhebungsantrags für die Verlustmeldung dieses Ausweises … ja, er ist wiedergefunden worden …«

Und dann musste sie noch mal Michelle anrufen. Da hatte sie nun einen kleinen Sieg zu vermelden. »Michelle möchte, dass Sie zu ihr ins Büro kommen.« Kleines Lächeln auf den Lippen. Michelle würde sich schon noch um mich kümmern.

Aber wie sich herausstellte, wollte sie mir nur meinen Scheck geben. »Der liegt schon seit drei Wochen bei mir auf dem Schreibtisch. Ich nehme an, Sie brauchen das Geld nicht, so viel, wie Sie mit Ihrer modernen Kunst verdienen. Haie zersägen oder so. Wahrscheinlich waren Sie zu beschäftigt damit, mit Ihren reichen Kunstfreunden zu feiern, sodass Sie keine Zeit gefunden haben, hierherzukommen. Sie sehen aus, als hätten Sie ein paar lange Nächte hinter sich.«

»Oh, hallo!«, sagte Dan. »Geht es Ihnen wieder besser? Jemand hat mir gesagt, Sie seien nach Hause gegangen.«

»Das wäre ich auch fast, aber dann ging es mir doch besser. Viel, viel besser. Ganz plötzlich. Hier sind die Chips und so. Die zwanzig Pfund gebe ich Ihnen nächste Woche zurück, wenn das okay ist.«

Synästhesie ist eine Erkrankung, bei der die Reizung eines Sinnesorgans eine Art Echo in einem anderen hervorruft. Betroffene können Geräusche sehen, Farben hören, Formen schmecken, Geräusche riechen usw. Am häufigsten herrscht die Form vor, bei der Farben gehört werden. Dagegen sind andere Kombinationen, etwa Geschmack hören, selten. Aber das Leiden an sich kommt mit all seinen Spielarten relativ häufig vor. Ungefähr vier Prozent von uns sind Synästhetiker.

Bei Synästhesie von einer Erkrankung zu sprechen, ist ein wenig irreführend, weil der Begriff ein Leiden impliziert. Eigentlich kann man genauso gut von einem speziellen Talent sprechen. Vladimir Nabokov war Synästhetiker. Durch seine Sinnesorgane »tropfte und zog es« – und man ging davon aus, dass genau das seine Prosa bereicherte. Er konnte Farben hören, insbesondere bei Wörtern und Buchstaben (er hasste Musik). Für ihn hörte sich der Buchstabe A an wie die Schattierung von verwittertem Holz. Allerdings hörte sich das nur so im Englischen an. Im Französischen war es poliertes Ebenholz. F war das Grün eines Erlenblattes und W war ein kontrastarmes Grün, mit einem Stich ins Violette. Und so weiter. Rimbaud war angeblich auch Synästhetiker, aber als Beweis gilt nur ein einziges Gedicht, »Voyelles« (Vokale):

A schwarz, E weiß, I rot, U grün, O blau – Vokale,
eines Tages bring ich es aus Euch zur Welt …

(Bestimmt ist die zweite Zeile auf Französisch schöner.)

Es ist sicherlich möglich, dass Rimbaud Synästhetiker gewesen ist, aber zu versuchen, Kunstwerke aus einer neurologischen Perspektive zu analysieren, ist vielleicht ein wenig prosaisch. Mit van Gogh passiert das häufig. Es ist offensichtlich, dass er viele Probleme hatte, aber das rechtfertigt es noch lange nicht, seinen individuellen Stil als Diagnoseinstrument zu benutzen. Seine Gemälde waren keine Symptome, selbst wenn es sich möglicherweise um eines handelte, als er sich ein Ohr abschnitt. Mittlerweile ist man sich bei van Gogh einig, dass er unter einer ganzen Reihe von Symptomen litt, die man als typisch für das Geschwind-Syndrom hält. Es ist ein interiktaler Aspekt (also zwischen zwei Anfällen) einer Form von Temporallappenepilepsie. Diese Erkrankung zeigt sich in extremer Religiosität, einem sprunghaften Sexualverhalten und Festhalten an bestimmten Ideen. Auch Hypergrafie gehört dazu, der Hang dazu, unglaublich viel zu schreiben, meist Tagebücher – oder in van Goghs Fall Abertausende von Briefen. Man nimmt an, dass die Erkrankung durch Absinth, Brandy, Nikotin und Terpentin noch verschlimmert wurde. (Letzteres hat er wohl aus Versehen eingeatmet, er wird es kaum getrunken haben.) Außerdem litt er unter manisch-depressiven Stimmungsschwankungen. Diese extreme Lebendigkeit seiner Gemälde wird auf den angespannten Zustand zurückgeführt, den einige Epileptiker kurz vor einem Anfall erleben. Auf der anderen Seite kann er sich nicht jedes Mal in solch einem Zustand befunden haben, wenn er malte. Und viele Maler, besonders die Vertreter des Fauvismus, haben diesen extrem plastischen Stil übernommen und sogar noch auf die Spitze getrieben, und ihnen allen ging es gesundheitlich gut.

Auch die multidimensionale Weltsicht des Kubismus hat man schon versucht vor den Hintergrund neurologischer Erkrankungen zu erklären. Solche Herleitungen übersehen etwas Entscheidendes: nämlich, dass es sich um Kunst handelt. Eine ästhetische Version der Realität muss sich von der allgemein anerkannten Realität unterscheiden, denn darum geht es in der Kunst. Es ist alles erfunden. Künstler erfinden Sachen. Man nennt das Kreativität. Kunstkritik auf Basis der Neurologie kann genauso schlimm sein wie die beschränkte Anwendung von Küchenpsychologie in der Kunstkritik. Alles, was ein

Künstler oder eine Künstlerin macht, wird als unvermeidliche Reaktion auf prägende Erlebnisse betrachtet. Kunst als Autobiografie.

Es ist nicht so, dass Neurowissenschaften nichts über Kunst zu sagen hätten. Prinzipiell ist an dieser Idee nichts auszusetzen. Genauso wenig ist prinzipiell an der Idee auszusetzen, dass künstliche Intelligenz sich in nichts von einem menschlichen Bewusstsein – zum Beispiel – unterscheidet. Es ist einfach so, dass die Neurowissenschaften noch nicht so weit sind. Im Moment versuchen sie noch herauszufinden, wie man kauen kann, ohne sich auf die Zunge zu beißen, während man gleichzeitig Nabokov liest und sogar noch herumläuft – und ein bisschen traurig ist. Für das alles ist ein einziges Organ zuständig.

Wassily Kandinsky ist einer der weniger Künstler, denen man im Allgemeinen zuspricht, dass sie die Abstraktion in den visuellen Künsten erfunden haben. Er hat sich viel mit seiner Synästhesie auseinandergesetzt. Seiner Meinung nach waren seine abstrakten »Kompositionen« das visuelle Äquivalent zu Musik, insbesondere in der Hinsicht, dass sie nicht auf den ersten Blick gegenständlich waren. Er war der Meinung, dass abstrakte Malerei dasselbe sei wie Musik und Musik dasselbe wie abstrakte Malerei. Er schrieb sogar eine Oper mit dem Namen »Der gelbe Klang«. Das alles hing eng mit seinen theosophischen Ideen über Abstraktion und Spiritualität zusammen. Kandinsky glaubte an einen spirituellen Wert der unmittelbaren Erfahrung. Unmittelbar sollte heißen, weder durch Sprache oder eine andere Art verkörpert. Für ihn gab es eine klare Grenze, die ätherische höhere Formen der Abstraktion von der gegenständlichen, trostlosen irdischen Welt der *Dinge* sowie ihren verbalen oder bildlichen Abbildungen trennte.

Kandinskys abstrakte Malerei war gedacht als Zugang zu einer höheren Ebene, und es ist ziemlich traurig, wie sein Werk sein Ende fand. Seine Visionen einer höheren Ebene der Existenz hängen nun in jedem zweiten Büro oder in Filialen von Restaurantketten.

Die Sorte von Standard-Druck, wenn man den Eindruck hat, da gehöre etwas an eine Wand, aber eigentlich ist es einem gleichgültig, was es am Ende ist. Dasselbe Schicksal verbindet Kandinsky mit Miró, Klee und Monet. Sie werden dazu benutzt, ein bisschen bedeutungsloses visuelles Rauschen an die gähnende Leere einer Wand in einem Pizza Hut oder Steak House zu bringen.

Bens und Daniels Idee bestand darin, dass Dan die Formen und Farben malt, die er »sieht«, während er unterschiedliche Dinge schmeckt. Er hatte diese Fähigkeit schon von Geburt an, doch obwohl er selbst Neurologe war, hatte er sich nie viel Gedanken darum gemacht. Hauptsächlich, weil seine Synästhesie nur für eine Anekdote gut war, nichts, was unmittelbar mit seinen Aufgaben in der Klinik zu tun hatte. Allerdings hatte er auch immer Schwierigkeiten, diese Verbindung zwischen geschmacklichen und farbigen oder gestalterischen Eindrücken zu beschreiben. (Nebenbei bemerkt funktionierte es nicht umgekehrt. Dan hat nicht feststellen können, dass er Formen und Farben »schmeckt«.)

Sie dachten, man könne ihm hier helfen, weil Dan nicht mehr gezeichnet oder gemalt hat – jedenfalls nicht bewusst –, seitdem er sechs war. Er war erstaunlich unbeholfen, sogar in der Art und Weise, wie er den Filzstift hielt – als würde er ihn für eine andere Person festhalten. Wir probierten einige Geschmacksrichtungen aus. Zunächst Chips mit Käse- und Zwiebelgeschmack, deren entsprechende visuellen und taktilen Eindrücke er festhalten sollte. (Formen konnte er irgendwie sowohl »fühlen« als auch »sehen«.) Wie er sagte, seien Chips wie ein grünliches Pendel, das beim Schwingen schwerer wird. Der Kopenhagener mit Aprikose war sehr flach mit einem bläulichen Rand. »Wie diese Farbe.« Er deutete auf die Handtasche einer Patientin. Ich hätte gesagt, dass es sich dabei eher um eine Mischung aus Viridiangrün und Kadmiumgelb handelte als Blau. Er probierte die Zitrone, die sich für ihn überraschenderweise als eine sehr lange, glatte Oberfläche darstellte, wie ein polierter Stein, der sich einer Steigung näherte, aber nicht hinaufrollte. Er war braun-rot gestreift. Man sollte annehmen, dass der Geschmack einer Zitrone zackig und gelb sei. Zitronengelb. Synästhetische Analogien scheinen kein metaphorisches oder metonymisches Verhältnis zu ihrer Quelle zu haben. Essig sieht nicht scharf aus (Chips mit Salz- und Essiggeschmack) und Orangen sind nicht orange. (Außerdem sind die Entsprechungen für jeden Menschen mit Synästhesie nicht die gleichen. Mein Schweinekotelett könnte viereckig sein, während Ihres dreieckig ist.) Doch es gelang uns nicht, all das auf Papier zu bringen. Dan war wirklich erstaunlich ungeschickt mit seinen Zeichenutensilien. Auch konnte er seine Wahrnehmung kaum in Worte fassen, ganz zu schweigen davon, sie zu zeichnen. Für einen Wissenschaftler wie ihn war diese Unfähigkeit, ein Phänomen zu beschreiben, extrem frustrierend. Kein Wunder, dass er sich in der Vergangenheit nicht eingehender mit seiner Synästhesie beschäftigt hatte. Obgleich diese Fähigkeit recht weit verbreitet ist, ist sie doch subjektiv, für jeden Einzelnen verschieden und damit kaum ein guter Forschungsgegenstand. Es ist einfach zu sehr »in der ersten Person«, und es war Dan anzusehen, wie sehr er diese Tatsache hasste. Es war wie Schmerz, der für einen Arzt wahrscheinlich wesentlich weniger interessant ist als für den Patienten selbst, der an nichts anderes mehr denken kann. (Die Aussage »Ich habe große Schmerzen« wird der Dringlichkeit, der Tragweite und der Vehemenz des Schmerzes nie gerecht. Noch nicht mal Schreie könnten das in angemessener Weise vermitteln.)

Weil Dan offensichtlich kaum in der Lage war, nur einen einzelnen Strich zu Papier zu bringen, beschlossen wir, es so zu machen wie bei der Polizei, bevor es ein digitales Phantombild oder ein Fahndungsfoto für die Suche nach Kriminellen gab. Ich versuchte, ein Phantombild seiner Eindrücke zu zeichnen. Er beschrieb, was er schmeckte und sah, und ich erstellte anhand dessen eine Zeichnung. »… irgendwie lang und dünn, es faltet sich ständig zusammen und ist so blau wie ein Servicewagen vom Kabelfernsehen, aber es leuchtet oder pulsiert irgendwie.« Das war eine Orange. Das war ungefähr so hoffnungslos, wie sich zu bemühen, den Geschmack an sich zu zeichnen. Als würde man versuchen, einen Schrei zu zeichnen statt eine schreiende Person.

»Macht nichts«, sagte Dan. »Der Versuch war es wert. Ich

muss jetzt wieder runter. Muss mich um die ›Arbeitsergebnisse‹ kümmern. Wir sehen uns!«

»Bis bald, Dan!« Ich ging zu den anderen hinüber.

75. Mir gehts viel besser

»Hey, Kumpel. Du hast ja wieder Farbe. Es geht dir besser, was?«

Ja, danke, Colin. Mir geht es gut. Ziemlich gut. Gründliches Abführen hilft meistens, fast wie eine Entgiftung.

Jetzt ist alles wieder erfreulich normal und sortiert (mal abgesehen von der ständigen Präsenz eines neuen Aufsehers, der uns beobachtet und sich Notizen macht). Jetzt ist alles wieder beim Alten, abgesehen von der Tatsache, dass ich auf Wolken gehe, im Raum umherschwebe und mich um meine Schäfchen kümmere. Colin zeichnet einen Hirnstamm. »Gute Arbeit, Colin.« Und Stick zeichnet ein Kleinhirn. »Bombiges Kleinhirn, Stick!« Paulines halber Hypothalamus ist im Werden, ebenso wie Trevors Apfel. Der blinde Mann freut sich, obwohl er nicht sehen kann, was er gerade tut – es fühlt sich einfach gut an, etwas mit den Händen zu machen. Und die blinde Frau sitzt neben ihm und versucht gar nichts zu tun, aber sie ist glücklich darüber, dass er glücklich ist. Es sind auch einige neue Gesichter da, Patienten, die Dr. Bokassa mitgebracht hat. Jade, die gerade zu uns gestoßen ist, kümmert sich um sie. Ich gebe ihnen ein paar kleine Tipps und ermuntere sie weiterzuarbeiten.

Emily. Wie kommt sie klar? Sie hat das Super-Brain, eines von Bens wertvollsten Modellen. Es liegt auseinandergenommen vor ihr, alle Einzelteile sind auf dem Tisch verstreut. Wenn man es nicht wüsste, käme man nie darauf, dass sie alle zusammenpassten und am Ende die bekannte Form ergaben, die ein bisschen aussah wie ein Boxhandschuh.

Dann tat Emily etwas Seltsames. Geduldig und ernst zeichnete sie ein Element nach dem anderen ab, doch dann hörte sie auf und setzte das Modell wieder zusammen. Das dauerte kaum eine Minute. Sie muss plötzlich ihre Fähigkeit zu puzzeln oder für den Modellbau wiederentdeckt haben. (Da kam es mir wieder in den Sinn, dass ihre Persönlichkeit vor ihrer Erkrankung möglicherweise recht langweilig gewesen war.)

Ich fühlte mich wirklich erleichtert, dass ich ihr geradewegs in die Augen schauen und ehrlich sagen konnte: »Das ist gut. Emily. Hervorragend. Das hast du schon mal gemacht, oder?« Ich lehnte mich über ihre Schulter, um mir ihre Zeichnung anzusehen und unschuldig den Duft ihrer frisch gewaschenen Haare einzuatmen.

Bei einigen der Schüler regte sich allerdings Widerstand. Sogar einige der Stilleren fingen an, ihrer Unzufriedenheit Luft zu machen. Die eine Dame sagte zum Beispiel: »Können wir nicht auch mal etwas anders als immer nur Gehirne malen?« Nachdem sie in der Dusche ausgerutscht war, hatte sie einen Schaden am Okzipitallappen erlitten. »Ich möchte auch ein Stillleben zeichnen, wie Trevor.« Dieser Wunsch war nachvollziehbar, denn ihre Schädigung besteht darin, dass sie Bewegung nicht wahrnehmen kann. Eines dieser V-Areale im visuellen Cortex ist geschädigt, sodass sie alles als eine Sequenz von Einzelbildern sieht, so als wäre sie gefangen in einer von einem Stroboskop erleuchteten Welt. Daher war ihr Anliegen verständlich, allerdings war es seltsam, dass sie gern ein Stillleben zeichnen wollte, denn im Allgemeinen zeigt sie keine Bereitschaft, sich mit ihrer Erkrankung abzufinden. Sie tut so, als wäre nichts geschehen, und man muss sie aufhalten, wenn sie sich in den Pausen selbst einen Kaffee einschenken will. Weil sie alles nur in Schnappschüssen sieht, gießt sie so lange Kaffee in die Tasse, bis sie überläuft. In einem Augenblick ist die Tasse leer, im nächsten läuft sie über. Wie sie sich allmählich füllt, kann sie nicht wahrnehmen. Es gelingt ihr nicht, den Verkehr richtig einzuschätzen, deshalb ist sie schon mehrmals fast angefahren worden. Sie lässt sich nicht davon abbringen, alleine über die Straße zu gehen. Jemanden um Hilfe bitten will sie nicht. Sie scheint den Unterschied zwischen Blindheit und einem teilweisen visuellen Defizit nicht anerkennen zu wollen. Sie ist nicht blind, und damit basta.

Ich erklärte ihr die Sache mit dem Stillleben. »Wir mussten Trevor so etwas wie Äpfel und einen Stuhl zum Abzeichnen geben, weil er leicht erkennbare Objekte braucht. Er lernt gerade erst das Sehen.« Solange ein Gehirn still lag, sollte die Dame kein Problem haben, es deutlich zu erkennen. Aber dann schwante es mir, dass es einigen anderen ähnlich ging. Doch ich wollte nicht nachgeben, denn ich dachte an meine Ausstellung: »Zeichnungen von Gehirnen von Gehirn-Patienten«. Und wen interessiert schon eine weitere schlecht gemachte Zeichnung einer Schale mit Früchten oder Blumen oder von Wasweißich? Ich sagte ihr, ich würde schauen, was sich machen ließe.

Da ich nun wieder alles im Griff hatte, hatte ich das Gefühl, ich müsste mit meiner Ausstellungsidee weiterkommen. Ich hatte einen kleinen Geistesblitz. Ich wollte Colin fragen, ob er mit zu einer Ausstellungseröffnung bei fresh! kommen wollte, die am selben Abend stattfand. Irgend so ein Künstler aus Österreich, meinte ich.

»Brauchen wir eine Einladung?«, erkundigte sich Colin.

»Nein, wir können einfach hingehen. Ich stelle dich meinem Galeristen vor.«

»Muss ich mich umziehen?«

»Nein, das ist vollkommen okay so. Wenn du dir Sorgen machst, bring Stick mit, dann kannst du sicher sein, dass du nicht die lottrigste Person dort bist.«

Eigentlich müsste ich Stick diesen Olivenzweig selbst überbringen.

»Hallo, Stick. Hi!«

»Hi!«

»Es tut mir leid zu hören, was deinem Freund zugestoßen ist. Der mit dem Unfall im Tunnel. Dieser Duncan. Das wollte ich dir nur sagen.«

»Ist schon okay, das juckt mich nicht. So was passiert nun mal, wenn man zulässt, dass sich solche Amateure im politischen Protest engagieren. Er hätte nicht so tief graben sollen, ohne zu wissen, wie es richtig geht. Er hätte dort protestieren sollen, wo es drauf ankommt.«

Wie sich herausstellte, ist dieser Ort das Internet. Und tatsächlich hat Sticks Kampagne auf seinem Blog gegen Normeron bei seinen Followern einiges aufgewirbelt. Das konnte er mir mit Sicherheit sagen, weil er alle persönlich kennt. Die meisten von ihnen leben nämlich im selben Haus.

»Ah. Prima. Noch was anderes, Stick: Hast du Lust, mit auf eine Ausstellungseröffnung zu kommen?«

76. Auf der Vernissage

Es waren nicht viele Leute dort. Normalerweise kommen nicht so viele Gäste zu einer Ausstellungseröffnung eines ausländischen Künstlers, es sei denn, er ist sehr bekannt. Als wir in die Galerie kamen, stellte ich fest, dass sowohl Colin als auch Stick ängstlich dreinblickten, als fürchteten sie, man würde sie bitten, wieder zu gehen. Dadurch bekam ich umso mehr das Gefühl, zu Hause zu sein. Das ist meine Welt. Normalerweise fühlt es sich nicht so an, aber mit diesen beiden hier war es anders. Ich ging zur Bar und ließ mir ein Bier geben. Unentschlossen sah Colin mir dabei zu.

»Schon in Ordnung, Colin. Hol dir ein Bier. Es ist umsonst. Ich geh nur eben meinem Galeristen Hallo sagen.« Ich ließ die beiden vor einem Videomonitor zurück. Ein Glücksfall. Das Video zeigte eine junge Frau – vermutlich die Künstlerin, Heidi Soundso – dabei, wie sie nackt Frühstück machte.

Hinten im Büro fand ich meinen Galeristen. Er sah sehr unglücklich aus. Ein anderer Künstler, der auch von der Galerie vertreten wurde, stand neben ihm und legte ihm die Hand tröstend auf den Unterarm.

»Was ist los?«

»Oh, hallo!« Mein Galerist hob den Kopf aus seinen Händen.

»Ist was passiert?«

»Die Ausstellung. Das ist eine Katastrophe.«

»Na, es sind nicht viele Leute da, aber man bekommt nie

viel Publikum, wenn der Künstler aus dem Ausland kommt. Ich habe ein paar Leute mitgebracht.«

»Die Gäste werden echt aufgebracht sein. Es ist ekelhaft.« Langsam schüttelte er den Kopf. Der andere nickte mitfühlend und seufzte auch noch.

»So schlimm wird es nicht sein, denke ich. Ein bisschen Nacktheit. Vermutlich ein bisschen Sexismus.«

»Sagt dir Koprophagie etwas?«

»Hab ich schon mal gehört. Aber nein. Was ist das?«

»Geh raus und schau es dir an.«

Ich ging raus und schaute es mir an.

Colin und Stick standen in einer kleinen Gruppe, die sich um den Monitor versammelt hatte. Colin lächelte nervös, und Sticks Mund stand dusselig offen. Die Frühstücksvorbereitungen der nackten Frau hatten eine irritierende Wendung genommen. Sie hockte auf dem Küchentisch und schiss auf ein Stück Toast. Man konnte sehen, wie ihre Beine zitterten, als sie das tat, so, wie die Hinterläufe eines Hundes zittern, wenn er sich erleichtert. Das alles war mit dem allersimpelsten Equipment gefilmt, ohne Kameramann. Vermutlich hatte die Frau eine Kamera auf ein Stativ aufgebaut und sie einfach laufen lassen.

Die Küche sah so aus, wie ich mir eine typische Küche in einem Mittelklasse-Vorort von Wien vorstellte. Sie war sehr aufgeräumt und sauber. Durch das Fenster sah man einen Baum, es regnete leicht. Gedämpfte Geräusche kamen aus dem Hintergrund – vorbeifahrende Autos und das Bellen eines Hundes. Die Aufnahme mit diesem Low-tech-Sound hatte diese besondere Qualität, bei der alles sich zu real anhört, als würde man ahnen, dass eine Migräne kurz bevorsteht. Die Frau kletterte ziemlich umständlich vom Tisch herunter, setzte sich und begann den Toast zu essen.

Keiner der Anwesenden konnte hinschauen – aber andererseits mussten wir natürlich auch hinsehen. Die Köpfe waren halb vom Bildschirm abgewandt, aber dann glitten die angewiderten Blicke doch wieder zu ihm hin, sodass wir alle mehr oder weniger seitlich hinguckten und uns ganz auf das periphere Sehen konzentrierten.

Sie kann nicht alles aufessen wollen. Sie hat ihren Punkt klargemacht – es geht um Drecksarbeit und Selbsthass, nehme ich an –, jetzt kann sie doch aufhören. Irgendwie wurde alles durch das Knuspergeräusch des Toasts noch schlimmer.

»Kontinentales Frühstück«, sagte Colin. Schöner Versuch, aber Witze zu reißen machte die Erfahrung nicht weniger haarsträubend. Er fügte hinzu: »Sie wird bestimmt krank davon.«

»Das ist doch mit dem Computer gemacht, oder?«, murmelte jemand hoffnungsvoll. Nein. War es nicht. Es war alles echt, in Echtzeit gefilmt.

Ich ging ins Büro zurück. »Verstehe, was du meinst. Das ist ekelerregend.«

Dass sie nicht für die Vernissage, ihre erste in London, herübergekommen war, lag daran, dass die Künstlerin im Krankenhaus lag.

Der Grund dafür, dass fresh! sich darauf eingelassen hatte, dieses Zeug ungesehen auszustellen, war ein Künstleraustausch mit der Wiener Galerie von Heidi. Dabei vereinbaren zwei Galerien, die meist in verschiedenen Ländern ihren Sitz haben, die Künstler und Künstlerinnen der jeweils anderen in einem direkten Austausch zu präsentieren. Das soll helfen, ihre internationale Bekanntheit zu steigern und damit neue Märkte zu erschließen. So nach dem Motto: Wir zeigen deine Künstlerin X, wenn du unseren Künstler Y präsentierst. Hatte mein Galerist wirklich nicht vorher gewusst, worum es in dem Video von Heidi ging?

»Mir wurde gesagt, es sei eine kontroverse Arbeit … ein provokantes Kunstwerk.«

»Und ist es das nicht?«

»Daves Arbeit ist provokant und regt zum Nachdenken an. Das hier ist nur ekelerregend.«

Dave ist der Künstler, der hier gerade den Galeristen tröstet. Er ist also der Austauschpartner aus London, der in Wien ausgestellt worden ist. Seine brisante »FUCK U«-Serie war ein voller Erfolg. Dafür hat er die Köpfe von bekannten Persönlichkeiten aus Kultur und Geschichte mit Photoshop auf die Körper von Pornodarstellern und Models montiert. Van Gogh wird von Nixon gefistet, Gandhi bläst Keats einen. (»Einige Leute tun alles dafür, um Aufmerksamkeit zu bekommen« murmelte Dave und schüttelte traurig den Kopf.)

»Hättest du dich nicht weigern können, das auszustellen?«

»Nein. In Wien wurden Daves Arbeiten ja schon ausgestellt, und die Show war ausverkauft. Also soll ich jetzt Heidis Sachen meinen besten Kunden präsentieren. Es ist ein Desaster. Die werden sich hier nie wieder blicken lassen.«

Jetzt war wohl nicht der rechte Moment, ihm meine neue Ausstellungsidee vorzustellen. Andererseits … Das würde ihn auf andere Gedanken bringen. Ihn von Heidis Selbsterniedrigung ablenken.

»Hör mal, ich habe ein paar Leute mitgebracht, die ich dir vorstellen möchte. Vom Institut.«

»Klar«, sagte er, »hol sie rein.«

Was Heidi nun machte, nahm ich nur aus dem Augenwinkel wahr, während ich Colin und Stick suchte. Die Geräuschkulisse bestand nun aus Würgehusten und Geschirr, das an einer Wand zerbarst, als ich die beiden völlig verstört und geschockt ins Büro brachte.

Das Zusammentreffen verlief ganz gut. Stick sagte kaum etwas, vermutlich aufgrund seiner Medikamente, und Colin fing an, über Monet zu reden, das war ein bisschen peinlich. Augenscheinlich waren die beiden von der Umgebung eingeschüchtert. Also, das hier ist die Kunstwelt. Mein Galerist war ihnen gegenüber sehr höflich auf eine Art und Weise, die mich anrührte. Aber man spürte, dass er die eine Frage stellen wollte, nämlich: »Auf mich wirken sie ganz in Ordnung, was stimmt also mit ihnen nicht?« So als würde man einen Knasti treffen, der gerade entlassen worden ist, und man will unbedingt wissen, was er verbrochen hat. Hinter der Neugierde verbarg sich auch ein wenig Besorgnis – die werden hier doch wohl nichts anstellen, oder?

Später, als wir noch im Pub saßen – nur ein kleines Grüppchen, weil die Künstlerin aufgrund ihres Gesundheitszustandes selbst nicht anwesend sein konnte –, gelang es mir, meinem Galeristen eine Art vorläufige Abmachung abzuringen. Wir einigten uns darauf, dass ich ihm die Zeichnungen, von denen ich gesprochen hatte, also die Zeichnungen von Gehirnen von Gehirn-Patienten, vorbeibringen würde, um gemeinsam ein paar Ideen für die Ausstellung zu sammeln. Stick blieb nur ganz kurz, und als ich beschloss zu gehen – denn plötzlich war ich total erschöpft –, sah ich, dass sich Colin an der Bar mit Dave und seiner Freundin angeregt unterhielt.

77. Ein besserer Tag

Auf der Fahrt ins Obergeschoss stand ich mit einem Lieferanten im Aufzug. Der Name seiner Firma war links auf der Brust seines Sweatshirts aufgestickt. Das sagte mir etwas, aber ich konnte mich nicht genau erinnern, was.

»Morgen!«

»Morgen!«

Nachdem ich fast eine Woche hauptsächlich im Bett geblieben war und nicht zum Earl's Court musste, ging es mir recht gut, und ich freute mich auf meinen Workshop. Gerade als ich in meinen Flur abbog, nachdem ich meinen Ausweis der Empfangsdame präsentiert hatte, rief sie mich zurück. Was ist denn jetzt schon wieder?

»Sie kennen doch den Weg zum MRT-Trakt.«

Ich weiß, dass er irgendwo sein muss. Ja, ich glaube schon.

»Wären Sie so nett, den Herrn dorthin zu bringen, wenn es Ihnen nichts ausmacht?«

Auf seinem Transportkarren waren Kartons gestapelt, und er schien sich wacker zu halten, deshalb würde es ihm wohl nichts ausmachen, wenn wir notfalls einen kleinen Umweg machten. Und außerdem konnte ich ja nicht vor der Dame zugeben, dass ich mir nicht sicher war, ob ich den schnellsten Weg zum MRT finden würde. Okay, also los.

Ein ganz kleiner Umweg, für meine Verhältnisse sogar minimal, machte unseren Weg lang genug, dass wir ein wenig Konversation betreiben mussten. Sonst wären das Geräusch unserer Schritte und das leichte Quietschen des Wagens zu laut geworden.

»Na, was bringen Sie denn da? Ersatzteile, nehme ich an?«

»Kekse.«

Ich wusste, dass ich den Namen auf seinem Hemd schon mal irgendwo gesehen hatte, und mit einem Blick auf die Kartons war ich mir nun sicher. Es war ein Nahrungsmittelhersteller, der in letzter Zeit recht häufig in den Medien aufgetaucht war. Er geriet in die Kritik, weil er versuchte, nicht verwendbare Milchprodukte durch aggressives Marketing an stillende Mütter in der Dritten Welt zu verkaufen. Auch damit hatte sich Conrad Norman beschäftigt, glaube ich.

»Hier ist es.«

Als ich mich beeilte, in den Werkraum zu kommen, weil ich durch den Umweg schon ein bisschen spät dran war, sah ich durch eine offene Tür einige Techniker, die dem Lieferanten halfen, die Kartons auf einen riesigen schon bestehenden Stapel mit Snacks und Getränken zu laden.

Im Werkraum saßen schon alle an ihrem Platz und warteten, bis auf Ben. Und es waren keine Gehirne aufgestellt.

»Wo sind die Gehirne, Colin?« Offensichtlich waren sie meiner Entscheidung, andere Objekte abzeichnen zu lassen, schon zuvorgekommen. Ich hatte ihnen zugestehen wollen, in den kommenden Wochen einige traditionelle Stillleben zu zeichnen. Mir war auch schon der Gedanke gekommen, ob wir früher oder später nicht jemanden finden könnten, der für uns Modell saß. Aber anscheinend hatten sie die Dinge selbst in die Hand genommen, und nun lagen vor ihnen unterschiedliche Früchte und Häkeldeckchen aus dem Aufenthaltsraum. Einige hatten schon damit begonnen, den Kram abzuzeichnen. Trevor schien in seinem Element. Mittlerweile war er ein erfahrener Zeichenexperte für Früchte. Emily wirkte, als würde sie sich angestrengt konzentrieren, hatte aber noch nicht zu zeichnen angefangen. Colin war schon dabei. Stick auch.

»Ich dachte, wir improvisieren lieber«, erklärte Colin. »Die Gehirne kriegen wir nicht mehr. Tatsache ist, dass wir sie überhaupt nicht mehr bekommen können. Ben packt sie gerade ein.«

»Er packt? Geht er weg?«

»Ja, ich weiß. Ich werde ihn vermissen. Ich glaube, er wollte noch mit dir reden. Wir machen hier einfach weiter, okay?«

78. Packen

Die Tür zu Bens Büro ist mit Umzugskartons voller Bücher und Gehirne zugestellt.

»Ben! Du gehst tatsächlich?« Er ist gerade dabei, Kleinigkeiten zu verpacken, indem er jedes Einzelteil seines größten Gehirnmodells in rosafarbene Taschentücher einwickelt und sie dann vorsichtig in einem Karton verstaut, der mit diesen Styroporflocken gefüllt ist, die aussehen wie Erdnussflips.

»Oh, hallo!« Er ist in bester Stimmung. »Eigentlich könnte ich ganz gut Hilfe brauchen, falls du Zeit hast.«

Einpacken kann ich ganz gut, weil ich eine Zeit lang in einer Galerie beschäftigt war, wo ich meistens nur Sachen verpacken musste. Ich bereitete wertvolle Kunstwerke auf den Transport vor. Wenn irgendetwas beschädigt ist, ist die Hölle los. Allein schon ein Fingerabdruck reicht da, jedenfalls wenn er nicht vom Künstler selbst stammt. Ich erkannte, dass Ben wirklich Hilfe benötigte mit all seinem Kram – Tausende von Büchern und Modellen und anderer Krimskrams. Ich half ihm, ein bisschen strukturierter zu packen, alles nach Kategorien und Größe sortiert in die Kisten zu legen und sicherzustellen, dass auf jeder draufstand, was drin war, bevor sie zugeklebt wurde.

Beim Arbeiten redeten wir. Zuallererst natürlich: »Was machst du? Wo gehst du hin?«

»Owen Madden hat mir einen Job in seiner neuen Biochemie-Firma angeboten. Die erforschen Neurogenese in Santa Barbara. Fettes Gehalt.«

»Ist das nicht ein bisschen … plötzlich?« Es hört sich an, als wäre ich von seiner Entscheidung verletzt.

»Nein, eigentlich nicht. Im Prinzip haben wir das schon seit Monaten geplant, aber wir beide waren der Meinung, dass es am besten wäre, wenn ich erst meine Aufgabe hier zu Ende bringe.«

»Die Finanzierung regeln.«

»Ja, und noch ein bisschen was anderes.«

»Emily zum Beispiel.« Damit hatte ich nichts Spezielles gemeint, aber für eine Sekunde sah man ihm seine Unbehaglichkeit an. Scheiße, ich wusste es doch! Er steht auf sie.

Zuerst hatten wir die Gehirne umgepackt, ausschließlich in eigene Kartons, anstatt sie mit Büchern gemischt in die Umzugskisten zu packen, wie er es vorher getan hatte. Ich fing an, die Bücher zu sortieren. »Sollen wir das nach Themenschwerpunkt machen oder nach Farbe oder danach, wie nützlich du sie findest? Du willst die Bücher, in die du nie guckst, nicht in derselben Kiste haben wie diejenigen, die du ständig brauchst. Was ist mit denen hier?« Ich nahm ein Heft von einem Stapel abgegriffener Notizbücher und blätterte es gedankenverloren durch, während ich sprach. Als Ben bemerkte, was ich in der Hand hatte, reagierte er so überstürzt, als hätte ich seine heimliche Pornosammlung entdeckt. Er machte einen Ausfallschritt auf mich zu und schnappte es mir aus den Händen –

»N-nein, das nicht!« Goooott! Ich hatte doch nur gefragt. Es war ihm peinlich, und er wurde still.

»Ach … ist jetzt auch egal. Hier ist es. Sieh es dir an, falls es dich interessiert.« Mir wäre das Notizheft an sich egal gewesen, aber wenn er solche Gefühlsaufwalllungen wegen etwas hatte, war ich natürlich extrem neugierig.

Es war eigentlich faszinierend. Die Seiten des Heftes waren so eng mit unterschiedlich farbiger Tinte beschrieben, dass sie tatsächlich schwer wogen und unter dem Gewicht der Tinte nachgaben. Der Schreiber hatte mit so viel Druck geschrieben, dass die Stiftspitze das Papier quasi geprägt hatte. Man konnte das Relief des Geschriebenen auf der anderen Seite sehen wie Braille. Allerdings konnte man gar nichts entziffern. Kaum konnte man einzelne Buchstaben ausmachen, selbst wenn sie in unterschiedlichen Farben geschrieben waren, ganz zu schweigen von ganzen Worten. Jede einzelne Seite sah wie eine abstrakte Zeichnung aus. Ich blätterte in einige der anderen Hefte hinein, von denen es Dutzende gab. Alle sahen gleich aus. Genau genommen konnte man nur das erkennen, was vielleicht ein Datum war, das hin und wieder oben auf einer Seite stand – wie bei einem Tagebuch.

»Wessen Tagebuch ist das, Ben?«

»Emilys. Sie hat schon immer Tagebuch geschrieben. Diese hier stammen aus der Zeit vor ihrer Erkrankung.«

»Davor? Das ist doch übergeschnappt.«

»Das ist übergeschnappt. Sie war bipolar. Manisch-depressiv.«

»Scheiße! Vom Regen in die Traufe, was?«

»Die Seite, die du gerade aufgeschlagen hast, da ist sie auf dem Höhepunkt einer manischen Episode. So etwas hat sie dann produziert. Hypergrafie nennt man das. Die Leute schreiben und schreiben. Und so …« Er nahm mir das Heft aus der Hand und zeigte mir eine andere Seite. »… sieht es aus, wenn Emily depressiv war.« Sie war leer bis auf ein kaum sichtbares »Nein« ganz oben. Davon gab es einige Seiten, bis sie sich noch nicht mal mehr zu einem »Nein« aufraffen konnte.

Ben hat mir Folgendes erzählt. (Und bis heute kann ich es immer noch nicht so ganz fassen, dass er mich angelogen hat. Na, nicht unbedingt angelogen. Aber er war mir gegenüber nicht ganz ehrlich. Ich kann es nicht so ganz begreifen, weil – und das klingt vermutlich ein bisschen naiv – er nicht der Typ dafür ist. Und ich dachte, wir seien Freunde geworden. Natürlich ging mich das alles auch gar nichts an. Und außerdem bewegen wir uns hier in einer Grauzone, wo sowohl die ärztliche Schweigepflicht als auch die Verschwiegenheit von Angestellten in einer hart umkämpften Branche wie der kommerziellen Biochemie kritisch beobachtet wird. Es handelte sich hierbei um eine Gemengelage, daher mussten Informationen mit umso größerer Diskretion behandelt werden. Das verstehe ich ja auch alles, aber …)

Emily hatte ihren Zustand im Prinzip sich selbst zu verdanken. Zuerst dachten alle, sie hätte einen Selbstmordversuch hinter sich, aber ihre Erkrankung ist das Ergebnis eines extrem waghalsigen Selbstversuchs, als sie für Normeron in Belize arbeitete. Die kostenlose Behandlung der dortigen Einwohner war eigentlich ihre Idee gewesen, und die meiste Arbeit dort hatte sie geleistet. Sie suchte wohl ein Ventil für ihre überschüssige manische Energie, obwohl sie schon Überstunden in den Forschungslaboren schob. Dort leistete sie Pionierforschung zur Neurogenese bei Affen. (Dass in Belize Affen lebten, war ursprünglich ein wichtiger Grund gewesen, diesen Standort für das Normeron-Forschungszentrum auszuwählen. Dort gab es nicht nur viele Affen, sondern auch keine Tierrechtsaktivisten, die Ärger machen konnten.)

Ein Großteil der Forschung drehte sich um Präparate, die die Neurogenese fördern sollten. Zunächst wurden bei den Affen die Hippocampi entfernt – entweder operativ oder indem man ihnen einen Virus direkt in ihre Temporallappen injizierte, um eine schwerwiegende fokale Schädigung der Hippocampi und benachbarter Strukturen auszulösen. Das sorgte für eine Art Tabula rasa, vor deren Hintergrund sich das Wachstum neuen Gehirngewebes leicht feststellen ließ. Nach diesem Eingriff wurden die Affen mit neuralen Stammzellen sowie unterschiedlichen Dosen des Präparats behandelt, um danach Tests durchzuführen, wie weit das Wachstum fortgeschritten war. Das geschah auf verschiedene Weise, dazu gehörten Fähigkeitstests an lebenden Affen, aber angesichts ihrer riesigen Anzahl zog man es vor, die Tiere zu töten und ihre Gehirne zu untersuchen. Durch die Analyse dünner Schichten von Gehirngewebe wurde festgestellt, dass die Ergebnisse zwar weitestgehend enttäuschend waren, sie aber mit einigen Arzneimitteln auf dem richtigen Weg waren. Isoxazol-9 beispielsweise sah vielversprechend aus.

Und Emily hatte sich mehr oder weniger derselben Prozedur unterzogen, die sie auch den Kapuzineräffchen angedeihen ließen. Sie führte ein Experiment mit hohem, aber kalkuliertem Risiko durch. Folgende Ergebnisse waren möglich gewesen:

1. Sie stirbt.
2. Sie stirbt nicht, überlebt aber nur als Gemüse. (Diese beiden Möglichkeiten waren extrem wahrscheinlich, wenn man sich selbst einen Virus in den Schläfenlappen spritzt und sich dann ungefähr eine Woche später, bevor sich die ersten Anzeichen einer Enzephalitis zeigen, einen Cocktail aus Stammzellen und noch nicht freigegebenen Arzneimitteln auf dieselbe grauenvolle und schmerzhafte Weise zuführt.)
3. Sie überlebt, aber leidet an einer schweren anterograden Amnesie. (Das könnte sich als eine Art drastische »Kur« für ihre bipolare Störung erweisen, indem sie nämlich das erkrankte Selbst zerstört. Das wäre so, als würde man Fußpilz damit bekämpfen, indem man sich die Beine abhackt. Wenn man überhaupt nichts mehr planen kann, heckt man auch keine verrückten Pläne aus.)
4. Es gelingt ihr, beide Hippocampi zu zerstören, und beide wachsen nach. Damit wäre das Vorgehen eine ganz neue und gründliche Behandlungsmethode für verschiedene Erkrankungen, auch für eine bipolare Störung.

Die letzte Möglichkeit war am unwahrscheinlichsten. »Die Chancen standen eine Gazillion zu eins«, so Ben, »aber eigentlich war es auch nicht ganz undenkbar.« Allerdings war Emily auf dem Höhepunkt einer manischen Episode davon überzeugt, dass dieses Experiment ein positives Ergebnis bringen würde. (Und die aufregende Möglichkeit eines Erfolgs wird vor dem düsteren Hintergrund ihrer Depression umso heller gestrahlt haben.)

Und eigentlich, so verrückt das auch scheinen mag, war ihre Zuversicht nicht ganz irrational. Anscheinend war sie wirklich außerordentlich begabt, ein Wunderkind. Und offenbar war sie sich dessen auch bewusst. Sie hatte gute Gründe, ihrer Einschätzung zu vertrauen. (Jetzt weiß ich auch, woher ich das Gefühl hatte, sie aus einem früheren Leben zu kennen. Ich hatte Emily im Fernsehen gesehen, als sie ungefähr zwölf war und bereits mit einem Universitätsstudium begonnen hatte. Vorher hatte sie meist Privatunterricht genossen. Das TV-Interview wurde von ihren schmallippig lächelnden Eltern überwacht. Ich erinnere mich daran, wie unangenehm es ihr war, als man sie fragte, ob sie es vermisse, das zu tun, was normale Kinder so machten. Und wer ihr Lieblings-Popstar sei? Sie kannte keinen einzigen.) Ihre Entscheidung, sich selbst das Virus zu spritzen, war das Produkt eines Geistes, der es gewöhnt war, mit Extremen umzugehen. Sollte ihr Experiment gelingen, würde der Lohn eine epochemachende Entdeckung sein. Eine Behandlungsmethode für Depressionen, die das Problem an der Wurzel angeht.

Das Interesse an der Erforschung von Depressionen ist so groß, weil die Erkrankung so weit verbreitet und kostenträchtig ist. Die Kosten von Fehlzeiten gehen in die Billionen. Die Medikamente, die gegen Depressionen eingesetzt werden, können sehr effektiv sein, doch häufig wirken sie nur mildernd und bieten bloß eine vorübergehende Erleichterung.

Niemand kann so richtig sagen, was die Ursachen von Depressionen sind, doch mittlerweile geht man davon aus, dass die Erkrankung multikausal ist. Das heißt, es gibt verschiedene Ursachen, etwa soziale, genetische und biologische Umstände. Emilys extremes Vorgehen lässt sich darauf zurückführen, dass dem Hippocampus bei depressiven Erkrankungen eine große Bedeutung zugeschrieben wird, sei es unipolar (nur depressiv) oder bipolar (manisch-depressiv). Die Hippocampi von chronisch Depressiven schrumpfen tatsächlich! Wenn also Emilys Leiden während ihrer depressiven Phasen einen physischen Ort hatte, dann konnte sie davon ausgehen, dass es höchstwahrscheinlich im Hippocampus war. Die Möglichkeit, dieses Organ zu zerstören und es mit einer verbesserten Version zu ersetzen, war ihr das Risiko wert. Für sie schien es wohl eine »Win-win-Situation«, nachdem sie alle möglichen Folgen abgewogen hatte.

79. Bewältigungsstrategien

Natürlich ging allen die Düse bei Normeron, als sie mehr oder weniger herausbekamen, was Emily getan hatte. Eine Weile lang war ungewiss, was geschehen würde, aber sie lebte. Doch dann lautete die Frage, was man nun mit ihr anstellen sollte. Nancy Prabhakar war ihre Chefin, und damit war es am Ende ihr Problem – insbesondere, weil sie zu Recht das Gefühl hatte, sie hätte ein wachsameres Auge auf die Vorkommnisse haben sollen. Sie reagierte umgehend auf Emilys schlechten Gesundheitszustand und setzte alle verfügbaren medizinischen Ressourcen ein, um ihr die beste Versorgung zu ermöglichen und sie sicher nach Großbritannien zurückzubringen.

Emily war es recht gut gelungen, ihre eigene Krankheitsgeschichte verborgen zu halten (ihre Zurückhaltung war eine Eigenschaft, die man an ihr schätzte). Allerdings hatte Dr. Prabhakar schon immer das Gefühl, dass etwas im Busch war. Es gab zu viele mysteriöse Lücken in Emilys Lebenslauf. Aber die fehlenden Monate in ihrer beruflichen Laufbahn hatte man wohlwollend übersehen, da sie auf der anderen Seite eine erstaunliche Kreativität an den Tag gelegt und einige Erfolge in den Neurowissenschaften erzielt hatte. Man übersah sogar die Fehlzeiten am Arbeitsplatz, weil sie immer noch wesentlich produktiver war als ihre forschenden Kolleginnen und Kollegen. Bis zu einer Woche Abwesenheit, die sie entweder in ihrem Zimmer oder in einer Tagesklinik verbracht hatte. Es gab Gerüchte, dass unter ihren zahlreichen Liebhabern auch einige ihrer Maya-Patienten aus der Klinik gewesen sein sollen. Aber dieses Verhalten wurde auf das Bedürfnis zurückgeführt, auch mal Dampf abzulassen, und jeder hat schließlich das Recht auf Ruhe und Erholung – Emily umso mehr, weil sie so viel gearbeitet hatte.

Die Konsequenzen von Normans jüngst diagnostizierter Alzheimer-Erkrankung waren noch unklar. Es war möglich, dass Nancys Pläne ins Wanken gerieten, sobald herausgekommen war, was Emily vorgehabt hatte, und die Konsequenzen werden Dr. Prabhakar sicherlich einige schlaflose Nächte bereitet haben. Norman hätte sehr gut eine weitere Finanzierung verweigern können, soviel man wusste. Schließlich bewegte seine Diagnose ihn dazu weiterzumachen, und innerhalb weniger Monate wurde das Institut in London fertiggestellt und war mit bester Ausstattung betriebsbereit. Alles, was fehlte, war Personal und Patienten. Und hierin lag, wie sich herausstellte, die Lösung für Emily und auch für Nancys Problem mit ihr … Was sollte sie mit ihr machen? Und noch wichtiger war die Frage aus beruflicher Sicht, wie sie mit Emily – in diesem Zustand – ihren Einsatz in Belize nachbesprechen sollte. (Genau darin lag die Ironie, denn Nancys Beschäftigung mit der Gründung und Positionierung des NNI war der Grund, warum sie übersehen hatte, unter welchem Stress Emily stand. Und nun sollte Emily ihre allererste Patientin im NNI werden.)

Nancys Erklärungsnot für das Geschehene erwies sich als nichtig, denn wie sich zeigte, interessierte sich kaum jemand dafür. Emily hatte wortwörtlich Hunderte von Liebhabern gehabt, aber keine feste Beziehung. Sie schien keine Freunde zu haben, und mit ihren Eltern hatte sie seit Jahren nicht mehr gesprochen. Vermutlich lag das daran, dass sie bis zum zwölften Lebensjahr Privatlehrer und keinerlei Kontakt zu anderen Kindern und nunmehr die Nase voll von ihnen hatte. Seit sie neunzehn war, hatte sie ihre Eltern nicht mehr gesehen, und als das Drama passierte, war sie achtundzwanzig. (Achtundzwanzig. Dann war sie also jetzt … etwa in meinem Alter. Verrückt. Das sah man ihr überhaupt nicht an.)

80. Neuanfang

Blendet man mal die tragischen Umstände aus, dann lief alles am Ende recht gut. Perfektes Timing. Emily war die ideale Patientin, um das einzigartige Behandlungsprogramm des Instituts einzuweihen. Kurz nach der Eröffnung stieß Ben dazu, ein ebenfalls leuchtender Stern am Forschungshimmel, wie sich herausstellte. Nicht in Emilys Liga, aber er war ein sehr vielversprechender junger Mann, der sich ideal dazu eignete, Emilys Nachsorge und Pflege zu überwachen. Das war eine heikle Sache, denn sie kannte einige sehr wichtige forschungsrelevante Einzelheiten, sogar innerhalb ihres normalen Aufgabenbereichs bei Normeron. Es wäre unschön gewesen, wenn ihre Erkrankung ihre Fähigkeit zur Diskretion eingeschränkt hätte. Aber mal abgesehen davon, was war mit ihrer übergebührlichen Forschungsarbeit in der Klinik? Gut möglich, dass ihr Experiment nicht so verrückt gewesen war, wie es schien.

Um aus Emilys Tagebüchern, aus allen dreihundert, schlau zu werden, brauchte Ben (und Nancy Prabhakar, wenn sie die Zeit dafür fand) fast zwei Jahre und regelmäßige Sitzungen sowie genaue Beobachtungen und zahllose Fehlversuche. Schließlich mussten sie widerwillig einräumen, dass eine grundsätzliche Erholung von der Hirnhautentzündung ausgeschlossen werden konnte. Und dass in diesen Tagebüchern nichts Sinnvolles stand. Der einzige Grund, warum Ben immer noch an dem Thema drangeblieben war, bestand darin, dass sich Emilys Fähigkeit der räumlichen Orientierung scheinbar verbesserte.

Sie fand sich im Institut nun ganz gut zurecht, obwohl die Scans weiterhin zeigten, dass sie immer noch Leerstellen in ihrem Gehirn hatte, wo eigentlich die Hippocampi sein sollten. Man einigte sich darauf, dieses Vermögen nicht ganz zufriedenstellend als »anormal« zu bezeichnen. Es widersprach dem landläufigen Verständnis von der Funktionsweise des Gehirns, aber es war da. Vielleicht handelte es sich dabei um eine Art neuronale Plastizität. Es ist schwierig, aus einem einzelnen Fall wie diesem hier eine Theorie ableiten zu wollen.

Ben hatte schon lange aufgegeben, mit der offensichtlichsten Methode ihren Zustand zu erforschen, nämlich sie einfach danach zu fragen, welchen Virus sie sich in welcher Dosis gespritzt hatte. (Es hätten unterschiedliche Viren, sogar Lippenherpes, sein können.) Häufig verlieren Patienten mit anterograder Amnesie auch das Erinnerungsvermögen bezogen auf Dinge, die kurz vor der Erkrankung geschehen sind. Aber einen Versuch war es wert: Wusste man, wie lange sie das schon geplant hatte? Jedenfalls war auch unklar, welche Auswirkungen die Präparate auf den Gedächtnisverlust hatten. Es hätte keinen Sinn ergeben, Emily immer weiter mit Fragen zu quälen, denn mal ganz abgesehen davon, dass sie anscheinend Fragen bezüglich ihrer Vergangenheit nicht beantworten konnte, vermied sie es, über sich zu sprechen. Zweifelsohne war das ihrer alten Angewohnheit geschuldet, sich zu bemühen, ihren labilen gesundheitlichen Zustand geheim zu halten. Alle ihre Freundschaften hatte sie so oberflächlich und zeitlich begrenzt wie möglich gehalten. Sie hatte weder Freunde noch Partner, und sie war aus eigenem Antrieb zu ihrer Familie auf Distanz gegangen. Eigentlich schien es fast so, als hätte sie die einzig enge Beziehung zu ihrem Tagebuch gehabt … und das gab rein gar nichts preis.

Ich habe selbst noch einmal in so ein Tagebuch geschaut. Niemand kann überhaupt so viel schreiben, ohne dass irgendetwas Verständliches dabei ist.

Hin und wieder gab es eine Passage, aus der man ein wenig schlau wurde. Trotz ihrer unglaublich engen und tattrigen Handschrift konnte ich Folgendes entziffern: Ich bin zum allerersten Mal hier. »Ich lebe zum ersten Mal. Alles ist neu für mich. Ich sitze hier in diesem Zimmer …« und so weiter. Dies schien sie zu Beginn einer besonders inspirierten manischen Episode geschrieben zu haben. Ben hatte sich auf die Abschnitte konzentriert, bei denen es sich um Forschungsnotizen handeln könnte. Forscher halten immer handschriftlich ihre Notizen fest. Mit der Zeit geht ihnen das in Fleisch und Blut über. Ben gehörte zu den wenigen Menschen, die überhaupt einen Sinn aus den Tagebüchern herauslesen konnten, wo es um Notizen zu einer möglichen Forschungsfrage gehen könnte. Aber auch er war damit nicht weit gekommen. Ihm zufolge gab es in den Tagebüchern Material, das Notizen für ein Experiment in etwa ähnelt. Allerdings blickte er nicht genug durch, um sagen zu können, ob es sich um eine unleserliche Dokumentation eines durchgeführten Experiments oder einfach nur um Unsinn handelt. Emily schien verschiedene Codes entwickelt zu haben, wobei jeder einzelne für sich recht einfach zu knacken war, aber nach dem Zufallsprinzip ist sie von einem Code zum anderen gesprungen. Oder sie hat dabei ein System angewendet, dass wohl in ihrem Kopf, aber nicht in den Heften zu finden ist. Möglicherweise ist sie mitten in einem Wort zu einem anderen Code gesprungen. Sicherlich hatten die verschiedenen Farben etwas zu bedeuten, aber an verschiedenen Stellen könnten sie auch ihre Bedeutung gewechselt haben. (Es gab eine wunderschöne Seite, auf der jeder Buchstabe und jede Zahl eine andere Farbe hat. Eine andere Seite war halb grün, halb rot. Auf der darauf folgenden wechselten sich Rot und Grün ab.)

Es war schon möglich, dass ein sehr begabter Kryptologe da durchstieg, wenn der Inhalt nicht so unglaublich unzugänglich gewesen wäre. So ein Experte müsste gleichzeitig Neurologe sein. Ben hatte es aufgegeben. Er musste einräumen, dass Emilys heroische Entscheidung, ein Selbstexperiment durchzuführen – ein Experiment, das, falls erfolgreich, eine neue Ära der Neurowissenschaften eingeläutet hätte, in der schadhafte Teile des menschlichen Gehirns entfernt werden und einfach neu entstehen könnten, wie einem Seestern ein neuer Arm wachsen kann –, leider keine lohnenswerten Ergebnisse hervorgebracht hatte. Wäre das Experiment gelungen, hätte man damit vielleicht alle möglichen neurologischen Erkrankungen heilen können, von Alzheimer bis Parkinson, vom Schlaganfall und Trauma über Depression bis hin zu Schizophrenie (und wer weiß, welche potenziellen Auswirkungen es auf ein gesundes Gehirn gehabt hätte?).

Owen Madden hatte Ben gedrängt, ihm nach Santa Barbara zu folgen, aber er hatte beschlossen, seine Karriere erst einmal auf Eis zu legen, bis endgültig feststand, ob Emilys Experiment auch nur im Entferntesten erfolgreich gewesen war. Er gab zu, dass er manchmal von der Vorstellung, an einem gigantischen wissenschaftlichen Durchbruch beteiligt sein zu können, ziemlich berauscht war – schließlich war alles möglich.

81. Dr. Nancy Prabhakar

Die Zukunft des Instituts war derzeit ungewiss, aber sollte es schließen müssen, würde Nancy sicherstellen, dass Emily eine ordentliche Pflege bekam. Es gab einige Erfolge, was alternative Finanzierung betrifft, jedenfalls reichte das Geld erst einmal für eine Weile.

Ben zufolge waren sie damit zufrieden, wie mein Workshop gelaufen ist, daher sollte ich am Institut bleiben. Mittlerweile hatten wir alles verpackt.

»Fertig.«

»Ja«, sagte Ben. »Danke für deine Hilfe. Du kannst echt gut packen.«

»Hat mir Spaß gemacht zu helfen. Und übrigens, Ben, ich meine ja nur … diese Tagebücher. Glaubst du, ich könnte davon eines haben?«

Er sagte gar nichts. Er sah mich nur an. (Spinnst du?) Schade. Ich hätte so gern eines gehabt. Selbst wenn man kein einziges Wort verstand, waren es faszinierende Dinger. Ich konnte sie mir stundenlang anschauen.

»Okay! Vielleicht sehen wir uns nicht mehr. Viel Glück! Gute Zeit in Kalifornien.«

Er lächelte. »Ja danke. Dir auch. Und, ähm … ich glaube, Dr. Prabhakar wollte dich noch sprechen, wenn du Zeit hast. Wir sehen uns.«

»Tschüs, Ben!«

Ich habe kein Problem damit, zuzugeben, dass ich vor Nancy Prabhakar Angst habe. Doch, ich habe ein Problem damit, aber jetzt ist es raus. So lange hatte ich das Gefühl gehabt, ein Hochstapler zu sein, und dass ich mich mit etwas durchmogele (zuzeiten sogar mit einer schweren Straftat), und wie sich nun herausstellte, musste ich mir gar nicht so viele Gedanken machen. Als ich nun ihr Büro suchte, fürchtete ich schließlich trotzdem, als Scharlatan entlarvt zu werden. Aber ich glaube, dass sich viele Menschen in der Gegenwart von Dr. Prabhakar so fühlen. Ich kam damit klar.

Ihr Büro passte zu ihr. Dort herrschte eindeutig eine autoritäre Atmosphäre, auch wenn kein Einrichtungsobjekt nur zu dem Zweck ausgewählt worden war, um Besucher einzuschüchtern. Kein Ohrensessel, in denen die Bösewichte bei James Bond immer sitzen – bei ihrer Größe würde sie in solch einem Ding eh verschwinden – oder ein Tisch von Albert Speer. Ein paar Ledersessel, aber in Braun, nicht Schwarz. An der Wand hing ein einziges Bild: eines von de Koonings eindrucksvollen Bildern aus seiner mittleren figürlichen Schaffenszeit – Frau I. Gute Wahl.

Sie wollte mir hauptsächlich mitteilen, dass man mit meiner Arbeit am Institut sehr zufrieden war. (Zufrieden sah sie allerdings nicht aus, denn sie lächelte nie.) Anscheinend haben die Patientinnen und Patienten viel aus dem Workshop mitgenommen, und selbst für das Institut ergaben sich dadurch Vorteile. Ich nehme an, das bezog sich auf die Finanzierung, die sie zum Teil dadurch gewonnen haben, weil der Workshop bei den Verantwortlichen einen guten Eindruck gemacht hatte. Der Workshop und zahlreiche publikumswirksame Veranstaltungen, wie Seminare für Betroffene und deren Verwandte über das Leben mit Alzheimer – oder das Leben mit Autismus, Schlaganfall, Parkinson, Epilepsie oder Depression. Außerdem bewies das Institut seine Bereitschaft, die kommerziellen

Anwendungsmöglichkeiten der neurowissenschaftlichen Forschung aufzugreifen, also die Kekse im MRT und so weiter.

Simon und Selina versuchten wohl weiterhin streitsüchtig, sich all die Aktivposten des Instituts anzueignen. Das würde auch noch eine Weile so weitergehen. Wahrscheinlich würde es auf einen Vergleich hinauslaufen, der weder für die beiden noch für Dr. Prabhakar zufriedenstellend wäre. Das Institut werde weiterbetrieben, aber keinesfalls in der Art, wie sie es sich vorgestellt hatte. Sie tat mir schon leid. Nun saß sie hier fest, um das zu verwalten, was von ihrem verheerend verzerrten Projekt übrig geblieben war. Sie hatte gehofft, die Ressourcen der neurowissenschaftlichen Vorhut in Stellung zu bringen und Spitzenforschung neu zu definieren – und nicht, hier mit mir über meinen Zeichenworkshop zu sprechen.

Dann überraschte sie mich ein bisschen mit der Frage, wie ich die Schulung von Ben fand. Ich nehme an, es war wirklich eine Art Schulung. »Gut«, antwortete ich ihr. Und sie hatte noch eine gute Nachricht bezüglich meines Honorars. Als ich das Stipendium bekam, steckten sie ein wenig in finanziellen Schwierigkeiten. Es hatte auch mit dem Finanzierungspaket zu tun, durch das ich als Artist in Residence und zusätzlich ein Writer in Residence finanziert werden sollte. Sie hatten sich tatsächlich darauf geeinigt, zu sagen, ich sei der Autor, sollte jemand fragen. Mit dem restlichen Geld deckten sie Personalkosten, hauptsächlich am Empfang. Das täte Nancy leid, und von nun an sollte ich das Honorar beider Posten bekommen. Vielleicht hätte ich ein paar Ideen für einen Workshop für kreatives Schreiben? Er könnte am Donnerstag stattfinden, schlug sie vor. Alle waren davon beeindruckt gewesen, mit welchen begrenzten Mitteln, wie Bleistift und Papier, ich in der Lage gewesen war, den Zeichenworkshop durchzuführen.

Außerdem wollte sie mir noch etwas sagen, bevor ich ging. Ben hätte ihr von meiner Idee erzählt, die Zeichnungen der

Workshop-Teilnehmenden auszustellen. An dieser Idee könnten wir weiterarbeiten. Vielleicht könnten wir die Ausstellung hier in der Galerie organisieren? Dazu sollte es ein Meeting geben, bei dem sie mir gern ein paar Leute vorstellen wollte. (Was für Leute? Welche Galerie? Und wann hatte ich Ben von meinem Plan erzählt? Sicherlich, als ich voll war, aber wann genau war ich besoffen gewesen?) Ach, und noch was – »Ich habe bemerkt, dass Sie in letzter Zeit die Mittagspause im Aufenthaltsraum verbringen« – das sollte ich weiter so halten. Verstehe. Kommen Sie NICHT betrunken aus der Mittagspause zurück.

82. Farbkonstanz

Als ich endlich im Werkraum ankam, war es fast schon Zeit zusammenzupacken. Alle schienen Spaß gehabt zu haben, ihre Stillleben von Orangen, Croissants und Kaffeetassen zu zeichnen – alles Quatsch. Aber das machte mir nichts aus, schließlich hatte ich ja schon mehr als genug Material für meine Ausstellung »Zeichnungen von Gehirnen von Gehirn-Patienten«. Davon hatte ich ihnen noch gar nichts erzählt, denn zuerst musste ich einige Fragen hinsichtlich des Urheberrechts klären. Zum Beispiel: Was, wenn die Ausstellung verkauft würde? Ich sah sie als ein Ganzes, als eine Installation, wenn man so will, und nicht als einzelne Bilder. Als einzelne Werke von Amateuren waren sie wertlos. Das war mir nun ziemlich aus der Hand genommen, weil Ben (wahrscheinlich dachte er, er täte mir damit einen Gefallen) Nancy davon erzählt hatte. Es sollte doch ein Projekt für fresh! sein! Ein Solo-Projekt – mein Projekt. Die Patientinnen und Patienten hätten nie von der Ausstellung erfahren, wenn ich es ihnen nicht erzählt hätte. Ich bezweifle, dass einer von ihnen die Fachpresse liest, und es war schließlich meine Idee.

Aber nun, da Colin es wahrscheinlich eh herausfinden würde, beschloss ich, ihn einzuweihen. Ich wollte ihm davon erzählen, als wäre mir die Idee gerade erst gekommen. Und vielleicht könnten wir über die Urheberschaft sprechen, wenn die Ausstellung tatsächlich verkauft werden sollte. (Und eigentlich ist es umso besser, wenn fresh! nicht mehr involviert sein würde, denn das bedeutete, dass ich ihnen nicht fünfzig Prozent vom Erlös abgeben müsste. Großartig.)

Die Sonne schien, daher beschlossen Colin und ich, uns unten im Foyer einen Kaffee zu holen und uns rauszusetzen, in eine der Grünanlagen auf dem Krankenhausgelände. Wir suchten uns einen Platz in einem neu angelegten Areal, dem »Friedensgarten«. Die Landschaftsbauer waren noch nicht ganz fertig, aber hier konnte man sich besser als woanders hinsetzen. Es gab wohl kein Geld für die Pflege der Grünanlagen, daher versinken die meisten recht schnell unter Brennnesseln und Bierdosen.

Wir setzten uns auf eine der neu aufgestellten Bänke und sahen den Gärtnern bei der Arbeit zu, während ich überlegte, wie ich das Thema ansprechen sollte. Mir fiel nichts ein, also saßen wir schweigend da und genossen den Sonnenschein. Ein Gärtner beendete gerade die Arbeit an einem kleinen Teich. Er stand in seinen Wathosen mitten drin und schob zarte Pflänzchen in den Schlamm am Rand. Colin rief ihm zu: »Setzen Sie da auch Seerosen rein?« Der Mann blickte kurz auf, sagte nichts und machte weiter. Colin versuchte es noch einmal: »He, Mann. SEEROSEN!«

»Er ignoriert dich, Colin.«

»Ja, ich weiß. Es interessiert sie nicht, oder? Der Teich wird für ungefähr zehn Minuten hübsch aussehen. In sechs Monaten ist es genauso ein Drecksloch wie all die anderen.«

Wir beobachteten einen anderen Arbeiter dabei, wie er eine Wand hinter einem der Hochbeete anstrich. Weiß. Um einen Kontrast zu den Farben der Azaleen zu setzen. Die Wand war vorher schon weiß gewesen, aber offensichtlich war es Jahre her, dass sie das letzte Mal gestrichen worden war.

»Man sieht nicht, dass sich Weiß verfärbt, bis man eine Wand neu streicht, oder? Ich habe vor Kurzem ein paar Türen zu Hause neu gestrichen. Die in der Küche ist am schlimmsten. Man sieht gar nicht, wie gelb sie geworden ist.«

»Das nennt man ›Farbkonstanz‹.«

»Ach ja?«

»Es ist eine optische Täuschung, durch die man Weiß immer als Weiß wahrnimmt, unabhängig davon, wie die Lichtverhältnisse sind. Ein weißes Blatt Papier verändert seine Farbe eigentlich ständig. Von Weiß über Blau zu Pink. Farbkonstanz beschreibt die Tatsache, dass man dazu neigt, die Dinge in der Farbe zu sehen, die man kennt. Das Gehirn verarbeitet Farben in Durchschnittsfarbwerten. Nach dem Motto: ›Das ist Weiß und basta!‹ Wäre es anders, würde es sehr viel Energie verbrauchen, die ständig wechselnden Nuancen wahrzunehmen – als würde man in einem Kaleidoskop leben. So kommt man schneller zu einer Schlussfolgerung, die auf bestehendem Wissen basiert.«

»Aber was ist mit diesen wunderbaren Bildern von Monet? Diese Bilder vom Notre Dame, von den Heuballen, die er immer wieder malt, und jedes Mal sehen sie anders aus?«

»Ich weiß, das sage ich ja gerade. Wenn man jemanden fragt, welche Farbe ein Gebäude aus Stein hat, dann sagen sie grau, selbst wenn es nur manchmal grau ist. Manchmal ist es auch rosa.«

»Aber wie kommt es denn«, wollte Colin wissen, »dass Monet den Notre Dame nicht einfach als grau gesehen hat? Ich dachte, dass optische Täuschungen immer funktionieren, selbst wenn man weiß, dass es eine optische Täuschung ist.«

»Das trifft auf die meisten zu«, Ben würde mir vermutlich widersprechen, »aber bei dieser hier kann man beschließen, sie einfach zu ignorieren. Das macht es ein wenig verwirrender, aber es ist viel hübscher. Pub?«

Auf dem Weg zum Canadian Volunteer kamen wir an Emily vorbei. Sie saß mit Stick auf einer Bank neben einem älteren Paar – ihren Eltern, glaube ich. Colin begrüßte sie, ich nicht, weil ich die ganze Zeit noch überlegte, wie ich ihm von meiner Ausstellung erzählen sollte.

83. Orangensaft?

»Orangensaft? Machst du Witze?« Colin sah mich an.

»Na, meine Form hat in der letzten Zeit ein bisschen gelitten. Außerdem hat mir Dr. Prabhakar eine kleine Standpauke deswegen gehalten.«

»Na gut. Dann eben zweimal Orangensaft.« Die Sache ist nämlich die, dass Colin ein 1 a Gesellschaftstrinker ist. Ihm geht es darum, mit anderen zusammen zu sein. Das Trinken an sich spielt für ihn nur eine Nebenrolle, er kommt auch ohne aus. Er schmunzelte, als er mit den beiden Gläsern zum Tisch zurückkam.

»›Gelitten‹ also, ja? Hm.«

»Ja, ich weiß. Sehr witzig. Hör mal – ich wollte mit dir über etwas reden.«

Es dauerte nicht lange, meine Idee für die Installation mit den Zeichnungen aus dem Workshop zu erklären. Eigentlich ging es ganz schnell, was ein bisschen demotivierend war, weil es mir zuvor so erschien, als würde viel mehr dahinterstecken – bis ich es dann laut aussprach. (Allerdings war das jetzt auch neu für mich. Ich hätte eine echte Pressemitteilung gebraucht, um das Konzept anständig zu präsentieren. So, wie eine junge Kuratorin es vielleicht beschrieben hätte.)

Teilnahmslos hörte sich Colin alles an und verkündete dann sein Urteil. »Na, ich bin natürlich kein Experte, aber für mich hört es sich so an, als würdest du den ganzen Ruhm dafür einheimsen wollen, wofür andere hart gearbeitet haben. Für mich hört sich das nicht nach einem dollen Konzept an. Um ehrlich zu sein, es klingt ein wenig verlogen.«

»Ja, aber die ganze Vorstellung von Urheberschaft ist gerade in Bewegung. Die meisten Künstler lassen heutzutage ihre Werke herstellen. Oder es gibt ›Appropiation Art‹, wo man etwas macht, dass wie eine Collage, ein Plagiat oder eine Fälschung eines anderen Werkes aussieht. Aber das ist es nicht, weil man die fehlende Originalität proklamiert, und dann ist es eine Form von Kritik.«

Colin sah geradeaus, den Mund geschlossen, die Augen zusammengekniffen. Ich versuchte, es aus einem anderen Winkel darzustellen. »Wusstest du, Colin, dass Henry Moore die wenigsten seiner Skulpturen selbst gemacht hat? Das wäre sowieso nicht möglich gewesen. Er hatte Assistenten. Die Sache ist die, dass es die Idee ist, die wichtig ist – jedenfalls bei vielen Kunstwerken heutzutage.«

»Okay, aber ich finde die Idee nicht so gut. Oder nehmen wir an, es gehört mehr als eine Idee dazu, man muss es ja auch machen. Nehmen wir an, ich will eine einhundertfünfzig Meter hohe juwelenbesetzte Madonnastatue auf den scheiß Mond schießen. Mir das auszudenken ist nicht wirklich das Schwierigste an der ganzen Sache, oder? Ich meine, ich habe mir das doch grad mal kurz ausgedacht, oder nicht? Deiner Meinung nach wäre meine kreative Arbeit damit jetzt erledigt.«

»Na, das ist ein recht extremes Beispiel, aber ich nehme an, du könntest das umsetzen, wenn du die Ressourcen hättest. Außerdem bist du ein bisschen sarkastisch. Es gibt solche und solche Ideen.«

»Hm. Es geht mir darum, dass es auf einer ganz grundlegenden Ebene nicht korrekt ist. Auf mich wirkt das eher unprofessionell. Ich wollte dich schon öfter auf deine Professionalität ansprechen. Beispielsweise finde ich deine Haltung Emily gegenüber nicht sehr professionell.« O weh! »Ich weiß, dass sie eine sehr attraktive junge Dame ist, aber ich habe gesehen, wie du sie ansiehst, und die meisten hätten es wohl nicht bemerkt, aber für mich sah es so aus, als wärst du mächtig scharf auf sie. Und in deiner Position geht so was einfach nicht.«

Erstaunlich. Erst einmal stehe ich auf alle Fälle nicht unter Verdacht. Denn, wie Colin richtig vermutet, habe ich nichts Verkehrtes getan, selbst wenn hier meine Einstellung definitiv nicht richtig war. Ich habe in Gedanken gesündigt, und jemand, der für eine Institution wie diese hier arbeitet, sollte das nicht machen. Zweitens, woher will er das wissen? Seine Erkrankung schränkt genau die Fähigkeit ein, zwischen einem lüsternen Blick und einem Lächeln zu unterscheiden, zwischen einem Schmollen und einer Grimasse.

»Ja, ich weiß«, räumte ich ein. »Ja ... Na, um ganz ehrlich zu sein, hast du vollkommen recht. Ich fand Emily sehr attraktiv, aber darüber bin ich jetzt hinweg.« Was auch wirklich stimmte. Da ich jetzt weiß, dass sie ein Genie ist oder zumindest ein Genie war, lasse ich von ihr ab. Eigentlich ist das ein bisschen enttäuschend. Ich hatte das Gefühl, meine Gefühle für sie seien stark, aber sie waren oberflächlich. Oder zumindest flatterhaft: Meine Liebe zu Emily hing von der offensichtlich unrealistischen Möglichkeit ab, sie könnte eine Idealgestalt für mich sein. Es ist ja allgemein bekannt, wie hoffnungslos romantische Liebe ist, und da wäre ich ein ebenso beispielhafter wie extremer Fall gewesen. »Aber woher wusstest du, dass ich ... hm, Gefühle für sie hatte? Wie hast du das gesehen?«

»Das ist so, als wäre man blind. Man lernt, andere Anzeichen besser zu interpretieren. Das bringt gar nichts, wenn man nicht sowieso schon einfühlsam ist. Aber ich konnte mich schon immer gut in Menschen hineinversetzen. Ich habe es an deiner Körperhaltung gesehen, und immer, wenn du sie angesprochen hast, wurde deine Stimme so komisch. Oder wenn von ihr die Rede war. Damit hast du aber aufgehört. Sag mal, hier drinnen ist es verdammt düster, und draußen ist so ein schöner Tag. Wollen wir noch ein bisschen rausgehen?«

Als wir eine neue Wiese in Richtung Bank überquerten, schien Colin sich ernsthaft Gedanken über meine Ausstellung zu machen.

»Guck«, sagte er, »ich habe immer noch Zweifel an dieser Idee von dir, aber ich glaube, im Grunde genommen bist du ein netter Kerl. Du kannst gern meine Zeichnungen ausstellen, und wenn ich dir sonst noch irgendwie helfen kann, sag Bescheid. Ich habe Erfahrungen im Messebau, und so viel komplizierter kann der Aufbau einer Ausstellung ja auch nicht sein. Das sollte prima laufen, jetzt, wo diese ganzen anderen Leute an unserem Workshop Interesse gezeigt haben.«

»Welche anderen Leute?«

»Ach, richtig. Die sind vorbeigekommen, als du vor einigen Wochen verschollen warst. Du kennst doch diese eine, Hilary? Sie ist mit Dr. Prabhakar und einigen Leuten vom Museum herumgelaufen.«

»Vom Museum?«

»Museums…dingsbums. Äh … wie nennen die Leute sich?«

»Kuratoren.«

»Genau. Museumskuratoren. Obwohl ich nicht glaube, dass die von einem Museum kamen.«

»Hast du ihre Namen mitbekommen?«

»Ja. Da war eine sehr nette junge Frau, mit der ich mich länger unterhalten habe, die hieß Susan. Conrad hat sie uns vorgestellt. Warum? Kennst du die?«

84. Das Meeting

Ich hatte es mir schlecht gelaunt auf einem Stuhl am großen ovalen Konferenztisch bequem gemacht. Vielleicht war es der Raum, in dem mein Vorstellungsgespräch stattgefunden hatte. Die Gewohnheiten, die in langen Jahren entstanden sind, um mein Trinken zu verbergen, treten hier voll zutage, denn ich bin viel zu früh für dieses Meeting. Vielleicht, dachte ich mir, sollte ich aufhören zu schmollen und mich aufrecht hinsetzen, wie ein Erwachsener. Schließlich konnte ich ja nicht wirklich behaupten, dass die Idee, die Zeichnungen einer Patientengruppe auszustellen, ganz allein auf meinem Mist gewachsen war. Die Idee stammt von einem etablierten Genre beziehungsweise einer Kunstströmung namens »Outsider Art«. Und anderer Hände Werk als meine Kunst auszugeben ist ebenso wenig originell. Auf dieser Art von Aneignung beruht die Postmoderne. Jeder macht es. Ich bin mir nicht sicher, wie ich damit umgegangen wäre, wenn ich meinen ursprünglichen Plan hätte umsetzen und das Zeug bei fresh! zeigen können. Hätte ich die Patienten und Patientinnen zu der Vernissage eingeladen? Und hätten sie eine Beteiligung bekommen, wenn die Ausstellung verkauft worden wäre? Nein. Nicht, wenn ich damit durchgekommen wäre. Also hatte ich im Prinzip nicht das geringste Recht, so beleidigt zu sein.

Ich setzte mich gerade hin. Außerdem, wenn man sich mal überlegte, wie verschlagen ich vorgegangen war, hatte ich Glück, überhaupt hier zu sein. Wenn sie das gewusst hätten,

hätten sie das Recht gehabt, mich von allen weiteren Aktivitäten des Workshops auszuschließen. Und das haben sie offensichtlich nicht. Mir ging es also eigentlich ganz gut. Ziemlich gut sogar. Nachdem ich mir diesen Zustand des Gutgehens vor Augen geführt hatte, kam ich zu dem Schluss, dass es daran liegen musste, dass ich keinen Kater hatte, und nicht daran, dass sich die Stimmung der ganzen Welt dramatisch verändert hatte.

Dr. Prabhakar trat mit Hilary (vom Arts Council oder was auch immer) ein. Sie nickten mir zu, nahmen am anderen Ende des Tisches Platz, klappten ihre Laptops auf und begannen damit, das Meeting vorzubereiten, ein Treffen vor dem Treffen, quasi. Dann kam Susan herein, begrüßte Nancy und Hilary mit einem fröhlichen »Hallo«, umarmte mich und lächelte, als könnte sie kein Wässerchen trüben. Sie setzte sich, klappte ihren Laptop auf und nahm an dem Treffen vor dem Treffen teil. Na gut, dann hocke ich hier einfach so rum. Ich bin hier, falls ihr mich braucht. (Ich wünschte, ich besäße einen Computer.)

Colin kam herein und sah, dass die Ladys arbeiteten. Er schien ein bisschen unsicher zu sein, bis er mich am anderen Ende des Tisches bemerkte und zu mir herüberkam. (Ich hatte das Gefühl, ich wäre ungefähr zwölf Jahre alt und säße bei einem Schulausflug ganz allein hinten auf der letzten Bank im Bus.) Als Nächstes kamen zwei dieser gruseligen Leute herein, die ich schon häufiger in letzter Zeit gesehen hatte. Colin beugte sich zu mir herüber und erzählte mir, dass die Frau diejenige war, die den Workshop beobachtet hatte, ohne ein einziges Wort zu sagen. Sie guckte nur zu, machte sich Notizen und brachte alle aus dem Konzept.

Waren dann alle beisammen? Anscheinend mussten wir noch auf jemanden warten, bevor wir anfangen konnten. Wir warteten noch eine Dreiviertelstunde, und Colin und ich fingen an, uns zu langweilen, während die anderen viel erledigen konnten bei ihrem Treffen vor dem Treffen.

Endlich trafen Simon und Selina ein und lösten eine Welle von Verhaltensweisen aus, die halb offiziell wirkten: Hände schütteln, gemurmelte Vorstellungsfloskeln. Ich und Colin schlängelten uns zur Tür vor, wo wir am anderen Ende des Tisches als »unser Starpatient und ein echter Künstler« (damit meinten sie natürlich Colin) und »unser Artist in Residence« vorgestellt wurden. Aufgrund der Art und Weise, wie Nancy das sagte, fühlte ich mich plötzlich wieder wichtig. Niemand kümmerte sich um Conrad, der eher im Kielwasser von Simon und Selina mitlief als aus eigener Kraft.

Wir setzten uns, und Nancy eröffnete die Besprechung. »Erst einmal möchte ich mich herzlich bei Ihnen allen dafür bedanken, dass Sie heute Morgen hier erschienen sind.« (Keine Ursache, nicht der Rede wert.) »Und da die meisten Einzelheiten der Finanzierung und PR bereits geklärt sind, sehe ich keinen Grund, warum wir nicht damit weitermachen sollten, uns die Kunstgalerie anzuschauen.« Sie sah kurz Susan an und erinnerte sich an den cooler klingenden Fachbegriff. »Den ›Space‹ also.«

Wir saßen einfach alle nur so da und schauten einander an, während jeder darauf wartete, dass der andere sich in Bewegung setzte. Nancy klappte ihren Laptop zu, was uns alle aufmerken ließ. Dann machte sie ein großes Aufheben, indem sie lautstark Stühle rückte, Unterlagen einsammelte und die Tür aufhielt, um uns alle in den Flur hinaustreten zu lassen. Dort wartete Michelle schon auf uns und meldete in ihr Sprechfunkgerät: »Empfang? Ja, wir gehen jetzt hinüber zur Kunstgalerie. Ende.«

Während sie sprach, ging sie zügig neben Dr. Prabhakar her. Beide holten mit den Armen weit aus, als wollten sie das Tempo vorgeben. Als wir um die erste Ecke kamen, stellten wir fest, dass sich Simon, Selina und Conrad nicht mehr in unserem Grüppchen befanden. Wir schauten zurück, und da waren sie, doch bemühten sie sich nicht im Geringsten, mit uns mitzuhalten. Wir mussten ziemlich lange auf sie warten, bis sie auf unserer Höhe waren. Dann schritten sie in einer Geschwindigkeit weiter, die ihnen anscheinend mehr lag. Ihr Tempo glich dem von schwer beladenen Flüchtlingen.

Wir waren so lange in den Fluren unterwegs, dass sich Michelle noch zweimal im Basislager, ergo beim Empfang, melden musste, um Bescheid zu sagen, dass wir noch nicht angekommen waren. Schließlich standen wir vor einer Tür, die ich wiedererkannte. Wir befanden uns in demselben Korridor, den ich mit Ben entlanggegangen war, bevor ich meinen kleinen Nervenzusammenbruch hatte. Wir standen vor der Tür, die Miss Havishams Labor gegenüberlag.

»Okay«, sagte Michelle, »hoffen wir, dass das hier richtig ist.« Sie öffnete die Tür, und wir betraten einen sehr modernen, eigens ausgebauten Ausstellungsraum. Einen White Cube, um genau zu sein – leer und weiß.

Diese Innenarchitekten hatten wirklich an alles gedacht. Susan und ich sahen uns kurz an. Mit vorgestrecktem Kinn nickte sie langsam und zog die Augenbrauen hoch. Schön. *Wirklich* schön.

85. Aufbau

Normalerweise wenn man eine Ausstellung mit modernen Kunstwerken aufbaut, streicht man den Raum erst einmal weiß, selbst wenn die Wände schon weiß sind. Bei einigen Galerien sind die Wände so häufig überstrichen worden, dass Lüftungsklappen und Steckdosen unter den Farbschichten verschwunden sind. Hier brauchte man nicht mehr zu streichen, weil dieser perfekt quadratische Raum nagelneu renoviert war – wie alles hier im Institut. Er wurde alle sechs Monate gestrichen, was sehr häufig ist, wenn man bedenkt, dass er nie genutzt wurde. Welche Gründe genau hinter der Entscheidung gestanden haben, hier eine Kunstgalerie einzurichten, ist nicht überliefert, aber schließlich ist das ganze Institut sehr opulent ausgestattet. (Es gibt wohl irgendwo eine Sauna und einen Whirlpool, die nie genutzt werden.)

Bevor wir uns an den Aufbau machten, mussten wir noch mit den Patientinnen und Patienten diskutieren, wie die Ausstellung aussehen sollte.

»Können wir hübsche Rahmen bekommen?«, fragte Pauline mit dem Hemineglect. Susan erläuterte ihr, warum das keine gute Idee sei. »Mal ganz abgesehen von den Kosten, wird die Auswahl der Bilder problematisch. Wenn wir sie rahmen lassen, dann können wir bei Weitem nicht so viele zeigen. Wir müssten also recht viele Arbeiten ausschließen, und ich glaube, das möchte keiner von uns.«

Hier waren wir moralisch überlegen. Ein weiterer Grund

dafür, uneingeschränkt alle Zeichnungen auszustellen: Abgesehen davon, dass wir damit den Eindruck einer Art ästhetischen Demokratie vermittelten, in der das Werk aller gleichberechtigt war, erzielten wir gleichzeitig einen homogenisierenden Effekt unter den Arbeiten. Das war der kreative Beitrag der Organisatoren – von mir und Susan – und sorgte für unsere urheberrechtliche Anerkennung. Pauline war nicht die Einzige, die sich Rahmen wünschte, denn das wollten sie eigentlich alle. Aber Susan gelang es, die Beteiligten davon zu überzeugen, dass durch eine Rahmung ein hierarchisches Werturteil entstehen könnte, und das wäre denjenigen in der Gruppe gegenüber nicht fair, die mit einer Einschränkung leben mussten, wie zum Beispiel das blinde Paar. Susan kann so etwas supergut. Sie merkt noch nicht einmal, wenn sie jemanden über den Tisch zieht, sie macht es einfach. Und ich hatte kein schlechtes Gewissen deswegen, weil ja alle ihren Spaß hatten, und ich glaube, ich für meinen Teil verdiene schon dafür Anerkennung.

Richtig Freude machte es, als wir anfingen, die Zeichnungen aufzuhängen. Dazu war einige Organisation vorab nötig, denn wir hatten Tausende von Werken, und alle mussten mit Heftzwecken an die Wand gebracht werden.

Colin rechnete aus (das könnte ich nie), dass wir erstaunlicherweise alle vorhandenen Zeichnungen präsentieren könnten, wenn wir sie direkt nebeneinander aufhängten. Sie passten genau in den Kubus, wenn wir sie vom Fußboden bis zur Decke hängten. Na ja, fast. Uns fehlte nur ein einziges Bild. Erstaunlich.

Wir wollten so viele Beteiligte wie möglich miteinbeziehen, daher besorgten wir vier Leitern und stellten Zweierteams für jede Wand zusammen. Die Patientinnen und Patienten fingen immer in der linken oberen Ecke an. Eine Person stand auf der Leiter, und die andere reichte ihr die Zeichnungen hoch, die alle in der Mitte des Raumes aufgestapelt waren.

Es war ein bisschen wie tapezieren. Natürlich konnten aufgrund ihrer Erkrankungen nicht alle mitmachen, aber trotzdem waren alle gekommen, einfach um mit dabei zu sein. Trevor konnte beispielsweise wegen seines Körpergewichts keine Leiter hinaufsteigen, aber sobald die oberen Reihen vollständig waren, half er auch mit. Er arbeitete mit Jade zusammen, die ihn ein wenig ins Herz geschlossen zu haben schien.

Der Phineas-Gage-Typ fing an mit dem Kratz-Mann zu arbeiten, aber nachdem er sich an einer Heftzwecke gepikst hatte, stürmte er wutentbrannt schimpfend hinaus. Sei's drum. An ihrer Wand waren Pauline und Colin unermüdlich beschäftigt. Sie war in der Lage, die Zeichnungen Kante an Kante anzubringen, obwohl sie nur die Hälfte von allem wahrnahm. Und an ihrer Wand hängten Emily und Stick die Werke in einem Affentempo auf. Die beiden arbeiteten so schnell, weil Stick nach jeder einzelnen Zeichnung, die Emily ihm reichte, die Leiter wieder herunterwetzte, um sich die nächste zu holen. Er war wie Speedy Gonzalez, aber Emily war damit zufrieden, denn mit eintönigen Routinen kam sie sehr gut klar. Ihr war anzusehen, wie befriedigend sie diese Arbeit fand.

Für das Aufhängen hatten wir einige Tage eingeplant, und wir kamen sehr gut voran, daher dehnten sich Frühstücks-, Mittags- und Kaffeepausen, in denen sich alle unterhielten, einigermaßen aus. Wir saßen auf dem schmuddeligen Boden in der Galerie im Kreis, aßen Orangen, Croissants und Croque Monsieur, außerdem Aprikosen-Kopenhagener und Cheddar-Paninis. Oder wir probierten die Sandwiches, die der A-Mann manchmal mitbrachte. Jeden Tag tauchte er mit seiner riesigen Tupperdose auf, und einige seiner belegten Brote waren eigentlich gar nicht mal so schlecht.

Ungefähr am dritten Tag arbeitete ich mit Susan zusammen, um die Wand, die Stick und Emily begonnen hatten, fertig zu machen, als vormittags Dr. Prabhakar mit Hilary und einigen dieser Überprüfungsheinis vorbeikam. Sie drehten eine Runde durch den Raum und hielten hin und wieder an, um sich mit einigen zu unterhalten. Das erinnerte ein wenig an die Queen. Nachdem sie sich alles genau angeschaut hatten, kamen sie zu Susan und mir herüber. »Kann ich euch nur kurz etwas fragen?« Hilary sah auf ihr augenscheinlich neues Tablet, das sie stolz vor sich hin hielt und das ihr einiges an Autorität verlieh. »Nur ein paar Zahlen? Nur eine kurze Analyse. Könnt ihr mir die Anzahl der Personen nennen, die von dieser Aktivität profitieren?« Ich nannte ihr eine Zahl. »Und die Altersgruppen, bitte? Sind Kinder unter fünf Jahren darunter? Kinder zwischen fünf und elf Jahren? Jugendliche zwischen zwölf und fünfzehn?« Ich beantwortete ihre Frage. (Susan hatte mir vorher gesteckt, was ich sagen sollte und wo ich so tun sollte, als wüsste ich die Antwort.)

»Ganz prima.« Hilary fragte weiter: »Also – britische oder asiatisch-britische Teilnehmende? People of Colour oder britische People of Colour? Menschen asiatischer Abstammung oder …« Ich riss mich zusammen, um ihr nicht geradewegs ins Gesicht zu lachen, als sie mir die nächste Frage stellte, genau hier, auf diesem Krankenhausflur: Ob es Teilnehmende mit Behinderungen gebe? Falls ja, wie diese körperlichen Einschränkungen die Art und Weise sowie das Ausmaß beeinflussten, in dem sie von dieser Veranstaltung profitierten? Ich gab ihr das, was sie hören wollte, in Übereinstimmung mit dem, was mir Susan zuvor eingetrichtert hatte.

»Das sieht wirklich beeindruckend aus«, sagte Nancy Prabhakar. »Sehr gut gemacht!« Für ihre Verhältnisse war sie sehr freundlich uns gegenüber, aber das überraschte nicht weiter, schließlich hatten hauptsächlich wir dafür gesorgt, dass Simon und Selina ihr nicht länger auf die Nerven gingen. Conrad hatte ihr von seiner Idee erzählt, eine Ausstellung mit den Werken der Patienten zu veranstalten. (Wahrscheinlich hatte er vergessen, dass Ben ihm von meiner Idee berichtet hatte.) Auch war es nicht lange her, dass die einfallsreiche Susan sie darauf angesprochen hatte – nämlich ebenfalls mit exakt der gleichen Idee beziehungsweise einer »Anregung«. Als man Simon und Selina die Möglichkeit, bei einer wichtigen Kunstausstellung involviert zu sein, schmackhaft gemacht hatte, waren sie begeistert.

Natürlich hatte Colin, scharfsinnig wie immer, sofort begriffen, warum sie so schnell umschwenkten. »Ach weißt du, sie brauchen nur ein wenig Aufmerksamkeit.« Die Kombination aus unglaublichem materiellem Reichtum und emotionaler Vernachlässigung führt bei manchen Menschen zu großen psychologischen Problemen. Susan brauchte nichts weiter zu unternehmen, um sie umzustimmen (und sie ganz nebenher davon zu überzeugen, die »simon und selina norman stiftung für moderne kunst« zu gründen), als ihnen die Promi-Seiten von einigen Hochglanzmagazinen zu zeigen: Fotos von Aberdutzenden von VIPs, die Künstlerinnen, Kunstsammler und Galeristinnen bei Ausstellungseröffnungen mit Küsschen begrüßten, während sie in der freien Hand lächelnd ein Glas Champagner hielten.

Die ganze Sache mit dem Rechtsstreit ist wohl noch nicht vom Tisch, aber anscheinend muss man in solche Prozesse immer Geld hineinstecken, und wenn das ausbleibt, erliegen sie einem natürlichen Tod. Tatsächlich war Nancy sehr erfreut. Wenn sie darauf nur schon früher gekommen wäre, wie einfach es sein kann! Nie wäre ihr eingefallen, die Norman-Kinder – die alle in den Vierzigern waren – schlicht wie Kinder zu behandeln!

Da sie nun so einen Narren an mir gefressen hatte, beschloss ich, Nancy um einen Gefallen zu bitten. Ich brauchte ihre Erlaubnis, um die Ausstellung auf bestimmte Weise abzurunden. Damit war sie einverstanden, solange Ben damit einverstanden sei. Ich rief Ben in seinem Büro an, und der wiederum sagte, es sei in Ordnung, wenn Dr. Prabhakar damit einverstanden sei. Nachdem das also geklärt war, wollte ich etwas aus dem Lager des Krankenhauses holen. Früher hatte es im Gray's auch ein Museum gegeben, und obwohl nach dessen Auflösung die meisten Exponate verkauft oder weggeschmissen worden waren, hoffte ich doch, dass eine Sache noch irgendwo im Keller herumstand: Ich brauchte eine bestimmte Art Vitrine. Michelle gab mir den Kontakt von einem der Gebäudemanager. Er meinte, er sei damit einverstanden, wenn ich mich dort umschaute. Im Untergeschoss, in einem riesigen Durcheinander an ausgemusterten Geräten und Möbeln, fand ich genau das, wonach ich gesucht hatte – eine schöne Vitrine mit Glasdeckel aus der Viktorianischen Zeit, die Sorte, die auch im British Museum steht, um signierte Manuskripte und handschriftliche Notizen zu berühmten literarischen Werken auszustellen.

Colin und ich brauchten eine ganze Weile, um insgesamt alle fünf Vitrinen hochzubringen, jede einzelne mussten wir mit dem Aufzug transportieren. Bis wir alle oben hatten, waren die anderen schon mit dem Aufhängen der Zeichnungen fertig. Die Wände dieses riesigen Raums mit der irre hohen Decke waren lückenlos von oben bis unten bedeckt. Tausende verschiedener Zeichnungen des menschlichen Gehirns – bis auf eine Lücke, in die genau noch eine Zeichnung passte. Doch es gab keine mehr.

»Ich mach schnell noch eine«, bot Stick an.

»Warte noch«, bremste ich ihn. »Ich habe eine andere Idee.« Ich ging in den Werkraum und kam mit einer Zeichnung zurück, die aus unserer letzten Stunde stammte. Ich heftete sie an den freien Platz – und voilà!

Fertig.

»Ist das nicht Paulines Croissant?«, wollte Colin wissen.

86. Auf der Vernissage

Wir warteten in der Galerie auf Ben, als Colin die Pressemitteilung von einem Tisch nahm. Es war schon fast sechs Uhr, und Ben war immer noch nicht mit diesen Tagebüchern aufgetaucht. Hätte ich eine Uhr gehabt, hätte ich immerzu draufgeschaut, stattdessen beugte ich mich ständig zu Colin und verdrehte mir den Hals, um die Zeit auf seiner teuren Armbanduhr abzulesen. Er studierte die Presseinfo und schien nicht begeistert. Neben uns waren die Caterer fast fertig damit, weiße Tischtücher auf ein paar Tische zu decken, bevor sie Sektflaschen und Hunderte von Sektflöten aufstellten.

»Hast du das gelesen?«, fragte Colin. Ich hatte mich vor dem Schreiben der Pressemitteilung gedrückt, das war Susans Bereich.

»Nein. Warum?«

»Ich verstehe kein einziges Wort. Was bedeutet ›Relationale Ästhetik‹?« Er hielt das DIN-A4-Blatt hoch, als betrachtete er ein Röntgenbild auf der Suche nach Spuren einer fürchterlichen Krankheit. »Oder hier: ›Performativität‹. Und was ist die ›Stimme des Anderen‹?«

Ich hätte ihm erklären können, dass diese Art zu schreiben – diese Art »Text« – Magie ausstrahlt. Der Zweck ist nicht, Informationen oder Hinweise zu geben. Solche Prosa dient allein dazu, den Geist moderner Kunst heraufzubeschwören. Sie soll gar nicht klar sein, weil es sich um eine Art Zauberformel handelt, einfach allgemein übliches Kunstgeschwafel. Und außerdem, wer bin ich denn, mich darüber lustig zu machen? Wenn ich mich um alles hätte kümmern müssen, wäre nichts zustande gekommen. Mein »Plan« war nichts anderes, als meinem Galeristen von meiner großartigen Idee zu erzählen, während wir beide uns zusammen betranken. Zugegeben, die Presseinfo gab nicht viel her, aber einige Informationen standen immerhin drin – mein Name und der »NNI-Zeichenworkshop« wurden genannt. Ich versuchte, das Thema zu wechseln. »Was hältst du von der Einladungskarte, hm? Ich finde, die ist wirklich schön geworden.«

Wir blieben bei dem Titel »Brains« für die Ausstellung. Die Vorderseite der Karte zeigte ein altes Schwarz-Weiß-Foto eines Gehirns, das wir irgendwo gefunden hatten, und quer darüber lief das Wort »Brains« in reinweißen Buchstaben. Auf der Rückseite befanden sich die Namen aller Beteiligten, egal wie ihr Beitrag ausgesehen hatte. Die Namen waren in alphabetischer Reihenfolge ohne Leerräume aufgereiht, sodass man auf den ersten Blick den Eindruck bekam, es handelte sich nur um eine Menge zufälliger Buchstaben. Wenn man die Augen zusammenkniff ergab das eine Art Vexierbild. Niemand war übersehen oder hervorgehoben worden – zumindest theoretisch.

»Ja. Sehr nett.« Zeitgenössische Grafik ist nicht so Colins Geschmack, aber er hörte sich erst einmal meine vermeintlich professionelle Meinung an. »Soll ich Ben mal anrufen?«, fragte er. »Um zu sehen, wo er steckt?« Er telefonierte mit ihm und steckte sein Handy wieder ein. »Er ist hier, unten im Foyer. Er möchte, dass wir runtergehen und ihm helfen.«

Er stand unten in der leeren Eingangshalle mit einem Fuß auf einem der drei großen Umzugskartons.

»Wartet mal kurz, Jungs. Ich muss noch was erledigen, bevor wir die hochtragen.« Ohne jemanden um Erlaubnis zu bitten (weil nicht ganz klar war, wer hier unten das Sagen hatte), pappte ich einige »Brains«-Poster mit Klebeknete an die Wände. Ich achtete darauf, dabei nichts Wichtiges, etwa die Hinweisschilder für die Notaufnahme, zu verdecken.

»Okay.« Ich war bereit. »Uff.« Diese Kisten waren unglaublich schwer. Im Aufzug lehnten wir uns an die Wände, um das Gewicht der Kartons abzustützen.

»Wann geht es los?«, wollte ich von Ben bezüglich seines Umzugs nach Santa Barbara wissen.

»Morgen früh, um ehrlich zu sein. Ich habe noch nicht alles gepackt, deshalb kann ich heute Abend nicht so lange bleiben.«

»Aber du bleibst doch noch auf einen Drink?«

»Na klar.«

Als wir wieder oben in der Galerie waren, stellte ich meinen Karton dankbar neben einer Vitrine ab. Wir hatten sie so platziert, dass sie in einer Diagonale quer durch den Raum verliefen. Sie stellten einen schönen verstaubten Kontrast zu der ultramodernen Einrichtung in der Galerie dar.

Colin öffnete seine Kiste und spähte hinein.

»Was ist das?« Er blätterte durch eines von Emilys Tagebüchern, voll verwirrter hypergrafischer Ergüsse. Sein Mund stand offen. »Das sieht aus wie von jemandem, der psychisch krank ist.«

Allein schon die grafische Dichte dieser Aufzeichnungen war erstaunlich – darin steckten Tausende von Stunden fieberhaften Schreibens. Ben erstattete Colin einen bereinigten Bericht über Emilys Erkrankung, über ihre bipolare Störung, den »Selbstmordversuch« und so weiter.

»Emily ist Ärztin? Da brat mir doch einer einen Storch! Das hätte ich niemals ...« Colin nahm ein weiteres Heft zur Hand und betrachtete es. Langsam schüttelte er den Kopf. »Ts, ts, ts. Ach, du meine Güte!«

Ich wollte ihm erklären, warum ich Emilys hypergrafische Tagebücher in der Ausstellung haben wollte. Abgesehen von der Tatsache, dass sie von nervenzermürbender Schönheit sind, konnte man viel daraus ersehen, etwa, wie sehr Symptom und Selbstausdruck untrennbar miteinander verwoben sind. Aber am Ende ließ ich es.

Wie wir feststellten, gab es viel zu viele Tagebücher, um sie alle zu präsentieren. Daher beschlossen wir, aufgrund der Größe der Hefte nur fünf je Vitrine auszulegen, insgesamt kamen wir auf fünfundzwanzig Exponate. Weiß Gott, es gab schon so genug zu sehen. Sogar eine einzelne Seite stellte eine Überforderung dar. Uns wurde die Auswahl, welche Hefte wir nehmen sollten, leicht gemacht, denn einige blieben aufgeschlagen liegen, andere nicht. Während Colin in seiner Ecke der Galerie die Hefte in einer Vitrine sorgfältig anordnete, übernahmen Ben und ich die anderen Ausstellungskästen.

Ich fragte ihn nach einem möglicherweise drohenden Problem. »Was meinst du, wie wird Emily reagieren, wenn sie sie sieht? Sie wollte ja kommen.«

»Ach, sie hat sie ja schon gesehen – natürlich. Nancy und ich haben uns mit ihr zusammen hingesetzt, um zu schauen, ob sie sich noch daran erinnern kann. Selbst Emily kann sie nicht lesen oder sie besser entziffern als jemand anders, bis auf hie und da ein Wort oder einen Satzteil. Sie ist sich darüber im Klaren, dass sie von ihr stammen, aber jetzt haben sie keine Bedeutung mehr für sie. Der Grund, warum Nancy und ich uns darin einig waren, euch die Tagebücher zur Verfügung zu stellen, liegt darin, dass die Hefte für Emily nur zu dem Zeitpunkt wichtig waren, als sie sie geschrieben hat. Sie dokumentieren ihre Geistesverfassung, mehr nicht. Natürlich kümmern wir uns hier weiter um sie, zumindest Nancy. Das Verfahren, dass sie die gesetzliche Vormundschaft für Emily übernimmt, steht kurz vor dem Abschluss. Und außerdem hat Nancy Vorkehrungen getroffen, dass sie hier im Institut bleiben kann, wo man auf ihre besonderen Bedürfnisse eingehen wird. Ihre

Familie kann sie hier jederzeit besuchen. Ihre Eltern werden auch alt, daher können sie sie nicht bei sich aufnehmen, aber sie können ja zu Besuch kommen. Ich glaube, all das böse Blut ist mittlerweile vergessen.«

»Hm … Verdammt! Wie spät ist es?«

Ben schaute auf seine teure Armbanduhr (auf mich wirken sie immer irgendwie teuer). »Sechs.«

»Das heißt, wir haben jetzt offiziell geöffnet.« Wir schauten beide hinüber zur Tür, als würde sich von einer Minute auf die andere etwas Wesentliches verändern. Einer der livrierten Kellner, der mit verschränkten Händen hinter der Bar stand, beugte sich zu einer zierlichen Bedienung hinunter und sagte etwas. Ihr ausgestellter Rock war aus demselben Stoff wie seine Fliege und seine Hosen. Sie nickte. Dann starrten sie weiter untätig geradeaus.

Susan kam herein. »Könnte mal bitte jemand Schilder aufstellen, damit die Gäste den Weg vom Aufzug hierher finden? Sonst verlaufen sich die Leute. Colin – wären Sie so nett?« Sie verkniff es sich, mich darum zu bitten.

Es dauerte eine Weile, bis er reagierte, so versunken war er in Emilys Tagebücher. »Hm? Ja, natürlich, mache ich gern.«

Nancy war wie immer ganz in Grau gekleidet. Sie wurde begleitet von der üblichen Runde von Geldgebern und Wirtschaftsprüfungsidioten, die meisten von ihnen trugen wie sie Grau. Das bisschen Lärm, das von ihnen ausging, machte mir bewusst, wie schlecht die Akustik in dem Raum war. Angesichts der riesigen Anzahl an Werken würde man denken, das Grüppchen würde sich verteilen, um sich die Bilder anzusehen. Stattdessen blieben sie eng beieinander, während sie an den Wänden entlanggingen. Wie die Schafe in der Herde.

»Bei der Eröffnung einer Vernissage ist es immer das Gleiche«, erklärte ich Ben. Aus irgendeinem Grund flüsterte ich. »Die Ruhe vor dem Sturm.«

»Aha.« Er nahm sich ein Glas Sekt. »Okay.«

Ich holte mir ein Glas Orangensaft, weil ich nicht zu früh zu besoffen sein wollte. Jedenfalls nicht, solange mich Nancy hier noch im Visier hatte. Ihr kleiner Trupp hatte sich auf einem Fleck versammelt, der sich ungefähr gleich weit entfernt von jeder Wand, jedem Objekt und jeder anderen Person befand. Aus unerfindlichen Gründen schien das der perfekte Ort zu sein, um herumzustehen und sich leise zu unterhalten. Ein Kellner brachte ihnen Getränke.

Mittlerweile trafen auch die Patientinnen und Patienten ein. Die meisten hatten zuvor um die Ecke gelugt, um sicherzugehen, dass sie hier richtig waren. Eigentlich müssten sie ja wissen, wo die Ausstellung stattfindet, schließlich hatten sie die Bilder aufgehängt. Ich fragte mich, woran ihr zögerliches Verhalten lag, aber dann ging mir auf, dass sie von Ehrfurcht ergriffen waren. Sie waren aufgeregt und nervös, weil sie an einer Kunstausstellung teilnahmen. Sie sind dabei! Höchstwahrscheinlich würden keine externen Gäste kommen, aber zumindest hatte ich einen Beitrag hierzu leisten können, und das war doch schon mal etwas! Das war ein Erfolg an sich. Es ist mir nicht peinlich, zuzugeben, dass ich gerührt war (selbst wenn mich dieses Gefühl überraschte). Der Ausdruck auf ihren Gesichtern! Wenn Colin das nur sehen könnte! Man sehe sich nur seinen Gesichtsausdruck an. Colin war begeistert. Bevor sie sich ein Glas Sekt nahmen, fragen die meisten mich, ob es okay wäre, sich zu bedienen. Der A-Mann bat mich um Erlaubnis, ebenso wie Pauline und Trevor und der Kratz-Mann. Sogar der Phineas-Gage-Typ und Stick der Rebell fragten mich, ob es okay sei, beim Sekt zuzugreifen. Flüsternd gingen sie durch den Saal und blieben dabei dicht beieinander. Mit hochgezogenen Schultern sahen sie sich ehrfürchtig um, nickten und lächelten. (Aber das ist doch euer eigenes Zeug! dachte ich. Kein Grund, eingeschüchtert zu sein … nur weil es

Kunst ist.) Die Jungs in den grauen Anzügen standen zusammen, während die Patientinnen und Patienten sich schließlich um die wenigen versammelten, die in Rollstühlen saßen. Sie wirkten wie ein Grüppchen Gestrandeter auf einer Insel – ganz allein in diesem riesigen, hallenden Raum.

Bis ungefähr 19.30 Uhr blieb es dabei. Allmählich wurde uns bewusst, dass sich hinter der Tür auf den Fluren irgendetwas tat, bevor wir wirklich etwas hören konnten. Die Gespräche verebbten, und man sah sich flüchtig um, während wir lauschten. Hörst du …? War das …? Wir hörten, dass sich Leute näherten. Es waren viele. Langsam wurde der Lärm lauter, von kaum hörbar verstärkte er sich so, dass man ihn kaum noch ignorieren konnte, und dann wurde es plötzlich richtig laut, als die Menge sich durch den Türrahmen in den Raum hinein ergoss und er sich binnen knapp zehn Minuten bis auf den letzten Platz füllte. Aus irgendeinem Grund passiert das bei Vernissagen immer: Anscheinend sprechen sich die Gäste ab. Vielleicht hat es damit zu tun, dass sie nicht zu früh kommen wollen, aber auch nicht zu spät, wenn die Freigetränke schon aus sind.

Die Bar war nun im Belagerungszustand. Susan glitt elegant wie Quecksilber überall herum, beflügelt durch den Erfolg, den sie ermöglicht hatte. Ich sah mich nach Ben und Colin um, die stumm und ungläubig auf die Menge starrten. »DAS«, rief ich zu ihnen hinüber, »DAS IST DIE KUNSTWELT«.

Natürlich hatten sowohl Ben als auch Colin schon zuvor Berührungspunkte mit Kunst, aber sie hatten vermutlich noch nie so eine vollgepackte Ausstellungseröffnung erlebt. Susans Verteiler musste sensationell sein: Alle waren da – Künstlerinnen, Galeristen, Sammlerinnen, Promis –, die ganze verfluchte Bagage. Während Susan sich voller Energie durch den Raum schob und mit den einzelnen Leuten redete, beschloss ich, mich zu entspannen und zu schauen, was passieren würde.

Ich nahm mir ein wohlverdientes Glas Sekt vom Tablett eines Kellners, der gerade vorbeikam. Nach dem ersten oder zweiten Schluck erinnerte ich mich daran, dass Schampus eines der wenigen alkoholischen Getränke ist, die ich wirklich nicht ausstehen kann. Früher hätte ich das Glas trotzdem ausgetrunken, aber jetzt dachte ich mir, ich sollte etwas Neues ausprobieren und es einfach lassen.

»Hallo, Trevor! Möchtest du mein Glas haben? Dann musst du nicht noch mal zur Bar.« Trevor amüsierte sich prächtig. Prost, Trevor! Mittlerweile hatte auch ich meinen Spaß, denn vielleicht zum ersten Mal überhaupt befand ich mich auf einer Ausstellungseröffnung, und die Leute wollten mit *mir* reden. Zum Beispiel mein Galerist (von fresh!):

»Tolle Ausstellung«, rief er.

»Danke!«

Und es war sogar mein »Freund« da, der Typ, der mir von dieser Ausschreibung für das Residenzprogramm zum ersten Mal erzählt hatte und sich dann zu fein war, sich selbst zu bewerben.

»Hallo! Tolle Ausstellung. Sag mal, weißt du zufällig, wann sie die nächste Residency ausschreiben? Ich habe mir nämlich überlegt, dass ich mich vielleicht bewerbe. Was meinst du?«

Er hoffte wahrscheinlich, dass ich für ihn ein gutes Wort einlegen würde. Könnte ich ja machen. Während er mit mir sprach, sah ich drei Promis an uns vorbeiziehen, denen Simon und Selina wortwörtlich hinterherrannten. (Mir gefallen die beiden besser, wenn sie nicht lächeln. Dieser Anblick ist ekelerregend.)

Ich unterhielt mich gerade mit Dr. Bokassa über Wilder Penfield, unseren Helden, als ich drüben an der Tür eine Unruhe bemerkte. Ich konnte nicht verstehen, was gesprochen wurde, weil es im Raum so laut war, aber die neue Empfangsdame regte sich offensichtlich über etwas auf, und Susan gab sich größte Mühe, sie wieder zu beruhigen. Hinter der aufgescheuchten Dame stand ein Sicherheitsmann, dem das augenscheinlich alles sehr peinlich war. Vielleicht hoffte er, dass er nicht zum Einsatz kommen müsste. Natürlich! Jetzt fiel mir ein, worum es ging. Sie hatten nicht genügend Besucherausweise und mussten die Gäste so hereinlassen. Das war natürlich etwas, was die Empfangsdame gar nicht abkonnte. Sie war wirklich sehr aufgebracht, und Susan sah ein bisschen so aus, als wäre sie mit ihrem Latein am Ende, aber dann kam ihr Conrad zu Hilfe. Mit unerschütterlicher Ruhe klärte er das, das muss ich sagen. Er ließ die Empfangsdame abblitzen und kehrte danach siegesgewiss zu seiner Freundin zurück, die ihm ein Glas Sekt reichte, als wäre es ein Sportpokal. Sehr wahrscheinlich würde sie nun ihren alten Job zurückbekommen. (Was nicht schlecht wäre. Sie war zwar eine echt miese Empfangsdame, aber zumindest nervte sie nicht.)

In meinem nüchternen Zustand beobachtete ich mit fast wissenschaftlicher Neugier den Effekt von massenhaft konsumiertem kostenlosem Sekt auf eine gemischte Gruppe. Die offensichtlichste Auswirkung bestand darin, dass die Unterschiede überwunden wurden. Beispielsweise mischten sich die Künstler unter die Patienten. Doch dann sah ich Emily, die sich besorgniserregend steif über eine Vitrine beugte. Es brauchte eine Weile, bis ich mich durch die Menge gezwängt hatte, indem ich hin und wieder jemanden zur Seite schob, ohne unhöflich zu sein. (»Hey, Zeinab! Wie geht es Ihnen?«) Doch als ich endlich bei ihr ankam, sah ich, dass sie nur angestrengt versuchte, ihr Tagebuch zu lesen. Sie beugte sich darüber, als wäre es ein Rätsel oder ein Puzzle.

»Hallo, Emily!«

»Oh, hallo!« Sie strahlte mich mit einem riesigen Lächeln an. »Hast du meine Texte gesehen? Ich werde daraus einfach nicht schlau!«

Ich lächelte zurück und nickte. Mir war die Situation peinlich, und plötzlich überkam mich eine große Traurigkeit. Ihre verunsicherten Eltern sahen sie an, immer noch darüber verwundert, wie fröhlich sie trotz ihrer Einschränkungen war. Stick trat hinter beide und legte ihnen seine großen Hände beruhigend auf die schmalen Schultern. Er lehnte sich zu ihnen vor und murmelte etwas. Beide nickten zustimmend und waren sichtlich erleichtert.

»Ja, das ist vielleicht genug Aufregung für heute. Wir sollten wohin gehen, wo es ein bisschen leiser ist. Ein ruhiges Plätzchen zum Hinsetzen wäre schön. Tschüs, Emily, tschüs, Liebes …«

Ben musste auch los. »Vielen Dank! Das war super. Ich glaube, den Patienten und Patientinnen hat das viel gebracht. Sie machen den Anschein, als würden sie sich ordentlich amüsieren. Wir sehen uns dann bald wieder.«

»Dir auch vielen Dank, dass du diese Tagebücher mitgebracht hast. Ich finde, sie sind das Beste an der Ausstellung. Wir sehen uns bald wieder, ja? Fliegst du nicht in die USA?«

»Schon, aber ich werde regelmäßig alle paar Monate wiederkommen. Vielleicht bleibe ich ein paar Jahre im Ausland und komme dann zurück. Die Situation hier sieht ja schon viel besser aus. Ach, ich habe gerade noch mit Nancy gesprochen, und sie denkt darüber nach, dir eine feste Stelle anzubieten: ›Neuroästhetik‹.«

»Großartig! Wie toll ist das denn? Du hast meine Ex-Freundin schon kennengelernt, oder?« Susan nickte Ben beiläufig zu und bedeutete mir, ihr auf den Flur hinaus zu folgen.

»Wir haben ein Problem. Conrad will die Ausstellung kaufen.«

»Aber das ist doch gut, oder? Wir haben zwar noch nicht geklärt, wie wir das Geld aufteilen wollen, aber das sollte nicht allzu schwer sein, nicht?«

»Er sagt, als Kurator will er den Patientinnen und Patienten fünfzig Prozent zahlen und den Rest behalten. Er behauptet, es sei seine Idee gewesen. Ich habe den Eindruck, er glaubt das tatsächlich.«

»Die Idee war von mir!«

»Warte, es geht noch weiter. Simon und Selina sagen, er kann die Kunst von ihnen kaufen. Weil sie davon ausgehen, dass die Ausstellung mit ihrer Contemporary Art Foundation, ihrer Stiftung, zu tun hat. Alle holen grade schon ihre Rechtsanwälte ans Telefon. In genau diesem Moment.«

»Na, ihr beiden?« Colin ging an uns vorbei. »Ich muss dringend für Königstiger.« Dann blieb er stehen und sah uns an. »Was ist denn mit euch los? Warum die langen Gesichter?«

Abbildungen

Dank

Die Übersetzerin dankt Tina Uebel für das Arbeits-Exil an der See, Alexander Posch für die lange und literarische Freundschaft und Jan Schumacher für alle Kilometer zwischen Flensburg und Friedrichshafen.

Roddy Doyle

Love. Alles was du liebst

Aus dem Englischen von Sabine Längsfeld

Früher waren Davy und Joe gute Kumpels. Inzwischen treffen sie sich nur noch gelegentlich, wenn Davy aus England nach Dublin kommt, um seinen Vater zu besuchen. Es sind kurze Begegnungen, sie sind erwachsen geworden, jeder hat sein eigenes Leben. Doch dieser Abend ist anders. Die beiden Männer ziehen wie früher um die Häuser, trinken ein Bier nach dem anderen, und die Gespräche werden immer vertrauter. Lange zurückgehaltene Gefühle und Konflikte drängen nach oben. Joe vertraut seinem Freund an, dass er seine Frau und seine Kinder für eine andere verlassen hat. Als Davy erfährt, dass es sich dabei um Jessica – ihren gemeinsamen Jugendschwarm – handelt, werden auch bei ihm alte Erinnerungen wach: der Aufruhr um seine temperamentvolle Frau, die Missbilligung seines Vaters, der Tod seiner Mutter, die Flucht aus Irland. Als Davy einen Anruf erhält, wird ihre Freundschaft auf die Probe gestellt.
Love ist sowohl eine Hymne an Dublin als auch ein herrlich komisches und zugleich bewegendes Porträt der vielen Facetten der Liebe.

Hardcover · ISBN 978-3-8337-4335-1
E-Book · ISBN 978-3-8337-4411-2

»Doyle fragt in seinen Werken … ohne einen Hauch von Sentimentalität und mit Blick auf die grotesken Details eines Lebens nach dem Zusammenhang einer Biografie.« *FAZ*, Tilman Spreckelsen

6 CDs · ISBN 978-3-8337-4405-1

Hardcover · ISBN 978-3-8337-4427-3
E-Book · ISBN 978-3-8337-4535-5

MP3-CD · ISBN 978-3-8337-4545-4